現代語で読む

『松陰中納言物語』

付本文

山本いずみ

和泉書院

目次

現代語訳篇

松陰中納言物語第三

松陰中納言物語第四

松陰中納言物語第五

本文篇

現代語訳篇

凡　例（現代語訳にあたって）

一、作品名は、東北大学附属図書館および尊経閣文庫蔵の写本の題名に従い、『松陰中納言物語』とし、章段名には濁点を付した。
二、主語を補い、場面展開の飛躍に対応するために、（　）を多用した。読み物として楽しみたい時には、（　）の存在自体を無視し、連続して読んでいただきたい。より本文に近い状態で読みたい時には、（　）の中身を無視し、飛ばして読んでいただきたい。
三、歌には原則として（　）を用いず、そこに込められた意味を全体として表せるように努めた。また、歌の末尾に通し番号を付し、本文と対応させた。
四、読みやすさに配慮し、適宜段落分けを行った。その際、本文では一文と認められるものも、内容次第では別段落として扱った。
五、敬語表現は一部省略し、一文が長いものは適宜切り分けて訳した。
六、会話は「　」で括り、会話内の引用および心内語等は、必要に応じて『　』で括った。
七、表現の背景にあると思われる歌は、当該箇所の末尾に《　》で付け加えた。
八、人物関係図は第一～第五に分け、それぞれの登場人物を整理して示した。主従関係がある場合は主の左横に、やや位置を下げて細字で従を示した。また、必要に応じて、登場していない人物も含めた。図中、（　）は同一範囲内での別名を示し、一部の者については︷　︸で関係を補った。
九、登場人物の呼び名は身分の変化に対応させて変更したが、名前の付け方や訳し方を工夫することで、同一人物であることが分かるように配慮した。

松陰中納言物語第一（山の井・藤のえん・ぬれぎぬ）

人物関係図

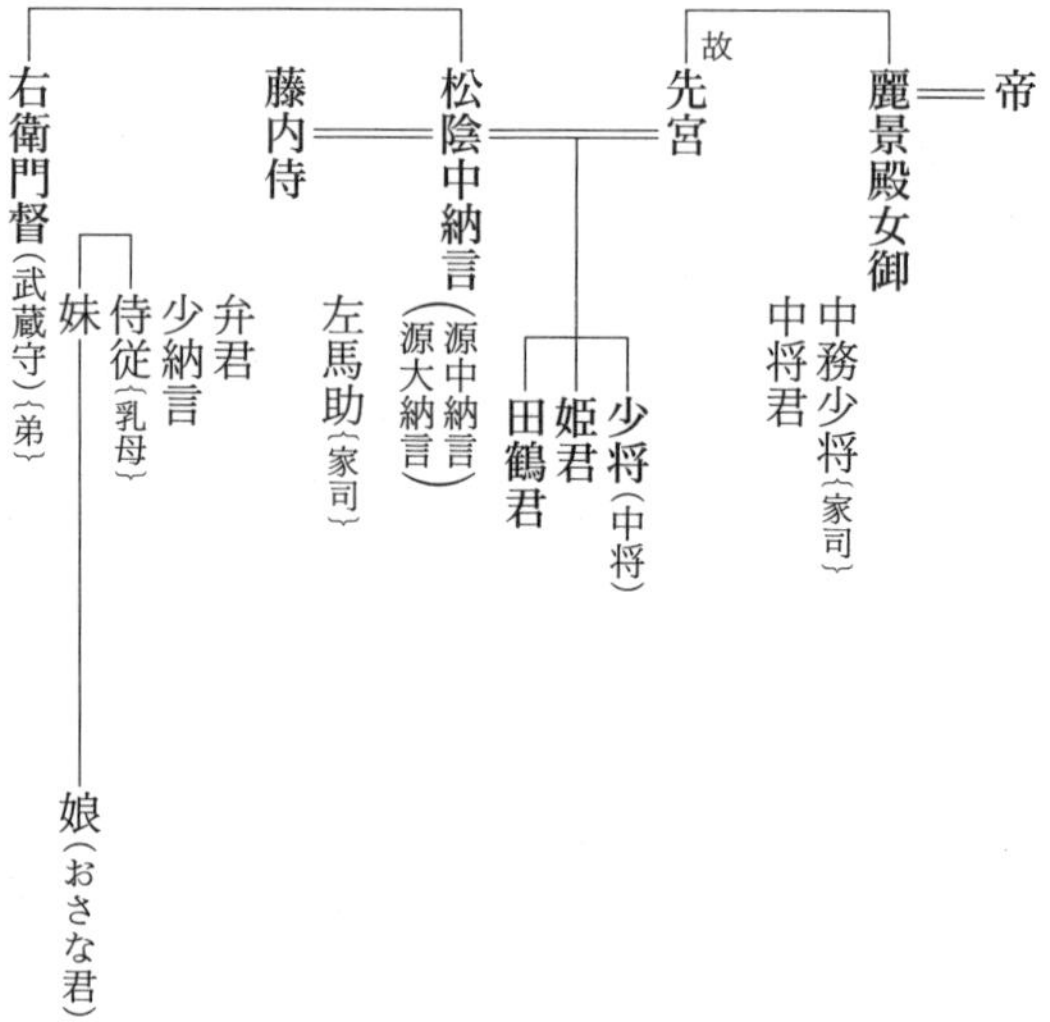

〈個別に登場する人物〉

山井中納言（東宮大夫）
左宰相中将
竹川少将
先右馬頭
下総守
頭中将
左衛門督

梗概

山井中納言は、帝の御前で何度か一緒に演奏した藤内侍《ないし》に心を奪われ、藤内侍の乳母《めのと》・侍従の協力を得て、何とか振り向かせようとするが、一向に埒《らち》が明かない。

一方、妻を失った松陰中納言も藤内侍に熱を上げるが、こちらは、御行幸の際の帝の覚えめでたく、藤の一枝と交換に藤内侍を譲り受ける。その上、大納言に昇進してしまう。また、帝の御行幸の翌日、松陰邸を訪れた東宮は、かねてから気になっていた松陰大納言の娘を目にし、ますます思いを募らせる。

松陰家にばかりよいことが起こっているようで、おもしろくない山井中納言は、たまたまやって来た宰相中将・竹川少将・右馬頭《うまのかみ》、そして侍従を仲間にし、一計を案じ、松陰大納言に無実の罪を着せ、隠岐の島へ遠流にしてしまう。

山の井

春の空は、はんなりと艶やかな霞が一面にたなびいているけれども、(山井中納言の)悩みに沈んだ心で眺めると、(春の)曙のしみじみとした美しさも虚しいものに思えて、泣いてばかりいらっしゃる。(このような状態のまま)夏の半ばも過ぎて行くと、(藤内侍を思う)熱い思いはどんどん増さって行き、萩の葉を揺らし始めた秋の初風のように、せめて「そうね。」という言葉だけでも交わせる伝手はないものかと探し始めた。

藤内侍の御乳母で侍従という名の古女房がいる。その侍従の妹の娘で、まだ幼い女の子を(山井中納言は)召し寄せて、(庭で盛りに咲いているうちの一本で)御前に置いてあった菊の花をお渡しになって、「これを(あなたの伯母さんである)侍従に見せなさい。世にも珍しい、すばらしい色香ですよ。」とおっしゃって、小さな手紙を結び付けた。少女は、どういう意味か勘ぐりもせずに受け取り、侍従のところへ行った。「山井中納言殿が伯母様にお見せなさいとおっしゃって、(この花を)くださったの。」と言って(菊を)差し出したところ、(侍従は)「本当に(この花の)色香は普通のものとは違っているわね。」と言って、手に取って見た。すると、(それには)お手紙が結び付けてあった。(そのお手紙には、)

〔山井中納言〕あなたからのお返事を待っている私のもとへ、琴の音が響いてきます。あなたが弾く琴の音が、私の吹く笛の音にうまく合うとよいのですが。せめて一目だけでもお目にかか

る機会はないものでしょうか。（1）

と書いてあった。(それを読んで侍従は)『さては、(山井中納言殿はこの手紙のついた菊の花を)姫君にお見せなさいと思ったから(、私に送ってよこしたのだわ)。』(と考えた。)

　この山井中納言とは、当時の第一中納言で、東宮大夫も兼任していらっしゃった。笛がとてもお上手なので、いつも帝の御前に召されていた。(帝からのご命令で、)藤内侍に琴を弾かせ、(山井中納言の笛と合奏させ、)管弦の御遊びをなさることがあったのだが、(そんな機会に山井中納言は藤内侍を)見初めたのだ。その時から、「(山井中納言殿は)絶えることのない恋心に思い悩んでいらっしゃる。」という噂だった。(侍従は、山井中納言が藤内侍に恋心を寄せているなどということが、)帝のお耳に入りでもしたら困ると思いながらも、一方で、山井中納言のお気持ちもよく分かり、(どうしてよいか判断がつかず、今まではお手紙の取次ぎなどもせずに)すまして来たのだった。

　(ところが、今回は、)ちょうど藤内侍が帝の御前に参上しようとするところで、御簾《みす》を上げて(お出掛けになろうとなさりながら、侍従の手にした菊の花に目を留めて)、「とてもきれいな花の色ですね。一体どういう方のお屋敷の垣根(に咲いていた菊)なのかしら。」と質問されたので、(ちょうどよい機会だと思い、)

〔侍従〕この菊の花を手折ったのが誰かは知りませんけれど、この白菊の枝に付けたお手紙に、その方の深い思いの丈が見られますよ。どうぞ、ご覧下さい。（2）

と言って菊の花を差し上げた。(藤内侍は、)『(この菊の花の贈り主は、)あの方かしら。この方かしら。』とあれこれお考え合わせになるが、少しも（贈った方のお気持ちを）受け入れるご様子もなく、御簾の外に投げ返された。（それで、侍従は）どうしようもなくて、「（藤内侍様がお手紙を読まずに、菊の花をお返しになったという）ことの次第を（山井中納言殿に）お話ししなさい。」と言って（少女を山井邸に）帰した。

（一方、）山井中納言は、寝所にもお入りにならず、「（私一人で見ているのではいくら美しくても）無意味な月の様子であることよ。（二人一緒に眺められたらよいのに。）あの人のことを思ってこぼす袖の涙なんかに、（この美しい月影が）宿ってほしくないものだよ。」と、独り言を言っていらっしゃる。そこへ（侍従の元へ使いに出した少女が）帰って来て、「侍従（伯母様）が『このように申し上げなさい』と、言っていました。」と言って、（例の菊の花と、侍従から山井中納言に宛てた手紙を差し出した。）

〔侍従〕あなたが贈ってくださった菊の花の美しさは、いくら愛でても飽きることはありませんが、藤内侍様が手に取ってご覧になった花なのでお返しいたします。こうやってお返しするという私の行為に、あなた様に対する深い同情の気持ちを見てください。うまくお役目を果たせなかった私の思いを汲み取ってください。（3）

（それを読んで山井中納言は、お付きの人に、）「こうなったら一層のこと、侍従に会わせなさい。（我が屋敷の庭の）垣根の菊も盛りになっているから、それを理由に（して侍従をここへ呼び寄せなさい）。」とおっしゃった。（それを聞いて、お付きの人が、）『（山井中納言殿は侍従などに）心を寄せているのだろうか。（でも、あの侍従は）もう五十歳を過ぎる年の頃じゃないか。（しかも、）本当に性格が悪くて、顔は猿みたいなのに。』と、不思議に思っている様子を見て、（山井中納言は、）「そうではない。（侍従に）思いを寄せているのではない。(侍従は)菊の花の色香をよく知っているという話なので、(この見事な菊の花を)見せようと思うだけなのだ。夜が明けたら、朝露が乾かないうちの方がよいだろう。(侍従のもとへ迎えの)車を遣わそう。」とおっしゃった。

夜がまだ明けきらないうちに、(迎えの車には)例の少女を乗せて、(侍従への)お手紙を(贈り物の)小うちぎに添えてお遣わしになった。

〔山井中納言〕この小うちぎを着てごらんなさい。私のところへ来てごらんなさい。朝露がまだ乾かないうちに、この美しい花の色香を見てごらんなさい。すぐに来て下さいね。（4）

(それを読んで)侍従は、藤内侍のことだなと気づいたけれども、(周りの人々には、)「昨日(山井中納言殿から美しい菊の花をいただいて)一枝拝見したところなのに、(それがとても美しかったので、ますます心を惹かれてしまい、どうしようもありません。)さらに垣根(にたくさん咲いているの)を(菊の花に造詣が深いという山井中納言殿と)一緒に眺めましょう。」と言って、少女と一緒に迎えの車に乗って出て行った。

朝露は、朝日にきらきらと一面に美しく輝いていて、さまざまに咲いている花の上に、小さな白玉をこぼしかけたかのように、とても美しく見える。遠くに見える山には色づいた木の葉が(赤や黄色に、濃く薄く、)さまざまに色づいている。その上に霜が白く置いている様子は、一体何で染めたのだろうと思いやられるほど美しい。

(やがてお屋敷に到着すると)山井中納言殿が(迎えに)出ていらっしゃって、「(今日は夜までゆっくりして行きなさいな。見事な白菊の花々は、こうして朝日の中で見るのもきれいですけれど、)月の光で見るのは、なお一層美しく見えるものですよ。」とおっしゃって、(侍従を)車から降ろして招き入れる。

(侍従を前にして、山井中納言は、)昨日の(そのまま返って来てしまった菊の)一枝の事などをそれとなくお話しになっていた。(しかし、)ほんの一瞬、藤内侍を見て以来抱き続けている恋心のために、夜まで(本心を打ち明けずに、じっと)待っていられそうもない(ほど悶々とした)気持ちになり、(ついに、こう切り出した。)「せめては私の命が(恋のために)消えてしまわないうちに(藤内侍様に私のこの思いを)少しでもお話し申し上げて、(恋に迷って死んでしまいそうな心の)暗い闇路を照らす月の光として、この思いを晴らしたいものです。」と、しみじみと繰り返しお話しになるので、(侍従も)『大変お気の毒なことだ。』と思って、(山井中納言をお慰めするつもりで、)「松陰中納言殿が(姫君のことを)どうしようもないほど恋い慕っていらっしゃるということですけれども、つれないご様子でずっと過ごしていらっしゃいます。このよう(に、ちょっとやそっとじゃ男性に心を動かさないよう)なご性格なので、(あなた様の菊の花に対してもすぐに)お返事をするのはとても難しいことでしょう。(今回、菊の花に手紙を付けてご覧に入れましたように、まずは)お手紙をご覧に入れてこそ、(あなた様の深い思いに)お気持ちが和らぐこともあるでしょう。どんなに(男性に対してつれない)夷心であったとしても、(思いを寄せるお手紙の束が)千束になれば(さすがにお気持ちが伝わって)このようにつれないご様子で過ごすなどということはないに違いございません。(さて、暗くなって参りましたので)そろそろ帰りましょう。」と言った。

(それを聞いて、山井中納言は)「そろそろ月が顔を出すでしょう。庭の遣り水から(月光が照らし始め、)垣根の元まで(続く白菊の花々を)次々と照らして行き、とても美しい白い布のようになって行くのを見ないで帰ることはないでしょう。（もう少し、ゆっくりしていってくださいな。）」とおっしゃって、簾を（お付きの人に）巻き上げさせて、一緒に外をご覧になる。

〔山井中納言〕山路に隠れていた月の光を誘い出して、その光に照らされながら次々と姿を現し、ただでさえ美しい秋の月に、さらに美しい色を加える白菊の花よ。おまえが月の光を誘い出すように、あの人の影も誘い出したいものです。そうしたら私の思いは晴れますのに。　（5）

（山井中納言は侍従に）お酒を振舞い、衣などをご褒美として与えた。（そして、）夜が更けるころに、（侍従は宮中へと）帰った。

（侍従が帰った後で、山井中納言は）『松陰中納言が（藤内侍様に）思いを寄せていることを知らないで、昨日の（松を読み込んだ）歌を妬ましくも詠んでしまったことだよ。（藤内侍様が松陰中納言と私のことを）思い合わせたとしたら、（恋敵の名前をわざわざ詠み込むなんて、）滑稽なことだと思われたに違いない。』と、考え続けて、全然お休みになれない。

（それで、）翌朝、例の少女を（侍従のもとへ）お使いに出して（、歌を贈った）。

〔山井中納言〕いつかの夜、藤内侍様が私の家の白菊を美しいとおっしゃってくださったそのお言葉を頼みにしています。そして、藤内侍様との恋の仲立ちとして、私の歌を渡してくれると約束してくれた侍従よ、その言葉を頼みにして、私は恋の切なさで今にも消えてしまいそうな命を何とか消さずにいることですよ。　（6）

と書いてあるのを見て、（侍従は何とか藤内侍に山井中納言からのお歌をお見せしようと、）いろいろと知恵

を巡らしたけれど、（お手紙は、藤内侍の）御手にさえ触れることがなかった。（仕方がないので侍従は、）

〔侍従〕「きちんと言葉に出してお約束申し上げましたとおり、藤内侍様にあなたのお手紙をお見せする努力をいたしますから、今回が駄目でも気を落とさずに、どうか気を長く持って、命を長らえてください。そうすれば、いつかきっと藤内侍様とお会いになれるでしょう。（7）

と（山井中納言殿に）申し上げなさい。」と言って（お使いの少女を）帰した。

（そのようにいろいろと思いを伝える努力はしているのだが、藤内侍は山井中納言に対して）ずっと気がない様子で過ごされ、（やがて）年が明けた。

（山井中納言は、だんだんと耐え切れなくなってしまい、）子の日の松に（こんな歌を）付けて（藤内侍の元へ贈った）。

〔山井中納言〕いつまでたっても振り向いてくださらないあなた、そのあなたの無情さにもかかわらず、私の命はこのように長らえています。それをよいことに、あなたはいつまで経っても心の色を変えてくださいません。ずっと緑を保っているこの松のように私はあなたからのお返事を待っています。どうか、あなたのお心の色を変えて見せてくださいな。（8）

（侍従が山井中納言の）お手紙をご覧に入れたところ、（藤内侍は、）一体、どうお思いになったのか、「（このままずっと私が）会わないとしたら、（あの人は）どうなってしまうかしら。（歌《かたいとをこなたかなたによりかけてあはずはなにをたまのをにせむ》）」とおっしゃったので、（侍従は、いよいよお心が動き始めたのかと）嬉しくて、（藤内侍の前にお返事を書くための）御すずりを差し出した。（すると、藤内侍は、山井中納言からの）お手紙の端にとても小さく、「（うぐいすの）初音の（ように、初めてあなたにお返事を書きましょう。この手紙が）今日の（子の日に用いる）玉箒《たまぼうき》（のように、あなたの憂いを少しでも掃き去ることができるとよいのですが）。（歌《はつ春のはつねのけふの玉ばはきてにとるからにゆらく玉のを》）」とお書きになった。（そこで、侍従は急いでそのお手紙を山井中納言のところへ送った。山井中納言からは、）折り返し、お返事があった。（そのお返事には、）

〔山井中納言〕あなたからのお返事を、手にとって見ているだけでも嬉しいものです。手紙が結ぶあなたとの恋の契りの始めと思えば、本当に嬉しいことです。（9）

と（これから始まるお手紙のやり取りを喜ぶようなことが書いて）あったけれども、（藤内侍は、返事を出す前よりも）さらに気がないご様子なので、（山井中納言は、期待していた分だけ余計に）気力が失せてしまい、二月の十五日（の涅槃会《ねはんえ》の日）に、侍従のもとへ（このような歌を送った）。

〔山井中納言〕「二月になりましたね。お釈迦様が入滅なさった昔の今日、二月十五日のお釈迦様を送る煙のように、私も燃えてしまいそうですよ、耐え切れない恋の炎で。このままだと、私も死んで煙になってしまいそうです。（10）

（こうやってお返事を待っているのも）もう限界です。（お返事を頂けないために、思いあまって、私が死んでしまったとしたら、）私のせいで（藤内侍様の）御罪が深くなってしまうかもしれません。（今は自分の命よりも、）そのことが気になって仕方ありません。」と、まるで鳥の足跡のように、とても弱々しい様子でお書きになっていた。（そのお手紙を、侍従が藤内侍に）ご覧に入れたところ、ちょうどよいことに、今日は

（涅槃会の日であり、藤内侍は）死後に受ける罪の報いを思い嘆かれて（、このようにお詠みになった）。

〔藤内侍〕二月の今日、涅槃会の煙、お釈迦様が入滅なさった時の煙の末でさえ、お釈迦様が法華経を説いたという天竺の鷲の山風になびきましたのに、まして私の気持ちがあなたになびかないことがありましょうか。　（11）

侍従はお手紙をいただいて、急いで（山井中納言のお屋敷へ）うかがい、ご様子を拝見したところ、大変弱っていらっしゃって、（侍従の顔を見ても）おっしゃる言葉もなく、御涙を流していらっしゃる。（侍従が藤内侍からの）お手紙を差し上げたところ、（山井中納言は）大変嬉しそうなご様子で、御枕を押しのけて、（お手紙を手に取り、）じっと見つめていらっしゃった。（そこで、）「もうすぐ、帝様が弘徽殿《こきでん》の桜の花をご覧になる（ために中宮のもとへ行かれる）ご予定なので、その時こそ、（みんな帝様について行ってしまい、）御曹司《みぞうし》のあたりも人少なになるでしょうから（、こっそりと藤内侍様のところへお連れしましょう。どうぞ、いらっしゃってください）。」と（山井中納言に）言うと、（侍従は）人目を憚りながら、こっそりと帰って行った。

（弘徽殿にいらっしゃる）中宮のお庭の桜は、いつもの年よりも色も香りも優れているので、帝に（ゆっくり）ご覧いただこうと（あれこれ準備をしたところ）、（帝は）昼ごろから（弘徽殿に）いらっしゃって、いろいろの（趣向を凝らした音曲の）御遊びをなさる。山井中納言もお召しになったけれども、「気分がすぐれませんので（うかがえません）。」とおっしゃって、参上なさらなかった。

（帝からのお召しも断り、山井中納言は、）夕暮れ時に（例の少女と）女車に一緒に乗って、（宮中へいらっしやった。）少女に案内をさせて、（藤内侍の）御曹司の妻戸口にお立ちになると、（かねてからの打ち合わせどおり）侍従が出て来て、暗いところへお通しする。

（藤内侍の）御前には、少納言や弁君など（という女房たち）がおり、「今宵は（姫君が、帝様のお供として弘徽殿へ）いらっしゃらないので、のんびりしていますね。」「（弘徽殿の）御遊びは何でしょうかね。」などと言い合っている。（そこへ）侍従が（やって来て）「いつも夜更かしばかりしているのは辛いものですよ。（今夜はたまたま用事がないようですから）早くお休みなさい。姫君もご気分が悪いようにお見受けしますから。」と言う。（その言葉を、暗いところに隠れた）山井中納言はきっと聞いているに違いない。御前の女房たちを引き取らせてから、侍従は（山井中納言の）お袖を引いて、（少女には）「あなたはそこにいらっしゃいな。私もすぐに帰って来ますから。」と言って、（藤内侍の御曹司に）お通しする。

（山井中納言は）藤内侍の横に添い伏して、（思い続けていた長い）年月の辛かったことなどを（ようやくゆっくりと）お話しなさろうとした、まさにその時に、少納言が走り込んで来て、「（この戸を）開けてくださいな。帝様から（姫君に）お呼びがかかりましたよ。（早く準備して参上しなければ。）侍従君は（どこにいらっしゃるのかしら）。」と騒ぎ立てる。それに驚いて（山井中納言は、御曹司の）灯りを消したので、（少納言は、）「弁君、灯りを持って来て。」と言って、ばたばたと入って来る。山井中納言は、なんとか先程の（暗い）ところへ滑り込んでお隠れになった。（女房たちは）「帝様の御前で琴をお聞かせ申し上げなければ。」「急いで参上しなさいと、お使いが何度も来ています。」と口々に言い騒ぐので、（藤内侍は山井中納言を残したまま、帝の御前に）参上した。

（藤内侍やお付きの女房たちが参上した後には、）侍従だけが残って、（山井中納言に、）「（せっかくここまでいらっしゃったのに、）本当に、（お二人は）わずかばかりの御契りで、本意を叶えられずにいらっしゃることですね。それでも、（藤内侍様は）すぐに帰っていらっしゃるでしょう。その時までは、（藤内侍様が奏でる）琴の音をお聞きになれるでしょう。（その音でも聞きながらお待ちください。）」と言って慰める。（山井中納言は、弘徽殿から聞こえてくる音曲の中に）松陰中納言の笛の音を聞き分けて、（『ああ一緒に演奏しているのだなあ。』と）とても妬ましく思う。

帝の御前の御遊びも、夜がほのぼのと明け行くまで続くので、（山井中納言は、藤内侍に）会う前よりずっと辛く恋しい気持ちが強くなり、（しょぼしょぼとお屋敷へ）お帰りになる。

翌朝、（山井中納言から藤内侍へ）お手紙がある。

〔山井中納言〕どうぞ私の気持ちを思いやってください。あなたとの夢のようなひと時が、とんだ邪魔が入ったために途切れてしまい、意気消沈した私は、泣きながら家に帰りました。その帰り道の、道端の草から露が移り、私の袖の上にも涙の露がこんなに置いています。　(12)

藤内侍からのお手紙には、

〔藤内侍〕「帰り道の、道端の草の露と見紛うばかりに置いた涙を打ち払うあなた袖のことよりも、私には、あなたとの短いひと時の方が気になっております。　(13)

（二人の）仲が絶えなければ（また、お目にかかることもあるでしょう）。」とある。（その後も、山井中納言は、藤内侍からのお手紙の言葉を）頼りにして、なんとか日を送っていらっしゃる。

藤のえん

「三月の頃、松陰中納言の屋敷の（見事な）藤の花をご覧になるために御行幸する予定である。」と、前々から仰せ事があったので、（松陰中納言は帝をお迎えするための）ご準備をなさった。

この松陰中納言は、五条あたりの賀茂川のほとりにお屋敷を構えて住んでいらっしゃった。（そのお屋敷には）池を大変大きく掘らせて、（そこに）賀茂川の流れを引き込ませ、（その池の）水辺のあたりに松をたくさん植え並べていらっしゃった。その松の連なる様には、大変趣向が凝らされていたので、世間の人々は（美しい松並にちなんで、この中納言のことを）松陰中納言と呼んでいた。その松（の中でも、一番立派な松の枝）に藤の（蔓《つる》がからんで花を付けており、その中に）花房が他に例を見ないほど長く（美しく咲きかかり、（他の藤の花とは）比べ物にならないほどよい色のものがあった。

まだ夜が深いうちにご出立された御行幸ではあったけれど、五条あたりに差しかかるころになると、東の山の端より射し出た太陽の光が、帝のお乗りになっている御輿《みこし》に、さらに輝きを加えるように射して、（お供の者たちが演奏する）楽器の音が賀茂川の川風に吹き流されて、（とても聞こえないだろうと思うような遠くの）意外な場所まで聞こえて来るのも、大変荘厳な趣きがある。

帝をご接待申し上げるために（松陰中納言が）お造りになった御殿は、とても高い御殿であった。（そこからは、）山々にかかる霞が細くたなびき、その上方には散り残った桜がまるで雪かと思われるように見える。また、(春になって北へ帰る)雁が連なって、越路の方を目指して飛んで行くのも大変小さく見えるのだが、(その影の小ささに比べ)声が同じように小さくないので、(飛んで行く雁の)数の多さも自然と分かってしまうほどだ。山の麓《ふもと》の小さな田んぼを耕す農夫の、さまざまな姿でさまざまに耕している様子を、(帝は、その御殿に登って)ご覧になったのを始めとして、(いろいろなものが見渡せるので、)大変もの珍しいことだとお思いに(なり、あれこれ感動しながらご覧に)なっていらっしゃる。

(お屋敷の池畔にある、例の見事な花房の)藤の木の陰には、大変大きな石で、上面は平らなのがあり、その石の端は池に向かって突き出している。その突き出した石の先に、波は絶えず打ち寄せ、(石の上に差し出した)松の枝は太陽の光を漏らさないほど盛んに茂っている。(そして、その松の枝に、)まるで御簾を掛けたかのように、藤の花が咲きかかっている。(松陰中納言は、)そのちょうどよい場所に、畳と褥《しとね》(=綿入れの敷物)を何枚も重ねて(敷き)、(帝のために)仮のお席をお造りになった。

(帝は)そこへお移りになって、藤の花房が大変長く水面に届きそうなほど伸び下がって、池の波にその影をゆらゆらと映しているのをご覧になって(、こうお詠みになった)。

〔帝〕小波に映っている藤の花房の影を見ると、まるで誰かに誘われてでもいるかのように、ゆらゆらと揺れているよ。藤の枝に、知らないうちに松風が吹いて来ているようですね。一体、誰が藤の枝を揺らしているのでしょう。もしかして、あなたじゃないですか。　(14)

(帝のお歌に対し、)お屋敷の主人である松陰中納言が、

〔松陰中納言〕藤の花も、このように光栄な御行幸の時にあたり、喜びに打ち震えているのでし

ょう。決して、松風が吹いて揺らしているのではありません。そよりと枝を鳴らすことさえない松風のように、私の帝様に対する心も未来永劫、変わることはございません。（15）

と申し上げると、（帝は）とても気持ちよさそうなご様子になり、（松陰中納言のお心に感じて、）通常の役職とは別枠の権大納言に昇進させた。（また、松陰大納言が藤内侍に）長い間思いを寄せ続けていることを、（帝は、お傍に侍る者から）お聞きになっていた。（そこで、松陰大納言に）「（この見事な）松の木に千年（経っても変わらないこと）を約束しなさい。（これほどあなたに思いを寄せられているとは）藤（内侍）の名前も大したものです。」と、ふざけておっしゃるので、（松陰大納言は困ってしまい、）居住まいを正したまま、ひたすらじっと座っていらっしゃる。

（そんなことがあって、帝は結局、藤内侍を松陰大納言にご下賜なさったのだが、帰りがけに、）「藤内侍の代わりに（、これを連れて帰ろう）。」とおっしゃって、（例の）藤の花房の（中でも一番美しく、）大変大きいのを折らせて、御輿の上に差させ、還幸された。

翌日は東宮の御行啓があり、若公達たちや殿上人たちが大勢（、東宮に）従って（松陰大納言のお屋敷へ）いらっしゃった。（東宮のご一行は、）お池の船にお乗りになり、（趣きのある松並木とそれに咲きかかる藤の花を、池から観賞されながら、）いろいろな管弦の遊びがあった。

（そうこうしているうちにその日も）すっかり暮れて、二十日の夜の月が、山の端に射し出すほどの時間になったころ、（東宮は、松陰大納言の息子の）松陰少将をお呼びになった。（東宮が、）「（昨日は、父帝が、あなたの父君がずっと思いを寄せていたという藤内侍をご下賜なさったそうですね。これでお父君の思いも晴れたことでしょう。今夜は私が思いを晴らす番ですよ。私の）心の松にかかって（ずっと待ち続けて）いる藤（の花、あなたの妹君）を、今夜は（そのお返しに）見せてくださいな。」とおっしゃったので、（松陰少将は、あまりにも突然なお申し出に、東宮にお見せできるほどの準備が）間に合わず、『常のままの姿でいるのを（御目にかけるのは）どうしたものだろうか。』と（いろいろと）思いながら、（妹君のいる）対へいらっしゃった。（急なこととは言え、東宮のお申し出をお断りするわけにはいかないだろうと判断した松陰少将は、）「（東宮様の）御前の御遊びは本当に面白いよ。（もう遅くて、この近辺には人はいなくなったし、月の影もそれほど明るくないから）こっそりと覗いてごらんなさいよ。」と言って（妹君を）誘い出した。

（兄君にそう言われ、松陰姫君は、何気ない気持ちで）高欄のところに（出て来て、）立っていらっしゃる。そこへ（、薄雲が晴れたのか、それまでとは違って）明るい月の光が射した。その光に映えて、（美しい薄桃色の）桜重ねの色つややかな衣の上に、（松陰姫君の）御髪がまるで柳の枝に露がこぼれかかったかのような様子で（黒々と美しく）振りかかっていらっしゃる。そのご様子には、（つややかな柳の枝の趣きだけでなく、）若い梅の木のような芳ばしく美しいご様子まで加わっているようである。（その松陰姫君のお姿を、こっそりご覧になっていた）東宮は、どうしようもなくいとしいと思い、（思わず物陰から姿を現し、姫君の）お袖を捕えようとなさった。松陰姫君はびっくりなさって、（お袖に触れたのが東宮であることも知らないまま、）奥の方へ引っ込んでしまわれた。

もうすぐ夜が明けようとするころ、東宮は宮中へお帰りになる。松陰少将が（お帰りになる東宮を）お送りするためにいらっしゃったところ、お手紙を頂いた。

〔東宮〕散らしてはいけないよ、私が見初めた若草を。若草のように初々しい妹君に、たとえ誰かが言い寄って来たとしても、その葉末に付いている露さえ落としてはいけないよ。誰にも指一本触れさせずに、しかるべき時が来るまで大切に守っておくれ。（16）

（一方、）藤内侍は、思いもかけないご縁で（松陰大納言のもとに）流れ留まっていらっしゃる。山井中納言との（ほんの一瞬だけの）逢瀬のことを思い出しながら、『あのまま、山井中納言殿との仲が途絶えることなく続いていたとしたら、どんなに悔しい思いをしたことでしょう。（松陰大納言殿とこうして一緒に暮らすようになり、そのお人柄に触れることができて嬉しいけれど、だからこそ、あのわずかな逢瀬が悔やまれてなりません。それにしても、宮中が懐かしく、なかなか忘れられないこと。）』と、とても寂しそうなご様子に見えたので、（松陰大納言は、先妻の）故宮が産み残した姫君で、まだ幼い子を一緒に連れて行き、「（宮仕えをなさっていたころとは違い、こうして何もすることがなく）お暇にしていらっしゃるので、（余計に、このように突然私のところへいらっしゃったことに）不安を覚えていらっしゃるのでしょう。（ここに連れてまいりました姫君は先妻の忘れ形見です。）幼い頃から慣れ親しんで来た者（、私の先妻）が、去年の春の頃だったでしょうか、風邪の具合がどんどんひどくなって行き、その時に、

〔故松陰母宮〕私の命は露のようにはかなく消えてしまうことでしょう。先立つ私が、形見として残しておくこの小萩のように可憐な姫君を、どうか世の中の風に吹き荒らされないように、辛い思いをすることがないように、大切に育ててやってくださいませ。（17）

と言って、（やがて亡くなりました。その）遺言となった言葉をほんの一瞬も忘れることがなかったので、

ずっと私のそばを離さずに育てて来たのです。(あなたがここにいらっしゃった今は、)この子をあなたにお預けいたします。(どうかかわいがってやってください。男手で育てるよりも、あなたに育てていただいた方が、この子にとっても幸せなことだと思います。また、この子がいればあなたのお気持ちも紛れるでしょう。)」とおっしゃって、(松陰姫君を藤内侍に)お預けになった。(そこで、藤内侍は、松陰姫君に)琴の練習をさせ、上手に弾けるようにしようなどと思いながら、大切にお育て申し上げた。

この姫君と同じ母親が産んだ子で、松陰少将と呼ばれている少年は、十五歳ばかりの年のころであろうか。その少年の御妹(、松陰姫君)は、少年より二歳ばかり年下で、ご容貌が大変優れていらっしゃるので、東宮がお心を動かしていらっしゃるのだった。その(お二人の)下は、田鶴君と言って、まだ元服前で、ほんの小さな子供でいらっしゃる。

ちょうど(天皇と東宮の御行幸が松陰邸にあった)そのころ、東国の武骨な者たちが暴動を起こしてとても(世の中が)騒がしかった。それで、松陰大納言の御弟で右衛門督の職にあった方に、「(東国の騒動を)鎮めるように。」と帝から仰せ事があり、(そのために、)武蔵守を兼任された。(そして、右衛門督は)大勢の兵を従えて(平定のために東国へ)下って行かれた。

ぬれぎぬ

山井中納言は、（藤内侍との逢瀬がうまくいかず、しかも帝が藤内侍を松陰大納言にご下賜なさったというので、）いろいろと憂鬱なことを少しも忘れることができないまま、いく月も（自邸に）こもっていらっしゃる。そして、松陰大納言のことを、（こんなに思っている私を差し置いて、藤内侍を手に入れてしまうなんて、）ひどい人だとずっと思い続けていらっしゃる。

九月の初めのころ、左の宰相中将、竹川少将、先の右馬頭が（山井中納言のところへ）参上し、「（秋の）長い夜の暇をもてあましていらっしゃるのではないかと思って。」などと（言いながら、みんなで、）どうということもない世間話をしていらっしゃった。

その時に、右馬頭が、「松陰大納言殿は本当にご盛大な運命でいらっしゃることですよ。（大納言になったばかりなのに）もうすぐ大将を兼任なさることでしょう。息子の松陰少将殿も、昨日、中将に昇進なさったということです。今、世間で（噂になっている）ご容貌がとびぬけて美しく、気にならない男はいない（ほど人気がある）藤内侍様まで（帝様から）ご下賜されたことですしね。（それに、松陰大納言殿の御娘の）松陰姫君様は、とても美しくて、東宮様のお気に入りだということなので、（行く行くは入内されて）女御とお呼び申し上げるべき方になられることでしょうね。でもね、今、帝のご寵愛を受けていらっしゃる麗景殿（の女御様）とのご関係はよくないみたいですよ。麗景殿女御様は、松陰大納言殿の（亡くなった）前夫人と同じお母様から生まれたご姉妹でいらっしゃいますからね。（ご姉妹の前夫人が亡くなったことといい、藤内侍様をご下賜され、一緒に暮らしていらっしゃることといい、お気に召さないことばかりなのでしょう。それで、）特にお妬みが深いのです。藤内侍様が（大納言殿のところへ）いらっしゃってからこの方、（大納言殿が）宮中に参内して（いるとお聞きになって）も、（麗景殿女御様は）御前にもお呼びにならないそうです。（と、）このようなことを、昨日、麗景殿女御様の家司である中務少輔が話しておりました。」と言った。

（宰相中将も）「そのようですね。（同じようなことを私も聞きました。今、話題になった）その人（、松陰大納言殿）は私も親しくお付き合いさせていただいており、書道なども習っておりました。（あなたが）藤内侍様に思いを寄せていらっしゃったことを（、誰かから）聞いていらっしゃるみたいですよ。（実はこんな話を耳にしました。いえ、これはそんな）昔の話ではありません。最近、藤内侍様のところにお仕えしている少納言（という女房）が話したところによりますと、『（松陰大納言殿が藤内侍様のところで、）山井中納言殿の恋文が落ちているのをご覧になって、侍従（という女房）に昔の出来事をお尋ねになり、「変な（策略をして）ご縁を結ぼうとしたようですね。（御乳母とは思えないようなことをしておきながら、その罪を受けて）淵瀬にも沈まず、（こうして今まで通り、）世間に立ち交じっているのは、本当に見苦しいことですよ。（よく、そんな恥知らずなことができますね。）」とおっしゃって、（侍従のことを）お笑いになりました。（それ以来、松陰大納言殿は、逢瀬の手引きをした）侍従に対して警戒心をお持ちになったのでしょうか、（藤内侍様の）お傍に近づけなくなりました。』ということだそうです。」（と語った。）

さらに、竹川少将は「（先ほどお話した、東宮のお心寄せの）松陰大納言殿の姫君が、御手洗川《みたらし》で禊《みそぎ》をなさっているのを、（あなたが）垣間見《かいまみ》なさって、

〔山井中納言〕どうしましょう。一目見ただけのあなたのお姿が忘れられず、物思いの涙を流しております。この涙の禊をして、あなたのことを忘れたいと願っても、御手洗川の神がその願いを受けてくれなかった例があります。そのように、あなたのことが忘れられません。(18)

という歌を詠んで（姫君に）送られたでしょう。（その手紙を）松陰大納言殿がご覧になって、『（山井中納言殿が娘に思いを寄せて、こんな手紙を送って来たなどということが）東宮のお耳に入りでもしたら大変だから（、このお手紙は）祓《はらえ》の道具と一緒に（御手洗川に流してしまいなさい）。』とおっしゃって、（あなたのお手紙を）引き破って（御手洗川に）流したということも、聞きましたよ。よもや、否定はなさらないでしょうね。」と言ってにやりとされる。

（さらに追い討ちを掛けるように、宰相中将が、）「それもそうですよね。（御手洗川に禊をして相手を忘れようとしても、忘れられないという）辛い恋の例としては、在原業平という男の（命まで奪われてしまいそうな）どうしようもない恋の思いというのが、（今のあなたの状況では）つくづくと思い知らされることでしょうね。（在原業平ではありませんが、あなたのいろいろな恋のお話が、こんなにたくさん出て来るなんて、）これほどまで、浮名というのが立ちやすいものだとは全く思ってもいませんでした。」とおっしゃって（、こんな歌をお詠みになった）。

〔宰相中将〕恋の浮名を流しては、このように辛いことばかりがこんなにも重なるとは、思いも

寄らないことでしょうね。その噂話が、竹川の流れのように速く、竹川少将の耳に入って噂されれ、世間に流れてしまいます。浮名を流すというのは辛いものですね。（19）

などと言い合って、（みんなで山井中納言を）おからかいになる。

（そんな話をされて、）山井中納言もお心にひどく迫るものが多かったのであろうか、「そのように（私の恋の話を）言い落とさなくてもいいではないですか。（恋というのはもともと）現実離れした心なのですから、その時その時で変わるものなのですよ。私が思いを寄せた方たちのことを（そのように噂されてしまったのでは、きっとその方たちも困っていらっしゃることだろうと、）どうしようもなく思ってしまうので、（私たちのことを噂したご本人にも）よくない噂を流してしまいましょう。（そのために、）これから先のことを計画してくださいな。（私はもうこんな辛い思いばかりするのは嫌ですから、私をあざ笑った松陰大納言殿に、一矢報いたいのです。）」とおっしゃった。

それを聞いて右馬頭が『そんなに（言うほど松陰大納言殿に）ひどいこと（をされたというわけ）でもないのに、大げさな物言いをなさることだ。（この程度のことで松陰大納言殿を逆恨みし、陥れようとなさるなんて、そんなことをしたら、）きっと身を滅ぼしてしまうに違いない。』と思って（計画に加わることを躊躇《ちゅうちょ》して）いらっしゃる様子をご覧になって、「（あなたの娘さんはご兄弟である下総《しもふさ》守殿の養女になっていらっしゃいますよね。）実はね、（その下総守殿のところにいる、松陰大納言殿の弟君の）右衛門督殿は、東国の（反抗する）武者たちを鎮圧し、（それから後は、協力者である下総守殿をないがしろにしているそうです。そして、自分が都から）連れて行った松陰大納言殿の家司である左馬助を、下総守にしようと策略している（という話です。この）ことこそ、ものの道理から外れてよくないことですよ。今の下総守殿は帝様の覚えもよいのに、（それを引きずり下ろして、自分の息のかかった者を昇進させようなどとは、）世の乱れをよいことにして、（勢力を伸ばそうとしているようで、）全く嫌なことですよ。（このお話、娘さんから）既にお聞きになっていらっしゃることでしょうね。」と、主人である山井中納言がおっしゃったので、（右馬頭は）『右衛門督殿のお心は、まさか、そんな（筋を曲げて私欲を通すような）ことはないだろう。』と思うけれども、（娘のことを出され、魔がさしたのか、）ふと悪い考えを起こしてしまった。

（さて、こうして四人で松陰大納言を陥れる計画を立て始めた。松陰大納言に書道を習ったことがあるという）宰相中将の筆跡は（松陰大納言の筆跡に）よく似ていらっしゃるということで、（まず、宰相中将に、偽の）手紙を書かせる。（首尾よく、偽手紙をしたためた後、）「侍従は、（藤内侍様から遠ざけられてしまい、そのことで）松陰大納言殿を恨んでいるということなので、（この策略に加担させるのは）彼女こそ（適当でしょう）。」と（山井中納言が）おっしゃって、例の少女をお使いに出して（侍従を）お呼びになったところ、すぐに参上した。

（山井中納言が）「（藤内侍様との）逢瀬の本意（を遂げる望み）がなくなって（しまった今となっては）、この世に生き続けるつもりもありませんが、定めのない世なので（そのうちよいこともあるかと）思い返して（こうして生きているのですよ）。」と（おっしゃって）、涙を浮かべられると、（それを聞いた）侍従も、大変お気の毒なことだとご同情申し上げ、「（藤内侍様は、あの後すぐに松陰大納言殿とご一緒になってしまいました。あなた様と）お契りになったご縁がこのように浅いものとも知らないで、（あのような逢瀬を仕組んでしまったことで、かえってその時の思い出が）意味もないよるべとなってしまい、（藤内侍様に対するお気持ちを断ち切ることができず、）もの思いばかり募っていらっしゃるのですね。私も（あれ以来、）ずっと疑われてしまっているので、（幼いころから乳母としてお育て申し上げた）藤内侍様の御前に呼ばれることさえほとんどなくなってしまい、生きていても甲斐のない状態で過ごしております。」と言って涙にむせぶ。（その姿を見て、山井中納言は）『彼女も私と同じ（ように松陰大納言殿に対する恨み）心を持っているに違いない。』と（お思いになる。そこで、山井中納言は侍従に）、「（私と同じように松陰大納言殿を恨み、一泡吹かせてやりたいと思っているのなら、この手紙を持って、）麗景殿へ参上しなさい。松陰大納言殿が罰をお受けになれば、（それはあなたの）本意（が叶ったの）だと思うことですね。」とおっしゃったところ、（侍従は）少し微笑んで、「（そういうことでしたら、喜んでいたしましょう。）麗景殿には（私と）親しい中将君（という女房）がおりますから、（こういうことは）取り計らいやすいことに違いありません。」と（言うと、宰相中将が書いた偽手紙を持って麗景殿に早速参上した。そして、顔見知りの）中将君を介して（麗景殿女御に、偽の）お手紙を差し上げる。

（偽の手紙とも知らず、受け取った）麗景殿女御は、「（松陰大納言殿からお手紙が来るなんて）思いがけないことですよ。最近は、縁遠い状態で過ごしていましたのに、一体どういうお手紙なのでしょう。」とおっしゃってご覧になったところ、（その手紙には思いも寄らないことが書いてあった。それをお読みになった麗景殿女御は、）『（あの松陰大納言殿がこんなことを言って来るなんて、本当に）思いもかけないことですよ。（妹が残していった）子供たちのことをきちんと考えているのなら、このような（大それた）心を持つものでしょうか。(たとえ、子供がなく)一人身のまま残されたとしても、そんなことはないものです。(まして、子供たちがいるのだから、その将来を考えないなんて、もっての外のことですよ。それにしても、松陰大納言殿がこんな手紙を送って来たということや、手紙の内容について、よそから)帝様のお耳に入ったのならば、(帝様はきっといろいろとお考えになり、)ご心配なさることでしょう。(それならば、一層、私からこの手紙をお見せしましょう。)』とお考えになる。

(そこで、その手紙を)「松陰大納言殿より、こんな変わった手紙を(送ってよこしました)。」と言って、帝の御前に差し出された。(帝が)「一体何のことだろう。」と、手に取ってご覧になったところ、(その手紙には、とんでもないことが)繰り返し書かれていた。

〔松陰大納言(偽)〕弟の右衛門督がいる武蔵の国、東から、都の方角に、武蔵野の草の様子を見ながら吹く風があります。私がその風になびくように、あなた様もお心をなびかせて下さるとよいのですが。(弟が東国の者たちを引き連れて、都に向かおうとしています。私も弟に心を合わせるつもりです。どうか、亡き妻と同じ血筋のあなた様も、私たちと心を合わせてください。歌《紫のひともとゆゑに武蔵野の草はみながらあはれとぞ見る》　(20)

(それをご覧になった帝は)筆跡も松陰大納言のものだと見えるけれども、(それでもなお信じられず、)お疑いになって、侍従を御前に召し寄せて、「(藤内侍と一緒にさせてからは、仲睦まじく暮らしているようで、)あのようにだんだんと馴染んで行くにしたがって、(二人の仲も)浅いものではなくなっていることでしょうね。」と、お尋ねになる。(侍従は、)「(藤内侍様がお屋敷にいらっしゃった)当時はおっしゃるとおり(お二人仲良く過ごしていらっしゃるご様子)でした。近頃は、(松陰大納言殿は)お心をどこかにお移しになったのでしょうか、(私にはよく分かりませんが、)物思いにふけっているご様子で、藤内侍様とのご関係も絶え絶えのようでいらっしゃいます。(私が拝見したところでは、弟君の)右衛門督様が東国にいらっしゃって、(何やらお二人で)お心を合わせることがあるご様子で、(いろいろとお手紙をやりとりしたり、使者を走らせたりと忙しくなさっています。本当に、藤内侍様のことなど忘れてしまうほど)ただならぬご様子で(いらっしゃいますよ)。」と申し上げる。

(帝は)まだ(納得がいかず、)不安なことだと思われて、麗景殿女御に、「(こうなった以上、ことの真偽を確かめよう。松陰大納言の手紙に対する)お返事をお書きなさい。」とおっしゃって、御前でお書かせになる。(そして、その手紙を)侍従にお渡しになった。

(そこで、侍従は山井中納言の所へその手紙を持って)帰り、(計画に加わった)人々にお見せする。(麗景殿女御のお手紙には、)

〔麗景殿女御〕「お手紙を拝見いたしました。どうぞいらっしゃってくださいな。あなたの先妻とは元々、血を分けた姉妹、同じ根の草なのです。その、草の縁がある私が、どうして今夜、あなたの風になびかないということがあるでしょうか。(21)

今日の夕暮れ、必ず私のところへ来てください。」とあった。

(この手紙を見て、せっかく帝に、不審の念を抱かせることができたのに、今夜、松陰大納言が参内しようとせず、)このままで終わってしまったのなら、(苦労して謀ったことも、その)甲斐がなく、(帝の疑心も晴れて)終わってしまうと、(山井中納言を始め、みんなで)思い悩んでいらっしゃった。すると、侍従が「(実は、)こうするのがよい(方法である)に違いないと思いまして、今日、夕暮れ時に(麗景殿女御様が松陰大納言殿を)お呼びになっているという内容の手紙を、(顔見知りの)中将君に書かせてまいりました。」と言ったので、(そこにいた四人は、)『僻みっぽい心ではあるが、大胆にも(うまく)計画したことだ。』と、(侍従の悪知恵に)あきれるほどに感心する。

(謀反をほのめかす偽手紙をご覧に入れた上に、さらに帝に)「兄の下総守から、『(松陰大納言殿の弟君、)右衛門督殿が、今回(平定して)従えた東国の軍勢を率いて都を襲おうとしているということを、(帝様に)申し上げてください。』と告げて参りました。」と、右馬頭が奏上したところ、(帝は)『(右馬頭や下総守など、)この人々は間違ったことはしそうもない性格だ。(それがこのように言うとは、やはり、松陰大納言に逆心があるというのは本当なのだろうか。)』とお思いになり、今夕、松陰大納言が麗景殿の近くにやって来たのなら、押しとどめて(事の次第を)奏上するようにと、左衛門督にご命令なさった。

(松陰大納言は、自分を陥れるために)このようなことが起こっているとは、全くご存知なく、麗景殿女御がお呼びになったので、今までの(自分に対する)お妬みも少しは晴れたのだろうかと(思いながら)、夕暮れのころに(宮中に)いらっしゃった。

弓張月が光ほのかに輝きだし、ねぐらを探しているのだろうか、雁が一羽離れて飛んで行くのを(、ご覧になって、松陰大納言は、このような歌をお作りになった)。

〔松陰大納言〕夕暮れ時のあわい光の中を一羽だけ離れて飛ぶ雁の行く先は、きっと一羽だけの寂しいねぐらなのでしょうね。寂しげな声で鳴いていることですよ。ねぐらに帰っても、寂しげに鳴きながら眠ることでしょう。（22）

と、心細いご様子で、詠み上げた。

左衛門の陣にお車を停めて、（松陰大納言が）麗景殿へお入りになったところ、（検非違使が出てきた。）「（私たちは）どういうことなのか存知上げないのですが、（あなたがいらっしゃったら）お引き留めするようにという内容の仰せ事がございました。（ですから、こちらへいらっしゃってください。）」と言って、検非違使たちは大勢で（松陰大納言の）御手を捕らえ、左衛門の陣に入れた。（松陰大納言が麗景殿へやって来たので捕えたと、左衛門督が）帝に申し上げると、（帝は、『やはり、あの手紙の内容は本当だったのか。まさか、そんなばかなことはないと思ったが、松陰大納言たちは私に逆心を抱いていたのか。』とあれこれお考えになり、）大変がっかりして沈み込んだご様子になり、（松陰大納言を罰するための）配所を定めることにしたという内容の仰せ事があった。

（麗景殿からの手紙により、今宵父が参内するなどということは、息子の）松陰中将には全く知らせているはずもないことであった。松陰中将は、（父が捕えられてしまったことなど知るよしもなく、例によって）垣根の菊が美しく見える夕映えの色から、月に照らされますます鮮やかになる紅葉の色に、御物思いの深さや浅さを思いなぞらえていらっしゃる。

（そこへ、松陰大納言の）お供の人々が帰って来て（事の次第を報告し）、「このようなことになってしまいました。」と、すがりつくように訴えて来たので、その場にいた人々は（それを聞き、）みんな集まって泣き騒ぐ。(松陰中将は、義母である藤内侍に)「(父が捕えられたというのなら、きっと)私も同じ罪でしょうから、宮中へ参内して父に面会することをまず急ぐべきでしょう。弟や妹たちの行く末のことが気がかりです。身内の者はみな東国へ下っておりますので、あなた様の他に(面倒を見てくださる方は誰も)いません。」と言って、涙で濡れた袖を絞るので、(藤内侍は)「(私の乳母の)侍従までも、今朝から出かけてまだ帰って来ません。(ただでさえ心細い上に、兄君であるあなたまで)幼い者たちを残して、どうして(お屋敷を)出ようとなさるのでしょうか。(どうか、一緒にいてください。)」とおっしゃって、お袖を捉えようとなさるけれども、(松陰中将は)「夜が更けてしまいますから(、急いで参内しなくては父に会えないでしょう)。」と言ってご出立なさった。

(ご出立の時、)お慕い申し上げる(藤内侍や弟君たちの)御声々に(引かれて、松陰中将がお屋敷の方を)振り返ってご覧になると、傾いた月の光がわずかに松の梢にかかっている(ので、それをご覧になって歌をお詠みになった)。

〔松陰中将〕長年住み慣れた家の松の梢に月がかかっています。父も私も家を離れなければならなくなった今となっては、月が私たちに代わって、この屋敷の主人として住むことでしょう。どうか残った者たちの行く先を照らしてやってください。(23)

(松陰中将が)宮中にいらっしゃって、(親しくお付き合いしている)頭中将に、「(父の)罪は一体何なのですか。私も(一緒に)父のいるところへ連れて行ってください。」とおっしゃると、(頭中将は)「(松陰大納言殿に)罪があるだろうとは思いませんが、(帝様が)このようにお決めになったことを、今さらあれこれと詮索するのも軽々しいことではないかと思い、そのままにしております。（松陰大納言殿は）夜が明けたら（隠岐の）島へとご出立されるでしょう。（あなたが父君に）お目にかかりたいと思われるのも当然ですが、（無縁な）私でさえ、思うようにお目にかかることができません。（実の子であるあなたは、なおさら無理でしょう。まずは）私のところへお入りになって、（父君に）お手紙を（書いて）差し上げなさいませ。」と言って、（頭中将が懇意にしている方のところへ）お連れ申し上げる。

（頭中将に連れられて、松陰中将は人目のないところに入った。しかし、このようなことが突然起こったのだから、手紙を書けと言われても、）胸中を表わすのに相応しい言葉はなかなか見つからず（、歌をお詠みになった）。

〔松陰中将〕父君が突然捕らえられたとうかがい、今は涙が川のように流れています。何が何だか分からず、とても辛いときですが、所詮無実の罪ですから、いつかは瀬に浮かぶ泡のように父君の罪も消えることでしょう。罪が消え、水が澄みわたったら、また元の家に一緒に住みましょう。（24）

（松陰大納言は、松陰中将の）お手紙をご覧になり、どうしても涙をこらえることができない。（さらに、藤内侍と突然引き裂かれるようなことになるとは思いも寄らず、）『これで最期だと分かっていたのなら、後世をかけて永遠に（添い遂げよう）と誓っておいたろうに（、今となってはそれも叶わない）。これほどまでに浅い縁であったのならば、どうして一緒になってしまったのであろう。（あのまま片思いでいた方がよかったのに、一緒になってしまったからこそ、なおさら恋しいのだろう。）』（と）まだ幼い子供たちの行く末などを思い続けて、(その後もずっと)涙に沈んでいらっしゃるが、(頭中将が、)お手紙のお返事を急がせるので、(送られてきた)お手紙を裏返して(、こうお書きになった)。

〔松陰大納言〕私は明日さえ分からぬ身の上で、涙の川に沈んでおります。あなたまで同じような辛い境遇に身を沈めることがありませんように、しっかりと我が身を処してください。(25)

(やがて、松陰大納言は宮中をご出立になるが、)都へのお名残は尽きそうもなく、例え千夜を一夜として数えたとしても(飽き足らず)、明けて行く空が恨めしいことだろう。(それでも出立の時限というものがあり、日が昇ってしまってから都から出るのは見苦しいことなので、泣く泣くご出立になった。途中、松陰大納言は)お車の向きを変えて、五条を東の方へ行かせ(、お屋敷の横を通るように命じ)た。(お車は五条のお屋敷の近くにさしかかる。)『松の梢が(朝の薄明かりの中で)かすかに見え始めている、あのあたりは、住み慣れた我が家の池のほとりであろう。』と思うにつけても、(松陰大納言は)『どうしてこのようなことになってしまったのだろう。(住み慣れた宮中を離れ、私のところへやって来た藤内侍の)お嘆きは私以上でしょう。(二人が一緒になることが、藤内侍の)嘆きの種になるであろうとは、全く思ってもいなかったのに(、愛する人をとんでもない目にあわせてしまったことだ)。』(と、)御行幸の時のことを思い出す。それにつけても、『(藤内侍を)藤の花房に代えて(ご下賜)くださった帝様のお言葉も、同じ年のうちにこのように変わってしまったことよ。』と、(お屋敷の横で)しばらくお車を停めさせて、(藤内侍に)お手紙を送った。「(隠岐の島へ向かう今となっては、最期のお別れとして)お顔を見ることさえ思うようにならない辛さを、どうぞご推察ください。(先妻が遺した)小萩の露のように幼い者たちまであなたの

元に置いて行くことになってしまったことを思うと、とても悲しくて、

〔松陰大納言〕運命に流され、島へ流れて行く我が身はただでさえ後ろ髪を引かれる思いなのに、賀茂川の川波がしがらみにかかっている様子を見ると、あなたや子供たちのことが思いやられ、ますます心残りが募ることです。（26）

（お使いの者が、松陰大納言からのお手紙を、藤内侍にお渡しする。突然のことに藤内侍は呆然とお手紙を眺めていらっしゃったが、）「（松陰大納言殿の）お車がお屋敷の近くを通り過ぎてしまいそうです。」と（お返事を）急がせたので、（藤内侍は、）

〔藤内侍〕例えあなたが流されて行ったとしても、しがらみにかかって留まる賀茂の川波のように、いつかまた、帰っていらっしゃって、もう一度お顔を拝見することができますように。それまで、私はずっとお待ち申し上げております。（27）

と、泣きながらお書きになって、お屋敷の高殿に登（り、松陰大納言のお車がある方をご覧にな）ると、お車は賀茂川の橋の上を渡って行く（ところであった）。（藤内侍が、韓国の大葉子のように）御袂を振って（松陰大納言のお車を）招きよせる（ような格好をなさる）と、（松陰大納言は、お屋敷の方を）振り返ってご覧になる。（お車が進み、松陰大納言の）お姿が大変小さくなって行くにつれ、そのまま霧の中に消えて行くので、（藤内侍は、これが）永遠の別れ（であるか）のようなお気持ちになっていらっしゃる。

（寒そうな雲がかかり、）早くももう時雨出している様子が察せられる（山城の）稲荷山の（あざやかな）紅葉（を横目で見て）、（寂しげに）鶉が鳴いているような（寒々と荒れた）野辺も（お車の）後ろになって行き、

（やがて松陰大納言を乗せたお車は、）伏見の里にお着きになった。

〔松陰大納言〕遠く離れた都を懐かしみながら眠る旅寝の、夢にさえも都は遠くなってしまった。旅先である伏見の里では、あれこれと考えて眠られぬままに、床に横になりながら月を眺めていることだよ。（28）

（やがて、）淀の渡りをしようとなさるときに、朝霧が大変深く一面に立ちのぼり、都の（方にある）山も（、一体どれがそうなのか、）見分けることができないので、（松陰大納言は、）これからの道のりはるかな旅路の空に思いを馳せて（、このようにお詠みになった）。

〔松陰大納言〕突然、このように濡れ衣を着せられてしまい、涙ですっかり曇ってしまった心の闇、その闇をさらに閉ざすようにあたり一面に立ちのぼり、消え行く先がどこにもないかのように、行方に迷っている淀の川霧よ。私の心もますます晴れぬ悩みに沈んで行くことだ。（29）

今日は（長寿を願う）垣根の菊に（思いを重ねて、あれこれと将来のことを）推し量っているのに、（盛りに咲き誇っていた白菊は、思いもかけぬ運命の波に翻弄《ほんろう》される我が身のように、）昨日のうちにすっかり色が変わってしまった。このように本当に定めのない世であることよ（と思って、また、松陰大納言は、歌をお詠みになった）。

〔松陰大納言〕本来ならば長寿を願ってかざすべき、垣根に咲いている菊の花、その花に置く露ではないが、今、私の袖には、不運を嘆く、涙の露の白玉が乱れながら散りかかっていることだよ。（30）

だんだんと道を進めるにつれて、（都はどんどん遠ざかり、やがて隠岐の島へ向かう船にお乗りになる。遠流になった小野篁が詠んだように、）「（私は、はるか遠くの島を目指して漕ぎ出たと、都に残した）人に告げなさい。（歌《わたの原八十島かけて漕ぎいでぬと人にはつげよあまの釣舟》）」と声に出して詠みながら、海をご覧になったところ、（はるか沖に小さく見える）島は、まるで波に揺らされるように（心もとなく海に）浮かんでいて、（そちらに向かう）船の行く先が見えたり隠れたりするのは、海霧が晴れたり曇ったりしているからであろうか。（海辺に生える）松の木の間から煙が細く立ちのぼって、（その煙の先が）浦風に（吹かれて）横に曲がって（流れて）行く夕方の空（の様子）は、大変しっとりとした風情がある。

　暮れて行くにしたがって、月の光はいよいよ明るくはっきりとして来て、（その清らかな光に照らされ、松陰大納言の）お心も澄みわたったので、「一体ここはどこなのですか。」とお供の人々にお尋ねになったところ（、ある人が、このようにお答えした）。

〔供人〕今漕ぎ過ぎようとしている浦の名は、空に浮かぶ月の光のようにはっきりと、そらで言えるくらい有名なところですよ。今夜はずっと月を見て過しましょう。ここそが、月で有名な明石の浦です。その浦の波に月光が宿っていますよ。私たちも、月と同じように浦波を宿といたしましょう。　（31）

（その歌をお聞きになって、松陰大納言は、都を離れて）淀の渡りをしてからの日数を指折り数えてごらんになったところ、なるほどちょうど（今夜は九月の）十三夜になっていた。「（都にいたころ、）年来ずっと気になっていた（有名な明石の）浦の名前を、こうして尋ねてみなかったのなら、そのまま（知らずに）通り過ぎていたに違いない。」とおっしゃって（、松陰大納言は歌をお詠みになった）。

〔松陰大納言〕かの有名な明石の浦で旅寝をした上に、さらに、大変趣きがある十三夜の今夜の月を、その明石の浦で見ることだよ。（32）

『（今宵が後の月、九月の十三夜であるのならば、）きっとこのように、（懐かしい人々がいる）故郷でも今夜の（美しい）月を見ていることであろう。（一体、どのような思いでご覧になっていることか。）』と思い出されるにつけても、美しく冴えわたる月影も、（望郷の涙で）かき曇ってしまった。

松陰中納言物語第二（あづまの月・あしの屋・車たがへ）

人物関係図

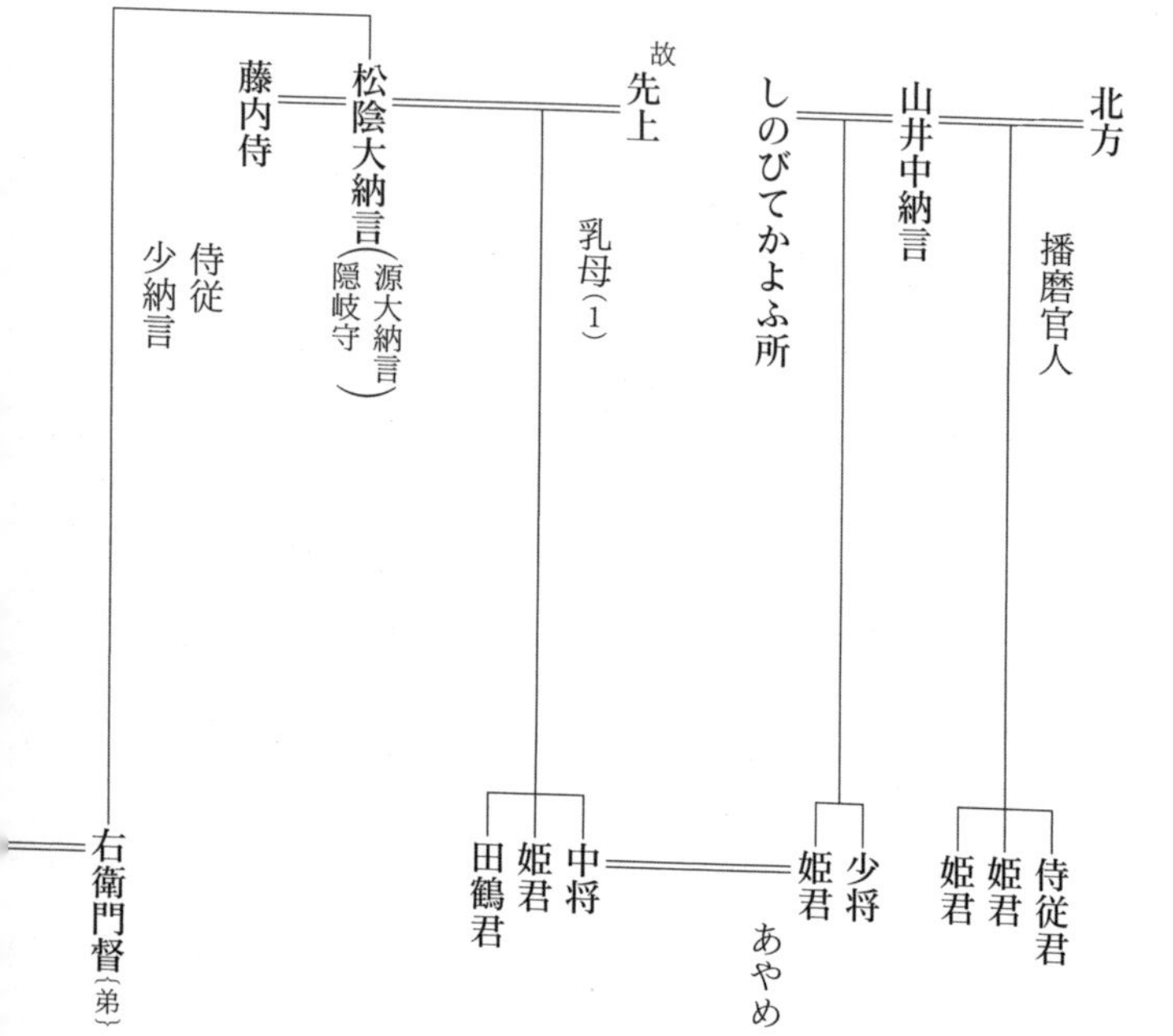
北方
播磨官人
山井中納言
しのびてかよふ所
故
先上
乳母（1）
松陰大納言（源大納言 隠岐守）
藤内侍
侍従
少納言
侍従君
姫君
姫君
少将
姫君
あやめ
中将
姫君
田鶴君
右衛門督〈弟〉

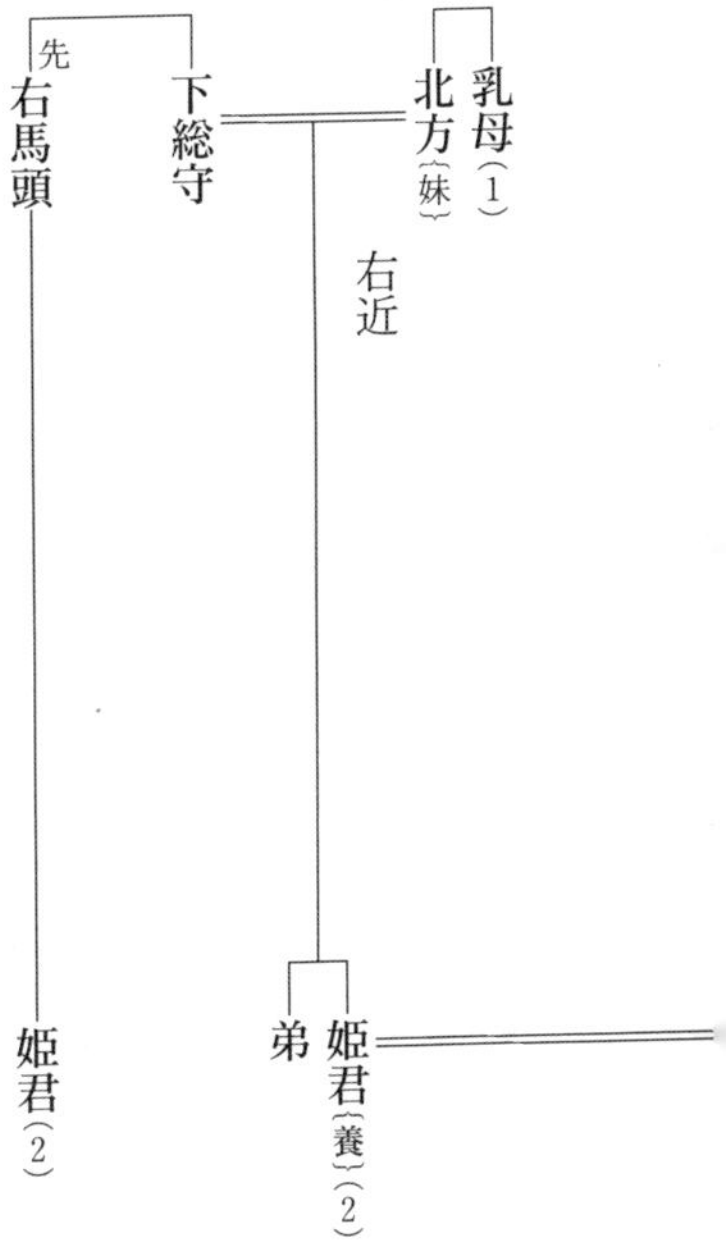

〈個別に登場する人物〉

竹川少将
妹
頭中将
宰相中将

※（1）（2）はそれぞれ同一人物を示す。

梗概

松陰大納言の弟・右衛門督は、乱を鎮めるために下った東国で、不思議な玉を手に入れ、また、下総守の養女を妻とする。しかし、兄の一件のため帰京することができない。

一方、松陰大納言の長男・松陰中将も、自ら都を離れる決意をし、帝の仰せに従って須磨にわび住まいをする。そこで、かねてから思いを寄せていた山井中納言の娘と、思わぬ事件が元で結ばれる。この事件で大活躍した山井中納言の息子・山井少将は、義母の嫉妬《しっと》深さにあきれ、諭そうとするが、一向に効き目はない。

都に残った藤内侍には、侍従を介して山井中納言が、少納言を介して宰相中将が、それぞれ強引に誘いかけてくる。危うく策略の車に乗り込みそうになった藤内侍であったが、頭中将の機転で難を逃れる。改めて屋敷に留まる決心をした藤内侍、侍従も少納言も去った松陰邸には、梅の花ばかりが咲き誇っている。

あづまの月

（松陰大納言の弟・）右衛門督は、東国の軍勢をいたるところで平定なさって、下野《しもつけ》国にいらっしゃった。（それを、下総守は）非常に丁寧にご接待し、自分のお屋敷（のある下総）にご招待する。

この下総守の北の方は、（右衛門督の兄・）松陰大納言の先妻（・故母宮）の御乳母であった方の妹なので、（右衛門督とは）小さい時から親しくしていらっしゃった。（一方、下総守夫婦は、下総守の兄弟である）右馬頭の御娘を（養女にして）自分たちの子供のように（慈しんで）育てあげ、東国にまで一緒に連れていらっしゃった。（その姫君は）とてもかわいらしいご様子で、性格もお優しかったので、（妻にしたいと）申し込む人が大勢いたけれども、（下総守夫婦は、）『東国の人と一緒にさせるのは不本意なことだ。』と思って、（言い寄って来る男性が近づかないように配慮して、姫君を）お屋敷の奥の方に入れ、大切に守り育てていらっしゃった。（実は、下総守夫婦は、姫君の婿には）右衛門督を（迎えたいものだ）と心に決めていたが、『こちらから言い出すのもどのように思われるだろうか。（右衛門督殿はこちらからの申し出など、受けてくださらないに違いない）。』と思い込んで、日々を送っていた。

（そうして過しているうちに、十三夜の月見の頃になった。下総守は、右衛門督に、）「今宵は九月の十三夜（・後の月）でございます。須磨や明石の月は有名ですが、都からあまり遠くないので、見たことがある方も大勢いらっしゃることでしょう。（須磨、明石のように有名ではございませんが、都を遠く離れた）東国の海の波間に（今夜の名月を）ご覧になって、都へのお土産話にでもなさってくださいな。（後の月の宴を開きますので、どうぞお越しください。）」とおっしゃる。（右衛門督は）「（こんなに遠く離れた所の波間から昇る月を見るなんて、）都の月よりも本当に珍しい色が加わって、美しく見えるかもしれませんね。（東国までやって来るなどということはまずないことなので、）こういう機会にでも会わないと（、ここで月を見ることもないでしょう。是非見たいものです。」とおっしゃって、（後の月の宴が行われる海辺に）お出かけになる。

（後の月の宴では、）とても美しく船を飾りつけて、まだ日が暮れないうちは、（月が出るまでの余興として、下総守が）漁師たちをお呼びになり、各自それぞれに（得意な）技を披露させる。（こうした漁に関するいろいろなことは、）見慣れないことなので、右衛門督は、大変面白いことだとお思いになる。『波の上で自由自在に浮いたり沈んだりする様子は、（まるで）水鳥が（人間の姿になって）生まれて来たのではないかと（思われ）、前世からの因縁まで気になることだ。波間を掻き分けて沈んで行く（その先）は、とても深い海の底ではないか。』と思っていらっしゃる。（また、漁師たちが）大変長い間（海中に潜って）いて、（その後、）岩の上に上がって、呼吸もできない（ほど、苦しそうな様子をしている）のは、傍で見ている人までもとても苦しい（ように感じてしまう）。

（それで、下総守が漁師たちをねぎらうために）お船の近くにお呼びになって、お酒を振舞うと、（漁師たちは）水の上に浮かんで盃を受けながら、歌を歌う。（右衛門督は、）東歌に違いないと思うけれど、（都の言葉とは違っているので）全く聞き分けることができない。同じ事を（繰り返して）言っているのであろうか、（漁師たちが）口々に歌っているのを、（「一体、何について歌っているのですか。」と、右衛門督がお傍の）人にお尋ねになると、（その人は）「『すばらしいお酒の味わいですこと。お腹いっぱいいただいたのなら、きっと来世までの思い出になることでしょう。』と歌っているのですよ。」と申し上げる。（それを横で聞いていた下総守は、）「（その願いを叶えるのは、）とても簡単なことですよ。」とおっしゃって、大きな盃を波の上に浮かべさせた。（すると漁師たちは）喜んで、お腹がいっぱいになるほど、ぐいぐいと飲む。（その様子を見て、右衛門督は、）『中国の船乗りたちがするという三月のころの（宴の）様子も、（盛大で面白いものだとは聞いているけれど、）これほどのものではないであろう。』と思っていらっしゃる。（そう思っていらっしゃるうちに、）全員が海中へずぶずぶと潜って行く様子を、『一体何をしているのか。』と（思って）ご覧になっていると、（海中に潜った漁師たちは、お酒のお礼として、）鮑やニシ貝などを頭に載せて浮かびあがり、「お酒菜に。」と言って献上する。

その（漁師たちの）中に、一層姿かたちが（他の者と異なって）奇妙な者がいて、その者が、大きな玉でいろいろな光を宿しているのを捧げ持って、（右衛門督がお乗りになっている船の傍までやって来た。）「長い間、肌身離さず持ってまいりましたが、『これぞと思う人に差し上げよう。』と思い続けて来ました。（この玉は）聖徳太子が百済《くだら》の皇帝から頂いたものを、物部守屋が奪い取って、難波の海に沈めてしまったものです。それを（私が奪い取って）自分のものとして持っていました。三千年ほども、（私はこの玉を持ったまま）この海にいましたが、このようなすばらしい思いをしたことはありませんでした。（それで、お礼にこの玉を差し上げようと思います。）」と言って、お船にあるかぎり（のお酒を）飲み尽くして、波の上に立って舞った。(その様子をご覧になった右衛門督は、)大変不思議なことだとお思いになって、(美しい)色に染められた衣をお与えになった。すると、(その者は、)

〔海の神〕この布は色も香も大変美しいものです。でも、お返しいたしましょう。この布の色香ほど深くはないですが、深い海の底に住む私にとっては、波に濡れた衣で充分に事が足ります。海の底に住む私は濡れ衣を着ましょう。(33)

と言って、(せっかく与えた衣を)お船の中へ投げ返して、海の底に沈んだ。(見ていた人々は不思議がり、)漁師たちを海中に潜らせて、探させたけれども、どこへ行ったかも分からないままになってしまった。

やがて、日が沈むにしたがって、海面は、広い野原に降りしきる雪の朝(、まるで降りしきった雪の上に日光が射したかのように、波風がとても静かになり、(十三夜の月に相応しい)趣き深い景色で、(はるか海の彼方まで)ずっと見渡すことができた。(この穏やかな海の様を愛でるかのように、)下総姫君が太平楽(＝天下太平を祝う雅楽の舞曲)を弾いていらっしゃる。その琴の音がはっきりと美しく聞こえて来るので、(右衛門督は、下総姫君の琴の音に)笛を吹き合わせながら、『東国での騒動も、あまり時間をかけることなく鎮まったので、この曲はちょうど今の状況に合っているな。』とお思いになる。また、(右衛門督が、)想夫恋(＝夫を想う恋の曲)を奏でると、(下総姫君は、それに琴を)弾き合わせるのだけれども、一体(下総姫君は右衛門督のことを)どのようにお思いになっているのであろうか。(やがて)浦風も夜の寒さを含み始め、夜が更けて来たことが自然と分かるようになったので、(下総守は宴を閉じ、)お船を水際へ寄せさせた。

（船を降りた）右衛門督は、何となく（先ほど聞いた）琴の音色（の美しさ）を忘れることができないままに、（美しい琴の音の主が知りたくなったので、）お付きの人々を先に寝所に返した。（そして、）『住んでいらっしゃるところはどこだろうか。』と、月（の美しさ）を言い訳にしてぶらぶらとお出かけになったところ、（お屋敷の奥の方から）かすかに（先程の）琴の音が聞こえて来た。

（右衛門督は）『あちらの方に姫君がいらっしゃるに違いない。』と聞き取って、（そっと物陰から、そちらの方を）垣間見なさったところ、お付きの女房たちは寝静まっている様子で（誰もおらず、姫君はただ一人）、月が射し込む方の遣り戸を開けて、（爪弾きながら）琴に寄りかかっていらっしゃる。そのお姿を、大変かわいらしい様子だとご覧になり、（心を惹かれ、）そのままじっと見つめてばかりいる気もしなかったので、（右衛門督は下総姫君のいらっしゃる所に）さっとお入りになる。

（右衛門督が入っていらっしゃったのに気づいた下総姫君が、）「（私なんかをご覧にならないで、この美しい）月をご覧なさいな。」とおっしゃって、奥の方へ引き入ろうとなさるのを、（右衛門督は引き止め、）「一緒に見てこそ後の月も風情があるというものでしょう。（一緒に見ましょうよ。）」とおっしゃって、（下総姫君を）引き寄せてお抱きになり、月の光が射し込む簾の傍へ（連れて）いらっしゃる。（そして、二人で）琴を枕にして横になられたところ、（下総姫君は）とても恥ずかしそうなご様子で衣を頭から被ってしまった。それを、（右衛門督は）「どうして月をご覧にならないのですか。（頭から衣を被っていたのではご覧になれないでしょう。お顔をお出しなさいな。）東国では、（後の月が）沈んで行く様子を見ないで過ごす習慣があるのですか。（後の月の沈む様子は趣き深いものなのですから、ご覧にならないのは無粋です。ほら、一緒に見ましょうよ。)」とおっしゃる。(下総姫君が、)「(私は長年東国で暮らしていますので、都の方のような風情は分かりません。その)風情が分からない東国育ちの私の心までも、(今夜のような明るく美しい)月の光で見えてしまいそうですから(、こうして隠れているのですよ)。」と小さな声でおっしゃるのも、(右衛門督は)愉快にお聞きになる。

(お二人で過ごすうちに)夜もだんだん明けようとしているので(、右衛門督は名残りを惜しんで歌をお詠みになった)。

〔右衛門督〕有名な十三夜の名残りの月、その名前どおりに、今宵の月は本当に別れてしまうのが残念です。あなたは本当に噂どおりの方だったので、お別れするのは辛いことです。こんなに心残りで、別れが悲しいのに、うっすらと明るくなって来る東の空ですよ。今宵の月のように、あなたとの名残りも尽きません。(34)

(下総姫君の)御返歌。

〔下総姫君〕名残りの残る今宵の名月のように、あなたも去って行くのですね。再び巡り合う空を忘れないでください。きっとまた来てくださいね。(35)

朝になり、(右衛門督は下総姫君に、後朝《きぬぎぬ》の)お手紙をお送りしたいと思うが、(これといってよい)方法も見つからないので、(きちんとお手紙が出せないことを)大変心配しながら過ごしていらっしゃる。(そこへ)下総守が参上なさって、(右衛門督に)「昨夜の海風はお体に障っておりませんでしょうか。とても心配で。」とおっしゃったので、(右衛門督は)『(下総姫君の)琴の音のことであろう。(姫君のことを聞いていらっしゃるのだな。）』とお思いになり、「すばらしい色香でございましたよ。（土地のものとは異なる船来の）唐琴でしょうか。もっと聞きたいものです。」とおっしゃったところ、（下総守は）思いがけないお返事だと思いながらも（琴を）取り寄せ（て、右衛門督の御前に差し出し）た。（右衛門督は、その琴をちょっと）お弾きになり、「（この琴の音が）波の音に勝るくらい鮮明に聞こえたのも、なるほど納得がいきましたよ。」とおっしゃって、（琴を）箱に入れようとなさる。（そうしながら、下総姫君への後朝の）お手紙を琴の緒に結びつけて、「これを、元のところへ（お返しください）。」とおっしゃって、差し出すように置いたので、（下総守は琴を）持って引き下がった。

　下総姫君は、（下総守が）琴を持って行ってしまったのを、不思議なことだと思って（いたが、やがて返されて来た琴の箱を）開けてご覧になると、（中の琴の緒にはお手紙が結びつけてあり、そのお手紙には）見飽きないほど美しく懐かしい筆跡で歌が書かれていた。

　〔右衛門督〕「あなたの琴の音を聞いていたころよりも、直接お目にかかった後の方がさらにあなたに対する思いが深まったことですよ。それなのに、後朝のお手紙が遅くなってしまったのは、周りの目を気にして憚かるのが習慣になってしまっているからです。決してあなたのことを忘れていたわけではありません。（36）

今夜は早く回りの方々を寝静まらせて（ください。そうしたら、早い時間からあなたの元に行けますから）。」と書いてあったが、（下総姫君は、そう言われても、経験のないことなので一体）どのようにしたらよいかと、判断もできない。（そして、お返事の仕方も分からず、戸惑うばかりだった。）

（下総姫君がどうしようかと思い悩んでいるところに、ちょうど、姫君の）幼い弟君が「お客様（＝右衛門督）のところへ参上しようと思うのですが、扇を昨日、海に落としてしまいました。（扇なしでは格好がつかないので、姉君、一つ）くださいな。」と、おねだりにいらっしゃった。（下総姫君は、）こんなによい機会はないと思って、（弟君に差し上げる扇の）隅に小さく（お返事の歌を）お書きになって、（弟君に手渡しながら、）「この（扇の）絵はとてもよく描きあがっているので、お客様にご覧に入れなさい。そうしたら、（きっとお客様は感心して、あなたに）小さい犬をくださることでしょう。」と言って微笑まれる。（弟君は、それを聞いて）喜んで、母君のところへいらっしゃって、「（姉君が私に）扇をくださいました。」と言ってお見せする。（母君は、扇の隅に書かれた姫君の）歌を見付けて、（姫君がこんな歌を書くなんて、）何か変だなとお思いになる。（それで、）もう少し成り行きを見ようと思って、（弟君の）後ろについて行き、屏風の陰から（右衛門督と弟君のやりとりのご様子を）お覗きになる。

（そんなことは気にもせず、弟君は右衛門督のところに行き、下総姫君から受け取った扇を差し出して、）「この扇の絵をご覧ください。姉君が描いたのですよ。（とても上手に描けているでしょう。）」とおっしゃったので、（右衛門督は、その扇を手にとって）「本当にうまく描けていますね。」とおっしゃって、（よく）ご覧になる。（すると、）

〔下総姫君〕あなたのことをいとしく思う気持ちも、その気持ちが表情に出ないように隠す方法も、思い付きません。あなたと別れた今朝のまま、心が戸惑っております。あなたにお目にかかりたい気持ちを隠しようがありません。（37）

（と書いてあった。右衛門督は）今朝の琴（に付けた手紙）の返歌に違いないと思い、（弟君に）「この扇は私にくださいな。（代わりに、あなたには）犬を差し上げましょう。都にたくさんあるので、（それを）選んで取り寄せて、（こちらに到着した）その時に（必ず差し上げますから）。」とおっしゃって、（とりあえず）黄金で作った犬の絵の描かれた香箱を（弟君に）くださって、「（この箱を）お姉さんにお見せなさい。（見せた後はあなたのものにしてよいですからね。）」とおっしゃったので、（弟君は喜んでその香箱を）持って、（屏風の後ろへ）入って来る。

（その様子を見て、）母君は、とても不審なことだと思って、「私にも見せてくださいな。」とおっしゃって、（弟君から、香箱を）取り上げてご覧になる。（すると、香箱の中に、姫君への恋歌が書かれていた。母君は、）『やはりね。昨夜の琴の音を道しるべとして、（右衛門督様は姫君のところを）お訪ねになったに違いない。』と思うけれど、（自分が望んでいた通りに事が運んでいるので、邪魔してはいけないと思い、二人の関係に気づいているという）素振りを見せまいと、本心を隠して（普段どおりに振舞って）いらっしゃる。

（弟君は、）下総姫君のところへいらっしゃって、『（この香箱を）ご覧に入れたら、（後は）自分のものにしてしまおう。』と思って、（下総姫君に）お渡しになりながら、「（お客様が）この犬を（私にくださいました）。」とおっしゃったので、（下総姫君は）「（ほらね、）私の言葉は間違っていなかったでしょう。（きちんと、扇のお返しに犬がもらえたでしょう。）」とおっしゃって、香箱の蓋《ふた》を取ってご覧になると、内側に（、このように歌が書かれていた）。

〔右衛門督〕「別れた今朝は心が迷っていて何も考えられなかったとしても、今夜また会いましょ

うと言ったことを忘れてはいけませんよ。必ず、今夜もうかがいますから、待っていてくださいね。(38)

(これをご覧になって姫君は、その筆跡の美しさに、消してしまうのは)もったいないと思われたが、(このまま蓋の裏に書いておくと、)他の人が見てしまうかもしれないと思って、(そのお歌を)消してしまわれた。

(一方、)母君は、(下総姫君が、右衛門督とのことを)隠していらっしゃるのもきっと辛いことだろうと思い、右近という女房を呼んで、「今夜、(姫君の元へ)右衛門督様がいらっしゃるようです。(恥ずかしくないように)しっかりと準備をしなさい。(右衛門督様が婿になってくださるのなら、姫君の)行く末も頼もしいことですから。」とおっしゃったので、(右近は)『やはりね。今朝からの姫君のご様子も、昨日弾いていらっしゃった曲を、何度も繰り返して演奏なさっているのも、(何か、いつもと違っていらっしゃるようで、)気がかりなことでしたよ。(そういう訳だったのですね。)』と思って、(姫君には)「こういうわけで。」とも言わないで、(きれいに)几帳を張り巡らし、隅々まできれいに掃除をした。(それを見て、下総姫君は、)「こんなところに、生い茂った草の露を踏み分けて(、私のような者を訪ねて)いらっしゃる人もいませんのに、そのように(きれいに掃除)しなくてもよいものを。」とおっしゃる。(右近は)「(秋もすっかり深まって来ましたから、)蓬の露を払うことはできないでしょうけれど、(あなたが不安に思っていらっしゃる)お胸の霧(のような心配事)は、きっと今夜晴れることでしょう。(右衛門督様が、今夜いらっしゃいますからね。)」と言って微笑むので、(下総姫君は、)とても恥ずかしいことだとお思いになる。

(そうこうしているうちに日も暮れて、月が昇り始めた。)母君が(下総姫君のところへ)いらっしゃって、

「今宵の月は、昨夜ほど有名ではありませんが、とても明るく、(昨夜以上に)照り輝くに違いありません。露深い庭の蓬に月光が射す様子をご覧なさいな。」と、それとなく誘いかけなさると、(下総姫君は、)「昨夜の(美しい)月を、見飽きることなく眺めて夜更かしをしてしまいました。(寝不足で)気分もあまりよくありません。なるべく早く、人々を寝静めてくださいな。(そうすれば、私も静かに休めます。こんな夜更かしをした姿を人前に晒すのは)さぞかしみっともないことでしょう。明日の夜こそ、(きっと、月を)見ますから。」とおっしゃった。(母君は、)あのお手紙にあったように急いで人払いをしようとなさっているのだなとお考え合わせになるけれども、「(隠していらっしゃるようですけれども、本当は月をご覧になりたいのでしょう。そのお気持ちは、)軒のしのぶ草のように色に出ていて、かわいらしいことだと拝見していますので。」とおっしゃって、強いて「こちらへ(いらっしゃいな)。」と、先に立って進まれるので、(下総姫君は)納得が行かないまま、はるばると長い廊下を渡って、今朝(、右衛門督と)別れた妻戸(にお着きになった。母君が妻戸)口にお立ちになり、(下総姫君に)「月がとっても美しいですよ。出てご覧なさいな。」とおっしゃると、恥ずかしそうなご様子で、いざり出ていらっしゃった。(こうして、右衛門督と下総姫君は再会した。)

右衛門督は、(姫君のお歌の)しのぶの色に出るように気持ちが表れてしまうという言葉を思い合わせて、(下総姫君に)「今宵の月を(一緒に)眺めてこそ、(他人に分かってしまうほど)乱れた気持ちもさわやかになるのですよ。寝てしまったとしたら、きっともったいないことでしょう。」と微笑まれるので、(姫君は)「(昨夜夜更かしをしてしまったので、)きっとみっともない姿になっていることだろうと思いやられますので、（どうかこのような明るい月の下に晒すなどということはなさらずに）お暇をくださいな。」とおっしゃって、一緒に微笑みながら（月を見て）立っていらっしゃる。やがて、（吹き来る）夜の風に（お二人は）、「肌寒いから。」とおっしゃって、妻戸の中にお入りになった。

（妻戸の中にお入りになった後、お二人は、）昼間の面白かったいろいろな出来事などを、お互いに語り合って、一緒にお休みになった。

夜が明けると、（早くも二夜が過ぎたということで、）三日目の夜をお祝いするお餅の準備など、母君は（いろいろと）指図して、大変盛大なご様子である。

（こうして、三日夜も果て、無事ご結婚の儀式が終わった。）その翌日には、（右衛門督は、）下総姫君を連れて武蔵の国へお帰りになった。

（武蔵の国で）二三日過ごしてから、（下総姫君とご一緒に、）都へ上ろうとなさったが、予想外の事件が起きて、（そのまま姫君の里である）下総の国に住みなさいという（帝からの）お達しがあったので、（右衛門督は）身に覚えのあることではないけれど、再び（下総の国に）お戻りになり、物思いに沈んだ年月を過ごしていらっしゃる。

あしの屋

松陰中将は、(五条のお屋敷を出たものの、まだ)都の内に留まっていらっしゃったが、(父君が、)はるか遠くの隠岐の島へご出立なさったのを、悲しいことだと思われて、「私がこのように(このまま都に)いるのは、(父君にだけ遠流の苦しみを味わわせている親不孝者のすることで、)きっと、後世までも罪深いことに違いありません。都の内を出ようと思います。」と、頭中将におっしゃったので、(頭中将は、)「幼いご兄弟たちのことをも、(たとえ)一緒にお暮らしにならないまでも、(お傍にいて、)ご覧になってくださいな。(父君が罰せられたとは言え、)無実の罪でいらっしゃいますので、すぐに(御身の潔白が)明らかになることでしょうから(、あなたまで都を出るなどとおっしゃらないで下さい)。」と、強くおっしゃるけれど、(松陰中将は、)「(弟や妹が)幼いうちはそうでもないだろうけれど、(やがて成長して、物事が分かるようになって来ると、)他の人に会うような時ごとに、(父君だけに憂き目を見せて、兄君は自分たちのために都に留まっているのだと、肩身の狭い思いをし、)気を使うのも、きっと辛いことでしょう。(父の罪が晴れて、父と私が)一緒に都へ戻って来ることこそ、きっと理想的なことでしょう。」と、しきりに嘆きながらおっしゃるので、(頭中将は、そうは言うものの、)さすがにご心中をお察し申し上げて、「(あなたがそれほどまでにおっしゃるのなら、あなたのお気持ちを帝様に申し上げましょう。そして、どのようにするのがよいのか、)帝様のお考えにお任せいたしましょう。」とおっしゃる。

（頭中将が宮中へ参内し、帝に）事情を説明し申し上げると、（帝は）「まだ若々しさがあるような（松陰中将の）お心には、（今は都を離れ、罪が晴れてから、父君と一緒に帰京するというのが、）今後の身の振り方としてよいことだと思われるのでしょうね。（松陰中将がそう考えているのなら、そのようにさせてあげましょう。でも、）遠いところでは（都に残しておく幼いご兄弟たちのことも）心配でしょうから、須磨の浦がよいでしょう。」とおっしゃって、もったいなくも御涙を御衣《みぞ》にお流しになるので、（それを拝見していた頭中将は）なおさら涙を止めることができず、（かといって、帝の御前で涙するのも憚られるので）袖に（涙を）隠してお帰りになる。

（頭中将を通じて、帝のお言葉をうかがった松陰中将は、）翌日、夜が明けると、お車を仕立てて、鳥羽までいらっしゃった。そこへ、（山井中納言のご子息であり、松陰中将の親友でもある）山井少将がお送りに参上なさった。「（鳥羽からは、）お船にお乗りください。」ということになったので、（山井少将とは、そこでお別れすることになり、）松陰中将は（、歌をお詠みになった）。

〔松陰中将〕あなたに、そしてあなたの妹君に、再び巡りあうであろう時期は、いつのことになるのか分かりません。この船の前に広がる海原の白波のように、同情の気持ちをかけてくださいな、私がこれから行く旅路の空と私の将来に。どうか、私がかわいそうだと思ってくださるのなら、妹君のことをよろしくお願いします。（39）

（松陰中将は、）ついに（山井少将の妹君を妻にしたいという）本意を遂げられなかった悲しさを、人目を忍んでお話しになる。（それを聞いて、山井少将は、歌をお詠みになった。）

〔山井少将〕どうか忘れないでくださいよ。あなたと私の目の前に広がる雲のように、波路は二人を隔てますけれど、その雲の間からは一緒に見た夜と同じ月の光が射しているのです。夜の空に浮かぶ、雲に隔てられた月の光を、二人で心を一つにして見た月の光だと思ってがんばりましょう。あなたも私自身も、ともに大切に思っている妹のことはお任せください。（40）

お二人がお互いにお話しになるお心の中を、どうぞ推し量ってください。

（山井少将とお別れになった松陰中将は、やがて須磨に到着した。）須磨から、（松陰中将を）お送りするためにやって来ていた人々が都へ帰る際に、（その人たちに託そうと、松陰中将は）お手紙などをお書きになる。そのご様子がお心細げで、（お手紙の所々に）涙を巻き込んでしまわれるのも、なるほど仕方のないことでしょう。山井少将へ（のお手紙に）は、「都を離れてしまってからは、これ以上命を長らえようとは思いませんでしたが、なんとか今日までは特にこれと言うこともなく無事に過ごしてきました。（都にいたころはいろいろと忙しくて、妹君への思いも何となく紛れていたのですが、須磨に来てこれと言ってすることもなくなった今となっては、）我が身の辛さにさえ、（妹君への思いは）紛れることなく、（都にいた時よりも）なおさら思いが募ることです。

〔松陰中将〕妹君にお知らせする手立てはないものでしょうか。あればよいのに。妹君のことを思って、絶えることなく流す涙で袖がすっかり湿ってしまい、それでも思いを果たすことのできない、須磨の浦にいる私の、このどうしようもない悲しい気持ちを。（41）」

（と書いて送られた。それを都で拝見した）山井少将は、あまりに耐えかねて、（宮中へは、）厳島神社へ参詣するからという理由でその分のお暇を申し上げて、その間、(松陰中将がいらっしゃる)須磨へと向かわれた。

(須磨へ着いた山井少将が、松陰中将が住んでいらっしゃるところの)ご様子をご覧になってみると、漁師の住むような里よりは少し離れていて、山側の方に、柴というもので隙間だらけに囲いをし(ているお住まいがあり)、霜がびっしりと置いているお庭の草の様子に、誰も訪れる人がいないことも自然と分かるようである。(山井少将がそのお庭に足を踏み入れて中を覗き込むと、松陰中将は)粗末なすのこにちょっと腰を下ろすように座っていらっしゃる。無紋の直衣《のうし》の糊が取れてしまっているのを着ていらっしゃって、御琴を手でもてあそびながら、松の柱にもたれかかっていらっしゃる。都のことを恋しく思い出されているのであろうか、「都から離れて(はるか遠くに)。(歌《限りなき雲ゐのよそに別るとも人に心を送らざらめやは》)」と(有名な離別の歌の一節を、)ちょっと声に出しておっしゃって、御涙を浮かべていらっしゃる。

(そのお姿を拝見して、山井少将は、)まず、(涙で濡れた)お袖を絞ることを(ご挨拶より)先になさっていらっしゃる。(山井少将は、松陰中将にお声をかけてはみたものの、きちんとご挨拶することもできず、)松陰中将も、「(あなたがここまで訪ねて来てくださるなんて、)夢ではないでしょうか。」とだけおっしゃった。(山井少将は、)「(あなたにお目にかかりたいという)恋しさにどうしようもなく耐えかねて、(厳島神社の)神にお参りに行くというのを理由にして、(こうして参りました。神様を言い訳に使ってしまったことで、)我が身に受けるであろう罪も省みることができません。私の心のように、都の空も雲っていることだろう

（きっと、都にいる方々も私と同じように、あなたを慕って涙にくれていることだろう）とお思いになってください。」とおっしゃる。

（それをお聞きになって、松陰中将は、）「（山で隔てられた都との間の）関所を吹き越える秋風が立っている間は、さまざまな虫の声がそれに加わり、（秋の）月に（照らされて）心も澄みわたっていたのですが、（やがて、秋風が、この住まいを取り囲むかのような）四方の嵐に音が変わってしまってからは、葦田あたりの鶴の夜の声も、霜で（葦が枯れてしまって）ねぐらを失ったからでしょうか、（寂しげに響いて来るので）、『（松陰隠岐守殿が、）隠岐の島で、夜中に時々目を覚ます時のお気持ちも、このように（辛いものでしょう）。』と思いを馳せています。藻塩草を焼く煙が心細く立ち昇って、都の方角へたなびくのを見るにつけても、（妹君を思う）物思いの火が焚き上げられ、（浜辺をさまよう）千鳥の声を、（寂しい一人寝の）袖に頬を乗せて（聞いていますよ）。（歌《ちどりなく声もさむけし夜もすがらかたしきわぶる袖の浦風》）」と（今のお気持ちを）おっしゃる。すると（山井少将は）「（あなたが気になさっている妹のことですが、義母の妹に対する）妬みがどんどんひどくなって来て、（父は、そんな二人の関係を心配して、妹を）この頃は芦屋の里に住まわせています。（どのみちここまで来たのですから、妹にも会って行こうとは思いますが、）まずは（あなたに）お目にかかることを急ぎましたので、（芦屋の妹のところへは）帰り道に立ち寄ろうかと思っております。（二人が）一緒に都にいたのならば、今頃は（あなたの妹に対する）お志も遂げさせて差し上げることができましたのに。」と、涙ぐみなさる。

（そんな山井少将をご覧になって、松陰中将は大変ありがたく思い、はるばる訪ねて来てくださった苦労を思いやって、）「（都からはるかに離れた）こうした所は見慣れていらっしゃらないでしょうから、いろいろとお感じになることもあるでしょう。」と（おっしゃって）、（山井少将を）お船にご招待なさって、漁師たちを召し寄せて、（目の前で）漁をさせる。「（こうした場合には、）管弦の音などもあった方がよいのでしょうが、（今は）世を憚る身ですので（、そのようなことは好ましくないでしょう）。」とおっしゃって、海岸近くを（あちらこちらと）漕ぎ巡らせ（て、あれやこれやと珍しい景色をご覧に入れ）る。

この山井少将（というのは、山井中納言の今の北の方とは違う方の子供であった。山井少将）の御父・山井中納言が、非常に人目を憚りながら通っていた方との間には、お子様が二人いた。（そのうちの）兄君はこの山井少将で、帝にお仕えしてはいるものの、今の北の方の（お産みになった）侍従君には（やはり、母君がいらっしゃらないからであろうか、世の中の覚えは）劣っていらっしゃった。その下は姫君であって、ご容貌が大変優れていらっしゃるので、（何とか妻にしたいと）思いを寄せない人はいなかったのだが、（中でも）この松陰中将は特に心を尽くして（思って）いらっしゃった。（しかし、この芦屋姫君に対しては、継母である山井中納言の）北の方のお妬みがずっと深い状態であって、（特に、芦屋姫君が、北の方が生んだ妹の姫君たちよりご容貌が優れていらっしゃるので、（なおさら）お心深く（妬ましいと）思い込んでいらっしゃる。これは嘆かわしいことではあるが、山井中納言もどうしようもなくて、「（こんなに義母に妬まれているようでは、このまま）一緒に暮らしていたのなら、（他の人が見たら、みっともないと）物笑いの種になるようなことが起こるかもしれない。」とお考えになって、摂津国の芦屋の里に領地があったので、（北の方の住むお屋敷から、芦屋姫君を連れ出して、そちらに行かせ、）お仕えする人々をたくさん付けて住まわせていらっしゃった。

（継母に嫉妬されて都を離れなければならなかったという事情がある上に、）そうでなくても（都とは異なる）慣れない（田舎の）お住まいの（寂しさに、）冬の景色は、（何も目を喜ばせてくれるものがなく、）憂鬱なことだ（と芦屋姫君は感じていらっしゃる）。霜が白くあたり一面に置いているのをご覧になって（、芦屋姫君は寂しさのあまり、こうお詠みになった）。

〔芦屋姫君〕霜がびっしりと置いている芦屋の里の夕暮れ時は、ただでさえ寂しいのに、都を離れて暮らさなければならない私のところへは訪ねて来る人もなく、一人ぼっちで、本当に寂しいものですよ。　(42)

（一方、）山井北の方は、（芦屋姫君のご容貌が妬ましい上に、山井中納言が気遣って、）このように引き分けて（住まわせて）いらっしゃることを、（「そんなに特別にかわいがらなくてもよいのに。」と）一層妬ましくお思いになる。

（山井北の方には、）播磨国の祇承（＝国司に所属し、勅使の接待や雑事をつかさどった役）の官人をしている縁故の者がいた。（その者が都のお屋敷に）やって来た折に、「（播磨の）国へはいつ頃（戻るの）ですか。（その年になって、）まだ一人暮らしている（というお話ですが、それ）こそ退屈で寂しいことでしょう。（あなたをほっておくなんて、播磨の）国の人はきっと愛情が薄いことでしょうね。（あなたは）幸せにはなれませんよ。）私の縁故の者が、都では住み辛くなって、最近芦屋の里に住んでいるので、（愛情の薄い播磨の国の女性なんかより、その姫君と）一緒になってやってくださいよ。（この話に興味があり、その姫君を妻としてもよいかなと、)そう思うのであれば、(私が書いた)この手紙を差し上げて、『山井中納言殿よりのお使いです。』とおっしゃいなさい。(うまくだまされて)車に乗ったなら、(事情がばれないうちに)急いで(播磨の国へ)連れ帰りなさい。(芦屋を離れた)道中ではこんな風に言われたからと(事の次第を)打ち明けたとしても、芦屋ではお隠しなさい。(逃げ帰られても困るでしょうから。)」と、(芦屋姫君を盗み出す方法を)教えたので、(播磨男は)、『(山井北の方が、本人に内緒で私と一緒にさせようとするのは、)きっと何か事情があることなのだろう。(どんな事情があるのか知らないが、都の女を妻にできるなら、別に構わない。)』と思いながら(、都での用事を済ませ、山井北の方の偽手紙を持って芦屋へ)行く。

(播磨男は、)芦屋の里に着くとすぐに、(芦屋姫君のお住まいにうかがって、山井北の方からの偽の)お手紙を差し上げた。(そのお手紙には、)「山井中納言殿に突然の事態が起こりました。(あなたと)最期のご対面をしたいとおっしゃっていますので、急いでこの(手紙を持って来た)人に付いて(都に帰って)いらっしゃい。(突然のことですので、まずは、あなたが急いで上京し、)そちらに残っている人々は、(芦屋のお住まいのいろいろな)物などを取りまとめて(、そちらを引き上げる準備をなさってから)いらっしゃった方がよいでしょう。」という意味のことが書かれていたので、(芦屋姫君は)大変慌てて、(親しくお使いになっていらっしゃる侍女の)あやめに(手紙の内容を)お話しになった。(そして、)「(このように迎えの者を付けて手紙を寄こすなどというのは、)お急ぎの限りでしょう。」とおっしゃって、車を引き出させる。(芦屋姫君がたいそう急いで上京したいご様子なので、)あやめも(芦屋姫君のお供をしようと、急いで出立の準備をしながら、他の女房たちに)「(私たちが出立した)後のことは、こうして、ああして。」と言い置いて、(引き出した車に芦屋姫君と）ともに乗る。

（二人が乗った車はやがてお住まいを離れ、）四、五町くらい引き進むに連れて、（車に従っている）男たちが「須磨の方へ（向かうのだ）。」と大声で言い合っている（声がするようになった）。それを聞いて、あやめは（、「京からのお迎えのはずなのにおかしい。」と）心配して、（男たちに、）「このお車を、どうして京の方角へ向かわせないのか。」と（咎める。そう）咎められて、ひげ面の男が馬に乗ったまま、播磨方言の（がらがら）声で、「（京へなど向かいません。実は、上京した折に）都で山井北の方が、（姫君との結婚を）私に仲立ちしてくださったので、（こうして）播磨へお連れするのですよ。（田舎道を車で行ったのではお疲れになるでしょうから、）須磨からは船にお乗りになって、（播磨まで行きましょう。その船中で）お食事なども差し上げましょう。（須磨に着くまでは）道を急いでください。」と言う。（それを聞いて、あやめは本当に驚いて）「（いくら北の方がおっしゃったこととは言え、あなたと姫君が結婚するなんて、）絶対にそんなことはありません。お車を元のところに返しなさい。」と言うけれど、（ひげ面の播磨男は）聞き入れない。（あやめと播磨男のそんなやりとりをお聞きになった）芦屋姫君は（あまりに突然、身に降りかかった災難に）生きた心地もなさらずに、（気を失ったように、）伏していらっしゃる。

（やがて一行は須磨に到着した。）船着場で（播磨男は）馬を留めて、（播磨まで乗る予定で準備させておいた）船を見つけようとあちらこちら見るが、それらしき船が見当たらないので、怒りながら、供の者たちと一緒に（「一体船はどこに泊まっているのか。」と）探しに行った。（その荒々しい声を聞きながら、）車の中では、芦屋姫君とあやめの二人して「一体どうしたらよいものか。」と言い、（思案に暮れながら）泣いていらっしゃる。

（ちょうど松陰中将を須磨に訪ねて来ていた）山井少将が、（須磨には不似合いな女車と、女車には不似合いなひげ面の男が騒いでいるのを見て、）怪しく思い、（男のいなくなったすきに、近寄ってよくご覧になると、なんとその）車は見覚えのある車のような気がする。それで、さらに不審を募らせて、（思い切って女車の）簾を上げて（中を）ご覧になる。すると、（少将が簾を上げたのを、車の中にいた芦屋姫君とあやめは、播磨男が船を見つけていよいよ迎えに来たのだと勘違いして、）「（あのひげ面の）男がやって来て、（私たちを）船に乗せるに違いない（。船に乗ってしまったら、それこそ芦屋にはもう帰れなくなる）。」と思って、ひどく恐怖に震えて、身を縮めている。（ところが、車の中をご覧になった少将は、そこにいる女たちを見て、それが妹君とその侍女のあやめであることを知り、驚いて、）「どうしてこんなところでこのようにしていらっしゃるのですか。」と（お尋ねになる。その）お尋ねになった声を山井少将の声だと聞き分けて、（芦屋姫君とあやめは、あまりにも突然のことに驚きながらも、大層喜んで、）今までのことをお話しになった。（山井少将も、思いも寄らない話に驚き、山井北の方の策略であろうと推測なさる。そして、急いで、芦屋姫君とあやめをその車から）まず松陰中将のお船にお移しになる。

（山井少将は、）『（こんなことをした）男を捕らえて罰しよう。』と思うけれども、物詣でを言い訳にして（松陰中将のところへ訪ねて来て）いる手前もあるので、（あまり事を荒立てない方がよいだろうと）思い直す。（しかし、）『このまま終わらせてしまうのも、（妹をこんな目にあわせた者たちを懲らしめてやりたいという）私の本心とは違ってしまう。』とお考えになる。そこで、若い海女を二人呼び寄せて、「（毎日毎日、海に潜って漁をするなどという、）このような辛いことを（して、生活）するよりも、私が住んでいる播磨へいらっしゃい。（あなたたち二人が播磨に来たのなら、私がそれ相応のことをし）心穏やかに暮らせるようにしましょう。」とおっしゃったところ、（二人の若い海女は、突然の幸運に、仏様のご加護なのだろうかと思い、）手を合わせて喜ぶ。（そこで山井少将は、）二人の（潮風にさらされて垢じみた）上の衣を脱がせて、若い海女たちに「この衣を頭から被っていなさい。（あなたがたがそうしていてくれたのなら、）使いの者を寄こして船に乗せましょう。船に乗るまでの間は口を開いてはいけませんよ。じっとそのまま、使いの者がするとおりに身を任せていなさい。」と言って、（若い海女たちを）車に乗せる。

（車に乗せられた二人の若い海女は、）乗ったこともないものに乗り、（その上、）遠くからさえも見たことのない（ような立派な）衣を海女用の衣の上に重ねて（着て）、とても暖かいので、まるで極楽世界に生まれたような気持ちがして、喜び合った。

播磨男はやっとのことで迎えの船を探し出し、（芦屋姫君とあやめを乗せた車のところに戻って来て、）「さあ、お船にお乗せいたしましょう。」と（言って）大層、軽やかに芦屋姫君の衣を被っている方の海女を抱き上げて、（従者に）「そこにいる人を背負って来い。」と言って、（従者と）一緒に（女二人を抱えて）船に乗る。

（船に乗った後も、頭からすっぽり衣を被ったままで口も利かない女を見て、播磨男は、）「（せっかくの船旅なのに、そんな風にじっとしていて景色も眺めないなんて）つまらない態度の人だねえ。ここは（あの名月で）有名な須磨というところですよ。（その有名な須磨の）浦の景色を（ご覧なって、）歌にお詠みなさいな。」と言って、（芦屋姫君の衣を被った女を）揺り動かすけれど、何も言わない。「（そのように引き被っていないでお顔を見せなさいよ。たばかった私を、）恨めしく思っても、（ここまで来てしまっては、もう）甲斐のないことですよ。播磨は、もうすぐそこですよ。お疲れになったでしょう。お餅がございますから、お召し上がりなさい。」と言って、（頭から被っていた）衣を取って見たところ、（塩焼けして）大変赤くなっている髪を乱し、海の塩がこびりついたような、浅黒い顔を差し出して、（姫君という名からは想像もできないような女が）笑顔を作っていた。（それを見た播磨男は、びっくり仰天して、）「これは、さては、この世の者ではないだろう。（こんな者を私の妻に推薦するなんて、）山井北の方にいっぱい食わされたのだ。」と言って騒ぐ。その様子を、松陰中将のお船からご覧になるのは、大変面白いことでしょう。

（山井北の方にいっぱい食わされたと思った播磨男は、こんなことが世間に知れて、）『物笑いの種になるのも悔しいので、（ここは一つ、素知らぬ顔をして、）この女たちを都へ連れて行き、（自分を騙した）山井北の方に思い知らせてやろう。』と（思い直して、）気を鎮めた。（播磨男は、二人の女たちに、）「播磨へ連れて行くべきですが、また都から上って来いと言って来たので、都へ（あなたがたお二人を）住まわせましょう。」と言って、（再び須磨の浦に向けて）船を漕ぎ返す。

（再び須磨に戻った播磨男は、二人の女を）先程の車に乗せて、（都へと向かう。そして、都の）山井北の方まで使いを走らせて、「（あなたのお勧めにより、）芦屋にいらっしゃった方を（播磨へ）お連れしましたところ、『どうしても都へ行きたい。』と、繰り返しお嘆きになるので、いたわしく思い、そのまま、一緒に連れて参りました。」と申し入れたところ、（突然の出来事に、山井北の方は）たいそう慌てて、『（私がこんなことをしたなんて、）山井中納言殿がお聞きになったら、どうしよう。』と思いながら、（それでも他の人々の手前、追い返すわけにもいかないので、）「こちらへ。」と言って（車をお屋敷に）入れる。車に乗っている若い海女たちは、『今までどおりにしているのがよいであろう。』と思って、衣を頭から引き被って伏していた。（そうしていると、）あの播磨男がやって来て、（若い海女二人を、山井中納言のお屋敷の）妻戸口に下ろし置いて、（すぐさま、）馬を走らせて逃げて行った。

山井北の方が出ていらっしゃって、（妻戸口の二人をご覧になったところ、その被っている）衣は（芦屋姫君のものだと）見知っていたので、（『本当に連れて来てしまったのだ。一体どうしよう。』と思うと）胸がどきどきして、（それでも何とかこの場をごまかそうと、何気ない様子で、）「田舎のお住まい（のもの寂しさ）が思いやられましたので、（こうして）都にお迎え申し上げたのですよ。」とおっしゃったけれども返事もしないので、（山井北の方は、その態度に）たいそう腹を立てて、被っていた衣を引きはがしてご覧になったところ、（見たこともないような、赤い髪と黒い顔が出て来たので、びっくりして、）「変化の者が。」とおっしゃって、中へ駆け込んだ。

（妻戸口のあたりが）騒がしいので、山井中納言が出ていらっしゃって、（びっくりしておろおろしている山井北の方に、事情を）お尋ねになったところ、（山井北の方は、）「（芦屋姫君が）田舎のお住まいで、ご気分が優れないとうかがったものですから、そのまま、（使いの者を出して）お迎え申し上げたところ、変なご病気だったのでしょうか。（とんでもないお姿になっていらっしゃいました。寂しさのあまり、このように姿形が変わるというのは、）昔話には聞いたことがありますが、実際には、今初めて見ました。このようなお姿（になった姫君）を、このまま（お屋敷に）置いておいたのなら、（私の産んだ）姫君たちが襲われてしまうでしょう。それに、（このまま、どんどん変な病が進んで、そのうち）物の怪になってしまうかもしれないというのも、とても気味の悪いことですから、殺してしまうのがよいでしょう。（実の子同様、）分け隔てなく思って来た私を、（芦屋姫君は）神に願をかけて妬んでいらっしゃった、その報いでしょうか。」と、お嘆きになっていらっしゃるご様子も、（事実と全く逆で、自分を被害者にしているのが、いかにもわざとらしく、見ていても）とても不快である。

（山井中納言が、）不思議に思ってご覧になると、（以前の芦屋姫君とは似ても似つかぬ容貌の者たちがそこにいた。山井中納言は、）「姫君であればきっと（慣れぬ田舎住まいをなさったために、）普段以上のご心労で、変化の者となってしまうということがあるかも知れない。（しかし、姫君に付き添って行った）あやめの容貌がどうして変わることがあろうか。（あやめまで同じように変わってしまう訳がない。ということは、これは）きっと狐の仕業なのかもしれない。（いずれにせよ、よく分からないことだから、）芦屋からの連絡を聞いて（はっきりさせて）しまうまでは、（この二人の者たちを殺さずに、）山の庵に住まわせなさい。」と、（ご命令なさって、二人を山の庵に押し込めて、見張りの）人をつけて監視させた。

（さて、芦屋姫君たちを連れて戻っていらっしゃった）須磨の浦（の松陰中将のお住まい）では、（播磨男が持って来た）山井北の方からの偽手紙を（あやめが山井少将に）見せていた。（芦屋姫君は、）「（せっかく父が取り計らってくださったのに、このように妬みを受ける身の上であるのなら、）芦屋に住んでいても、またこのような嫌な目にあうのではないかと、それを考えると、辛いことです。（かと言って、このままお兄様に）

都へ連れて帰っていただいても、（厳島詣でに行って、妹を連れて帰って来たというのでは、世間の人々が不思議がり、変な噂が立ち、お兄様の）お名前が人々の口に上ってしまうでしょう。それも私の本意ではございません。ですから、（このようにお義母さまの妬みを買い、お兄様の足手まといになるような私など、）このままこのあたりの海にでも身を投げてしまいましょう。」とお嘆きになる。（それをお聞きになって、山井少将は、）「一層のこと、また嫌な目にあうよりも、（このまま須磨で、）松陰中将殿に従っていらっしゃいな。（とんでもない出来事で、）思いも寄らないところへやって来たのも、きっと（お二人の）深い縁ですよ。（松陰中将殿は、父君が遠留の身である）今は、みすぼらしいお住まい（に住む身）でいらっしゃいますが、（いずれは都へお戻りになるでしょうから、）将来は頼もしいことでしょう。」とおっしゃる。

（山井少将が芦屋姫君のことを、）松陰中将にご相談申し上げたところ、（松陰中将は、以前から心を寄せていた芦屋姫君と思いも寄らず一緒に暮らせるということで、）大変お喜びになって、（芦屋姫君に）「このような海辺の田舎暮らしは、いろいろと憂鬱でございましょうけれども、（どうかがまんしてください。そのうちきっと父の疑いも晴れ、）最期にはどうして都へ帰らないことがありましょうか。きっと都へ帰りますよ。（でも、それまでは、こんな身で妻を得たなどということになると、）世間の噂話も恥ずかしいので、（しばらくの間は、あなたのことを）『漁師の子』と言っておきましょう。都へ帰る時になったらきっと、（あなたが私の正式な妻であり、山井中納言殿の娘であると、）その事実を公表しましょう。」と（お話しになる。そして、芦屋姫君の元のお住まいである）芦屋にいた人々を、内緒でそっと（須磨のお住まいに）やって来させて、（芦屋姫君を）大切にお世話させる。

（物詣でと言って抜け出して来た手前、須磨にいられる期間には、自ずと）期限のあることで、（予定していた）日にちも過ぎてしまったので、山井少将は都へ帰ろうとして（、お別れの歌をお詠みになった）。

〔山井少将〕「私の妹が、私の置き土産になるとは思いもよらないことでしたが、現にこうして、お互いにお別れの挨拶をしていることですよ。そのお別れの涙を袂に隠すように、どうか妹のことは口外しないでくださいな。私も、須磨の浦の波のように、涙と妹のことは、袂にそっと隠しておきますから。（43）

今回のお別れは、（あなたと妹と二人分ですから、あなたお一人にお別れした時よりも）さらに悲しみが増さっていることですよ。」とおっしゃった。（そこで、）

〔松陰中将〕都と須磨と、あなたと私と、あなたと妹君とを隔てる関守にも、私たちの気持ちを理解する心があってほしいものです。あなたのご厚意に感謝して、あなたとのお別れをいつまでも惜しみ、私の袖を際限なく濡らす、須磨の浦の波のような私の涙です。（44）

（と、松陰中将がお返しになった。）

（山井少将は都へ）お帰りになり、（山井北の方に、）「（物詣でのついでに）芦屋の里（の妹の住まい）へ立ち寄りましたところ、『（お義母様が都へ）お迎えになった。』とかいうことで、誰も住んでおりませんでした。今回の（私の）物詣ででも、『（妹に対する）嫉妬心をなくして、よく（父君に）仕えてください。』とお祈り申し上げました。（その効果があって、妹をお迎えくださったのですね。嬉しいことです。さて、妹は一体）どこに住んでいるのでしょう。」とおっしゃったところ、（山井北の方は、）「（私は姫君のことを、自分の産んだ娘たち同様)分け隔てなく思っておりますのに、(あなたは厳島に詣でて祈ったんですって。兄妹そろって、そんな風に)神に懸けて妬まないでくださいよ。その報いでしょうか。(姫君は、とんでもないお姿になってしまいました。世間の人々が、)『(芦屋姫君は願をかけて)宇治川に浸り、宇治川の神に祈った。』とか『(そのせいで)この世の者ではない(ようなおぞましい)ご容貌になってしまった。』とか、(言っているのを)聞きました。でも、私も(よく)知りません。」と、素知らぬご様子でお返事なさる。(それを聞き、山井少将は)、『(本当にこの人は愚かな人だ。妹に異常な嫉妬心を燃やすばかりか)神様にまで濡れ衣を着せることだよ。』と、(あまりのばかばかしさにかえって)面白く思って、(山井北の方に、)「なるほど、心が正直ではないのですから、(いくら川に禊をして)祈っても、神様が聞いてくださるなんてことはないでしょうね。(神様が、願いを聞いてくださらないのなら、)観音様へ祈った方が、霊験あらたかでしょう。(でも、観音様に祈ると、)ねじけた心を持っているような人は、みんな容貌が変わってしまうことでしょうよ。(あなたも、観音様に祈ってご容貌が変わらならないように、お気をつけなさいな。)」と言って(山井北の方の前を)立ち、山井中納言の御前にいらっしゃる。

(山井中納言の御前で、山井少将は、)「芦屋の姫君はどうおなりになったのでしょうか。『この世の者ではない形に変わってしまった。』と、(お義母様が)おっしゃっていらっしゃいますが、(いくらなんでも、そこまでのことはないでしょう。)末世だからといって、起こり得ることだとも思われませんが。」とおっしゃったところ、(山井中納言は、)「慣れない田舎の暮らしで、(姫君の)気分が普通ではないと聞いて(心配になり、都へ)お迎えしたところ、(その姫君が)この世の者ではない形になってしまっていたので、それを、（私も一体どうしたことかと）納得できず心配していました。それですぐに、芦屋の状況を聞きましたが、『（芦屋姫君の一行は、）都へ去ったという話で、（芦屋のお住まいには）誰も住んでいません。』ということでした。（それで、あなたの留守に帰って来た、あの者たちが、姫君とあやめなのかと思い、いずれにせよ、あなたが）帰っていらっしゃるまでは、山（の庵）に住まわせています。行ってよくご覧になってください。」とおっしゃる。（それを聞いて山井少将は、）「本当に、心配なことですよ。」とおっしゃった。

（それから、山井少将は山へ向かい、二人の海女が捕らえられている）山（の庵）に入ってそっと覗いて見たところ、『あの須磨で姫君たちと入れ替えた者たちだ。』とご確認になった。（それで、役目が終わったので帰してやろうと思い、）見張りの者に、「（こんなところでこんな者たちの見張りをしているなんて、）とても心細いことだね。（突然、こんな役を言い渡されて）今回は思いも寄らない（山の中の）暮らしになってしまったね。きっと、とても気を使って（お役目を果たして）いることだろうね。このような怪しい者たちがこの世にいたのでは、世の中の騒ぎにもなることだろう。（そのようなことになる前に、この者たちを）西海へ沈めてしまおう。さあ、あなたたちはみんな都へ帰りなさい。」とおっしゃった。（見張りの者たちは、やっと嫌な仕事から解放されると喜び、）手を合わせて、「（このような者たちの番をするなんて）恐ろしいことですが、（山井中納言殿の）ご命令がきつかったので、仕方なく見張りをしておりました。（見張りをしながらも、この者たちに襲われて、いつ）殺されてしまうことかと、安心することなどありませんでしたのに（、これでようやく無事に都に帰れます）。」と言って、逃げ帰る。

（見張りの者がいなくなってから、山井少将は）若い海女たちに、「（生まれてからずっと海で暮らして来たあなたちにとって、）思いもかけない山の暮らしは、さぞ憂鬱だったことでしょう。（こんな山で暮らすよりも住み慣れた）故郷へ帰る方がきっとよいでしょうよ。」とおっしゃって、（お礼の）お土産を大層たくさん与え、見送りの人をつけて（元の須磨の浦に）お帰しになった。

車たがへ

賀茂川のほとり（の松陰隠岐守のお屋敷）では、（一人残された藤内侍が、）橋の上から振り返ってご覧になった（松陰隠岐守の）面影がだんだん小さくなって行き、やがて霧の中へ埋もれるように消えてしまった時以来、お心を悲しみの涙で曇らせていらっしゃる。

そこへ侍従が帰って来て、「昨日、今日と物詣でに出かけておりましたところ、たった今、松陰隠岐守殿の（事件の）御事を聞いて、（あまりの突然のご不幸に、）あわてふためいてやってまいりました。このようなことが世の中に起こってよいものでしょうか。」と（言って）泣く。けれども、（元はと言えば、謀略に加担していたのだから、）涙が出て来ないのを（袂で）覆い隠すのも（、見ていて）大変怪しい（ことであろう）。

（悲しみに沈んでいらっしゃる藤内侍に、かねてよりの山井中納言との約束を守ろうと、侍従はここぞとばかりに、）「（松陰隠岐守殿がこんなことになってしまった今となっては、）このようにしていらっしゃるよりも、まずは私の親しいところで、心強いところがございますので、こっそりと身をお隠しくださいな。(私のうかがったところでは、松陰隠岐守殿の)罪は深いようですので、(やがてここへも取り調べの)検非違使がやって来るでしょう。その時に、(あなた様のこのような)ご様子を(検非違使どもに)見せてしまうのもよくないことです。」と、何とか(自分の持って来た話を)進めようとしている様子なのも、(藤内侍は、)大変うるさいことだと思って、「私だけでしたら、そうした方がよいかも知れません。(でも、松陰隠岐守殿が私に)幼い子供たちをお預けになったので、この子たちと運命を共にしたいと思います。」とおっしゃった。(侍従は、)「(このような場合、)世の中の例では普通、そのようにはしないものです。(まして、この君たちは、)実のお子様でもございません。(父君がいなくなった)今でこそ、どうしようもなくてあなた様に付き従っていらっしゃるでしょうけれども、(成長するにつれて)必ず面倒なことが起こって来るに違いありません。(そんな子供たちの世話をなさるよりも、あなたのことを)大切にしてくださる方のところへいらっしゃる方が、(乳母である)私の年老いた気持ちにも安堵があるというものです。(義理の子供のために、ご自分の人生を捨てて)まるで仏道修行をするような真似をなさるよりも、以前のように、あの(山井大納言殿との)ご縁を結びなさいませ。」と言ったところ、(藤内侍は、)返事もなさらないので、(なかなか思うようにならず、)大変腹立たしく思って眉をひそめる(侍従の)様子は、傍目にも見苦しくて、(こうした悲しみの場面には)不似合いである。

帝からも(藤内侍に)、「(松陰隠岐守のところへ行く)前のように宮仕えをしたらどうですか。」と、頭中将を通じて仰せごとがあったけれども、(藤内侍は、松陰隠岐守が遠留になった途端に宮仕えを始めたのでは、）『私のせいで、（私が帝様の元から松陰隠岐守殿の元に来たせいで、松陰隠岐守殿が）罰せられたのではないか。』と、世間の人が思うことでしょうから、（帝様の）御ためにもきっとよくないことでしょう。」と、ご承諾なさらなかった。（そのような藤内侍のお気持ちをうかがい、）頭中将もなるほど当然のことだとお思いになる。

（一方、藤内侍にお仕えしている女房の一人である）少納言は、（藤内侍が侍従の勧めも、帝からのお誘いもお断りになったのを）ちょうどよい機会だと思い、（藤内侍を）宰相中将に引きあわせようと、（宰相中将の元へ事の次第をしたためた）お手紙を差し上げる。

（藤内侍は、こうした折に人々があれこれ言って来るのを、）とても厄介で憂鬱極まりないことだと思いながら、毎日を過ごしていらっしゃるが、侍従も少納言も（それぞれの思惑で）しつこく勧めるので、ご承諾なさるつもりはないけれども、（二人のしつこい勧めから逃れるためにも、お屋敷から出た方がよいだろうとお考えになった。そして、藤内侍は、）『あるいは、（侍従や少納言に何か謀られているのかも知れない。それならば、）身を隠しておいた方がよいかしら。（松陰隠岐守殿が）お帰りになるまでは、頭中将のところに住むのがよいでしょう。』と（お考えになり、松陰隠岐守に託された）幼い君たちも一緒に連れて行こうと思い、（お屋敷を出るための）お車を（用意するように、頭中将に）お頼みになった。（その話を聞いて、いよいよ計画を実行する時が来たとばかりに、）侍従は山井中納言の元へ「（藤内侍様が、お屋敷を出ようとなさっています。ついては、お迎えのための）お車をよこしてください。」と伝えたところ、（待ちかねていた山井中納言は、）すぐにお車を用意させ、西の対（へ着けさせ、そこ）で（藤内侍を）お待ち申し上げさせた。

(一方、)少納言も、(侍従と)同じ考えで、(こちらは自分が肩入れしている)宰相中将のところへ車を頼み、東の対に(その車を)寄せさせた。

(それぞれの思惑で準備をし、藤内侍に、侍従と少納言の二人が、)ともにお迎えのお車が参上したことを申し上げたところ、(藤内侍は、)お車に乗ろうとして出ていらっしゃった。(ところが、)少納言は「東の対へ(お越しください)。」と申し上げ、(東の対へ導こうとする。一方)侍従は「(いえいえ、)こちらへ(いらっしゃってください)。」と(東の対へ行こうとする藤内侍の)お袖を引き止める。(藤内侍は、)『一体どこなのだろう。』と不思議に思って、その場に立ち止まっていらっしゃった。

すると、(ちょうどそこへ)頭中将がいらっしゃって、「私の方へお入りになってください。」と申し上げる。(これこそ本当の)お迎えに違いない。(頭中将が、)「西の対に見慣れない人々が大勢いるのは、(一体)どこから(来たのでしょうか。誰のためのお迎えなのでしょうか)。」とお尋ねになったところ、(藤内侍も、)「私も変だなと思っております。」と(おっしゃって頭中将が来るまでの間の、侍従と少納言の)二人の女房の様子をお話しになったところ、(頭中将はそれで納得がいき、藤内侍に)「(侍従も少納言も)年を取るにしたがって、どんどん心根が曲がってしまったのに違いありません。(特に、あなたの乳母の侍従はひどいものです。)後ろ盾となってお世話をしなければならない者が、このようにひどいことをするものでしょうか。(いや、このような者は乳母などとは言えません。あなたの意志に反して、あなたを謀るだなんて。)」とおっしゃって、(侍従をこらしめてやろうと)西の対へいらっしゃる。

(頭中将は、西の対にいた人々に、)「そのお車を東の対へ回しなさい。そこからお乗りになるそうです。」

とおっしゃったところ、(待ちくたびれた人々は、さてとばかりに)喜んで(車を東の対へ)引き回す。(それから、また、頭中将は東の対へ行き、そこにいた宰相中将の使用人たちに命令して、)東の対の車は、西の対へ寄せさせた。

(こうして西と東の車を入れ替えさせておいてから、頭中将は、)侍従をお召しになり、「松陰隠岐守殿が(都に)お帰りになるかどうかも決まっていないことだし、(このままここに藤内侍様が)一人でお住みになるというのも心配なものです。山井中納言殿が(藤内侍様に)大層深くお心を寄せていらっしゃるとうかがったので、(藤内侍様をそちらに)お移し申し上げるのがよいでしょう。(あなたは山井中納言殿と親しいそうだから、)このことを(山井中納言殿のところへ)行って申し上げなさい。(ついては、人目に立つのもよくないので、)この夕間暮れに車を(よこすようにお話してください)。誰にも見つからないように、こっそりと(連絡してくださいね)。」とおっしゃったところ、(侍従は我が意を得たりとばかりに)非常に喜んで、西の対の(宰相中将方からの)車を、(頭中将が自分のために用意してくれた)その車であると思い込んで、飛び乗って出発した。

(侍従が乗った車は、やがて宰相中将のお屋敷に帰り着く。)宰相中将が(藤内侍のご到着を)待ちわびていらっしゃるところへ、車を寄せたところ、(宰相中将は待ちきれずに、)すぐに車の簾を上げ(、中をご覧にな)ると、藤内侍ではなくて侍従が乗っていた。(宰相中将は、あまりのことに)びっくりして、『一体どうして(こんな奴が)やって来たのだ。』とお思いになる。(侍従も、宰相中将のところへ着いてしまったことを知り、ひどく動揺して、いい訳のつもりで、つい本当のことを言ってしまった。)「山井中納言殿(からのお迎え)

の車と思い込んでしまったので、予定が違ってしまいました。山井中納言殿のところへ送ってください。」と泣かんばかりにお願いするけれど、『（そんなことをしたら私の計画も失敗してしまう。藤内侍を連れ出そうとしている）少納言のためにもよくないに違いない。』と思い、（宰相中将はお屋敷の奥に侍従を）押し込めてしまった。

（一方、松陰隠岐守のお屋敷では、）頭中将がまた少納言に、「（松陰隠岐守殿がいらっしゃらなくなって、）藤内侍様がお一人で寂しそうになさっているご様子を拝見するのも辛いものですよ。（それで、誰かよい方がいらっしゃったら、その方にお引き合わせ申し上げようと思っています。）山井中納言殿が（藤内侍様を）ひどく思っていらっしゃるとはうかがっていますが、（いくら思っていらっしゃっても、所詮）独身ではございませんのにね。（それにひきかえ）宰相中将殿は、（将来有望な独身男性で、）とても頼りになるところもあるようなので、その方をこそ（藤内侍様のお相手に）と思っているのですよ。（あなたは宰相中将殿と親しいそうですね。）まず、（あなたが宰相中将殿のところへ）うかがって、（藤内侍様に対する）お気持ちの深さを聞いて（来てください。充分なお志があるようなら）、日が暮れるころ、（藤内侍様を）お迎えにいらっしゃい。」とおっしゃった。（すると、少納言は自分の計画がうまく行きそうなので、）とても嬉しそうに微笑んで、（頭中将に、）「（宰相中将殿の）お気持ちは、浅いものではございませんよ。（どうぞ、いますぐにでも、宰相中将殿のお屋敷に）いらっしゃってください。（ちょうど、）私をお迎えくださるために、東の対に（宰相中将殿のところからの）お車を寄せてございますので、その車に（藤内侍様を）お乗せ申し上げましょう。ちょうどよい機会ですよ。」と言って、そわそわするので、（それを押し留めて、頭中将は、）「（あなたはそういうけれど、）そうするのも、あまりに突然では、きっと軽々しいことだと（宰相中将殿は）思われるでしょう。ちょうど車があるというのも幸いなことです。まず（、あなたが行って話を伝え、それから藤内侍様のお迎えをよこしてください）。」とおっしゃって、（東の対に回した山井中納言の車に少納言を）乗せた。（少納言は、）乗ると同時に（急いで車を）走らせて、山井中納言のお屋敷に到着した。

（山井中納言のお屋敷では、車と一緒に帰って来た）人々が、（藤内侍を連れ帰ったと）得意顔で行動しているのを、山井中納言は、（ついにその時が来たと、単純に）子どもっぽく喜んでいらっしゃった。（人目に触れないように、車の降り口からずっと）几帳でお隠しになって、（車に乗って来た人を）妻戸の道へ入れてご覧になったところ、（車から降りて来た人は藤内侍ではなくて）みっともない姿の老人であった。（大変驚いて、山井中納言が）事情をお尋ねになった。（すると、てっきりここが宰相中将のお屋敷だと思い込んでいる少納言は、計画がうまく行ったことを早く伝えようとして、）「（私は藤内侍様にお仕えしている）少納言でございます。殿にご幸運なことがございました。早くお目にかからせてください。」と急ぐ。山井中納言は、（知らない女房からこんなことを言われ、）全く納得が行かないので、「侍従はどうした。」とお尋ねになった。（一方、少納言は、侍従という言葉を聞き、もう一度あたりを見回した結果、やっと）ここが山井中納言のお屋敷であると分かったようだ。（少納言は、自分がとんでもない所に来てしまったことを知り、慌てて、）「宰相中将殿のお屋敷に行かせてください。（うかがう先を間違えてしまいました。）」と言った。しかし、（少納言が気づいた時には既に遅く、宰相中将という言葉を聞いた山井中納言の）ご様子が急にお変わりになって、ひどく詰問なさるので、（少納言はたまらず、）頭中将の言葉を一言残さず話して、「私を（もう一度、松陰隠岐守殿のお屋敷に）お帰しください。（そうしたら、そのお礼に、藤内侍様を、こちらへお連れしますから。）今夜には（必ず、藤内侍様を）一緒にお連れします。」と騙そうとするが、（山井中納言は、）「（そんなことを言っても、きっと、お屋敷に帰ったのなら、おまえは藤内侍様を）宰相中将殿のところへお連れするに違いない。」と、ひどくお怒りになって、塗籠に押し込めてしまったので、（少納言は、）どうしようもなくて泣き続けている。

山井北の方は、（山井中納言が、ついに）藤内侍をお迎えになったとお聞きになって、（山井中納言が）お出かけになっている間にいらっしゃって、あちらこちらと探してみたけれども、（それらしい人は）いらっしゃらない。（そして、ついに塗籠のところまでいらっしゃって、中から泣き声が聞こえて来るので、）塗籠の戸を打ち破って、（ご覧になった。中には見知らぬ人がいて、ひどく泣いていた。その年よりじみた、思いも寄らない姿を見て、山井北の方は）「ここにいらっしゃったのですね。（美人だというお噂でしたが、）うかがった程でもないご容貌ですこと。（松陰隠岐守殿が遠流になって悲しんでいらっしゃるとうかがっていましたが、その）物思いでこのよう（なお姿）になってしまったのでしょうか。（芦屋で暮らしている間に姿形が恐ろしく変わってしまった）姫君と同じ病気でしょうか。まあ、それはそれでどうでもよいことです。（それよりも、）そのままこうして（塗籠の中に）いたのでは、（うちの姫君たちがいつ襲われるか分からず）とてもよいこととは思えません。」と言って、（周りの者に指図して、髪を切らせ、）尼にしてしまった。（山井北の方は、）「（いくら嘆きが深いとはいえ、こんなに急に老け込んでしまうなんて、）この世での罪がさぞかし深いことでしょうから、（せめて出家して、）後の世を心安らかに過せるようにしなさい。」と、ひどくお怒りになるのも、（傍目には）とてもみっともないことだ。

（山井中納言と宰相中将の策略が失敗に終わり、一段落したが、）頭中将はまだ（しばらく、松陰隠岐守の）五条のお屋敷に留まっていらっしゃった。（そして、藤内侍に）「あの二人がいたからこそ、このお屋敷を出て、他に移り住んだ方がよかったのですよ。（あの二人がいなくなった今となっては、あえて私のところへ移っていらっしゃる必要もないでしょう。あなたがいなくなって、このお屋敷に）狐や梟が住むようになるのも気がかりなことですので、このままここに住み続けてください。（女一人でいろいろとご心配でしょうが、）この（お屋敷の）西にある家に住んでいる竹河少将は、ついさきごろから（、私がその）妹君の所へ通っており、（そのご縁で少将とも）親しくしておりますので、何か変なことがございましたら、（その竹河少将のお屋敷へ）ご連絡してください。」と言う。そして、（頭中将は）お帰りになる。

（頭中将が帰った後、一人残された藤内侍は、頭中将が言っていた）その少将というのは、御手洗川で禊をしている松陰姫君に変な歌を送った山井中納言をからかって歌を詠んだという、あの竹河少将のことだとお気づきになって、『（山井中納言殿のお気持ちをご存知で、私を連れ出そうと）心を合わせているのかもしれない。』などと考え続けていらっしゃる。（乳母として親しく使っていた女房に騙されかけた後でもあり、『いくら頭中将のご推薦とはいえ、そうそう簡単に信じてよいものか。かと言って近くに何も頼るものがないというのも心細いものだ。』と、藤内侍はいろいろと思いを巡らしていらっしゃる。）

（そんな藤内侍の心配をよそに、）田鶴君は車に乗り、東宮がお召しになったので、参内なさった。（こういう状況ではあるが、東宮はなんだかんだと田鶴君を可愛がられ、よくお傍にお召しになる。松陰姫君のことがあるからだろうか。）

（頭中将がお帰りになり、田鶴君が参内し、）侍従も少納言もお屋敷を去ってしまったので、（お屋敷の中は）たいそう人が少なくなってしまった。（人影もまばらの寂しいお屋敷に）降り積もる庭の白雪は、それを踏み分けて訪ねて来るような人すらいないので、ただ射し込む月の影だけが、（まるで来訪者のように）何か話しかけたそうに冴えわたっている。（あの松と藤の影を映していた）池は一面散った木の葉が浮いており、そこに池があるとは、なかなか見分けがつかない。（手入れする者もいなくなり、）伸び放題に枝を伸ばし、重ね合った池の畔の松（の木々）は、（生い茂った葉の上にまで雪が降り積もっていて、）陽射しをもらすこともないので、（すっかり日が当たらなくなった池では、）細波の音もいつのまにか氷に閉じ込められて、人の気配がまれになる時を待っていたかのように鳴く鶯の声ばかりが、（響き、春の到来を告げるはずの声が、寒々しい庭にこだまし、かえって）もの寂しく聞こえて来る。年が明けたとはいうものの、（寂しいお屋敷の庭は、まるで）山里のような感じがして、（景色はまだ寒々しい冬の風情なのだが、）鶯の声だけに、春が来たのではないかと思い知らされる。（そんな冬のような景色の中、）軒端の梅がほころび始めたのをご覧になって（、藤内侍がこうお詠みになった）。

〔藤内侍〕いくら綺麗に咲いたとしても、見る人もないでしょうに。あなたの帰るべき故郷であるこのお屋敷の軒端の梅よ、一体何のためによい香りを漂わせているのでしょう。あなたがいらっしゃらなければ、この梅の花も、よい香りも、無駄なことですよ。　(45)

（それをお聞きになって、）松陰姫君が、

しょう。　　(46)

〔松陰姫君〕私と同じように、このお屋敷を出ていかれたあなたのことを恋しく思っている梅の花よ。どうか、綺麗に咲いて、よい香りを漂わせてください。一緒に見た昔の春を思い出しま

と、お口ずさみになった。（その歌をお聞きになり、藤内侍は、）「妹君の（あなたが、兄君のことを）恋しく思って（泣いて）いらっしゃるのなら、（この梅の花も、その）袖の様子と同じように萎れてしまうでしょう。でも、このように気持ちよさそうに咲き初めて、よい香りを放っているのは、まるで恋しい人を待っている夕暮れの姿のようですよ。（今、歌に詠まれた「君」は兄君のことなのですか。そろそろ兄君の他にもお待ちになる君が現われてもよいお年頃なのでしょうね。）」とおっしゃると、（松陰姫君は、何気ない様子で紛らわしながら、）「（こうしてきれいに咲いている）梅の花も、（兄君とご一緒に）父君がお戻りになるのをきっと待っているのでしょう。はるばると（菅原道真を追って）筑紫まで飛んで行った（梅の花の）例もありますのに。（私は父君や兄君がいくら恋しくても、飛んで行かれません。辛いことです。）」とおっしゃって、御涙をお浮かべになる。（美しいお顔に涙が伝う、その松陰姫君のご様子は、）芙蓉《ふよう》の花に白露がこぼれかかる（大変美しい）様も、わけなく負けてしまいそうな（ほど、美しい）ご様子でございましょう。

松陰中納言物語第三（むもれ水・文あはせ・おきの嶋・九重・ねの日）

人物関係図

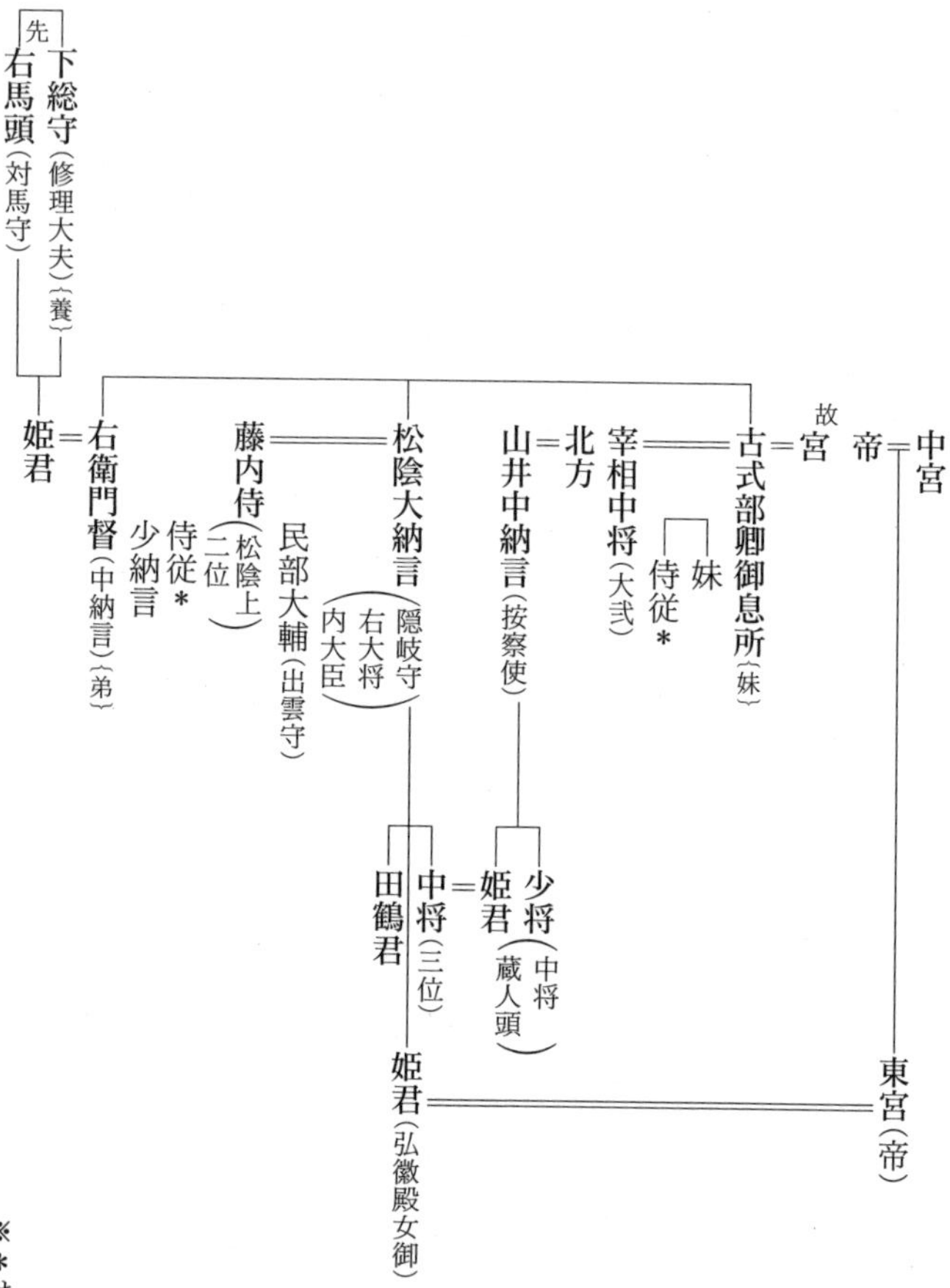
中宮
帝
故宮
古式部卿御息所〔妹〕
妹
侍従＊
宰相中将（大弐）
北方
山井中納言（按察使）
少将（中将 蔵人頭）
姫君
松陰大納言（隠岐守 右大将 内大臣）
中将（三位）
田鶴君
姫君（弘徽殿女御）
東宮（帝）
藤内侍（松陰上 二位）
民部大輔（出雲守）
侍従＊
少納言
右衛門督（中納言）〔弟〕
姫君
先下総守（修理大夫）〔養〕
右馬頭（対馬守）

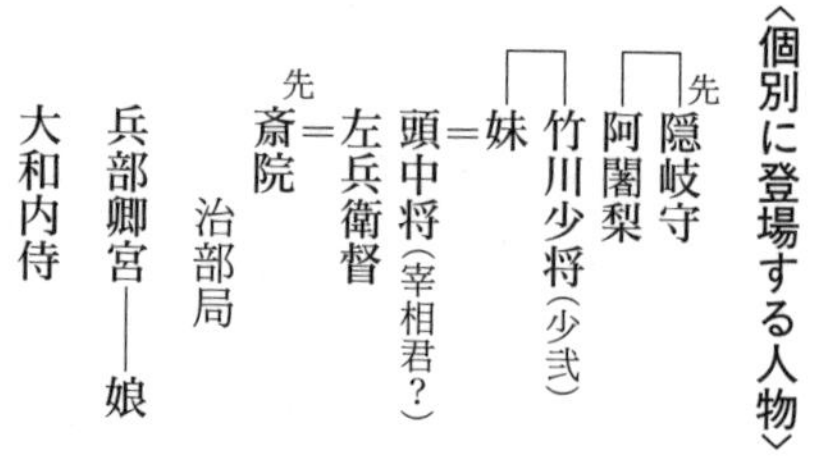
〈個別に登場する人物〉
先隠岐守
阿闍梨
竹川少将（少弐）
妹
頭中将（宰相君？）
左兵衛督
先斎院
治部局
兵部卿宮
娘
大和内侍

※＊は同一人物を示す。

梗概

山井邸に御行啓した東宮は、帰りがけにこっそりと立ち寄った松陰邸で、松陰隠岐守の無実の証拠を手に入れ、さらに松陰姫君を伴って宮中へ戻る。東宮から事の次第を聞いた帝は、たまたま参内した宰相中将に探りを入れる。慌てた宰相中将は、左衛門督《さえもんのかみ》が狐に化かされた話をしてごまかすが、事実は明らかとなり、事件に加担した者たちへの処分が下される。

一方、隠岐の島では、松陰隠岐守が仏道修行に専念する日々を送り、阿闍梨《あじゃり》と親交を深めていた。中秋の名月には、出雲守が観月のための舟を準備して訪れ、船上で宴を開く。その翌朝、突然の台風のために流れ着いた舟の中には、大弐となった宰相中将、隠岐守の妹の古式部卿御息所《みやすどころ》、侍従などが乗っていた。侍従から、大弐が事件に加担していたことを聞いた隠岐守は、妹だけを残し、他の者たちを大宰府へ送りかえす。やがて、晩秋には帝からお許しの宣旨が下り、松陰隠岐守は息子の中将と合流し、都へと帰る。

松陰隠岐守は大納言に戻り、松陰家の人々は、都での生活を取り戻す。その上、東宮が即位されたことで、松陰姫君は女御になり、帝の寵愛を一身に受け、父である松陰大納言は内大臣となる。また、松陰中将と須磨から連れ帰った姫君の間には若君が生まれ、松陰内大臣も、その姫君が漁師の子などではなく、実は按察使《あぜち》(山井中納言)の娘であると知るようになる。こうして、めでたいことばかりが続く松陰家の新年は、昨年とは打って変わってとても華やかなものになった。

にお越しになった。

むもれ水

東宮は、『東山の春（の景色）を見たいものだ。』と思われて、山井中納言の山井にあるお屋敷にお越しになった。

二月の半ばが過ぎるころであったので、どこの山の端にも霞がたなびきわたっていて、その霞の間から咲き始めた桜の花がこぼれ出ている。その桜の花を山裾の浅緑（の葉陰）越しに見る、その時の景色は（大変素晴らしく）、春らしい風情も並大抵のものではない。（こうした春色に彩られた中をお進みになりながら、東宮はお車から）賀茂川を見下ろされて、「限りなく清らかな流れですね。唐の国の賢人が（清らかな川の流れを見て雑念を払い、）心を澄みわたらせたとかいう（、そういう話に出て来るような）場所も、こういう所であったのでしょうか。あの、風情のある松の木の間から軒口が白く見えている（、こういう家に住んでいる）のは、風雅の心を解する人だろうと、そう思われます。住んでいるという人は誰なのですか。」と、お尋ねになった。そこで、頭中将は（、松陰大納言の事件について、どのように申し上げたらよいのか、迷いながらも、）とりあえず、

〔頭中将〕今は遠流の身でいらっしゃいますが、いつかこのお屋敷へ帰っていらっしゃるだろうと信じて待っている松陰殿のお屋敷です。そのお屋敷の松の影は、主がいなくなったため、長い間に荒れ果ててしまっている、その宿でございますよ。早く松陰殿の罪が解かれ、お帰りに

（47）

なるとよいのですが。

と、申し上げると、（東宮は、）ちょっと涙ぐみなさって、「（山井中納言殿の屋敷からの）帰りに立ち寄りましょう。松陰殿が罪を受けたことで、よく分からないことがあるので、直接（関係する者に）聞いて、（もし謎が解けたのなら、松陰殿の）無実の罪を晴らしたいのですよ。（私はこう思っている）けれども、世間の人の思っていることは、一体どのようなものなのでしょうか。（やはり、松陰殿を罰すべきだと思っているのでしょうか。あまり早く罪を解いたのでは、納得しないかも知れませんねえ。）」とおっしゃるので、（頭中将は、）「無実であるという評判さえも、（まやかしの噂話で）打ち消してしまおうとする、口やかましい世間ですから、（残された方々は、無実が証明されるまでは、何も言わない方がよいだろうと、）充分注意して我慢しているのでしょう。（でも、東宮様がそのようにおっしゃってくださるのなら、きっといろいろとお話しするだろうと思います。ちょうど）親しい竹河少将の家が（松陰殿の家の）すぐ近くにございますので、（人目を避けるためにもまずは）そちらにお入りになって、夜のころ（、暗くなって人目に立たなくなってから）こっそりとお出かけなさいませ。もし、これでよいとお思いでしたら、（東宮様が最近親しくお使いになっているという、松陰殿のご子息の）田鶴君を案内にうかがわせましょう。」と申し上げると、（東宮は、）「（でも、）そのようにしたのなら、（竹河少将の家に移ったり、田鶴君が迎えに来たりで、）多くの人が知ってしまうでしょう。（それではよくないので、夜の闇に紛れて）すっと（松陰殿の屋敷に）入ってしまいましょう。（そっと抜け出すために、この屋敷の）主人（である山井中納言殿）に話しておきましょうか。」とおっしゃる。（それを聞いて、頭中将は、）『（東宮様はきっと、このお屋敷の）主人（である山井中納言殿）がなさったこととはご存知ないのであろう。（松陰殿の事件を、今夜、こっそり調べに行くなどと、この山井中納言殿に）お知らせになったのならば、よいわけがない。（せっかくお調べになってくださるのだから、何とか、山井中納言殿に知られずに出かけたいものだ。）』と思っていらっしゃったのだが、（ちょうどその時、その家の）主人の（ご子息である）山井少将がいらっしゃって、ご一緒に（松陰隠岐守のお屋敷の）松の影をご覧になりながら、（お話をする。山井少将は頭中将に向かい、）「松陰殿のところに仕えていた少納言とかいう女房が、車を間違えて（うちの父のところへ）やって来ましたよ。それを、義母が（捕まえて、何を思ったのか、）尼にして、ここに置いているらしいですよ。あなたがしたことだと言って、その尼は朝晩嘆いているという話を聞きましたが、一体どういうことなのでしょうか。」とお尋ねになる。（そこで、頭中将は、）「（あなたの父君の）山井中納言殿が思いをかけていらっしゃるということをうかがったので、（お父君の）思いを叶えて差し上げようと思い、（そちらからの）お迎えの車に乗せただけですよ。」と微笑みなさる。（それを聞いて、山井少将は、妹と海女を入れ替えた）須磨での出来事を思い出して、（「こちらでもこういう面白いことがありましたよ。」と）お話ししたく思ったけれども、（いくら相手が親しい頭中将とはいえ、こんなところで話したら、）『世間に漏れ聞こえてしまうかもしれない。（そうなったら、いろいろと面倒なことになる。）』と（お考えになって、話すのを）お止めになった。

（やがて、東宮は、）花見の宴用に仕立てられた御座所へお移りになるということで、（御輿から降りて、）お屋敷の中にお入りになった。御座所へいらっしゃる途中、ちょうど）谷が見下ろせるところに、埋もれ木があって、（その埋もれ木に）花がまた咲き始めているのを、（ご覧になって、興味を覚えた東宮が、）

〔東宮〕時間が経ち、時期が来れば、誰も知らない谷に埋もれている、埋もれ木にも花が咲くものですね。花が咲くと、自然とその木が何の木だったのか、その素性が現れてしまうものですよ。どんなことでもいずれは分かってしまうものなのかも知れませんね。　(48)

と、何とはなしにお口ずさみになった。(すると、)主人(である山井中納言)のご様子が変わり、(突然)顔を赤くして席をお立ちになったのを、(東宮は、)変なことだとお見咎めになった。(そんなことが気になってしまったせいか、山井中納言が)いろいろなご接待をなさったけれども、(東宮の)お心には合わなかったのであろうか、(長居なさらず、)暮れ始めるころにお帰りになった。

(一旦、山井中納言のお屋敷をご出立になった東宮は、頭中将の勧めどおり、)竹河少将のお屋敷にお入りになって、(今度は御意に叶ったのか、)お気持ちよさそうにお酒を召し上がった。(やがて、東宮は、)「ひどく酔ってしまった。」とおっしゃって、御寝所にちょっと横になられた。(そして、)竹河少将に、「(これから)立ち寄るべき所があるから、(他の人に気づかれないように、)私がここで休んでいるかのようなふりをなさってください。」とおっしゃって、頭中将と田鶴君だけをお供になさって、(お出かけになり、松陰隠岐守のお屋敷の)築地の崩れから(中に)お入りになった。

(松陰隠岐守のお屋敷の中では、)田鶴君が先に立って(ご案内申し上げ、東宮がいらっしゃったことをお屋敷の中に)告げさせると、(思わぬ方のご来訪に、藤内侍は)びっくりなさって、「(東宮様がいらっしゃるなんて、)夢にも思わないことでございますので、お入りになるべき場所も設けてございません。(主のいない荒れた家ですので、どこもかしこも汚くしておりますが、)姫君のいらっしゃる方だけはそれほど荒れてもいないことでしょう。」とおっしゃって、そちらに御座所を仕立てて、お通しになる。

（藤内侍が東宮に）「（季節柄）桜の花がようやく咲き出して（、春らしい華やぎを与えて）はいますが、（松陰隠岐守殿がいなくなって月日が経つにつれ、）ますます荒れ果てて行く庭の草むらを踏み分け（て訪ねてくださ）る人もございませんでしたのに、（こうして宮様がお訪ねくださるなどとは、思ってもいませんでした。）本当にありがたいことでございます。」と申し上げたところ、（東宮は、）「（本来でしたら、私は）松陰殿（がこうして流されて行くのをせき止めるため）のしがらみとなることもできた身でしたのに、（まだ、東宮という、）世間に遠慮しなければならない身ですので、（こんな思いをそのまま心中に押し込めて、）忘れたかのように過していました。（私がこんな風にしている間も、あなたは）ずっと物思いにふけってばかりで、さぞ過ごしづらい日々を送っていたことでしょうね。（実は、この一件で、どうも）不審に思えることを耳にしましたので、一緒にご相談すべきことがあり、（こうして）突然お邪魔したのです。（例の事件のその時、麗景殿女御から（松陰殿に）送られて来たお手紙、（それから、）少納言を介して宰相中将が（あなたに）送って来た手紙を見たいと思います。この他にも不審に思っていることがあったらお話しくださ い。（こうしていろいろと吟味することで真実が明らかになれば、それを帝様にお知らせ申し上げましょう。そうすれば、帝様が松陰殿の）罪をお許しになるであろう時期もきっと近いことでしょう。」とおっしゃったので、（藤内侍は、東宮からご要望のあった手紙を始め、）いろいろと手紙を取り出してご覧に入れる。

（それから、侍従と少納言に謀られて危ない目にあった）車違《くるまたが》えのことをお話ししたところ、（東宮は、今回の一件に絡んでいる、偽の手紙の書き手として）宰相中将をお考えになった。そして『（宰相中将にこういう手紙を書かせることができる人物は限られているだろう。）それならば、今日の宴の主人、山井中納言が、（私が言った）埋もれ木という言葉を聞いて、ただならぬ様子を見せたのも、当然だ。（彼が宰相中将に手紙を書かせたに違いない。）』とご理解なさる。（そこで、東宮は藤内侍に、）「この手紙などを、頭中将にお預けくださいな。（今夜、あなたのお話を聞き、手紙を見たことで）考え合わせたいことがたくさんありますから（、後で、頭中将と一緒に改めてじっくり見たいと思います）。夜も更けて来たようです。それではまた。」とおっしゃって、お立ちになる。

（藤内侍のところを立った東宮は、お別れのお言葉とは裏腹に、そのままお帰りにならず、）田鶴君に、「お姉様は、どちらにお住まいですか。随分長い間お顔を見ていませんので、さぞ成長なさったことでしょうね。（その成長なさったお姿を私に）見せてくださいな。」とおっしゃったので、（田鶴君は、東宮のお言葉がどういうことを意味するのか、）その意味もご理解なさらず、（言われるままに、）「（姉の）住んでいるところはこの妻戸の中でございます。」と申し上げた。（そこで、東宮は、田鶴君に、）「それでは、（この妻戸を）開けなさいな。（開けてくださるまで私は、）こちら側で待っていましょう。」と、（妻戸の前に）お立ちになっていらっしゃる。（東宮をお待たせしてはいけないと思った田鶴君は、妻戸の）向こう側へ行って、「（お姉様はお一人で、さぞかし）ご退屈なことでしょう。どうして、まだ雲の中に入りきってもいない月をご覧になりもせず、中に引きこもっていらっしゃるのですか。（とても美しい月ですよ。ちょっと出て来て、ご覧なさいな。）」と言って、妻戸を開けさせた。ところが、（突然）東宮が（中に）入っていらっしゃるということなので、（松陰姫君は、）「（どうして東宮様がいらっしゃるのでしょう。）お供の人々が、（退屈しのぎに）荒れて行く垣根をよいことに、（女房たちを）垣間見でも（しようとすることはあるだろう）と思っておりましたのに（、宮様ご本人がいらっしゃるなんて、思いも寄りませんでした）。（父が遠流となっている）このような辛い身の上の嘆きとしては、一体いつになったら涙で曇らない月を見ることができるのでしょう。（その上、一時の気の迷いで東宮様にお目にかかってしまったのなら、私の嘆きはさらに深まってしまうことでしょう。それを承知でお目にかかるなんて、）本当に愚かなことですよ。むしろお目にかからない方がましです。」とおっしゃって、そこから出て行こうとなさるのを、東宮は、つっと（松陰姫君のお傍に）お寄りになって、

〔東宮〕お父様が流されるずっと以前から、何年もかけてあなたのことを思って来ました。そんな私の袖は涙で濡れており、その袖の涙に今夜ついに月の光が宿ったのです。やっとうかがうことができました。今夜こそ、私の涙で濡れた袖にあなたを宿しましょう。　(49)

とおっしゃって、（松陰姫君の）お袖をつかまえたので、（松陰姫君は、こうお答えになった。）

〔松陰姫君〕「父のことを心配し、晴れることのない私の心には悲しみの雲が漂っていることです。その漂う雲のように、ふと、浮いた気持ちでいらっしゃったのでしょう。そんないつまで経っても晴れることのない雲がどうして月の光を漏らすことができましょう。漏らさない光であるのなら、袖に宿るなどということもないのです。　(50)

このような（世を離れて）埋もれてしまっている水（のような私のところ）に、尊いお姿をお映しになるなんて、理不尽なことでございます。（私は辛さが募るばかりでございましょうから、）どうか、お許しくださ

いませ。」とおっしゃって、立ち上がって奥へお入りになろうとする。（それを、東宮は、）「（あなたが埋もれ水なら、その）埋もれ水も月の光が射してこそ澄みわたって見えることもあるでしょう。（あなたに宿った私が、きっと父君の無実の罪を晴らして差し上げますよ。）」とおっしゃって、（松陰姫君を）かき抱いて（一緒に）お休みになった。（やがて、）春の夜の空がほのぼのと明けていくようであるけれども、（こうして、つい に思いを果たした東宮は、）起き出そうというお気持ちにもならない。

（そこで、東宮は、）田鶴君をお召しになって、「竹河少将のところにある車をこっそり（こちらへ）呼び寄せなさい。夜が明けてしまったので、ここから（竹河少将のところへは戻らずに宮中へ帰ります）。頭中将に（ここから直接帰ると）告げなさい。」とおっしゃったので、（田鶴君は、）『（ここから直接宮中へお帰りになるなんて、）変な朝寝坊をなさったものだな。昨日のお酒が残っていらっしゃるのであろう。』と思い（ながらも）、（東宮のお言いつけどおり、）「車をこちらへ（回しなさい）。」と言いやった。しかし、（それを聞いた者たちは、てっきり田鶴君が車を使うのだと勘違いして、）「（そんな横着なことをおっしゃらずに）こちらにいらっしゃいな。（こんな朝っぱらから、一体、）どちらへお出かけですか。」と言って咎めているのも、（中でお聞きになっていた東宮は）面白いことだとお思いになる。（勘違いされた田鶴君は、）「（いいから、つべこべ言わずに）すぐに（車をこちらに）寄せなさい。（きちんと寄せないと、）御道を踏み違えてしまわれますよ。（そんなことになったら、あなたもとんでもない道の踏み違えをしてしまいますよ。）」とおっしゃって、妻戸の際まで（お車を）さし寄せる。

（東宮は、）「よくよく人目を憚って帰ろうと思うので、（外から一切見えないように、）几帳をさし寄せなさい。」とおっしゃる。(几帳でしっかり目隠しされた状態になると、東宮は、いきなり)松陰姫君をかき抱いて、(一緒に、)車にお乗りになった。(突然のことに驚いた松陰姫君は、)「(こんなに突然宮中に参内することになるなんて、)本当に思いもかけないことです。(私がいなくなってしまったら、残されたお義母様は、)所在なく、辛いお時間を一体どうやってお過ごしになることでしょう。(今すぐになどとおっしゃらずに、一度宮中へ)お帰りになってから(ならば)、(改めて)参内することもできましょう。」とお嘆きになるけれども、(東宮は、)「たった一夜の間でも一緒にいられないのなら、時を過ごすことなんて、とてもできないに違いありません。」とおっしゃって、(松陰姫君を乗せたまま、田鶴君を伴って)お車を出立させる。

(突然、東宮が松陰姫君を車に乗せ、宮中へ連れて行かれるという話を聞き、)藤内侍は慌てて(松陰姫君のところへ)いらっしゃったけれども、(車は)すでに門の外に出てしまっていた。そこで、(藤内侍は、)「(松陰殿がいらっしゃらない上に、)姫君までいらっしゃらないとなったら、とても(このまま、この寂しいお屋敷に、私一人で)住み続けることなどできません。せめて、田鶴君だけでも(こちらに)お留めくださるよう申し上げてください。」とおっしゃったので、(それを聞いた)頭中将は、(宮中へと走り去って行く車に向かって)馬を走らせ、(藤内侍からの申し出をお伝えし、東宮の)ご様子をうかがったところ、(東宮は、)「(今回、いろいろと分かったことで、)松陰殿の罪が許され(、隠岐の島から帰って来)たら、(帝の)御前で(田鶴君を)初冠《ういこうぶり》させようと思っていたけれど、松陰姫君の代わり(にそちらに、というの)であれば、(田鶴君はお返ししましょう。松陰殿が帰っていらっしゃるまでの)その間は、どのようにでも。(初冠の時になったら、また、改めてお呼びしましょう。)」とおっしゃって、(田鶴君を藤内侍の元に)お留めになった。

文あはせ

（こうして宮中にお戻りになった東宮は、早速、不審に思っていた点を確かめようとなさる。）夜が更けて人々が寝静まってしまった後、東宮は、御前に頭中将をお召しになって、例のお手紙などを取り出させてご覧になったところ、（やはり思っていらっしゃったとおりであった。）宰相中将の筆跡は、松陰隠岐守に小さいころからずっと付き従って習っていらっしゃった上に、真似してお書きになっているので、（松陰隠岐守の筆跡と）寸分違わないのも当然のことである。

（東宮は、）「私自身も（この手紙の書き手として、松陰殿にそっくりだという宰相中将殿の）その筆跡を思いつきましたが、（こうして比べて見ると、本当によく似ていることですよ。こちらのは、かの有名な）小野道風が書き残しておいた書を帝から（松陰殿に）ご下賜になり、（帝の）ご命令があったので（その歌の一部を、松陰殿が）書き換えたのです。（やはり、似ていますね。松陰殿が麗景殿女御様に送ったとされる歌の）『むさし野の草を見ながらふく風』とあった部分と、藤内侍様のところへ（宰相中将殿が送った歌の）『風ふけば草葉の露』と書いた筆跡の全く違わないことから（始めて、両方とも）浅緑色の薄い紙（に書いてある点まで）もまた同じであるのが、なお一層怪しいことですよ。」とおっしゃる。

（頭中将は、恋人の兄である竹河少将の人柄を知っていたので、）「竹河少将殿なんかは、思いがけない偶然でたまたま（山井中納言殿のところに）いて、その機会に巡り合ってしまい、（松陰殿に恨みを抱いていたのではないので、）それほど計略に加担したというわけではないけれど、（その場の行きがかりで、）同意したということです。（なぜ、こんなことを申し上げるのかと言いますと、）これも（竹河少将殿が）、藤内侍様に頼って（思わず犯してしまった罪を）逃れようとするためでしょうか、ですから、（その罪滅ぼしとして）その時のことを（話したということなので、私はそれを藤内侍様から）洗いざらい聞いています。（今回、偽の手紙を書いた）宰相中将殿の（今の恋人である）古式部卿御息所様は、松陰殿の御妹君です。（夫である）古式部卿宮様がお亡くなりになっていらっしゃるうえに、（兄君である松陰殿が）罰せられてしまったので、（後ろ盾がなくなり、）とても頼りないご様子で、北山にいらっしゃいました。（宰相中将殿は、藤内侍様を迎え入れようとして失敗したのですが、その後、古式部卿御息所様が藤内侍様の乳母である）侍従の妹を召し使っているのを縁にして、（古式部卿御息所様のところへ）通っていらっしゃるとかいう話ですが、この方も（竹河少将殿と）同じ気持ち（で、計画に加わったのでしょう。松陰殿を特に恨んでいらっしゃったというわけではない）でしょう。」（と申し上げる。）

（もう一人、一緒に計略に加担した）先の右馬頭のことなどを、（頭中将が東宮に）お話しになったところ、（東宮は、）『右馬頭のことは、今聞いたばかりだ。（まさか、そんなことをする者とは思わなかった。それどころか、右馬頭は）非常にまじめな者だ。（そういうまじめな者だからこそ、偶然、こういう悪い）機会に巡り合うと、（かえってのめり込んでしまい、）こうした間違いもしてしまうものなのだなあ。』とお思いになる。

（東宮は、頭中将に向かって、）「葵祭りが近くなって来たので、（そのための準備やら何やらで）いろいろと忙しいことです。（ですから、今はこうして事実を明らかにしておくに留め、）葵祭りが終わってから（事の次第を）帝様に申し上げましょう。」とおっしゃって、御寝所にお入りになった。

（やがて、葵祭りの時期となり、斎王の御禊の行列も滞りなく行われた。）葵祭りが終わったので、（見物に出かけていた人々もみな宮中に）戻って、帝の御前で、今日の（行列に参加した）人々の品定めをしていらっしゃる。その折に、（東宮は、ちょうどよい機会だと思い、偽手紙の話を切り出された。）「松陰隠岐守殿がまだ中将でいらっしゃった時に、（ちょうど）今日の（ように葵祭りの）使者をなさった（ことがありました。その）時に、大和内侍様が（松陰隠岐守殿を）お呼びになって（お歌をお渡しになったのですが）、葵にお書きになった（大和内侍様の）お歌が、露に濡れていたのでしょうか、ご判読できなかったので、（仕方なく、松陰隠岐守殿は、）

〔松陰隠岐守〕葵の葉をかざして歩く今日の祭りの景色は、まるで、古い昔に返ったような気持ちがすることです。葵の葉に書かれたあなた様のお歌も、神代の昔に返ってしまったのでしょうか、消えてしまっているので、うまくお返事できません。（51）

と、お返しになったのを、本当に、（機転の利いた）素晴らしいことだとみんな思いましたよ。」と（東宮は、）お話しになり始めた。（この東宮のお言葉を聞き、松陰隠岐守へのご同情の涙を）こらえている者も多かったのであろうか、（その場にいづらくなって、）人々は（帝の御前を）退出した。

（そして、帝の御前には、）東宮お一人がお残りになって、「山井中納言殿は、（松陰隠岐守殿がいなくなったので、代わりにしなければならないことが多くなったというのに、）随分長い間、『気分が悪い。』とおっしやって、ご自宅にこもっていらっしゃるので、(不都合なことが多く、その手腕について)際立って見るべき点もございません。それで、(このようなことでは、この先も頼りにならないことでしょう。ご政務を滞らせないためにも、)松陰隠岐守殿を(島から)お戻しになったのなら、(松陰隠岐守殿は、)きっとありがたいことだと思われることでしょう。(先の花見の折に、いろいろと調べてみましたが、なんと言っても、今回の事件は、松陰隠岐守殿が)自分でなさったことではないという話です。(それなのに、隠岐に流したままにしておいたのでは、)あまりにも時間が経てば、(自然と)世間の人々も(松陰隠岐守殿のことを)軽視するようになるでしょう。」と申し上げると、(帝は、)「(山井中納言殿の)あれほどまでに立派な才能も、恋心には負けてしまうものなのでしょうね。藤内侍のことがあってからは、気が抜けたような感じに見えますよ。『役職もこの秋冬の除目で外されてしまうに違いない。』と(思い、緊張感が解け、)気が緩んでしまっているのでしょう。(それに比べると)松陰隠岐守殿はお人柄からして(重要な政務を担って行くには)充分な方でしたが、不本意なことにも、(計略にはまって、麗景殿女御のところへやって来るという、)間違ったことをしてしまいました。(そうと分かった今は、一刻も早く罪を許したいとは思うのですが、一旦決めたことをすぐに変更したのでは、)軽々しいことだと世間の人が思うであろうと(思い、自らの)気を鎮めて、その機会を待っているのですよ。(また、松陰隠岐守殿を陥れた人々を罰しようとも思うのですが、そうすると、新たに四名も罰しなければならなくなり、そのように)大勢の人を罰したのでは(私の)治世も騒がしいことでしょう。(悪いことをした人は必ず罪の報いを受けるのですから、)最後にはそうなるとしても、(あまりにも大勢一度にというのは、よいやり方ではありません。)世間の人々に知られないように、(あまり表立つことなく、道理に適った処遇ができるように、あなたも）よく考えてくださいな。」とおっしゃっているうちに、（短い）夏の夜の空が次第に白くなって来て、ホトトギスの一声に、（帝も東宮も夜が）明けたのだとお気づきになった。

（それから）しばらく経ってから、（たまたま）宰相中将が参内されたので、（帝は宰相中将に、）「いったいどちらに思いを寄せているのですか。（確か、以前は藤内侍に熱を上げているという噂だったのに、最近は北山の方へも行っているとか。）通って行く先が（たくさんあって、）定まらないということですね。（本当に、気が多いのでしょうね。）中でも特に侍従とかいう女性を迎えて一日中一緒にいると聞いていますよ。そうじゃないのですか。」と、ちょっと笑いかけたので、（宰相中将はごまかそうとしたのか、こんな話をした。）「それと同じような事は（以前にも）ございました。（ただし、私の話ではございませんよ。今からそのお話をいたしましょう。それは、こんなお話でした。）

前斎院で京極のあたりにいらっしゃった方に、左兵衛督《さひょうえのかみ》が一生懸命言い寄って、何ヶ月もの間にお手紙の数が重なって、だんだんと（前斎院も）お心をお許しになる頃と思われたので、（左兵衛督は、）東山からの帰り道に（ちょっと京極のお屋敷に寄ってみました。）夕暮れの月が明るく射し出して、とても美しく明るく見渡せるので、（前斎院のお屋敷の）門の外、かなり遠い所にお車を停めさせて、（そこから左兵衛督は歩いて門の中に入り、）庭の木の（茂った）やや暗い陰のところに立っていらっしゃいました。すると、（手紙のやりとりなどで、かねてから左兵衛督の）お心を知って協力してくれている治部局（という女房）がやって来て、『（前斎院様の）御前には人がたくさんおりますので、（これらの人々を）寝静まらせてから、お迎えに参りましょう。それまでの間はこちらに。』と言って、荒れ果てた板敷きに古くなった敷物を敷いてさしあげました。

（治部局に言われるままに、左兵衛督はそこで待っていましたが、）その間が非常に長かったので、（することもないままに、）

〔左兵衛督〕荒れて葎《むぐら》が生い茂った庭に、一人で袂を敷いて休んでいると、その袂は露に濡れてしまうことですよ。一人寂しくあなたを待っています。あなたを思う涙で、私の袂はすっかり濡れてしまいましたよ。　（52）

と、歌をお詠みになりました。そこへ、（ようやく、治部局がやって来て、）『人々を寝静まらせましたよ。（さて、今から前斎院様のところまで）ご案内いたしましょう。』と言って、（左兵衛督の）お袖を取って、高欄のところへ（行き、そこへ）立たせ、（治部局は、）『あちらへ回って妻戸を開けましょう。』と行って立ち去りました。

（一人残された左兵衛督は、早く前斎院に会いたいと思いながら、）戸の隙間から中を覗いたところ、（中では、）ともし火の影がかすかに几帳の外に見えて、（その几帳の後ろにいる人は、）起きているようでもなく、かといって寝てしまっているようでもないご様子で、とても上品に見受けられました。（そっと開けた戸の隙間から）漏れ出て来る空たき物の香りに、（左兵衛督は、前斎院に対する思いを掻き立てられ、）非常に心をときめかせました。『（前斎院様は、私が来るのを）心待ちにしていたからであろうか。このように端近いところに（いらっしゃることだ）。』と思って、（時間の過ぎるのも忘れて、その愛しいご様子を見ながら、)随分長い間立って待っていらっしゃったところ、(ようやく治部局がやって来て、)妻戸を開けて(左兵衛督を中へ)お入れしました。

(ところが、左兵衛督が前斎院のいる几帳に近づこうとすると、治部局が、)『(前斎院様の)御前にいらっしゃる方がお帰りになるまでは(ここで、お待ちください)。』というので、そちらの方を見ると、一体何を話しているのであろうか、(その人は前斎院と)向かい合いになってお話し申し上げている。(左兵衛督は、)『(長い間待たされて、)もう明け方になってしまうころなのに、(さらに長話をされたのでは、ゆっくりお話する時間がなくなりそうで、)心配なことだ。』と思っていらっしゃると、(ようやく)その人も立ち上がって(前斎院のところから)出て行きました。

(そこで、左兵衛督の)お袖を取って、几帳の内へ入れ、(治部局が、)『(あなた様の)何ヶ月もの間の御物思いも、今こそお消しくださいませ。』と言いました。(その言葉と同時に、思いではなく、)ともし火の火影がだんだんと暗くなって行き、それにつれ、(左兵衛督は)何となくそら恐ろしいようにお感じになって、自分の周りを手探りしてみると、前斎院もいらっしゃらず、几帳があると思ったところも、一体どこであったのか分かりませんでした。(ふと見回すと、)宵の間照らしていた月がすっかり沈んでしまったので、(あたりは真っ暗になってしまい、)どちらへ行ってよいかもお分かりにならず、自分で自分が分からないようなご気分になりました。(そうしているうちに、夜が明け始め、)隙間だらけの(屋根の)板の間から(見える明け方の空が)白くなり始め、(だんだん明るくなって行くにつれ、やがて)露にぐっしょりと濡れた袖の色まで見分けられるようになりました。(そこで、左兵衛督が周りを見回してみると、なんと、)

とても人が住むことができるとは思えないような荒れ果てた家の、（古ぼけた）すのこの上に座っていたのでした。

（あまりのことに、左兵衛督は、）『どうしてこんなところにこうしているのだろうか。』と考え続けていらっしゃいましたが、（考えれば考えるほど）一層恐ろしく思って、こほこほと音のする方を目印にして、草むらを踏み分けて、（その屋敷から）出て行かれました。（出て行ってみると、）痩せた男で、唐臼とかいうもののところに立っている者に出会いました。（そこで、左兵衛督が、）『前斎院様がお召しになったので参上したのですが、（そのお屋敷の場所がよくわかりません。）きっと道に迷ってしまったのでしょう。（前斎院様のお屋敷は）一体どちらでしょうか。』とお尋ねになると、（痩せた男は、）『（前斎院様のお屋敷は）この隣でございますよ。（でも、もうどなたも住んでいらっしゃいません。）そこのお屋敷には狐が住んでいて（悪さをして人を）脅かすので、（今はもう）住む人もなく、自然に荒れ果ててしまっていますよ。あなたがお尋ねになっているのも、そちらのことではございませんか。（あなたもたぶん狐に騙されたのではないですか。）』と（言って、）不思議そうにしている様子をご覧になって、（左兵衛督はそうかも知れないと思いました。それで、まずはお屋敷に帰ろうと思い、その男に使いを頼みました。）『そちらの方に、車が停まっているでしょう。（その車をこちらへ呼んで来てください。）都合のよいところまで（車を）寄せさせて（くださいな）。』と（言って、お車を）召し寄せて、（それに乗って）お帰りになりました。

それ以来、（左兵衛督の前斎院に対する）恋心が冷めてしまったという話を伝え聞いております。（私が夢中になっていると噂されているらしい）あの侍従も、そういう（変化の狐のような）者かもしれないと思い疑っております（。とても恋の相手などにはならず、まるで変化の者のようでございます）ので、捕りこめてございます。（それでそのような噂が立ったのでしょう。）」と言って、ごまかそうとなさる。

（そこで帝は、宰相中将が）藤内侍の（ところへ送った）手紙をお取り出しになって、（宰相中将に見せながら、）「これも、（人間ではない）変化の者が書いたのでしょうか。（不思議なことですねえ。）」とおっしゃったので、（宰相中将は、窮地に追い込まれ、）顔を赤くして、「一体、どんな風が（このようなものを、）吹き散らしてしまったのでしょう。（一体、誰が言い触らしたのでしょう。）」と申し上げたところ、（帝は、麗景殿女御宛ての偽手紙の歌を引いて、）「武蔵野の風ではないですか。」とおっしゃった。（それを聞いた宰相中将は、すっかり悪事が露見したことを悟り、）とてもその場にいられないほど辛くお思いになる。

（こうして事の次第が明らかになったものの、後味が悪く、また、まだ松陰隠岐守が帰京したわけではないので、帝は鬱々とした気分で毎日を過ごしていらっしゃる。）気分がすっきりしないままで見ている空も雲っていて、（帝は、）月が顔を出すこともない（ような暗い）夜を過ごしていらっしゃる。そんな帝の御前に、頭中将が参内し、世の中の無常なことや、あのことこのことなどいろいろとお話し申し上げる。

（お話し申し上げながら、頭中将が、）「（松陰隠岐守殿は）きっと今時分の（寂しい様子の）夕空を（遠く離れた隠岐の）島陰でご覧になり、お嘆きになっていらっしゃることでしょうね。（ご子息の松陰中将殿が住んでいらっしゃる）須磨の浦でも、（涙で濡れてしまって、有名な藻塩を焼く）煙すら立たないでいることでしょうね。こういう時には、（藻塩を焼く煙は立たないでしょうけれども、その代わり、）なおさら物思いが募って、ますます思いの炎が燃え上がることでしょうね。」と言って、涙を袖に流していらっしゃるので、

（帝も、）「きっとそうなのでしょうね。（私もあれから）寝られないままにいろいろと考え続けていますが、あの人もこの人も（たくさんの人を）罰したのでは、人心も落ち着かないことでしょう。（かといって、）松陰隠岐守殿を陥れた人々を）そのままにしておいたのでは、隠岐から帰って来て、宮中で席をともにするようになったら、（その顔を見て）平気な顔を（して、冷静に行動）することができるでしょうか。（いろいろと考えましたけれど、結局、そのまま、都に置いておくのはよくないので、）山井中納言殿は按察使《あぜち》にして（陸奥《むつ》の国、出羽に）遣わしましょう。宰相中将殿は（九州の大宰府の）大弐にしましょう。竹河少将殿と右馬頭殿（の罪）は大して深くもなかったですね。（すぐにどこかへ行かせるようなことはせず、）そのままにしておいたとしても、少しくらいの間だったら、（松陰隠岐守殿がこの二人を）恨むようなことはないでしょう。（でも、）最後には罪を逃れることはできないでしょうけれど。（悪事は、悪事をした者のところへ返って来るものですからね。）」とおっしゃる。

（そのお言葉を聞いた頭中将は、）『（帝様が竹河少将殿と右馬頭殿を、しばらくそのままにしておこうとなさるのは、竹河少将殿の妹君の所に通っている）私に気を使っていらっしゃるから、このようにおっしゃるのだろう。』とお思いになる。（しかし、それでは筋が通らないので、頭中将は、）「竹河少将殿を（罰せずに）そのままにしておいたのなら、『（松陰隠岐守殿も、竹河少将殿と）同罪なのだなあ。』と世間の人々は思うでしょう。（それでは、筋が通りません。ですから、竹河少将殿は、）少弐（にして九州へ遣わすの）が適当でしょう。右馬頭殿は、（松陰隠岐守殿ばかりか、松陰隠岐守殿の弟君であり、自分の実の娘の婿でもある）右衛門督殿を（このことに関連して）陥れてしまったことが重なっていますので、対馬守となさってください。」と申し上げたところ、（帝は、）「（せっかくあなたのことを思って、竹川少将たちを許してやろうと思っていたのに、それをわざわざ罰せよと言うなんて、）世の中で例のないことですよ。（この程度のことならば、）罰を受けないことだってあるのに。（本当にあなたは道理を通す人なのですね。）」と（おっしゃって、）少し微笑まれる。そして、「（松陰隠岐守殿には、まず、）この秋の除目のころに、（帰京するようにという詔を持たせた使者に）都を出立させて、それから、隠岐へ迎えをやりましょう。」とおっしゃる。（こうして全てを理にかなった方法で処理され、松陰隠岐守をきちんと都へ迎え入れようとしてくださる帝のお心は、）本当に世にもまれな、ご立派なお心であるに違いない。

おきの嶋

（松陰隠岐守が住んでいらっしゃる）例の島陰では、次第に秋が終わり、冬が到来するにつれて、隙間だらけで粗末だった垣根の草も一面に枯れてしまって、（ただでさえ寂しい景色の上になお一層寂しさが加わり、その垣根の隙間から）吹き込んで来る（強い）海風で、松の柱も傾いてしまいそうだと（松陰隠岐守は）感じていらっしゃる。（今まで、寂しく吹き来る秋風に揺れていた）軒端の荻の葉の音に変わって（、木枯らしに乗って）やって来た（屋根を叩く）時雨の様子も、都（で聞いていたもの）とは様変わりして、何とも言えず荒涼とした感じである。

（こうした離島での生活で、松陰隠岐守は、枕元まで打ち寄せるような荒々しい）波の音も慣れて行けば（それなりに聞きやすいものになって行くだろう）と思っていらっしゃったが、（慣れるどころか、冬になり、）ますます大きな音（として聞こえるよう）になって行く。（そんな辛い時をお過ごしになりながら、歌を詠まれた。）

〔松陰隠岐守〕冬になり、なお一層荒々しさを増した磯の波や、軒端を打つ時雨の音にさえも、そのうち慣れるだろうと思っていたのに、いつまで経っても慣れることはなく、都恋しさの涙で、予想以上に濡れる袖ですよ。　（53）

（松陰隠岐守が、）すのこの上に立って、（荒々しい冬の海を）見渡すと、お心にずっとかかっていらっしゃる都の方角は、波路のはるか向こうで、霧が立って（その方向を）隠しているようなのも、（自分が都から忘れさられているかのような感じがして、）まず悲しいことだ。（沖を行く船の影は、）とても小さく、木の葉が散って浮いている程度にしか見えないけれども、（ご覧になっていらっしゃるうちに、）程なく（他の漁船とは違って、誰かが乗っている船の）その影だと見分けられるので、都の人（の船）だろうかとお思いになる。（『もしかしたら、この島にやって来るかも知れない。』と思いながら見ていらっしゃるのだが、）通り過ぎて行って、そのまま見えなくなってしまうのは、遣唐使の船なのだろうかと、（自分とは関係のない）見知らぬ人たちの別れの様まで（想像されてしまい）、悲しいことだとお思いになる。

（また、海に潜って魚介類を採る）漁師の仕事がたいそう苦しげな様子であるので、（それをご覧になっている松陰隠岐守は、漁師たちの）現世以外のこと（、前世や来世のこと）までお考えになる。（そして、ご自身の因果についてもお考えになる。漁師たちが潜っている）海の向かい側に（、波の間から、）見えたり、隠れたりしているのは、（ちょうど出雲の国あたりで、古事記に謡われたように）八雲が立っていたであろう神代にお造りになったという八重垣なのであろうか。（それをご覧になりながら、松陰隠岐守は、また、歌を詠まれた。）

〔松陰隠岐守〕尊い神様の社に向かい、お尋ねしたいことがあります。神代から今までの間で、私ほど辛い目にあい、このように嘆きに沈む例はあったのでしょうか。私は、かつて誰も経験したことがないような、辛い思いをしていることですよ。(54)

（松陰隠岐守のお住まいの）後ろの方は山が高くそびえていて、（その山から）吹き降ろし、松の（木を揺らす）強い冬の風は、そのまま波立つ海へと吹き抜け、（その様子はまるで）都へつながる夢の通い路の（邪魔をする）関守に違いない（と思われるほどだ。松陰隠岐守は、強い北風と、真っ白に波立つ海のせいで、なお一層、都を遠く感じていらっしゃる）。

十月の末から、雪が大層深く降り積もって、（山を閉ざしてしまったので、）薪を採るための道を失ってしまい、岩の間を探して汲んでいた清水も、いつの間にか氷に閉ざされてしまい、冬は（その寂しげな景色だけでなく、生活のしにくさでも、）本当に嫌なことの数が増えることだ。

（そんな辛い冬の暮らしに耐えていらっしゃる松陰隠岐守の元へ、）都よりお使いが来て、夜具などを差し上げる。（その夜具にはお歌が付いていた。）

〔藤内侍〕こんなに遠く離れてしまっては、あなたにお目にかかることは現実ではございませんので、せめて夢の中で会えるように夜の衣を裏返して着てお休みになってくださいな。そうしたら、夢の中で昔に戻って、都へ帰っていらっしゃって一緒に過ごせることでしょう。（55）

（松陰隠岐守の）ご返歌。

〔松陰隠岐守〕荒い冬の海の白波が打ち寄せるところで眠る私は、たとえ夜の衣を裏返して寝たとしても、恋しい人の夢を見ることなどできません。それどころか、裏返した夜の衣が、あなたを思う私の涙でますます濡れてしまうことですよ。辛くて眠ることもできません。（56）

（その）年も次第に暮れて行くにしたがって（除目の頃のことを思い出すようになり）、（修行で）仏の御名をお唱えする時にも、（こうして仏名をお唱えする、）そのように人々の名前も読み上げられていることであろうと、思い出していらっしゃる。年内に急いでしなくてはならないようなご用事もないので、かえって（松陰隠岐守の）お心は澄みきって、亡くなられた（方々、特に先妻である宮様）の御霊をお祭りになって、新春をお迎えになる。

いつのまにか、（年が明けた。去年だった）昨日の様子と変わるはずもないけれども、（それでも新春となれば、あたりの景色も）一面にかすんで見えるので、（それをご覧になった松陰隠岐守は、）「このような（うら寂しい）所にまで（華やかな）春はやって来るのだなあ。」とおっしゃって（、歌をお詠みになった）。

〔松陰隠岐守〕新しい年を迎えた今朝、新年の初めから、このうら寂しい島陰にも霞が立ち上って、春の風情を添えていることです。私にも、その華やかさにたぐえることができるような春がやって来てほしい。早く、都へ帰りたいものです。（57）

（松陰隠岐守のお住まいである庵の）軒端の梅が花を開き始め、その花に、鶯の声がほのかに聞こえるというその情景は都にいらっしゃったころも、よく見慣れたものであったに違いないが、（隠岐の島という、都からはるかに離れた）波路の果ての眺めこそ、（こんなところにまで鶯が来て、梅の花に止まって鳴くのだ、）この上もなく素晴らしいものだとお思いになる。

〔松陰隠岐守〕目の前に広がる波路のはるか彼方を見渡すと、あまりの遠さに、霞の末までかすんでしまっていることです。いくつも重なりあって打ち寄せ、私と都を繋ぐ道のように連なって見える波の、春の景色は本当に美しいものですね。それにしても都は遠いなあ。（58）

（松陰隠岐守は、）「こうした（静かな）磯や山の春こそ、本当にのどかなものですね。（これで身に覚えのない）罪さえなければよいのに。（普通の身で、この景色を眺めたいものです。）」とつぶやきながら、海草をお摘みになる。（そして、また、歌をお詠みになった。）

〔松陰隠岐守〕都にいたころは春の野で若菜を摘んでいたのに、この島にいる今は、若菜ではなく、若い海草を摘むために、磯の波に袖を濡らしていることです。都での若菜摘みを懐かしみ、私の袖も涙で濡れることですよ。（59）

（子の日に、松陰隠岐守は、お住まいの）後ろの岡で小松をお探しになる。（このような小松を引くという行事は、）都では盛大になさっていらっしゃったが、（ここ隠岐の島では、）たった一人で山道を歩き（、そして、また、歌を詠まれた）。

〔松陰隠岐守〕こうしてただ一人で小松を探さなければならない、もの寂しい野辺で過ごす子の日を、可愛そうなことだとは、ここに生えている松の外に思ってくれるものはないでしょうね。
一人ぼっちで小松を探すとは、本当に寂しいことですよ。　(60)

(都にいらっしゃった頃は、毎年)一月になった途端に、盛大な行事ばかりあった。(それで、忙しさに追われてご自身のことをゆっくりお考えになることもなかったが、ここでは行事に追われることもないので、松陰隠岐守は、)ご自分のお年を指を折って数えた。「(改めて考えてみると、)三十七年の春を送ったのですが、(これまでの人生の中で、)これほど時間があることなどなかったことですよ。二月二十二日は、亡き妻の三回忌ではないですか。もし、都にいることさえできたのならば、いくらでも(亡き妻のために)してやれることがあったでしょうに。(ここでは、思うようにしてやることもできません。息子の松陰中将も、)須磨の浦で(亡き人のことを)思いやる気持ちもない漁師となってしまっているので、(母の法要も思うようにできず、ただ)思い出してばかりいることでしょうね。」とおっしゃって、(『せめてここで亡き妻のためにできることをしよう。』とお考えになり、)ご自身で(心を込めて)法華経をお書きになった。

一月の末頃から書き始め、二月十五日のころに完成させなさった。(何もできないとはいえ、最もお心のこもったご供養をされたことで、)どれほど(松陰隠岐守の)お心も澄みわたったことであろう。そのような状態なので、きっと御仏も(松陰隠岐守のお傍に)立ち添っていらっしゃるに違いない(、これからきっとよいご縁があるだろう)と(思うと)大変頼もしいことだ。

(精霊会の)二月二十二日まで(一週間の間)、ずっと絶えることなく続く(松陰隠岐守の)読経のお声が、とても尊く澄みわたっている。(松陰隠岐守は、)『(不運とは言え、)このような罪にでもあわなければ、日々の用事に紛れて（亡き妻のために法華経を書いたり、読経をしたりなどという）こんなことはしもしなかっただろうに。（かえって、こんなに仏道修行に専念できるとは、）思いも寄らなかった後世へのお土産にもなることだよ。』と思って、いつもやって来ては、法問などをなさっている阿闍梨と一緒に、（三回忌の法要を）なさった。（そんな折、こんな歌を詠まれた。）

〔松陰隠岐守〕都にいたころの私は果たして予想していたでしょうか。この島陰に庵を結んで、亡き妻の三回忌をするなどとは。しかし、この島の庵で行った法要はこんなにもすばらしいものでした。何よりも、一番心のこもった追善供養をしたことですよ。（61）

（亡母の三回忌ということで）須磨（の松陰中将）からお手紙が送られて来た。そのお手紙には、（母の）法要が思うようにできないことなどをお書きになって（、お歌が添えられていた）。

〔松陰中将〕亡きお母様の三回忌である今日は、なお一層涙が止まらず、袖もひどく濡れてしまうことですよ。あの世にいらっしゃるお母様と会えないのは仕方のないことかも知れませんが、せめて、同じ世に住んでいるお父様に会い、一緒にお母様のご供養ができればよいのに、それすらできないのですね。（62）

（松陰隠岐守の）ご返歌。

〔松陰隠岐守〕同じ世に住んでいるからこそ、遠く離れていても、こうしてあなたからの便りが届くのですね。あなたの亡くなった母君からのお便りは何年経っても届かないことですよ。四方を山に囲まれたところで吹き回る風のように外に出ることはないのです。便りができるだけ

でも、心慰むものです。　(63)

(松陰中将のお手紙を読んだ松陰隠岐守は、母の三回忌の法要さえ思うようにできないという状況に、)若いお心を痛めていらっしゃるのだろうと思いやられて、慰めたいとは思うのだけれども、(元はと言えば自分のためにこのような境遇になってしまったのであり、そんな境遇の中で松陰中将の)お心が(あれやこれやといろいろなことに思い悩み、煩悩の)闇に迷っていらっしゃるのであろう(と思った。そして、そんな息子を思う、父親としての心の闇の深さも自然)と分かり、とても悲しい。

お庭の草は少しずつ青くなって行き、(何も悩みなどないような感じで、)自分の気持ちのまま自由気ままに茂っているけれども、(やがて時が過ぎれば)秋の霜には耐えられずに枯れてしまうであろうと、(世の無常を表わしているようで)頼りなく見えるけれども、(それにも増して、自分のところには、草を枯らす)霜を払って訪れる人もいないようである。(『霜にあって枯れる草は、春になればまた芽を出す。そんな草の方が、その霜を払いながら訪れてくれる人すらいない私よりもましではないか。』と思い、松陰隠岐守は、また、歌をお詠みになった。)

〔松陰隠岐守〕霜枯れてしまった庭の草の葉ですら春に巡りあうことができ、また、青々と茂ることができるのに、その霜を打ち払って訪れてくれる人もいない私だけは本当に何も変わらず、寂しいものですよ。　(64)

小さい桜の木で一重の花をつけるのが、初めて春を知ったのであろうか、ところどころ咲きだしている。(その花を見るにつけても、それがやがて盛木になり、あたり一面に咲き誇って、)『雲と見間違えてしまうころまで、(帝から罪を許すという)ご命令がなくて、(このまま隠岐で)物思いに耽っていなければならないのか。』と、ぼんやりと眺めていらっしゃる。

(やがて夕暮れ時になり、)霞が晴れわたって入日の光が(春らしく)のどかな感じで射している。(その光に照らされて、磯に)打ち寄せる波も紅の(布を広げた)ように見渡される。(その夕映えの中を)雁が横に曲がりながら(北に向かって帰って)行くようで、その(春らしい晴れやかな)後ろ影さえ、(まだ都に帰ることのできない松陰隠岐守にとっては)悲しく思われる。(そして、そんな雁を見ながら、歌をお詠みになった。)

〔松陰隠岐守〕北の故郷を指して飛んで行く雁よ。私も一緒に帰郷の旅に誘っておくれ、その鳴き声で。秋におまえたちがやって来てから、辛い冬もずっと一緒に慣れ親しんで来た、その同じ浜辺に。おまえたちとの別れでさえ辛くて、私は声を上げて泣いているのですよ。(65)

(そうこうするうちに春も深まり、)峰の白雪はみな消えてしまい、(雪の下に隠れていた松が)常盤の緑を現した。その枝を頼りにして、(藤の花が)咲きかかっているのを、(松陰隠岐守は)ご覧になり、(昔を思い出していらっしゃる。)『(ちょうど)去年の今日のころであったろうか。(帝の御行幸があり、帝は藤の花と引き換えに藤内侍をお譲りくださった。藤の花と同じ)紫に縁がある藤内侍と、初めて一緒に過ごしたのは。』と思い出すにつけても、(離島の寂しさに妻恋しさも加わって、)悲しいことといったらないであろう。

(やがて、)山吹が咲き初めるころから、(草木は)言葉こそ話さないが、深まって行く春を知らせるような顔をしているのに加えて、(夏の使者である)ヤマホトトギスの(声が)ほのかに聞こえて来る。(それをお聞きになって、)『今日は(四月一日の)衣替えの日なのだな。』と思い出されて(、松陰隠岐守はこうお詠みになった)。

〔松陰隠岐守〕春が過ぎて夏が来たけれど、島にこもっている私にとっては大した意味もなく、無駄に衣を脱ぎ替えたことですよ。どのみち替えるのであれば、脱ぎ替えたいものだなあ、波で濡れた衣を。無実の罪を早く晴らしたいものです。

(隠岐の島にいらっしゃってから、松陰隠岐守が親しくお付き合いしている例の)阿闍梨がいらっしゃって、 (66)「(四月八日の)灌仏会《かんぶつえ》も今日明日のほどに(近づいて)来ましたので、さあ(ご一緒に)上の山に(登って、仏様に供える)お花を探し求めましょう。」とお勧めになるので、(松陰隠岐守は)「仏に仕えるための道であるのだから(行かなければなりませんね)。」とおっしゃって、険しい峰にお登りになる。

(山の峰に登ってご覧になると、)いつの間にか、華やかだった梢も(花がみんな散ってしまって、新しく萌え出た)緑の色に様変わりしていて、霞と混じり合って一つになっている美しい空に続いているように見える。(そのどこまでも続いている様子は、松陰隠岐守の)いつまで続くか分からない御物思いになぞらえてしまいそうな情景である。

(高いところまで登ったので、)海は(お二人の)御目の下に見える。(その海の様子をご覧になって、松陰隠岐守は、)『漁師たちの粗末な小屋を打ち寄せる波が越えてしまわないだろうか。(あのように高い波打ち際に、あんなにあやうそうな小屋を建てて大丈夫なのだろうか。)』と、不思議に思っていらっしゃる。(ちょうどその時、)阿闍梨が(その海の波の様子を)、「(あのように白波が立っている様は、まるで)垣根続きに咲いている卯の花のようですね。」とおっしゃるので、(松陰隠岐守は)ちょっと微笑まれて、「本当に(そうですね。でも、あのように下の方に見えるのでは、卯の花を求めてやって来る)ホトトギスの声も谷の底のように聞こえてしまいますよ。(ホトトギスの声というのは、)『はるか雲のかなたに(聞く)。(歌《ほととぎす雲井の声を聞く人は心も空になりぞしにける》)』と詠み慣わしていますのに、(谷の底に聞こえるなんて、私ばかりか、ホトトギスまで谷底に舞い降りてしまうようで、)本当に何事も変わって行く世の中ですよ。」などと、(お二人は)おしゃべりをなさっている。(そんなことをお話しになりながら、松陰隠岐守と阿闍梨は、山で花を探していらっしゃった。)

都にいたころ朝晩(松陰隠岐守の)御前に伺候し(、親しく使っ)ていた民部大輔《みんぶだゆう》が、(その頃)出雲の国の守を任じられて下っていた。(その出雲守が、ちょうどその日、)例の(松陰隠岐守が住んでいらっしゃる)庵を訪ねて来たが、(阿闍梨と出かけてお留守だったので、二人がお出かけになったという山まで)御後を追いかけ(て行った。やがて見つけて、松陰隠岐守のご様子を)拝見したところ、つつじやわらびなど(山に生えている植物)を御手で直接お持ちになって、谷川の清らかな流れに差し出ている岩の上に腰をかけて、阿闍梨と一緒に休んでいらっしゃった。(それを見た出雲守は、)「都ではこのような(野の花を自らお持ちになって、岩の上に直接腰をかけるなどという)こともなかったのに(、本当においたわしいことだ)。」と言って、まず涙ぐむ。(やがて、出雲守は、ご挨拶代わりの歌を松陰隠岐守に詠みかけた。)

〔出雲守〕「出雲の国から隠岐の島まで、はるばると乗り越えて来た波はそれほどでもなく、波のために袖が濡れるなどということもございませんでした。船旅の苦労など、今の思いに比べれば、どうと言うことはないのです。それよりも、谷川の岩に腰をかけていらっしゃる今のお姿

を拝見し、この谷川の水に袖を濡らしています。おいたわしくて涙が止まりません。（67）

（このようなところでこのようなことをなさっているなどとは、）本当に思いもかけないことでございます。」と申し上げたので、（松陰隠岐守は、）「（こうして隠岐に流されている私は、）現世では罪に沈んでいるのかも知れません。（でも、）後世では救われたいものだと、（こうやって潅仏会のお花を採り、）仏へ帰依しているのですよ。（一生懸命帰依している）このような身ですから、（ご自身の代わりに、あなたを来訪させようと、仏様が）思ってくださったに違いありません。」とおっしゃって、（出雲守と）一緒にお帰りになる。（庵に着いた出雲守は、都で預かった松陰隠岐守宛ての）お手紙などをご覧に入れる。（その中に混じって、こんなお歌が入っていた。）東宮様より（のお歌だった）。

〔東宮〕ちょっとした行きがかりで、幸いを願う子の日に姫小松を引き抜いて、根を結びました。その結んだ根に、長く末の世までこうして結ばれていようと契ったことですよ。（68）

（とある。松陰隠岐守は、）全く思い当たらない（ご様子であった）。（しかし、）藤内侍のお手紙をご覧になって、初めて、（東宮が松陰姫君を宮中へお連れになり、ご寵愛なさっている）そうだと理解なさった。（出雲守には、）一晩中、（そのようなまだご存知ない）都の出来事をお話させて、それからお帰しになった。

（四月八日になり、松陰隠岐守は、）阿闍梨とご一緒に潅仏会のお勤めをなさった。いつの間にか（悟りをひらき、俗世での欲望を）離れてしまったというわけでもないのだろうが、（仏道修行に励む松陰隠岐守のご様子が、）仏の御心にかなったのかも知れない。その夜、不思議な夢のお告げがあり、（そのことを、松陰隠岐守は、）阿闍梨とだけお話し合いになって、（阿闍梨の夢解きをお聞きになり、）大変頼もしいことだと思われた。

この阿闍梨は、前任の隠岐守であった人のご兄弟であって、(松陰隠岐守がいらっしゃる)五年ほど前に、「西海のいろいろなところを見よう。」とおっしゃって、(先の隠岐守と)一緒に(この島へ)いらっしゃったそうだ。ところが、(ご兄弟の任が解けても、この人は、)「(どのみち出家して)世を捨てる以上は、こうすることにしました。このように静かな島で(暮らしましょう。俗世間のことに惑わされることなく)、心を澄ませ(て暮らし)ましょう。」とおっしゃって、(そのまま隠岐の島に)お留まりになった。この人だけは本当に(松陰隠岐守と)同じお心を持った方で、(お二人は)無二の親友になった。

(そうしているうちに、季節は過ぎ、やがて梅雨時ともなった。)芽生え出した蓮の若葉に、ざっと降った雨の露がきらきらと一面に置いている様子は、古池の印象まで様変わりさせてしまう。(松陰隠岐守は、そんな景色を眺め、泥の中に根を張りながら、美しく咲き出る蓮の花のように)清らかに澄んだ(仏の)道のそのたどり着く先まで思いを馳せていらっしゃる。(そんな古池の)波打ち際に小さい船を寄せて刈っているのは、あやめであろうと(松陰隠岐守は)ご覧になる。このような(漁師の住む都を離れた)海辺の里でも(都と同じようにお祝いする)慣わしなのだと思い、(菖蒲の節句の準備で浮き立っているであろう)都のことを思い出して(、歌をお詠みになった)。

〔松陰隠岐守〕菖蒲の節句が近づいた今日は、あやめの葉を草の庵に葺《ふ》き添え、節句を迎える準備をしています。都にいたころのにぎやかな菖蒲の節句を思い出すにつけても、なおさら、あやめ草も気づかないほど、模様も分からないくらい袖一面に、露がはらはらとこぼれているこ

とです。吹き降りの雨のように涙があふれていますよ。(69)

五月雨が降る日が続くにしたがって、いつの間にか、緑の空の色もそれまでとは違う様子になり、海面は(垂れ込める雨雲を映して)とても暗い上に、(雨ばかり続くので)藻塩を焼く煙も立たなくなってしまい、(松陰隠岐守の)お心は紛らわす術もなく、どうにも慰めようがない。(その上、唯一の友である)阿闍梨のご訪問さえも(雨のため、)途絶えてしまったので、(どうしようもないお気持ちになった松陰隠岐守は阿闍梨の元へ)お手紙をお送りになった。(そのお手紙には、)「(今までご一緒に来世のことをいろいろとお話ししてまいりましたのに、来世どころか)この世でさえ、ご来訪くださらないので、まして(来世でご一緒できるなどと、信じることはできず、)不安でなりません。

〔松陰隠岐守〕あなたがいらっしゃらない寂しさを一体どうしたらよいのでしょう。寂しさに耐えかねて私が死んでしまったら、一体どうやって弔ってくださるのでしょう。五月雨で、この世とあの世の境を流れる三瀬川(＝三途の川)の水量が増さってしまったのなら、川を渡った後の私を訪れてくださることもできず、来世でも心の通った友となるというお約束は果たせないままになってしまうでしょう。(70)」

阿闍梨からのご返歌。

〔阿闍梨〕たとえ五月雨で水が増えたとしても、三瀬川を渡り、仏様の護法の舟であなたのいらっしゃるところを目指してまいりましょう。また、うかがいますよ。(71)

(そんな贈答のあった後、五月雨が上がり、)少しだけ晴れ間があった時に、(厚い雲間から)夕日の光がうっすらと漏れだしたのは、(まるで西方浄土からの光のようで、)有名な中秋の名月(が雲間から漏れる時)の空にも負けないくらい、美しく見えた。(やがて、雲も少しずつ消えて行き、)夕映えに染まる波にちぎれ、打ち寄せられる海草を採って柏の葉に盛り、漁師が献上したのを、(松陰隠岐守は)阿闍梨の所へお送りになる。(それに付けられたお歌にはこのようにあった。)

〔松陰隠岐守〕こうして流れ寄るところもあるのでしょうか。波間を漂う海藻のように、私の行く末はどうなって行くのでしょうか。流れ着く先があるのやら、ないのやら。悲しい目にあっている私はいろいろと物思いが絶えません。こんなに物思いに沈む私の身は浮き上がることがあるのでしょうか。その上、あなたにお目にかかれないのでは、まるで、辛い我が身にもっと辛くなれと言っているようなものです。（72）

阿闍梨からのご返歌。

〔阿闍梨〕仏に仕える身である私は、物思いに沈んでいらっしゃる方のところへ参りましょう。波間を漂う海藻のように、辛い目にあうというのは、定めのない辛い世の中にありがちなことだと思い、慣れてくださいな。（73）

(やがて梅雨が明け、)空が晴れて行くにしたがって、どんどん暑くなって行くので、(松陰隠岐守は、今までのお住まいでは我慢できなくなって、)阿闍梨が住んでいらっしゃる磯辺に、(阿闍梨の庵とは)少し距離を置いて、(並べるように)小さい庵を造らせて、そこへ移り住んだ。

(その庵では、枕上まで)打ち寄せて来る(ように聞こえる)波は、絶えることなく岩に生えた松の根を洗い、（夏の強い日差しをさえぎる）日陰を作っている松は、波打ち際に立っていて、（その松葉を揺らしながら）涼しく吹いて来る風の音は、暮れて行く空（を濡らす夕立）の雨（の音）ではないかと聞き違うほどだ。（大変海が近く、）お庭から直接船が出入りするくらいなので、寝たままで漁師が釣りをするという話も、自然と思い出される。（日中の強い日差しから、）夕月の（淡い）光に変わり、（その光の中で、）漁火がちらちらと瞬くように見えるのに加え、（船の入る庭先の）岩間の蛍がまるで（漁火と）争っているかのように輝いている様子は、とても涼しげで、夏の暑さも、松陰隠岐守の胸中に宿る熱い思いも、消してしまうことだろう。

（夏も次第に終わりに近づき、やがて暑い中にも秋の気配が漂い始め、）萩の葉が風に揺らされるその音に、（もう秋が来たのかと）ふと気づくけれども、残暑がとても厳しいので、（松陰隠岐守は、例の磯部の庵に留まっていらっしゃって、元のお住まいには）お戻りにならない。

（七月の）弓張月をご覧になって、（松陰隠岐守は、）今宵は（七夕で、）二つの星が会う夜なのだと思い出し（、歌をお詠みになった）。

〔松陰隠岐守〕「一年に一度しか会えないという牽牛・織女の七夕の哀れを知っているのならば、都を離れ、妻に会えない私の辛さもよく分かるでしょう。その私のためにも、都まで橋をかけて渡してくださいカササギよ。そうすれば、私はその橋を渡って、愛しい人に会いに行けるのに。（74）

（七夕の話のように、）こうして何年経っても絶えることのない契りだってあるものですよ。」と独り言をぽつりとおっしゃる。

（七月中元の）精霊会の際にも、「さぞかし都では、（私のことをまるで）死んでしまった人のように思って、嘆いていることでしょう。

〔松陰隠岐守〕隠岐の島でこうして生きながらえている私は、亡き人々の数に入ることもなく、精霊会だからといって元の家に戻ることもできず、住み慣れた都へ心だけ通わせていることですよ。この夕暮れの空の下で。（75）」

（と、松陰隠岐守は歌をお詠みになった。海から昇り始め、やがて）波路を離れ（て中空へと昇）る月の光は、とても明るく、（松陰隠岐守の庵に設えた）仏間に射し込んで来て、（仏像の前で揺らめく）ともし火の光を奪うほどである。（月光が明るいにもかかわらず、）軒端（に漂う秋）の霧が（仏前で焚かれる）名香の煙と交じり合っている様からは、（松陰隠岐守の）お住まいの小さくて質素なご様子が自ずと知られるであろう。（庵の）御前の庭には、（秋の風情を加えるかのように、）わざと植えたのではない、いろいろな種類の草花が咲き乱れ、（その秋草に置いた）白露が（月光に照らされて）とても清らかに輝いているので、御仏の輝きもさらに勝って見えることである。（春には北へ）帰っていく名残りを慕って（松陰隠岐守が歌を詠んで）いらっしゃった雁の声も、（再び戻って来たのか、）雲のかなたに聞こえる。（その声をお聞きになりながら、）松陰隠岐守は、年明けの正月から数えて）一年の半分以上を過ごしてしまったことも、まるで夢の中のことのようだ（と思っていらっしゃる）。

（秋が深まり、）少しずつ夜寒になって行くにしたがって、海岸から吹く風（の冷たさ）も身に（しみ、冬の訪れを）感じるようになって来たけれども、（松陰隠岐守は、）有名な中秋の名月を（この海に近い庵で）眺め終えてから、以前のように（山の方に）住もうとお考えになる。

（そんなことを考えていらっしゃるうちに中秋の名月になった。その日も海を見ていると、船が一艘、近づいて来るように見えた。）沖の方からかすかに（船影が）見えて、（海近い庵の）御前の庭の方へ漕ぎ寄せて来るのは、出雲守の船だった。（やがて庭先の港に着いたその船から降りて来た出雲守は松陰隠岐守に、）「有名な中秋の名月を、殿お一人で（寂しく）ご覧になるなんてことをさせてはいけないと思い、（観月のための）船を設えてまいりました。（どうぞ、お乗りになってください。）」と言って、（松陰隠岐守をお乗せする。やがて岸を離れた船は、）磯の松原をはるかかなたに漕ぎ離れた。

月が出て来る方角の海の彼方を（松陰隠岐守たちが）見渡していると、何が何だか分からない様子の雲や霧がむくむくと立ち上って来て、（やがて、霧ではなくて雨だと）はっきり分かるほどに（大粒の）雨が降って来たので、「（こんなに雨が降って来たのでは、）有名な中秋の名月が浮かぶ空も（そのせっかくの美しさが）台なしになってしまったことですよ。」と言って、（船に乗っている）人々は笑い合う。「まあまあ、かえって、このような辛い日々を送る私の姿を、（中秋の名月の明るい）光で照らされたのでは、みっともないことでしょうから、曇っている方がよいことでしょうよ。」と（松陰隠岐守は）おっしゃって（、歌をお詠みになる）。

〔松陰隠岐守〕「明るい月の光に照らされたのでは決まりが悪いような辛い身の上の私にとっては、曇るならば一層のこと曇ってしまいなさい、今宵の名月よ。その方がましですよ。いくら

明るい月影に照らされようとも、雲に閉ざされた空の月と同じように、私の心の闇も晴れないことですから。　(76)

(千里の外まで照らすという満月ですが、このように曇っているということは、)千里の外まで人の心はこのように(曇っているのでしょうか。悲しいことですよ)。」と(松陰隠岐守が)おっしゃるので、(出雲守は、)お船に篝火《かがりび》を焚かせて、

〔出雲守〕今日、今夜、中秋の名月という名を惜しむのでしょうか。いや、そんなことはないでしょう。その名前通りの明るい光を見せてください、空の月よ。ここに焚いた篝火のように、美しい光を、空の上にも見せてください。　(77)

と、詠んだのを(松陰隠岐守は、)お聞きになって(、このようにお詠みになった)。

〔松陰隠岐守〕あなたが焚いてくださった篝火も、この中秋の名月も、ともにその光は澄んでいるようですが、その二つの光を隔てているのは、空に浮いている悲しみの雲なのですよ。　(78)

(それを聞いた出雲守は、松陰隠岐守は)御身になぞらえて思っていらっしゃるのだろうかと、大変悲しく思ったのであった。(そこで、出雲守は少しでも松陰隠岐守のお心をお慰めしようと思い、)「月は雲っていますが、(あなた様が吹かれる)笛の音はきっと澄みわたることでしょう。(どうか)お笛を(吹いて、その澄みわたった音色をお聞かせください)。」とお勧めするので、(松陰隠岐守は、)「入日を招く扇(と、その形に似た琵琶の撥《ばち》)はあるという話だけれども、(笛で、)月のために雲霧を晴らそうとするには、(何を吹いたらよいでしょうか。)秋風楽(=雅楽の曲名。唐楽。四人の舞)でしょうか。」とおっしゃって吹き始めたところ、

波や風も（ものの良し悪しが分かる）心があるのであろうか、海面はとても静かになり、雲と霧の間から射し出した月の光が、とても新鮮で美しく、あたり一面を照らす。（その様子を見て）出雲守は（、このような歌を詠んだ）。

〔出雲守〕有名な中秋の名月が宿る空にも通じる松陰隠岐守殿の笛の音ですよ。その音も澄みわたり、そして、空も澄みわたり、夜半の月光が射していることです。その身に受けられた罪も、早く、澄みわたるとよいのですが。　(79)

夜が更けて行くにしたがって、また雲が出て来た。その雲の様子もいかにも雨が降りそうな感じになって行ったので、（舟遊びをしていた人々は、隠岐の島の港へ）お帰りになった。

夜が明けきった頃から、台風の風が激しく吹き出して、海面は布団を敷き詰めたように（、白く大きな波が次々と押し寄せて来るのが）見え、波打ち際に立っている松の枝も（強い風に煽《あお》られて）波に付くほどに吹き倒され、打ち寄せて来る大波にさらわれて、漁師たちの小屋も（海の彼方に流されてしまい、）行方が分からなくなってしまった。（この暴風雨で、松陰隠岐守が夏の避暑用に）ちょっとお造りになった（海辺の）御庵も跡形もなく（波にさらわれて、なく）なってしまった。

（暴風雨の中を、松陰隠岐守は、庵に祭ってあった）仏像だけを抱きかかえて、上の方にある山のちょっとした出っ張りに（お逃げになった。そして、その出っ張りに、）出雲守と一緒に立って、「（こんなひどい暴風雨があるなんて、思ってもみませんでした。）昔話では聞いていましたよ。（でも、実際に体験したのは初めてです。本当にひどいものですね。）漁師たちがきっと大勢亡くなったことでしょうね。」とおっしゃって悲しまれる。

（ちょうどその時、）大変大きな船が磯の方へ打ち寄せられて、岩に砕かれて動けなくなっているのを（ご覧になって、）危ないことだと思って、出雲守の使用人たちにご命令なさって、浜へ引き寄せて繋がせた。（大船を引き寄せた者たちが、船の中に、）宰相中将がいらっしゃるということを（松陰隠岐守に）知らせて来たので、（船まで）行ってご覧になったところ、（宰相中将は、難破した船の中で）半分気を失いかけたような状態でいらっしゃった。（その様子をご覧になった松陰隠岐守が、）「いったいどうしてこちらへいらっしゃったのですか。」とおっしゃったところ、（その声を聞いた宰相中将は、助かったことを知り、）とても嬉しそうなお顔をなさったようには見えたけれども、きちんと呼吸することもできない。（中を覗いた松陰隠岐守は、）船室の中にご自分の御妹の古式部卿御息所がいらっしゃるのを（知り、どうして宰相中将と一緒にいるのかと）、全く理解できないまま、（とりあえずは）使用人たちに命じてご自分のお住まいにお連れする。

（そうこうしているうちに、宰相中将は、）だんだんと正常な呼吸を取り戻し（、松陰隠岐守に事の次第を語った。「過日、大弐となって大宰府に下ってまいりました。それで、（有名な）昨夜の月をまだ見たことのない西の海で、一緒に大宰府に下って来た人々にも見せようと思い、（観月の船を仕立てて、波の静かな）島陰ではなく、沖に漕ぎ出したところ、明け方から風がひどく吹き出して来たので、（船に乗っていた私たちは恐ろしくなって、）出航した港へ（戻ろう）と皆（慌てふためいて）騒いだのですけれども、（あまりに強い風のために、港とは逆の方角へ、波で）打ち戻されるような気がしていたのですが、不思議なことに、この島へ打ち寄せられて、（海の藻屑と消える手前の）危ない命を（あなた様に）助けていただいたのです。」と言って涙ぐむ。

（さらに続けて大弐は、）「一緒にお連れしたのは（あなた様の御妹君です。夫である）宮様に先立たれて、誰といって頼る相手もなくてお一人でいらっしゃったのを、（藤内侍様の乳母・）侍従の縁故で（ある者が、妹君のところで女房をしていたのでそれを頼って、手引きをしてもらい、こうして一緒になり、大宰府までやって来たのです）。」とおっしゃった。（それをお聞きになった松陰隠岐守は大変驚かれたけれども、それでも、）「（夫に先立たれ、兄である私もこうして島住みの身となり、妹を一人で都に残してしまったので、とても）心配に思っていましたのに、（こうしてあなたと一緒にこの島へやって来るとは、）思いがけない再会ですこと。」とおっしゃって、（船室の中を一渡り）ご覧になった。（船室の隅で、）侍従が身を縮めてじっとしているのを（見つけて、松陰隠岐守は、）「（侍従よ。おまえは、）よほど都が住みにくかったのだろうね。（それで、）このように遠い国までふらふらとやって来なければならなくなったのだね。」と少し涙ぐむ。

（やがて夜になり、）人々が寝静まってから、（松陰隠岐守は、）侍従をお呼びになって、「一体、どういうことなのだ。（なぜ、大弐や古式部卿御息所が、ここに来ることのなったのだ。都に残して来た人々は一体どうしているのか。）ずっと心配していたのだよ。」と熱心にお尋ねになるので、（侍従は、こうなった以上、）隠し事をしたらますます罪が深くなるだろうとでも思ったのか、一つ残らず過去の出来事をお話し申し上げた。

（松陰隠岐守は、侍従の話を聞き、自分を陥れた一件に大弐も関わっていたことを知り、）今までは（書道の手ほどきをするなど）大変親しく思っていた人も、（そんなことをしていたのかと、）恨めしくなってしまった。（それで、）漁師たちにご命令なさって、（大弐の）船の修理をさせていたのだが、（船の修理が終わるまで、ゆっくり都の話でもしたいという気持ちは全くなくなり、一刻も早く目の前から消えてほしいと思われた。そこで、松陰隠岐守は大弐に、）「（こうして嵐の中、隠岐の島に流されてしまったあなたのことを、）筑紫（の大宰府）ではさぞ心配していらっしゃることでしょう。（ちょうど）出雲守の船がございますので、（あなたの船の修理ができる前に）まずは（あなただけ先に、筑紫に）お帰りになりませんか。船の修理ができて来たところに、女房たちを（筑紫にお送りしましょう）。」とおっしゃったので、大弐も（按察使との一件や古式部卿御息所のことなどで、）気兼ねをしていらっしゃったので、「それはよいことでございますね。侍従は急いでしなければならない事がございますので、（私と一緒に）連れて帰りましょう。」とおっしゃって（出雲守の船で、筑紫へ）お帰りになった。嬉しいことにも、妹君の古式部卿御息所は（隠岐の島に）お留めになった。

（大弐と侍従が出発した後で、松陰隠岐守は古式部卿御息所にお話をなさった。）「（大弐はこんなことをしたのですよ。そのために辛い思いをしたのが）私だけであったのならば、どうしようもないとあきらめることもできましょうが、（私だけでなく）、多くの人を辛い目にあわせたのです。（そのようなことをする大弐は、）心のねじけた、ひねくれ者に違いありません。」とおっしゃって、今までの出来事をお話になったところ、（古式部卿御息所は、）「そんなこととは少しも存知上げませんでした。（私がこうして大弐と一緒になったというのも、きっと）侍従に謀られたのに違いありません。（でも、真実を知ってしまった今となっては、大弐と）明け暮れ顔を合わせるのは、とても嫌なことでしょうから、（たとえ船の修理が終わったとしても、大弐の元へ帰ることなく、）この島にいましょう。」とおっしゃった。

（晩秋の）九月一日の頃のことだろうか、（隠岐の島の松陰隠岐守の元へ、）都からお迎えの船を差し上げた。（晴れて無実の身となった松陰隠岐守に、都から）御贈り物が非常にたくさん届いた。（それを松陰隠岐守は、）全部、浦里の人々や漁師たちなどで、よくやって来て仕えてくれた者たちにお与えになった。（島の人々は、皆、松陰隠岐守との）お別れを惜しんで泣いているようである。辛い思いばかりして一年ほど暮らしていた浦里に対してさえ、名残り惜しいのに、まして（長年住みなれた）都を出立するときは、命も絶えんばかりに名残り惜しかったことだろう。（隠岐の島で親しくなった、例の）阿闍梨とは、別れてしまうような事はとても考えられないので、（松陰隠岐守は、阿闍梨に、）「海路を行くうちだけでも、お送りくださいな。」とおっしゃって、（何とか都まで一緒にと、）お誘いになった。

（やがて隠岐の島を離れた船は、荒波を乗り越えて、）明石の港にご到着になった。そこで、（松陰隠岐守は、）「去年の今日も、ここで（後の）名月を見たことですよ。今宵も、そうしたいところですが、（今年は、息子の松陰中将といっしょに、）場所を変えて見ましょう。」とおっしゃって、（都への道中を）急がせる。

（松陰中将がいらっしゃる）須磨へは、（都から）道が近い分、お迎えが早く届いたけれども、（松陰中将は、）「ここで（父の帰りを）待っていましょう。（そして、父と）一緒に都へ（帰りましょう。一緒に帰ってこそ、私が都を離れた意味があるというものです）。」とおっしゃった。（都からお迎えに）山井少将がいらっしゃったので、（松陰中将は、）「須磨の海人となったからこそ（充分に仏道修行することができ、妹君の芦屋姫君とも巡りあうことができ)、長年の思いも晴れたのです。私にとっては、大変実りの多いことでしたよ。(実は、妹君は懐妊して、)普通ではない体になってしまったので、(海路を行ったのでは、)海風も身にしみることでしょう。陸路を連れて行って、出雲守(である民部大輔)の家に(しばらくの間)滞在させて(やってください)。私が(都に)帰る時には、(妹君の身分を隠し、)『(須磨で、)漁師の娘と親しくなりましたが、(都へ帰ることになり、そのまま一人で)置いていくことが出来ないので(、こうして一緒に連れて来たのです)。』と、(周りの人々には、)話し、無事出産した時にこそ、本当のことを公表しましょう。(それまでは、あなたも、世間の人々はもちろん、父君にも妹君のことが分かってしまうような)素振りを見せないでくださいね。」とおっしゃってから、ご自身はお船に乗り、(父君である松陰隠岐守と)合流するところまでいらっしゃる。

(やがて)明石の少しこちら側で、(二つの)お船が行き会った。(松陰中将は、)「今宵は私が住んでいました所が大変懐かしく思われますので、(父君にも)そちらで(今宵の)名月をご覧いただこうと(思い)、明石の浦を漕ぎ過ぎてまいりました。(明石の浦の月を見捨てるなんて、)さぞ風流を解さない人だと世間の人に思われてしまうことでしょう。(でも、須磨の浦の月もなかなかよいものですよ。)」とおっしゃって、(お船を急がせ、まだ)日が高いうちに、須磨にお着きになった。

(須磨にお着きになったお二人は、お船を降りて、松陰中将が)住んでいらっしゃったあちらこちらを見て歩いた。(そして、場所は異なっていても、)同じわび住まいの憂鬱であったことなどをお互いにお話しになっていらっしゃる。

日が暮れて行くにしたがって、月の光が大変美しく(照らし始め、月影はぽっかりと)波に浮かんでいるので、(お二人は、)お船にお乗りになる。「(一年間、ずっと見続けてきましたけれども、やはり、須磨という月の)名所に相応しい眺めですね。」とおっしゃって(、松陰中将が歌をお詠みになった)。

〔松陰中将〕須磨の浦の、波路のはるか彼方を見わたすと、月影を宿す波の上に淡路島が浮いています。その様は、まるで、月の世界にある島のようです。(80)

(それをお聞きになった松陰隠岐守は、)「思いがけない無実の罪に落とされ(たのも、何かの縁で)、月の名所の須磨で、中でも有名な夜半の(月、九月十三夜の後の月を見るという)思い出を作ったことですよ。」とおっしゃって(、歌をお詠みになった)。

〔松陰隠岐守〕浮いたり沈んだりする身であると、月は自ずと知っていることでしょう。今宵もまた、波の上に浮いたり、沈んだりしていることですよ。明石の浦でも、須磨の浦でも、こうして、浮き沈みする月を眺めたことですよ。我が身も浮き沈みしたことです。(81)

松陰中将(がお詠みになった歌)。

〔松陰中将〕こうして父君と再びめぐり合って、一緒に月を見ることこそ、本当に嬉しいものです。罪が晴れて昔に戻った私たちのように、月の光までも昔に返っているようですよ、須磨の浦波の上で。(82)

(そうお二人が詠み交わしていらっしゃるうちに、都からの)お迎えの人々が大勢参上し、集まって来て、「どうして今宵の(美しい)月を、このまま見過ごしてしまうことができましょうか。(ご帰京に相応しい)

還城楽（＝西域人がへびを発見して歓喜する様を表わした仮面の舞楽）を（舞わせましょう）。」と言って取り仕切るのをご覧になって、（松陰隠岐守は、）「（まあ、待ちなさい。罪が晴れたとはいえ、）都へ入るまでは、まだ派手なことはできない身の上ですよ。そのようなことをしてはいけません。」とおっしゃる。（そこへ、）歌司が参上し、「帝様のお気持ちとしても、（松陰隠岐守殿の優れた）お心栄えにご配慮なさって、『（あのように辛い状況の中で、立派にふるまうとは、）世間の（他の）人にはとても真似できないようなことなので、（それに見合うように、）きちんと盛大に出迎えなさい。』というご命令を、特別に承ってまいりました。」と言う。（そういう事情であるのならと、松陰隠岐守も固辞するわけにいかなくなった。その楽曲の音は）夜通し、波に響きわたって、海の神様もきっと目が覚めてしまったことであろう。

九重

（やがて須磨を出航し、）鳥羽までご到着になったので、（ここからは陸路ということで、お迎えの）お車がたくさん参上して、（松陰隠岐守と松陰中将は、お車に乗換え、多くの車を従えて、）都にお入りになった。（その時のお気持ちを松陰隠岐守はこうお詠みになった。）

〔松陰大納言〕こうして再び嬉しい時と巡りあうことができました。今、振り返ってみると、辛かった旅寝の空で、ずっと思いを馳せ続けていた都の空、その空をこうして再び見ることができきました。なんと嬉しいことでしょう。

（83）

（五条のお屋敷では、藤内侍が松陰隠岐守のお帰りを）ずっと待っていらっしゃった。（離れ離れになるという辛い時ばかりでなく、）嬉しい場合にも御涙は尽きることなく流れるものだ。（そうして再会を喜んでいらっしゃるところへ、）宮中から御使者があり、元のとおり大納言の位にお戻しになる（という詔を伝えた）。

数日が過ぎ、（松陰大納言が、宮中に）参内なさった時、帝の御前で、（普通では行けないような）南の海の名所名所の様子をお話し申し上げる。その際に、（松陰大納言は、）ご自身の辛かったご境遇などは少しもお話しにならなかった。けれども、帝は（言葉には表れない松陰大納言のご心中を）お察しになって、尊い御涙をお浮かべになり、（松陰大納言の不遇と、それに負けないご人格に感動し、）右大将になさった。

（一方、ご子息の）松陰中将を、（帝は）三位になさったので、（松陰三位中将は、そのお礼を申し上げに参内した。その後、御妹君に対するご挨拶を兼ねて、）東宮の御前にいらっしゃった。「尊いお志をちょうだいし、身に余る光栄でございます。」と申し上げたところ、（東宮は、）「（不遇の中で妹君にも会えず、）さぞかし恨めしい年月を送ったことでしょう。」とおっしゃって、（松陰三位中将を、）松陰姫君のところへご一緒にお連れになった。（久しぶりにお顔を見る松陰姫君は、）ご成長なさってますます端正なご容姿になったと拝見するが、以前都を去るときに拝見した時よりも少しほっそりとしているように思えて、（松陰三位中将は、ご自身が都を離れていた間の妹君の辛いご心中をお察しになり、）『一年間の御物思いのせいであろうか、それともご懐妊なさって（お食事が進まなくなって）いらっしゃるのであろうか。』と、お考えになる。

（帝の御前を辞した松陰右大将は、）中宮のところへいらっしゃって、（隠岐の島で難破した）大弐のことをお話し申し上げる。（中宮は、）「（あなたを罪に陥れるなどという不心得なことをしたせいでしょうか。大弐は、暴風雨に流されるなどという、命を落としても仕方がないような）本当に危険な目にあったのですね。でも、無事に生き長らえているのは、あなたのお取り計らいに違いありませんね。」とおっしゃって、嬉しそうに微笑まれた。

（無事に宮中へのご挨拶を終えた後、）松陰三位中将は、「父君のお屋敷の南に、並べて屋敷を建てよう。」とおっしゃって、全く煙が立たなくなってしまった塩釜の浦のように、（川端の）浜までは近いがすっかり寂れてしまっていた場所を（綺麗に整備されて）、松陰右大将のお屋敷から池を続けて掘らせて、（二つのお屋敷の間を）お船が行き通うことができるようになさった。

父・松陰右大将は、「（ご子息の松陰三位中将殿は、須磨から）漁師の子を（妻として）連れていらっしゃった。」と（いう話を、周囲の者から）お聞きになっていたので、『（漁師の子を妻にしたというが、それで、船で往来できるようにしようと考えたのだろうか。漁師の子を妻にするなんて）つまらないことをなさったものだ。按察使となった山井中納言殿の御娘に思いを寄せていると聞いた時でさえ、（たとえ、自分を陥れた張本人の娘であろうとも、息子がそう思っているのならば、その）思いを叶えてやろうと心を決めていたのに。（按察使殿の北の方は、姫君を、）妬ましく思って、どこかへ追い払い、行方知れずにしてしまったということだ。（全く、かわいそうなことをなさるものだ。）私自身は、そんな風に（、按察使殿の御娘でも好きならば一緒になってもよいと）思っていても、（きっと息子の心の中には、）何かひっかかることがあるのだろう。（それで、身分違いの漁師の子などを、妻としてかわいがっているのであろうか。それならば、一層のこと、全く関係のない）兵部卿宮の御娘などを（妻にしてはどうかと）考えていたのに。（漁師の子が）懐妊したという話を聞いたのでは、（二人の縁の深さを思うと、他の方を妻にと考えても、）無駄なことだなあ。』と、あれこれと考え続けていらっしゃる。

（そうこうするうちに）帝のご譲位の時期が近づいたので、（代が変わったら、どのように世情が動くのだろうかと、人々は）いそいそと浮き足立っている。（按察使の家では、）「按察使殿のお心がねじけて悪くなかったのならば、（身分相応に、）大臣になって、羽振りよくなさっていたことであろうに、（あのように他人を妬み、陥れるようなことをなさったために、今は、）遠い国に住んでいらっしゃることだ。（これでは私たちの将来も危ないものだ。）」と親しい人々は嘆きあった。（父君はそうであっても、息子の）山井少将だけは中将となって、蔵人頭も兼任なさったので、山井蔵人頭のことだけは、（山井家の人々も）頼もしく思っているに違いない。

（東宮が即位され、）新しい帝の御世に代わったので、（新帝がご寵愛なさっている）松陰姫君は弘徽殿にお移りになり、女御と申し上げるようになった。（この時になって初めて、弘徽殿女御が、実は）松陰右大将の御娘であると（いうことを）人々が皆知るようになった。（松陰右大将は、御娘が新帝の后となったこともあり、）すぐに内大臣になって、その上、まだ大将も兼任なさっていた。（新帝は、松陰内大臣の御弟君の）右衛門督は中納言に、（右衛門督の妻・下総姫君の義父にあたる）下総守は修理太夫に、（それぞれ、）ご着任させた。

（やがて、）松陰三位中将に若君がお生まれになったのを、（何も知らない）松陰内大臣は、『（もともとは）漁師の子（であった姫君が産んだ子）だから（、孫とは認められない）。』と思って、素知らぬ顔で過ごしていらっしゃった。ところが、山井蔵人頭がいらっしゃって、『（初めての男の子が無事に生まれた時にする）様々な儀式をなさっているとお聞きになって、（私がきちんとしてやらないから、きっと見かねて手を出しているのであろう。山井蔵人頭殿と息子とは、）まだ小さい時からずっと友達だったけれども、（いくら友達とは言っても山井蔵人頭殿は、私を陥れた）按察使殿の息子であるのだから、（あんな事件があったのでは、普通は）お互いに疎遠になってしまうものなのに（、これは、一体どういう訳なのであろうか）。』と、何となく気になることだと思っていらっしゃった。

そこで、（ある時、松陰内大臣は、）その理由を尋ねるというのではなく、（何気ない様子で、山井蔵人頭を）お呼びになって、（いろいろと）世間話をなさった。そのついでに、「妹君が行方知れずになってしまわれたということですが、それは本当に心外なことですよ。（妹君は、息子の）松陰三位中将にお心を寄せていらっしゃいましたね。（息子も妹君のことを大層気にしていた様子でした。その姫君が、行方不明になってしまったからというわけではないでしょうが、）思わぬ縁があったのでしょうか、（息子は、）須磨の浦で（取るにたらない）海藻（のような漁師の子）を妻に迎え、（都に連れ帰った今も）大切にしているということです。（こんな女性を妻にしたのでは、）世間の人が（息子のことを）軽く思い、見くびってしまうのではないかと、悔しく思っています。若いうちは、恋愛に心血を注ぐということもありがちなことですが、（かといって、つまらない女性を妻にし、せっかくの将来を）浮名に変えてしまうなどというのは、本当に勿体ないことですよ。身に覚えのない（無実の罪による汚）名であれば、最後には返上できるものなのに（、つまらない恋の浮名は、きっと一生消えないことでしょう。それを思うと、父である私は心配でなりません）。」などとおっしゃった。（それをお聞きになった山井蔵人頭は、汚名返上などというのは、きっと）過去の出来事のことをおっしゃっているのだろうかと、（松陰内大臣を陥れた張本人の息子として、）居心地悪く感じていらっしゃった。『（松陰内大臣殿にとって、自分も妹も、憎むべき按察使の子供ではあるが、かといって、このまま打ち明けないでおくというのも考えものだ。妹を）漁師の娘だと思い込んでいらっしゃると、（自ずと軽んじられ、）不適当なことなどが起こるかも知れない。』（と、お考えになり、真実を伝える決心をなさった）。

（山井蔵人頭は、松陰内大臣に、）芦屋から（現在に至るまで）の出来事などをお話しになったところ、（やっと疑念の晴れた松陰内大臣は、）大層ご気分がよさそうなご様子をなさって、（山井蔵人頭に向かい、）「（妹君と息子とは）本当に、深い縁で結ばれているのですね。（そんなこととは全く知らず、）本当に不本意なことと思い込んでいたものですよ。（父君の）按察使殿がお帰りにならないうちは、（妹君のことは）世間に漏らさないでください。（妹君にひどい仕打ちをした）山井北の方に思い知らせてやろうにも、国を隔てていたのでは、きちんと諫めることも難しいでしょうから、時間をおいて時期を待って、（いずれ按察使殿がお帰りになったら、）このことをお知らせ申し上げましょう。」とおっしゃった。そして、（松陰内大臣は）御産所にいらっしゃって、（若君ご誕生に関する諸々のことを、）丁寧にいろいろとご指示なさる。

いよいよ、（松陰内大臣と若君の）ご対面の時となった。（松陰内大臣は、若君のご誕生を祝って）いろいろな引き出物や、若君（が御身を守るため）の守刀などを差し上げる。（松陰三位中将の御妹である）弘徽殿女御も（事の次第を）お聞きになって、「（父・）松陰内大臣が（若君のお誕生をお祝いしていろいろと）なさっているのだから（、私としても、きちんとお祝い申し上げなければなりません）。」とおっしゃって、大変盛大なご様子で、（いろいろと、お祝いの品などを）お届けになったので、（その様は、自然と世間に漏れ聞こえ、そういうことならば、私たちもきちんとお祝い申し上げなくてはならないと、皆々馳せ参じ、）それなりの地位にある人々でお祝いに来ない人などいなかった。事実を知らない人々は、「（たかが漁師の子なのに。松陰三位中将殿の子を産んだからと言ってこれほどまでに大切に扱われるとは、）人の運命などというものは予想もできないものだ。海風で湿ってしまったような粗末な衣も、このように色を変え（、華やかな色にな）ることよ。」と、面白半分に噂し、さげすんでいるのも、なるほどあり得ることである。

（そうこう忙しくしているうちに、）藤内侍のところに（帝から）、「内侍頭に取り立てよう。」と詔勅が下されたけれども、（藤内侍は、）「以前のように、宮仕えの身でありましたのならば、（内侍頭を勤めさせていただくというのは、）大変ありがたいことでございます。（しかし、人に嫁した）今はそのように（公の場にあるべき身分に）ならないほうがよいので。」とご辞退なさったので、（帝は）「それならば（仕方がない。せめて私の志だけは分かってほしい）。」と、二位になさった。

（このように、松陰家の人々は花が一斉に開くように幸せなご境遇となった。）昨年の秋のころより、（松陰内大臣の罪が晴れて無事に都に帰ることを）いろいろな神へご祈願なさったのだが、（その願いは、こうして成就した。それで、松陰家では、）「年内に、（願を懸けた）それぞれの神様に、お礼申し上げましょう。」と、

（そのための）手はずをいろいろと整えていらっしゃるようである。

ねの日

年が明けて、（正月となった。）のどかな春の空の様子（や）、人々が（松陰内大臣のお屋敷に）参上し、新年の挨拶を交しあう様子などが、（いかにも新春らしく、晴れやかなのは、）去年とは似るはずもないことであろう。（松陰内大臣は、）元日の節会の内弁をお務めになったので、（その労をねぎらって、帝から）ご随身などをご下賜いただいたが、その様子は本当に威厳があり、盛大でいらっしゃった。

（初子の日、）松陰三位中将（のお屋敷）には、人々がやって来て集まっている。（お屋敷の）お庭の築山に生えている小松をさしかざしながら、宰相（中将）君（がこのような歌を詠んだ）。

〔宰相君〕千年もの長い年月を経たような、大変すばらしいお屋敷に、大変すばらしいご宿縁の験が現れたのでしょう。未来永劫を祈る子の日に、常盤の緑を保つ松が生え始めていることですよ。このすばらしいお屋敷も、松陰三位中将殿のご盛運も、ずっと続くことでございましょう。（84）

（吉書始めとして相応しい歌であった。お喜びになった松陰三位中将は、宰相君はじめ、来訪された人々を、例の新しく掘らせた川に浮かべた）お船にお召しになり、日が暮れるまで（歌などを詠んだりして、楽しんで）

いらっしゃった。

（やがて、）九日の（上弦の）月が中空の春霞を分けて、かすかに輝き出したので、人々は（お船を降りて、父君のお屋敷の方へ移り、）藤二位の（いらっしゃる）所へ参上した。

（宰相君を始め人々が、）「姫君の御琴の音を拝聴したく存じます。」と言って、高欄の下にみんな集まっていらっしゃる。（その声を聞きつけたのか、）松陰内大臣もいらっしゃって、（芦屋姫君の御琴の音を聞きたがっている人々に代わって、）「どうぞ、お弾きくださいな。（私も聞きたいと思っております。芦屋姫君の琴に合わせるのは、兄君でいらっしゃる）山井蔵人頭の笛の音がよいでしょう。（私は）まだ聞いたことがございません。今宵を逃しては（、一体いつご兄妹の合奏が聞けることでしょう。今宵を除いて他に相応しい夜などありませんよ）。」とお勧め申し上げた。（そして、）「宰相君、琵琶をいただいてお弾きなさいな。私がずっと愛用して、手に慣れている琵琶を、いつだったか（こちらに）差し上げてありましたよね。」と要求なさったので、田鶴君が（中にお入りになって、その琵琶を）取り出していらっしゃった。（田鶴君がその琵琶を、宰相君の）前に差し出して置いたところ、（宰相君は、）「私は大変酔ってしまいましたので、（琵琶の）調べも乱れてしまうことでしょう。あなたがお弾きなさいな。」と（田鶴君に）おっしゃった。（田鶴君は、）「私は（下手なので）、酔っている方よりも、（調べが）乱れてしまうことでしょう。（やはり、この琵琶は、お上手な）藤二位殿に差し上げましょう。」とおっしゃって、（再び、琵琶を）御簾の中へ差し入れなさった。

（松陰内大臣は最初からそのつもりであったのであろうが、結局、藤二位がその琵琶をお弾きになった。そして、夜が更けて、）月が山の端に隠れてしまうまで、（芦屋姫君の琴と山井蔵人頭の笛、そして藤二位の琵琶の音が）響きわたったけれども、（あまりにもすばらしい音色なので、いくら聞いても）聞き飽きることはなかったに違いない。

松陰中納言物語第四（うゐかぶり・をと羽・みなみの海・やまぶき）

人物関係図

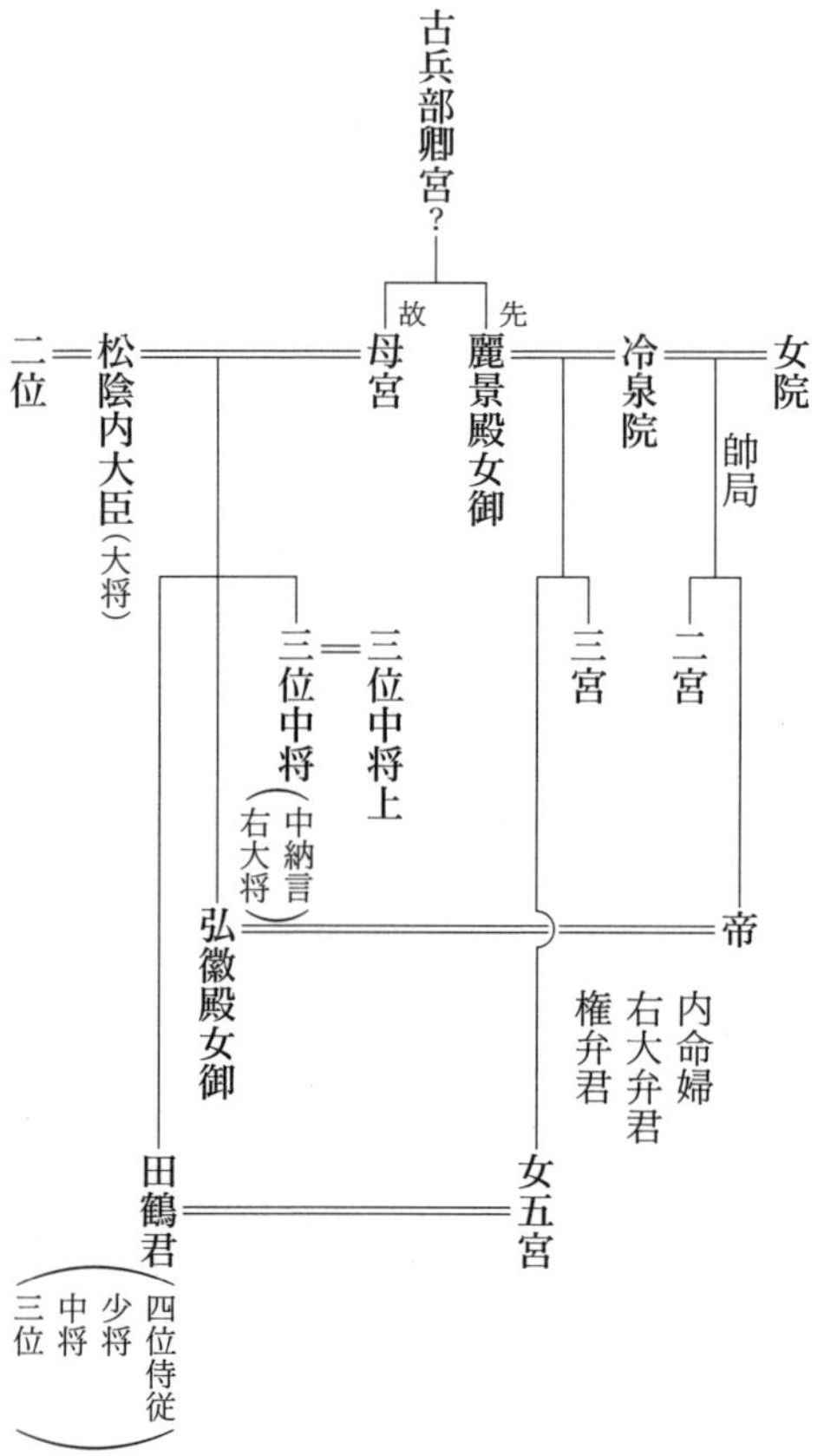

〈個別に登場する人物〉

按察使
大弐
宰相君
藤大納言
右中弁君
阿闍梨
侍従
妹＝播磨官人
左大将上＝左大将
北方＝少弐

梗概

退位した冷泉院の御前では、三宮とともに、松陰内大臣の末子・田鶴君の元服が行われ、女五宮との婚礼が整う。一方、懐妊した弘徽殿《こきでん》女御は里下がりの道中で体調を崩し、大変な騒ぎとなるが、隠岐からやって来た阿闍梨《あじゃり》の力で物の怪を退治し、無事に男宮を出産する。初夏、隠岐僧都(=阿闍梨)の御堂の庭に池を造る工事中、地中から不思議な石の箱が発見される。

女五宮を迎えた松陰邸では、盛大に観月の宴が催され、その翌日には、松陰中将邸に場所を移し、十六夜月の宴が催される。そして、翌日には清水詣でに赴く。清水では、一行の前に落ちぶれた姿の侍従が現れ、弘徽殿女御に取り憑いたことを白状し、許しを請う。罪を許され、再び松陰邸に仕えるようになった侍従は、松陰内大臣に、嵐で流された少弐(竹川少将)が南海で経験したとんでもない冒険談を語った。

やがて完成した新居に、女五宮が移る。二月には冷泉院への御行幸があった。院の御前で行われた音曲の宴で、松陰少将は、誰のものとも分からない琴の音に心を奪われる。その翌日は女院の方で宴が催されたが、その際に、池に浮かべた船の中から、松陰少将に山吹の一枝を請う女性がいた。少将は、その女性を探し出して一夜を共にし、心を残しながら都へと帰って行く。

うゐかぶり

（先帝の）冷泉院は（退位され、今年は）もの静かな新春をお迎えになり、はこやの山（＝仙洞御所、「壮士」で仙人が住んでいるという想像上の山）の桜の花ばかりを眺めて時を送っていらっしゃる。

三宮の御元服を、『宮中の殿上で（執り行おう）。』とずっと思っていらっしゃったけれども、（例の事件やその後始末、また御譲位のことやらといろいろと）すべき事がたくさんあったので、（実現しないまま御退位された。新帝も御即位に関する様々な儀式でお忙しいご様子である。それならば、退位されて時間ができたことでもあり、）「院で執り行おう。」とおっしゃって、博士の司をお召しになって（御元服によい）日を選ばせる。（その結果、三宮の御元服は）三月の末ごろと決まった。

（こんなことをなさって、御退位後ののんびりとした時間を過ごしながらも、冷泉院は、松陰内大臣の権勢が強くなって、太政大臣が名前だけのようになってしまったことなどをお考え続けになる。（それで、松陰内大臣の先妻のご姉妹でいらっしゃる）先麗景殿女御に、「つまらない揉め事があって以来、松陰内大臣があまりご訪問なさらなくなってしまったようですね。（いろいろとわだかまりはあるでしょうが、内大臣の先の上とあなたとは元々ご姉妹という近い間柄、仲良くなさるのにこしたことはないでしょう。）古兵部卿宮のお名残りも、あの人々だけになってしまいましたので、（ちょうどよい機会ですから、）田鶴君を、三宮がなさるついでに、（ここ仙洞御所で）初冠《ういこうぶり》させて、（元々は同じお血筋である）女五宮と一緒にさせたのならば、(きっと)お心も打ち解けることでしょう。」とおっしゃった。

(それをお聞きになって、先麗景殿女御は、)「私もそのように、(女五宮は松陰家に降家させるのがよいと)思い付いていました。(そして、その相手として)松陰三位中将を思い当てていましたが、(既に芦屋から連れて来た漁師の子を妻としていることですし、そこへ女五宮がいらっしゃって、素性の知れない)潮じみた衣を着た者と一緒に過ごすというのもお気の毒なことだと思って(、口に出さないまま)過ごしてまいりました。(また、)『田鶴君(の初冠)は宮中で(執り行いたい)。』と(帝がおっしゃっていると、)伝え聞いていましたので、その時にでも(女五宮のことをお話し申し上げよう)とずっと思っていました。(しかし、なかなかその機会は訪れないようですので、もし、)冷泉院様がおっしゃるように(、田鶴君を、三宮とご一緒に院の御前で元服させ、女五宮をそのお相手と)していただけるのであれば、(これから田鶴君のことを、)古兵部卿宮の御忘れ形見のように思うことができるに違いありません。(そして、松陰家との隔たりもなくなることでしょう。)」と、(おっしゃった。それで、お二人で相談されたことを)弁命婦を使いに立て、宮中へ申し上げた。

(それをお聞きになった帝も、)「私も(田鶴君の初冠を宮中で行おうと、)そのように約束しましたけれども、次々とやらなければならない政務に思い紛れて過ごして来ました。三宮のお傍(で初冠をする)というのは、(田鶴君にとっても)とても光栄なことでしょうから、(冷泉院様の)お心にお任せするように申し上げるのがよいでしょう。」とおっしゃって、(初冠の際に)必要となるであろう道具など(の用意)を、倉司にお命じになった。(また、)「(初冠の際にふるまう)屯食の作法など、こちらからして差し上げましょう。」とおっしゃって、権弁君にいろいろと指示される。

三宮の御方には、松陰内大臣、右中弁君が伺候なさる。藤大納言と権弁君は、田鶴君の（初冠の）作法を決まりどおりに取り行う。（そして、）御衣を（大人用のものに）着せ替え、大人としての官職を授けて、（田鶴君を）四位侍従になさった。

（初冠の儀式が終わってから、松陰四位侍従を）先麗景殿女御（の御前）へお連れしたところ、（先麗景殿女御は、初冠をしたばかりの松陰四位侍従をご覧になり、）昔のことを思い出していらっしゃる。（松陰四位侍従の面立ちは古兵部卿宮によく似ていることだと改めてお感じになり、）「初冠をなさっ（て、一人前の男性になっ）たのだから、どうして独身でいらっしゃることがございましょうか。（さあ、妻をお迎えなさいな。）」とおっしゃって、（先麗景殿女御は、）

〔先麗景殿女御〕紫の縁のように、元はと言えば同じご出身であるお二人ですよ。若草のように初々しく美しい女五宮を、初冠で結んだ髪の元結に一緒に結び添えましょう。女五宮と一緒におなりなさいな。（85）

と、（歌をお詠みになった。そして、お祝いの）盃を（松陰四位侍従に）お渡しになったところ、（まだ大人の仲間入りをしたばかりの）若いお心には、非常に気恥ずかしいことだとお感じになっているようだった。

（院で一夜を過ごし、）早朝、（松陰四位侍従が）宮中へ参内なさったところ、（帝は、大人の身なりをしたお姿を）初々しくて美しいことだとご覧になって、「（冷泉院様の御前で初冠をなさったのですね。）私こそが（あなたの初冠をして差し上げようと）そう約束しておいたのに、（実現できなくて）残念なことですよ。（約束が果たせなかった）その代わりに（位を差し上げましょう）。」とおっしゃって（松陰四位侍従を）少将にお取り立てになった。

帝は（松陰少将を、姉君のいらっしゃる）弘徽殿へお連れになって、「あの時、（あなたに約束したことを覚えていらっしゃいますか。）田鶴君の初冠を殿上で、とお約束したことの場所は少し違ってしまいましたが、結末は違わなかったでしょう。（立派に成人されましたよ。）」とおっしゃってちょっと微笑まれる。（帝に伴われてやって来た弟の成人した姿を、弘徽殿女御は）今までと違って大人びて初々しいことだとじっとご覧になり、（父も兄もいない五条の屋敷に、東宮であった帝が初めて訪ねていらっしゃった一夜を、そして、その時）草木に覆われた池の水が月影を宿してい（て、それが寂しい自分のところに訪れた東宮のようであっ）たことなどを、つい最近の出来事であるかのように思い出していらっしゃる。

（やがて、松陰少将が）お屋敷へお帰りになったところ、藤二位が、「（あなたの）初冠姿を拝見しようと待っておりましたのに、（なかなかお帰りになりませんでしたね。一体、）どこへ行ってらっしゃったのですか。」とおっしゃったので、（松陰少将は、）「『院にぜひ（いらっしゃいな）。』というお召しがあったのです。先麗景殿女御がこのようなお歌を（私にくださいました）。」とおっしゃって、（女五宮のことを、藤二位に）それとなくおっしゃったところ、（藤二位は、）「（冷泉院様が、女五宮様を妻としてくださるとは、）きっとそうなるべき（幸運な）運命でいらっしゃるのでしょうね。」とおっしゃった。

松陰内大臣に（藤二位が、松陰少将と女五宮とのことを）お話し申し上げたところ、（松陰内大臣は、）「（そういうことであるのならば、）『（女五宮様への）お手紙を差し上げなさい。』と、（母親役であるあなたから、松陰少将に)言ってやってくださいな。(成人したとはいえ、)まだ大人になりきっていない(ので、そういう男女の道には疎いこと)でしょうから。」と微笑まれる。(藤二位も)「私だって(男女の道のことには、あまり慣れておりません。ましてや、成人した息子にそんなことを教えるなんて、なおさら)慣れていませんよ。」とおっしゃって、一緒に微笑んでいらっしゃる。その御目元などのご様子を、(松陰内大臣は、)とても美しいことだとご覧になる。

(松陰少将の初冠やご結婚のことで忙しくしているうちに、)弘徽殿女御の御産の時が近づいて来たので、(松陰内大臣は、)「(里下がりして)松陰邸へお越しください。」とおっしゃったけれども、(帝は、)たとえ一晩でさえも一緒にいられないのは耐え難いことだとお考えになって、(里下がりも許さず、弘徽殿女御のお傍に)付き添っていらっしゃる。(松陰内大臣を始め、周囲の人々は、)「宮中で(御産をするなどということ)は慎むべきことなのに。」とおっしゃって、(帝が)南殿(=紫宸殿)の御会(=南廂に出御し、走馬の馬などをご覧になること)にお出ましになっている間に、人々が一計を案じて、(弘徽殿女御を松陰邸へ向かうお車にお乗せした。

(そして、松陰邸へ向かったのであるが、弘徽殿女御を乗せたお車が)四条京極あたりを通り過ぎる時に、(お車の)御簾の下から薄気味の悪い風が吹き込んで来た。それで、(その風に当たった弘徽殿女御の)ご気分が悪くなり、大変ひどく苦しまれるので、(そのご様子を拝見した)お供の人々はみな、(どうしたらよいものかと)足も地に着かないくらいに慌てふためいて右往左往する。(供の者たちは、)「(急いで手当てして差し上げなければならないのですが、)そうは言っても、こんなところではどうしようもありません。」

「(早くきちんと落ち着けるところへ行くのがよいでしょう。)お車を急いで(松陰邸まで帰りましょう)。」と大声で言い合う。

(弘徽殿女御のご様子はますますひどくなるけれども、急いだ甲斐があって、)何とか(松陰邸へお車を)入れた。松陰内大臣も(気を揉んで)門の外まで出て来たのだが、(弘徽殿女御のご様子をご覧になり、)「これは一体どうしたらよいだろう。」とおっしゃって、同じようにご気分が悪くなってしまいそうに思っていらっしゃる。(なんとか、お車から)降ろして、(お屋敷のしかるべき所に床を取った。松陰内大臣は、弘徽殿女御がお休みになっていらっしゃる)御枕元を離れずにいらっしゃるけれども、(弘徽殿女御は)ますます意識が遠のいていくようなご様子になって行った。それで、(松陰内大臣は、)帝にご報告申し上げようにも、「(帝様が出御なさった時にこっそりと連れ出した上に、こんなご様子になってしまったので、)さぞかしご立腹されることだろう。」と思って、(帝のお怒りを)恐れていらっしゃる。しかし、「このままこうして(何も申し上げないで)済ますことができるであろうか。そんなことはとてもできない。(それこそ、とんでもないことになってしまう。)」とおっしゃって、(帝に)ご報告申し上げた。

(帝は、)「やはり。(何となく胸騒ぎしていたのだが、それが当たってしまった。だから、あのように宮中に留めておいたのに。御産のための里下がりとはいえ、)お名残りが尽きないように思われたのは、このような事(が起こる前兆)だったに違いない。」などとお思いになる。(弘徽殿女御をこっそり宮中から連れ出した)その時のことを知って、「一体誰の計画だったのですか。(それでこんな風になってしまったなんて。本当にどういう状態でいらっしゃるのか、直接確かめたいものです。)私自身も(松陰邸へ)行かないではいられないのですが、(かといって、今すぐ松陰邸へ行って、)仰々しく騒ぐなどという(、公私をわきまえないような)軽々しい行幸は、世間の人々の思惑も(いろいろと)あることでしょうから(控えましょう。それにしても、心配なことです)。」とおっしゃって、世にある限りの尊い僧侶たちや(有名な)陰陽師(たちを松陰邸へ向かわせ)、(弘徽殿女御のお守りとするための)お宝の太刀などをご下賜なさる。

(弘徽殿女御の状態が心配でならない帝が、次々と使者を送り出すため、)夜も昼も御使者が行き交う様子は、とても慌しい。(ご病気の快復を願って、高僧たちが唱える)御修法《みずほう》の声は絶える間もなく、護摩《ごま》を焚く煙が(絶え間なく)立ちのぼっている。(こんな風に懸命に祈っているのだが、)それにも関わらず、ほんの少しの霊験さえも現れない。(相変わらず弘徽殿女御はひどく苦しんでいらっしゃるので、松陰内大臣は途方に暮れてしまった。)

(実は、隠岐の島の阿闍梨が、都に滞在していらっしゃったのだが、松陰内大臣は、その方にお願いしようと考えた。松陰内大臣は阿闍梨を、こんな風にして都までお連れしたのだった。)

隠岐の島から一緒に(須磨まで)いらっしゃった阿闍梨が、「(あなたも無事に都にお着きになることでしょうし、私も島を離れて随分経ちました。名残りは尽きませんが、そろそろお暇いたしましょう。)須磨から(隠岐の島へ)帰ろうと思います。」とおっしゃっているのを、「ここまでいらっしゃって、故郷(である都)を見ないでお帰りになるなどということがございましょうか。(どうか、一緒に都までいらっしゃってくださいな。)」と(強いて)一緒にお連れした。(都に着いた阿闍梨は、そのまま、)賀茂川の(畔に造った)御堂にご逗留なさっていた。

（それを思い出し、松陰内大臣は、「もうこの人をおいては、他に弘徽殿女御のご病気を治せる方はいらっしゃらないであろう。」と考え、この阿闍梨を松陰邸へ）お呼びになって、「（弘徽殿女御の）このようなご病状に、それを拝見している私まで涙で目の前が真っ暗になってしまい、一緒に死んでしまいそうな気持ちがいたします。もしこのまま（私も一緒にはかなくなってしまったの）ならば、その後の世までも（娘を思う）心の闇に迷ってしまいそうなので（、来世でもご一緒しようという、あなたとのお約束もとても果たせそうにございません）。」と、（御仏に捧げる）御灯明となってしまいそうな（ご様子で、命の消えた後の）御事までもあれこれとお願いなさって、（松陰内大臣は、）涙を浮かべる。

（それを拝見した）阿闍梨も、思わず声を上げて泣き、「（本当にお気の毒なことでございます。）ご懐妊なさったお体には、物の怪などが取り憑く例が大変たくさんございます。もしそうであったのならば、（普通なら、）尊い僧侶たちが大勢お祈り申し上げれば、いずれその正体を現して、それが憑いているのだと分かるのですが（、いまだに何も現れないのは不思議なことでございます）。（それどころか、弘徽殿女御様の場合は、）日が経つにつれてどんどんひどく苦しまれるようになっていくのが、不可解です。どんなにしつこい霊であっても、（これだけいろいろと手を尽くしていらっしゃるのですから、せめてどこのだれが憑いていると）名前を言うくらいの霊験はあるはずです。（名前さえ言わないのは本当に不思議ですが、かと言って、名のある）僧侶の一人として認められてもいない身の私が、尊い方々の中にしゃしゃり出て一緒になって祈るのはきっと目立つことでしょうから、屏風を立てて（そのこちら側で、女御がどのようなことをおっしゃっているのか、その）お声だけでもお聞きいたしましましょう。」とおっしゃった。

（松陰内大臣は、）「（僧侶としての地位が高いとか高くないとか、そのようなことは関係ございません。まして、屏風の後ろでというのであれば、）何の問題がございましょう。」とおっしゃって、（阿闍梨を弘徽殿女御が伏していらっしゃるところへ）お連れ申し上げ、屏風を隔てて座らせた。（屏風の後ろで阿闍梨がじっと耳を澄ませていると、御修法の声に混じって）怪しい声が（弘徽殿女御を責めるのが）しばしば聞こえてくるので、『やはりそうだったのか。（これは誰かが取り憑いているに違いない。）』とお思いになる。

（そうしているうちに夜になった。阿闍梨は、）夜（の闇）に紛れて（屏風の後ろを抜け出し、伏していらっしゃる弘徽殿女御の）御枕元に近づき、御修法をお始めになった。（その阿闍梨の）お声が、大変恐ろしくも威厳がある様子で響きわたった。

（その）夜の明け方に、（阿闍梨の御修法の霊験があり、弘徽殿女御に憑いていた）物の怪が現れて、非常にみっともない声で（阿闍梨に向かい、いろいろと）恨み言を言い続ける。（そして、）「（こうしてあなたのお声に負けて、姿を現してしまった今となっては、）とても苦しいので、早くもとのところへお帰しください。」と泣いている（様子な）のを、（阿闍梨は）「名前を名乗らなければどうして修法を止めて、帰すことができようか。」とおっしゃって、さらに（念を込めて祈り、）責めるので、「（名を名乗るなどとは、）それればかりはどうしたものか。（かと言ってこのままでは苦しくて仕方がない。）」と言って、（物の怪は、名乗りの代わりに、）人目を憚るようにひっそりと（こう歌を詠んだ）。

〔物の怪＝侍従〕私が誰であるか、名乗らなくてもそうだと理解してください。波に揺られてあてもなく、ゆらゆらと流れていく舟のように、寄せるべき岸も頼るべき方もなく、こんなに寂しい思いのままに筑紫に捨てられてしまったこの身を。都からも、あなた方からも忘れ去られてしまい、私は遥かな海の果てをあてもなく彷徨《さまよ》っているのです。（86）

と言い捨てて（弘徽殿女御のお体から）立ち去ったようである。

（物の怪が立ち去った後、弘徽殿女御の）意識が非常にはっきりと戻って来て、（その日の）夕暮れのころからご気分がよくなっていらっしゃったので、どの人もこの人も、「（今までは、弘徽殿女御様が大変な状態だったので、夜もおちおち眠れなかったが、）今夜こそ、ゆっくり眠れることだろう。」と言ってひそひそと話し合う。（そして、人々は）「（弘徽殿女御様に取り憑いていたのは、侍従の生霊だったんですってね。）筑紫に流されてしまったのは、ご自身がなさった罪（の報い）ですよね。（それなのに、逆恨みして取り憑くなんて、ひどいことをするものです。）」「（こんなことをする人をこのままにしておくのはよくありませんよ。都へもう一度呼び寄せて、（今以上の重）罪に処しましょう。」と（侍従の）悪口を言い合っている。それを松陰内大臣がお聞きになって、「（確かにひどいことをしたものです。けれども、殺してしまうというのはよくありません。）死霊は（生霊以上に）なおさら恐ろしいものですよ。（弘徽殿女御もこうしてご快復されたことだし、）阿闍梨がいらっしゃる限りは何も怖くはありません。（だから、このままそっとしておきましょう。）」とおっしゃる。

（こうして、阿闍梨の力で弘徽殿女御が無事に快復なさったことを、松陰内大臣が）帝に申し上げたところ、（帝は、）「（そのようにありがたい力のある阿闍梨がいらっしゃったのですね。その方を、是非）宮中へお呼びしたいものですが、（今、弘徽殿女御の元を離れたのでは、）また生霊が舞い戻ってくるようなこともあるかも知れませんから、(女御が)無事にご出産なさるまでは、お近くにいらっしゃってください。(そのように尊い方ならば)僧正にも(して差し上げよう)と思いますが、(あいにく、僧正の席が空いていませんので、今、)僧正の地位にいる人を降格させなければならないでしょう。そうなると、(その降格させられた方は、自分の)修行が足りないことを(棚に上げ、阿闍梨が僧正になったから)それで(自分がこんな目にあうのだ)と思い込むでしょう。それは、(阿闍梨にとっても不本意で、)面目ないことでしょうから、まずは、権僧都が、たまたま都合のよいことに欠員になっていますので、それにして差し上げましょう。」とおっしゃって、(阿闍梨を権僧都に取り立てるとの詔といっしょに、)さまざまなご褒美をお付けになり、ご下賜なさった。

(こうした帝のお心に触れ、阿闍梨は、)「(このようにお取り立ていただくのは、)世俗の欲を思い離れた私の本意ではありませんが、尊い帝様のお言葉に背くようなことをするのも、この世に生きている身である限りは(もったいなく、罪深いことでしょうから、ありがたくお受けいたします)。」とおっしゃって、(そのご恩返しにもなるであろうと、)朝夕(弘徽殿女御の)御前に伺候して、(一心に)お祈りをなさる。(その甲斐あってか、)数日を過ぎて、男宮が(無事に)お生まれになったので、(弘徽殿女御がご病気になって以来、重たい空気に包まれていた松陰邸では、)どこまでも続く暗い闇夜のような空の雲が、晴れわたっていくように、人々の心も(明るく)なって行った。

(弘徽殿女御が無事に若宮を出産されたとお聞きになり、)帝は本当にいとおしく思い、(早く若宮と弘徽殿女御に)対面したいと思っていらっしゃるけれども、(出産を終えた后が宮中に戻ってくるためには)日数制限のあることなので、(どうしようもなく、)夏の日の本当に長いのを、(早く夜になって、また一日、その日が近づかないかと)恨めしく思っていらっしゃるに違いない。(その一方で、帝は、若宮誕生をお祝いして、)右大弁君や内命婦などにご命令なさって、人々にお祝いの品をご下賜なさる。

女院からも、「(若宮のお顔を見に、松陰邸に)行きたいと思っているのですが、(あいにく、)二宮の御祓の日が近づいて来ましたので(、その準備が忙しく、とてもそちらには行けそうもありません)。」とおっしゃって、帥《そち》局にお命じになって、(若宮の)三日の夜の御産養いをさせなさった。(その夜は、)人々が(松陰邸に)集まって来て、(お祝いの宴となった。)「お酒をいただきましょう。」と言って、宰相君(が、このようにお祝いの歌を詠んだ)。

〔宰相君〕神の住むというこの尊い山に射す峰の朝日は、何一つ曇るところなく、あたり一面を照らしています。その光を浴びるかのような平穏な御代に巡りあったことですよ。すばらしい光ともなる若宮がお生まれになりました。その若宮はますます輝き、きっとすばらしい御世をお造りになることでしょう。　(87)

(やがて、若宮を宮中にお連れすることになる。)定められた日数を経て、宮中より(若宮と弘徽殿女御のための)お迎えの車をお遣わしになる。大納言を始め、上達部や殿上人が大勢(お迎えの車と一緒に宮中へ)参内なさった。世間の人々は、(そのご様子を拝見し、)大変華やかで、これまでに例のないほど(立派なこと)だと言い合っていた。

(帝は、若宮と弘徽殿女御の参内を、車寄せまでお出ましにならんばかりのご様子で、)ずっと待っていらっしゃって、（若宮のお顔をご覧になり、）どれほど、かわいらしく、いとおしいと思われたであろうか。（きっと、非常なお悦びであっただろう。また、第一の男宮をご出産された弘徽殿女御への）ご愛情もますます深くなり、（四六時中、若宮と弘徽殿女御のお傍にいらっしゃるため、）朝の政務もおとりになれないほどのご様子である。

（一方、）松陰少将は、二条堀川というところにお屋敷をお造りになって、（先麗景殿女御のお口添えである）女五宮をお迎えになろうと、ご準備を取り仕切っていらっしゃる。そこへ松陰内大臣がいらっしゃって、（松陰少将に）「ここに（お屋敷を造って、住んで）いらっしゃってはいけません。冷泉院様のお住まいにあまり遠くないではありませんか。（冷泉院様のお住まいには）若い皇子・皇女たちやお仕えしている（若い）人々が大勢いらっしゃるのですから、（そういう若い女性がたくさんいるところにお屋敷を設けたのでは、）何もしていらっしゃらなくても浮名を流すことになります。まして（あなたのように）年若いうちは、（浮名だけでなくなって、実際にそうなってしまいそうで）心配ですから、しばらくの間は、（父である）私の屋敷で暮らすのが適当でしょう。女五宮様のお部屋もご用意いたしましょう。」とおっしゃったので、（松陰少将は、）「（私もそちらで暮らそうかと、）そのように思っておりましたけれども、『古兵部卿宮が住んでいらっしゃった、その名残りなどを、思いなぞらえてくださいな。いろいろなことを学ぶような場合にも、（松陰邸にいらっしゃるよりは、）便利がよいでしょうから（院の近くにお住みなさいな）。』との（冷泉院様からの）お言葉に逆らいがたくて（ここに居を構えようとしているのです）。」とおっしゃった。（松陰内大臣は、）「（冷泉院様が思いなぞらえようとしていらっしゃる）その宮のお名残り（の方々）こそが、一層心配の種なのですよ。帝の尊い御恵みに対する感謝の気持ちを忘れずに、(浮ついたことにうつつを抜かすことなく)御宮仕えをなさってくださいな。」とおっしゃってお帰りになった。

(松陰少将のところからの帰り道、松陰内大臣は、)隠岐僧都のところへいらっしゃって、「(都に戻って以来、諸事に忙しくて、こうしてゆっくりお話することも少なくなってしまいました。それにしても)このごろの蒸し暑さに、しきりに、隠岐の島の(生活が)物静かであったことが思い出されることですよ。年が明けて新春になった日より(一年の)誓いを立て(修行す)るべきなのでしょうが、いろいろな事が次々と起こり、気分的に余裕がありません。正月節会を始め、斎院の御禊に続き、南殿の御会がやっと終わったと思ったら、(出産を控えて里下がりした)弘徽殿女御のご病気のご様子には、一体どれほど心身を消耗したことでしょう。(こんな状態でばたばたと月日を送って来ましたので、)一体いつが花の(咲く美しい)春なのかということにも気づくことなく過ごしてしまいました。(そうこうしているうちに、早くも夏になってしまいましたね。隠岐の島で暮らしていらっしゃったお体には、都の暑さはさぞ御身にこたえることでしょう。)御堂の庭には(暑さしのぎになるような)池もございませんね。賀茂川(の水)をせき止めて、お庭に流れ込ませたのなら、きっと涼しいことでしょう。」とおっしゃって、(御堂の庭に)とても大きく池の中心を掘らせ(て立派な池をお造りになっ)た。

(その工事をしていらっしゃる時のこと、賀茂川の水を引き入れるために掘った御堂の庭の、その)五尺ほど下に、(地中から)光が射しているのを怪しんで、(松陰内大臣が、)さらに(深く)掘らせたところ、石の箱があった。(その石の箱の表面には、何か分からないが、)文字がたくさんあるように見えたけれども、苔むしていて（一体何が書いてあるのか）、はっきりと見分けることはできなかった。（その石の箱を見て）松陰内大臣も、隠岐僧都も隠岐の島での夢のお告げのことを思い出し、一緒に涙ぐまれた。（この石の箱が、きっと、夢で告げられた箱に違いないと二人は思い出して、）錦の布に包ませて、「（夢のお告げで）開けよと言われた時に、開くのがよいでしょう。」とおっしゃって、（その箱を）御堂に納めた。

（その後、）また、「来年の今頃には、御八講を開きましょう。」とおっしゃって、（松陰内大臣は、）御堂を造り広げる計画を、（隠岐僧都と）お話し合いになり、お屋敷にお帰りになった。

をと羽

（そうこうしているうちに夏が過ぎて秋になり、その秋も次第に深まって行った。松陰少将の妻として女五宮をお迎えになった松陰邸では、人々が集まって、観月の宴を開いていらっしゃる。松陰内大臣は、かつて隠岐の島にいたころ、）木の間から漏れて来る月の光に（都のことを思い出し、）心を痛めていらっしゃった時から、（秋の月にはいろいろと思い入れることが多かったけれども、都に戻ってから日が経つにつれて、）宮中の庭に（射す月の光を）見慣れるようになっていらっしゃった。（それで、もう一度、水に影を宿す月をご覧になりたいと思ったのであろうか、）「有名な中秋の名月の光を（屋敷の中に引き入れた）賀茂川（の水）に映して（一緒に）見ましょう。」とおっしゃった。（それで、）多くの方々が（松陰内大臣のお屋敷に）いらっしゃった。

(松陰内大臣は、お屋敷の中の)池にさしかけて仮屋を造らさせて、(その屋の内をいろいろな)名所を描いた屏風で囲わせて、有名な月の名所の名月を一所で眺められるようになさった。(それらを見にいらっしゃった方々に、松陰内大臣が、)「(屏風の絵を眺めるだけで)そのまま通り過ぎてしまうのは、(折角こうして趣向を凝らした)甲斐がないことですよ。」とおっしゃったので(、人々は、それぞれ、思い思いの屏風の前で歌をお詠みになった)。

明石の浦が描いてある屏風の前で、弘徽殿女御(がこのようにお詠みになった)。

〔弘徽殿女御〕このように面白い趣向を凝らした宴に集い、秋の夜長を寝ずに過ごしていることですよ。まるで明石の浦の波を枕代わりにしているかのように、波の上に揺れている、澄みきった美しい月の光を眺めながら。(88)

(続いて、)しのぶの浦を(描いた屏風の前で)、女五宮(がこのようにお詠みになった)。

〔女五宮〕中秋の名月である今宵だからと言って、名月にあやかるように名を立てるようなことがございましょうか。陸奥のしのぶの浦の月のように忍んでおりますので、私の思いは決して表れ出ることはなく、浮名を立てることもありません。(89)

更科山(の月が描いてある屏風)を、先麗景殿女御(がお詠みになった)。

〔先麗景殿女御〕あなたがたのように、今が盛りの若い人々はどうだか知りませんが、私のような年になってきますと、姨捨山の月はしみじみと感じるものがあります。その月を見て慰めて

いる私の心ですよ。それにしても、綺麗な月ですこと。（90）

松陰三位中将の上（＝芦屋姫君）は、「去年の中秋の名月は、（この屏風に描いてある）この浦で見ましたよ。」とおっしゃって（、このように歌をお詠みになった）。

〔松陰三位中将の上〕こうして都に帰って来た今となっては、この屏風の風景さえ懐かしく、もう一度訪ねてみたいと、私は思っているのですが。賀茂川を照らす月の光に尋ねたいものですね。須磨の浦を照らす月の光も私のことを思い出すでしょうかと。（91）

（それぞれのお立場により）思い思いに（屏風にお歌を）お書きになるご様子も大変趣き深いものがある。

（そうこうしているうちに）音羽山から月の光がかすかに射し始めたのを（目ざとく見つけて、）「（訪れたこともないような）遠いところを描いた風景よりも、（こうして音羽山から射してくる）身近な月の光こそよいものでしょう。」とおっしゃって、藤二位（が、このようにお詠みになった）。

〔藤二位〕このお屋敷が暗く沈んでいたころは、音羽山にも嵐が吹いていましたが、その音羽山の霧が晴れた今は、明るく鮮やかに射し出す秋の夜の月ですよ。心にかかることは、もう何もありません。（92）

（音羽山から昇り始めた月は、やがて）賀茂川に光を映して、川波の数も数えられるほど（明るく）見える。（川波が打ち寄せ、風が吹き、）草が打ちなびく（夢のように美しい）原には、色々の（秋の）花が咲き乱れて、夕方の露に（きらきらと）影を映す月の光が、風が吹くにしたがってはらはらとこぼれ、ゆらゆらと揺れ乱れるその様子を眺めていると、（涙の）玉が散るほどに物思う袖の様子も（このようなものであろうと）

知られることである。

お船には、若い上達部や殿上人（でその場に相応しいような方々）をあれこれとお呼びになり、漢詩などをちょっと吟じたりしていらっしゃる。管弦の遊びも始まり、その何となく乱れているような曲の様子からも、（人々がたくさんお酒を飲んでいることが分かり、）盃の数の多さも自然と分かるものである。

白金を月の形に作ったのを松の枝にかけ、（それを）州浜に植えてあるのを、「冷泉院からのご下賜です。」と言って（贈ってよこした。それと一緒に）お手紙が付いていた。

〔冷泉院〕松陰内大臣の屋敷に植えてある松の枝に、今宵の名月が光を留めています。いつまでも飽きることなく、その美しい光を見ていてくださいな。いつまでも永遠に、あなたの栄華が続きますように。（93）

（松陰内大臣は、冷泉院への）お返事を藤二位にお書かせになった。

〔藤二位〕今宵の月光のように、美しく輝かしい光を頼りにしております。いつまでも緑を変えない松に、尽きることなく照りそそぐ秋の月光。その月光のように輝かしい我が君を思い浮かべながら、今宵のこの美しい月をいつまでも飽きることなく眺めましょう。（94）

（やがてうっすらとかかり始めた秋の）霧の絶え間から、千変万化に月の光が射し込むが、（それも、やがて霧に閉ざされていき）、かすかにゆらゆらと（霧の間に）漂う月影、（その光に心を奪われているうちに、やがてすっかり霧に閉ざされてしまい）、有名な中秋の名月も見えなくなってしまった。（明るく澄んでいた月影が霧に閉ざされ、雲間に隠れていく）その様子にこそ、秋の盛りも過ぎ去っていく、その名残りがしみじみと感じられて、本当に心残りなことだと（そこにいた方々は）お思いになる。

（さて、その翌日、松陰内大臣は、）「今日は、（息子の）松陰三位中将のお屋敷で、十六夜の月を見ましょう。」とおっしゃって、（二つのお屋敷を結ぶ川に浮かべた）船にお乗りになって（松陰三位中将のお屋敷に）いらっしゃる。（若い人々は、）「（まだ日が）暮れない（昼間の）うちは、（十六夜の月が昇るまでの時間潰しに、）鞠遊びなどをしましょう。」とおっしゃって、桜の造花を（すっかり葉が落ちてしまった枯木の）あちこちの枝に掛けさせたので、（そのあたり一帯は、）まるで（冬を飛び越して）春が来たかのような感じになった。（春のような気分に誘われたというわけでもないが、）次第に数が増す（鞠を蹴る）音が、とてものどかな様に聞こえてくる。（その音に、）木々の小鳥がびっくりして鳴き騒ぐ様子も（まるで春の囀《さえず》りのようで、）大変趣きがある。（そんな様子をご覧になって、）松陰少将（が歌をお詠みになった）。

〔松陰少将〕もしこれが本当に春であったのならば、こんなことがあるだろうか。桜の花は散りもしないで、蹴鞠遊びの鞠を蹴る音の数ばかりが増えていくことだよ。春であれば、鞠を蹴るにしたがって、桜の花びらもはらはらと散るはずなのに。　(95)

（鞠遊びにも飽きてしまった松陰少将は、）川をせき止めさせて、（従者たちに命じて）魚を捕らせる。（それを見て、）「（八月十五日の放生会の）昨日までは、生きているものを放していたのに、（一日経った）今日は、このようなことをなさ（って生きているものを捕えさせ）る。（全く、罪作りなことをなさるものだ。）」と松陰内大臣がおっしゃった。そのお言葉も、（松陰少将の）若いお心では、年寄り臭い（もの言いだ）と思っていらっしゃることであろう。

（やがて日が暮れ、）十六夜の月が昨日（の中秋の名月）にも勝っていると言わんばかりの様子で（現れ、）光を放ち始めた。（それにしたがって、松陰三位中将邸に集まった人々が酌み交わす）盃の数が（増えて行き、曲水を流れ下る盃も、次から次へと流され、）岩の間を漂っているに違いない。管弦の御遊びも尽きることなく続くようである。（その様子を見て、）宰相君が、

〔宰相君〕今宵の宴に飛び交う盃の中にも、美しい月光が宿り、次々に酌み交わされる盃とともに人々の間を巡っていくことです。まるで月も一緒に巡っているかのようですね。（96）

と（上の句を）詠んだので、（それに続いて）松陰三位中将が、

〔松陰三位中将〕その盃を次々と飲み干す人は皆、今夜はすっかり酔っ払ってしまうことでしょうよ。さあ、この十六夜の月の空の下で、お酒を酌み交わし、さあ酔いましょう。（97）

とおっしゃったのも、大変趣き深いことですよ。

（十六夜の月の宴も終わり、）翌日になったので、（松陰邸の人々を始め、そこに集まった親しい人々は）清水へご出発なさる。（その清水へ向かう）お車の数は大変多く、若い人々はみな（お車は使わず、）馬にお乗りになって、（鷹狩りに行くかのように）小鷹を肩に乗せていらっしゃる。その格好などがとても盛大なご様子で、他に形容するものもない（ほど素晴しい）。

（清水に着くと、松陰内大臣は、）御堂でお車を留めさせて、願文などを（ご本尊の前に）お供えになる。（ちょうどその時、その）傍に頭から衣を引き被ったままで額ずいている者がいる（ことにお気づきになった）。（その者の熱心な様子が気になった松陰内大臣は、）『一体何を祈っているのだろう。』と、聞き耳を立てて

お聞きになる。(すると、その者は、)「恐れ多いくらいご立派なご様子ですこと。一体どのようなご身分の方なのでしょうか。」と独り言を言いながら念誦している。(松陰内大臣は、見覚えのあるその姿を)お見咎《とが》めになって、藤二位に、「あの者をご覧になりましたか。」とおっしゃった。(藤二位は、)「(あのような姿で一心不乱に念誦しているなんて)本当に恐ろしいことです。生霊が抜けて来たのではないかしら(、いつかみたいに)。」と、くすりとお笑いになった。(松陰内大臣は、)「(以前、弘徽殿女御に憑いた)あの生霊も、恨みがあればこそ(生霊となって取り憑くのでしょう)。(自分のしたことを他人のせいにして、逆恨みするなどということは)愚かな心の持ち主にはありがちなことでしょう。(それを反省しているのであれば、あの生霊を)元のようにしてあげましょう。」とおっしゃって、お付きの小童に言いつけて、(その者を御前に)お召しになった。

(突然のお召しに預かり、)思いがけない様子で、(その者は松陰内大臣の)御前にやって来て、ひれ伏した。(松陰内大臣は、)「(一体どうして、ここに詣でているのですか。筑紫へ下った)大弐殿のところにいると聞いていましたよ。(このように一心に仏に祈っているのですから、)今となっては(あなたの)罪を許してあげましょう。元のように(、松陰の屋敷で仕事を)しなさいな。」とおっしゃったところ、(みすぼらしい身なりの侍従は、松陰内大臣のありがたいお言葉に答えて、)「(隠岐の島でお助けいただいた後、一旦は大弐殿と太宰府に帰ったのですが、その)大弐殿にも捨てられてしまい、(仕方がないので筑紫を離れ、)私の妹が播磨の祇承(=勅使をもてなす役)の官人の妻になっているのを伝手に、しばらくの間は(播磨に)滞在しておりましたけれども、妹のところでも気持ちが落ち着くということがなかったので、最近、都に戻って来て、あちらこちらをふらふらと渡り歩いておりました。でも、頼りにするものとてなく、（我が身一つをもてあまし、この清水の）観音様に参詣して（自分の犯した）罪が許されることをお祈りしておりましたところ、本当に観音様に誓願した甲斐があったのでしょうか、（このようにお許しいただけるなんて）この上もなくありがたいことでございますよ。（やっとこれで身も心も落ち着きます。）」と、ころげ回りながら泣いて喜ぶ。（その様子をご覧になった松陰内大臣は、侍従に）「仏にお祈りして、（あなたのそのねじ曲がった）心をまっすぐにしなさい。」と微笑まれた。（その微笑を見た侍従は、松陰内大臣に許されたことに安心する一方で、自分がこのような目にあったのは按察使のせいだとでも思ったのであろうか、）「按察使殿を祈り殺してしまおう。」とつぶやく、その姿も大変恐ろしい。（やはりいくら祈っても曲がった心は曲がったままのようで、他人ばかりを恨むその業の深さには恐ろしいものがある。）

（侍従と再会した後、松陰内大臣の一行は、清水の）ある坊へお入りになる。（松陰内大臣が滞在していることが知れわたったのか、）木の実やきのこなどを籠に入れて、「山の（珍しい）もの（です）。」といって、あちらこちらから献上する。

（松陰内大臣は、）侍従に、「今も歌を詠むのか。」とお尋ねになったところ、（侍従は、）

〔侍従〕落ちてしまった木の実のように、落ちぶれてしまったこの身の果てを、今はもう許そうとおっしゃって拾い上げてくださる、その人のお心は本当にありがたいことです。お許しいただき、ありがとうございました。（98）

と申し上げたので、（松陰内大臣は、歌心を忘れない侍従に）大変感動なさる。

日が暮れるころに（松陰内大臣のご一行は、清水を発って）お帰りになる。その道すがら、（松陰内大臣は道端の秋草に目をお留めになる。宮仕えに忙しい身となった今は、）遠くでご覧になるばかりの野辺の千草は、（このような旅の途中で改めてご覧になると、隠岐の島でご覧になっていらっしゃったころと同じように、いやそれ以上に、）一層近くで見れば見るほど美しく見えて、そのまま見捨てて過ぎてしまうのがもったいないようにお感じになる。その上に、秋の虫の音までも趣き深く加わるので、（ご一行は、思わず）しばらくの間、お車を留めさせる。（そして、）藤二位（がこのようにお詠みになった）。

〔藤二位〕秋の美しい白露が、まるで玉を撒いたように一面に野辺に散っています。その白露を宿した様々な花の色に、哀れを誘う虫の声が加わって、なお一層趣き深く暮れていく秋の夕暮れですこと。　(99)

（そうこうしているうちに、すっかり日は落ちてしまい、十七日の立待の）月があたり一面を美しく照らし出し、お車の道しるべとなるほど明るくなったので、（松陰内大臣と一緒に清水詣でをした人々は、その月明かりを頼りに、）それぞればらばらに（各自の帰るべき方向に）行き分れていった。

みなみの海

（清水詣での後、）秋の半ばも過ぎ、次第に（晩秋になって行くにしたがって、）夜遅く昇るようになった月を、(松陰内大臣は、)ご覧になっていらっしゃる。そこへ(罪を許されてお屋敷に戻っていた)侍従が通りかかったのをお引き留めになった。(そして、)「大弐殿が(妹・古式部卿御息所との仲を引き離してしまった私のことを)さぞかし恨んでいらっしゃるでしょうね。(それに、一緒に筑紫に下って行った)少弐殿の行方が気になることですよ。」とお尋ねになった(ところ、侍従はこのような話をした)。

「(大弐殿が)古式部卿御息所様を(大宰府へ)伴っていらっしゃったことを、(古式部卿御息所様のところで、妹が女房をしているのを伝手に、)私が(手引き)したことだ(、とんでもないことをしてくれたものだ)と(藤二位様が)ご立腹なさって、『顔を見ないですむところへ行ってしまいなさい。』と(怒りのこもった)声を絞り出しておっしゃったので、(もうお屋敷にはいられないと思いました。)我が身がこんなふうに(乳母としてお仕えした方から疎まれるように)なってしまったのも(元はと言えば)あの人たちの(せい、陰謀に無理やり引き込まれた)せいなので、今さらこのように(あの人たちを頼るのは嫌だ)とは思っておりましたが、(それでもどこも頼るべきところがないので仕方なく)竹河少将殿のところへ参上いたしました。

(竹河少将殿の)北の方様には、(実は)昔のご縁もございましたので、『(こうしてお屋敷を追い出されてしまった)我が身は浮き草のように寄る辺なく、(生活の)伝手が絶えてしまったことをも嘆きましょう(、そうすれば、少しは哀れに思って、何かお世話してくださるかもしれない)。』と、頼りになるような伝手を求めて身を寄せていました。(ところが、帝様からのご沙汰があり、)竹河少将殿が少弐となって筑紫に下るため都をお離れになる(ことになったのですが、)ちょうどその時、(少弐殿の)北の方様がご懐妊なさったご様子でした。それを(少弐殿は、身重の体で筑紫まで)一緒に連れて行くのもかわいそうで心配なことだと思って、躊躇なさり、『（お体の状態が落ち着いてから、）お迎えを（よこしましょう）。』とお約束なさって、（北の方様を都に残したまま、）大弐殿とご一緒に筑紫の大宰府へ下向なさいました。

（その時、とんでもないことが起こったのです。私もお二人と一緒に筑紫に向かったのですけれど、少弐殿だけ、途中で私たちとはぐれてしまい、信じられないような経験をなさいました。その時のご様子を少弐殿はこのように話していらっしゃいました。）

（一行を乗せた船の一団は、みな、）同じように風に吹かれたのに、（それぞれの乗った）お船は（別々の方向へ）散り散りに行き別れてしまいました。いったいどこだか分からないのですが、島のように思えるところに、ほんの少しだけ松が（茂っているのが）見え、船が次第にそちらの方へ打ち寄せられて行ったので、（一人になってしまった少弐殿は、『このままではまた海の彼方に流されてしまう。それよりは、とりあえず陸に上ろう。』と思って、その島の松の）枝に飛び付いたところ、（案の定、それまで乗っていた）船はすぐに沈んでしまいました。

（それで、松の枝につかまりながら、）引き潮になった時に（自分のいるところを）確認なさったところ、（なんとご自身は、大きな松の木の上にいらっしゃったのでした。その松は、）島の陰の大きな岩から差し出して（いて、根元から少弐殿のいる）梢までは六、七丈もあるように見えるので、（枝にしがみついている少弐殿は、）見下ろしただけでも目が回ってしまいそうになって、すぐにでもまっ逆様に落ちてしまいそうな心地がしたそうです。（このままこうしているのは怖くてたまらないが、かといって降りることもできないので）どうしようもなくて（じっとして）いらっしゃいました。

（その上、）木の根元には、何とも言えない（不気味な）形の物たちが集まって来るので、（それらがやがて登って来るかもしれないと思うと）より一層恐ろしい（気持ちがしました）。（突然の出来事にうろたえて、）取りとめのない思いばかり浮かぶ心の内でも、『（こんな状態になってしまった時は）仏のお力をお頼り申し上げる以外に手はない。』と、観世音の御名を唱えながら、一昼夜くらいをお過ごしになりました。

（やがて）ほのぼのと夜が明けていく時分になって、（少弐殿がいるところより）下の枝をご覧になったところ、大きな鶴が羽を休めていました。『（このままこうして松の枝に取り付いていても）とてもではないけれど、生き長らえることはできないであろう。』と（思い、決心して、その鶴の）首に飛び移って（鶴の背中に）お乗りになりました。

（鶴は、厄介なものが首に巻き付いたと言わんばかりに）鬱陶しそうな様子をして、大空高く飛び上がりました。（鶴の首につかまりながら少弐殿が、）見下ろしたところ、雲ははるか下の方にたなびいており、その雲のあちこちの絶え間から冷たそうな海が見えました。（それを見た少弐殿は、）『今までしがみついていた松の梢より一層危ないことだ。高句麗や唐の方へでも連れて行かれるのだろうか。』と思っていたところ、（鶴は、ある）島のあるところに降り立って、羽を休めるようでした。

『えい、ままよ、（このまま置いてきぼりになって、ここの）島守になってしまうならそれでもよい（、海の上で投げ出されたり、知らぬ異国へ連れて行かれたりするよりも島守の方がよい）。』と思って、すぐに飛び降りてあたりの様子をご覧になったところ、粗末な庵がありました。

（『ひょっとすると誰かいるかも知れない。いれば自分がどこにいるか分かるだろう。』と思って、少弐殿は、その庵に）立ち寄って、『ここはどこですか。』とお尋ねになったところ、（その庵から）おじいさんが出て来て、『（この島では）見かけないようなご様子（の方）ですね。（それは都の格好ですね。そんな格好をなさった方がここにいらっしゃるなんて、一体どうしたことでしょう。）ここは硫黄島と言って、人が住むようなところではありません。（どうしてこんなところにいらっしゃるのか、）不思議なことですねえ。』と不審がられたので、（少弐殿は、）『（実は私は旅の途中で、）嵐にあい、（乗っていた）船は（壊れて）波の底へ沈んでしまいましたが、なんとか命だけは助かった者でございます。（ここから）筑紫へ行けるような方法をお教えください。』とおっしゃったところ、（翁は、）『私も十年ほど前に嵐にあって（流されて）以来、この島に住んでいます。（同じ身の上なのですね。）筑紫からの船便も一年のうちに一回くらいのものです。（こんな状態なので、すぐにお帰りになるというわけにはいかないでしょう。それよりも、遭難されたとあっては、）さぞかしお疲れになったことでしょう。』と言って、木の実や海草などを（少弐殿に）差し上げたところ、（それをれを食べた少弐殿は、）この世のものとは思えないほどおいしく感じて、（それまでの）お疲れを忘れることができました。

（体は回復したものの、そのような遠く離れた不便な島では、これといってすることもなく、また、急いで助けを呼ぶわけにもいかず、）やはりどうしようもなくて、観世音の御名をお唱えになりながら、毎日を過ごしていたところ、白い鳥が飛んできて、波打ち際に打ち上げられた魚を拾っていました。（少弐殿が、）『あまり見たことのない鳥ですよ。鳥でしょうか。』と（翁に）尋ねたところ、『あれは大宰府の森にいつもいる（鳥ですよ）。この島に魚がたくさん波で打ち寄せられるのを知っていて、いつもやって来て、餌をついばんでいるのですよ。神様がお使いになっていらっしゃるからでしょうか、（普通の鳥のように黒くなく）特別な様子をしていますよ。』と言うのを（少弐殿は）お聞きになって、『（そのように特別な鳥がこの島を訪れるなんて、きっと何かあるに違いない。）私が帰るべき時が来たのかも知れない。』と大変心強く思ったのですけれど、（かといって、相手が鳥では、伝言を頼むわけにもいかず、）どうしようもない（と思ったそうです）。

（そこで少弐殿が、）翁に『あの鳥を捕らえてくださいませんか。』とおっしゃったところ、（翁は）『（捕らえるのは簡単ですよ。長年こうしているのですから、）私には慣れており、友達みたいですよ。』と言って（捕らえに）行ったところ、（その白い鳥、鷺は、）騒ぐこともありませんでした。それで、（少弐殿が、ご自分の無事と居場所を告げる）小さい手紙を鳥の羽に結び付けたところ、（その鳥は）羽を広げて（飛び立ち、）雲の中に入って行きました。

（一方）大宰府では、（大弐殿が）少弐殿が行方不明になってしまったことを、ご心配なさって、神に詣でて（少弐殿のご無事を）お祈りになっていらっしゃいました。そして、（大宰府の森に住む白い）鳥たちの羽根の先に手紙がついているのを（発見し）、ただごとではないと思いました。（そこで、）神禰宜《かんなぎ》に言いつけて（その鳥を）捕らえさせ、（結び付けてあった手紙を見たところ、）少弐殿のものだと分かる筆跡で（、次のようなお歌が書いてありました）。

〔**竹河少弐**〕「青々とした夏の木々の枝にほんのわずかに赤や黄色の葉が混じるように、ほんのたまにでもよいから、この島を訪ね、私のことを尋ねてくれる人がいたらよいのになあ。薩摩の

方の沖の小さな島にいるのですかと。私はそこにいるのですよ。（100）

思いがけない風に誘われて（、ここまで来てしまいました）。」などと、何となく頼りない様子で書いてありました。（それを見た大宰府の人々は、）かわいそうなことだ、とお見受けして、（少弐殿のために硫黄島に向けて、）早船をたくさん（仕立てて、）お迎えにやりました。

気が滅入ってしまいそうな島のお住まいに、予想もしなかった（たくさんの）船が近寄ってきて、（船から少弐殿に向かって、）『（お迎えに上がりました。）早くご乗船なさってください。』と大声で言うので、（それを見た少弐殿は）まるで夢を見ているような気持ちがしたことでしょう。（少弐殿は翁に向かって、）『おじいさまも、このような不便なところに住んでいらっしゃるよりは（私とともに大宰府へ行きましょう。もっと楽な生活ができますよ）。』と、お誘いになったところ、（翁は、）『私は（都の）東山の方へ帰ります。』と言って、光を放って雲に乗ってしまったので、（きっと人間などではなく、仏様であるに違いないと思った少弐殿は、）もったいないご仏縁に触れて感激の涙を流し、袖を濡らしていらっしゃった（そうです）。

（やがて）大宰府にご到着になり、『（私を助けてくださったのは）御仏のご慈悲に違いありません。（翁に姿を変えた仏様と）不思議な対面をしたことですよ。都に帰るまでは、このことは他言無用です。』とおっしゃったのをうかがって、私も観世音をお祈り申し上げて、罪が許されることを念じておりました。（やはり、そのご利益であのようにお許しいただけたのだと思います。）」と（侍従が）話すのをお聞きになって、（松陰内大臣は、少弐を助けてくださった仏様のありがたいお力に感激し、）涙をお浮かべになる。

（松陰内大臣が、）「（少弐殿のことを心配していましたが、）死んでしまったなどということを、もし聞いたのであれば、さぞかし深く嘆かなくてはいけなかったことでしょう。（嵐にあって辛い思いをしたけれども、仏様に救われたというお話で、本当によかったです。それにしても、ありがたいご仏縁ですね。）」とおっしゃったところ、侍従の、真実味のない嘘涙までも浮かんで見えるようであった。（どれだけ本気で感じ入っているのかは分からないが、侍従までも、感動させかねない、御仏のお力であることよ。）

やまぶき

九月の末の頃に、（松陰内大臣のお屋敷のある）堀川殿では、（松陰少将のためのご新居が完成し、）女五宮もお移りになったので、上達部や殿上人たちが大勢参上して（建て増しされた）お屋敷の大変趣向を凝らしたご様子をご覧になる。（改築されたとはいえ、）お庭は昔ながらの趣きを残していらっしゃる。（松陰邸の象徴ともいえる松を始め、）木立は時が経ち（趣き深い）老木となっていて、（その松の緑とは対照的に）紅葉の色がことさらに映えて見える。紀貫之が、「緑の松に咲きかかっている（藤の花よ）。（歌《緑なる松にかかれる藤なれどおのがころとぞ花は咲きける》）」と歌に詠んだ藤の木も、（昔と変わらず）このお庭の池の水際に立っている。

（こうした大変立派で趣き深いお庭を散策しながら、）垣根の菊の花が（秋の名残りのように）咲き残っているのをご覧になって、（松陰内大臣の弟君である）源中納言（がこうお詠みになった）。

〔源中納言〕老いを拭うという菊の花が少し霜にあって赤みを帯び、美しく咲いています。きっとこの菊の花は、いつまでもずっと香りを放ち続けることでしょう。たとえ菊を散らすような風が吹いたとしても。風が吹けば松の白露が菊の花にこぼれかかる、まるで、菊の花を守るかのように。　(101)

「（女五宮が新居にお移りになった、）この御事をお祝いして。」と言って、（あちらこちらから）献上物が大層たくさんあるなかでも、帝から（特に）、「お喜びに（お喜びを加えましょう）。」と詔があり、（松陰少将を、）中将になさった。（それだけでも十分めでたいのに、その上、）冬の除目（の際）には、松陰三位中将は中納言に昇進され、とても華やかな新春をお迎えになる。

（春も盛りの）二月の下旬頃、（帝から）「（父・）冷泉院（の仙洞御所）へ御行幸する予定である。」という詔があり、お供をする人々をお決めになるという行事があった。松陰内大臣は（本来であるのならば、）大将として供奉するべきではあるけれども、左大将が若いので、『一緒に立って並んでいるのも目立つことだろうから、（私はお役をご遠慮申し上げて、息子の）松陰中納言に（代わりをさせたい）。』と思っていらっしゃった。けれども、『（まだ息子は）年が大変若いので（どうしたものか）。』と思い悩んでいらっしゃった。すると、弘徽殿女御の御元から、「大将は（兄君の）松陰中納言にお譲りください。（お父様が悩んでいらっしゃるのではないかと思い、こっそりとうかがったところ、）内々で、帝様も『（父君はそのまま）内大臣として伺候しなさい。』と思っていらっしゃいますよ。（ですから、お父様から、改めてお願い申し上げたらいかがですか。きっとお許しになりますよ。）」と伝えていらっしゃった。（それをお聞きになり、松陰内大臣は）大変嬉しく思い、(教えられたとおりに)申し上げたところ、(帝は)「(松陰中納言は)とても若い大将ではあるようだけれども、若宮にも大変親しい間柄でいらっしゃるので、特別に目立つというようなこともないでしょう。(それでよいですよ。)」とおっしゃって、(松陰内大臣の申し出を)お許しになった。(そのお言葉により、)すぐに(松陰中納言を大将の位に)ご着任させ(る儀式を)なさったところ、上達部や殿上人のあれやこれやの方々が大勢参列なさって、大変盛大なご様子である。松陰内大臣は、「私はそれ相応に年をとってから(初めて)大将を兼任したものですよ。(こんなに年若くして大将を兼任するとは、我が息子ながら)うらやましいような宿世であることです。」とおっしゃって、例のごとく涙を流される。

(お供する人々の顔ぶれなどいろいろな)ことが決まって、(いよいよ御行幸の時となった。その)御行幸のご様子は、(松陰内大臣に)親しい人ばかりがたくさん上達部としてお仕え申し上げたので、(このように華やかなご一族のご様子は)めったにないことであると世間の人々もきっと思ったに違いない。

冷泉院では、(御行幸のご一行がいらっしゃるのを、準備万端整えて)待っていらっしゃって、(心を尽くした)御遊びをいろいろとなさった。仙洞御所の桜の花も、御行幸を待っていたのであろうか、(一斉に開き始め)非常によい香りを周囲に放っていた。(その桜の枝を、冷泉院は)松陰右大将に命じて手折らせて、(帝の)御前に大きな青い花瓶を置かせて、それに飾らせた。(その桜の花をご覧になって、帝から)「どうして、このままに何もせずにしておくことがありましょうか。(このように美しい桜の花なのですから、何か、趣向の効いたことをなさいな。)」と仰せごとがあったので(、松陰右大将は、このように歌をお詠みになった)。

〔松陰右大将〕美しく咲いた桜の木の下には、帝様がいらっしゃる。そこには華やかな春の色が見えることですよ。その素晴らしさはまるで空にも昇るほど盛大なものですから、薄雲棚引く春の空にそのまま交じりあってしまうようです。そして、その春の空に、とても華やかに咲き誇る桜の花ですよ。　(102)

お酒をいろいろと汲み交わし、飲み交わしているうちに、(冷前院は、)楽を奏するのに相応しい人々をお選びになる。松陰中将には、(例の大きな花瓶に挿した)桜の花をお与えになったので、(松陰中将は、平安時代に盛行した)越天楽(＝雅楽の曲名。本来、舞はない)(に合わせて今様を謡いながら即興の舞)を舞い始める。(松陰中将の舞に合わせて、冷泉院がお選びになった方が、琴を弾き始めた。)御前で弾く琴の音は、(どなたのものか定かではないけれども、)人並み外れた腕前が知られるほど、美しく響きわたる。(松陰中将は、舞いながら、その琴の音に心惹かれていらっしゃった。)藤大納言が(古くから宮中に秘蔵されている名器・)玄上(の琵琶)をお弾きになるのは、またこの上もなく見事な腕前であるが、その見事な演奏さえ、琴の音には負けてしまうようである。左大将の御笛の(音が美しく、)下手ではないご様子なのは、『さぞかし(練習していらっしゃることであろう)。』と(人々が)ご推察申し上げているときに、冷泉院から松陰中将に御衣をご下賜なさったので、松陰内大臣は、(中将の舞だけでは、帝のご恩に報いるには)足らないだろう(、大変光栄なことだ)とお思いになって、(感激のあまりに立ち上がってお礼の)舞を舞った。そのご様子を(その場にいた人々は)めったにない(ほど感激していらっしゃる)ことだと拝察した。

翌日になり、帝は女院のところへいらっしゃる。(女院の方に渡る)長橋の左右には桜を植えていらっしゃるので、(そこを歩く方の)御衣の御袂に(咲き誇る桜から)香ばしい風が吹いてくるのは、この世のものではないような素晴らしいご気分になることだろう。

女院のところには、弘徽殿女御、藤二位、左大将の上などが伺候していらっしゃる。(帝の)御供の役は松陰中将だけがなさっていた。松陰内大臣や左大将などもご一緒にいらっしゃったけれども、(女院の)御前にはお顔を出さなかった。

女院は、昨日の舞をご覧になっていなかったので、(その見事さを漏れ聞き、)気にかかっていらっしゃったのであろうか、藤二位に、「(あなたの琴の音を)大変長い間聞いていません。聞きたいものですよ。」とおっしゃって、琴を差し出される。すると、(藤二位は、)「(琴を弾かなくなって)随分経ちますので、手が慣れておりません。(このような場ではお聞き苦しいかと思いますが、)どういたしましょうか。」とおっしゃった。けれども、(帝から、)是非とも(弾きなさい)という仰せごとがあったので、(藤二位は琴を)引き寄せる。

弘徽殿女御の御前には琵琶をお出しになって、(女院は、)「笛がないことですよ。(笛の名手という)左大将がいらっしゃるようですが、(ここはやはり)松陰内大臣が相応しいことでしょう。」と(おっしゃって、御前に)お召しになる。「(これだけの人々が揃って、今から合奏しようとしているのですが、)笛がないのでは一体どうしましょう。あなたが笛をお吹きになるなんてことは、まさかないでしょうねえ。(ないとは思いますが、ひょっとするとお上手かも知れませんね。一つ、吹いてみてはいかがですか。)」とおっしゃったところ、(松陰内大臣は、)「(妻と娘の中に、)他の人を交えることなく(、一役を)務めるなどということは、本当に名誉なことですよ。(その名誉な役を断るなどということがございましょうか。)」とおっしゃって、少し微笑まれた。

(その様子をご覧になって帝が)御前にある花篭にしだれ桜が生けてあるのを取り、松陰中将に直接お渡しになって、「舞うのに相応しい人は大勢いるようですが、(松陰家以外の人を)交えてしまったのなら、本意とは異なってしまうでしょう。(だから、あなたが是非とも舞いなさいな。)」とおっしゃったので、(松陰中将は、)仰せに従い、(古い舞である)流花苑(=平安の初め唐から伝えられた舞楽)を舞われた。

女院のいらっしゃる方は、(冷泉院の御所に比べ)物静かであるので、(華やかな楽の音は、)昨日以上に美しく響きわたって聞こえる。「(とても見事な舞でしたね。)ご褒美を差し上げるよりは(、こちらの方がよいでしょう)。」とおっしゃって、(帝は松陰中将を)三位になさった。

(こうして華やかに一日が過ぎていき、やがて、日が暮れ始めた。)夕方ころからお池の水際に篝火を焚かせて、船での御遊びがあった。(人々が池に浮かべたお船に乗っている時、)松陰三位中将は、(池に突き出した)島の突端の岩の上にいらっしゃった。(すると、そこへ通りかかった)船の中から、「(あなたのお傍に咲き誇っている)その山吹を一枝折ってくださいな。」と、大変かわいらしい声が聞こえてきた。(そこで松陰三位中将は、山吹を一枝折りながらこのような歌をお詠みになった。)

〔松陰三位中将〕池の水に姿を映して咲く山吹の花、その姿は美しく水面に映っています。その花の姿を映す池の底はさぞかし美しく見えることでしょうね。私に声をかけていらっしゃったあなたのお心のうちも、そのように見てみたいことですよ。(103)

とおっしゃって、(山吹の花を)投げかけたところ、(その花を受け取って、)船は過ぎて行った。

夜も次第に更けて行ったけれども、(松陰三位中将は、)山吹(の花を所望した女性)が心にかかっていらっしゃるのであろうか、(『彼女は一体どこの誰なのだろう。どこにいるのだろうか。』と)有明の月がうっすらと影を現した空の下を、あちらこちら彷徨っていらっしゃる。

(ふと足を止めて、)ある御曹司の妻戸を覗き込んだところ、(一枝の)山吹の花が几帳の上にかかっていた。(それを見つけた松陰三位中将は、)『(これは私が手折った花だ。これこそ私の探していた方に違いない。)とても嬉しいことだ。』と思って、(その几帳の中へそっと)滑り込まれた。

(几帳の奥では、)山吹君もお休みになれないのだろうか、衣を頭から被って物思いに耽っていらっしゃる。(その横に忍び寄った松陰三位中将が、山吹君を)起こそうとなさるけれども、お返事もなさらないので、「花のように美しい色の衣を被っていらっしゃるあなたは一体誰なのでしょう。(歌《山吹の花色衣ぬしやたれとへどこたへずくちなしにして》)」と口ずさんで(山吹君の横に)寄り添ってお休みになる。

ただでさえ、春の短夜は明けやすいのが普通であるのに、(やっと見つけ出した女性と一緒に過ごしている時はなおさらのこと明けやすく、)暁が近いころ(いらっしゃったこと)でもあったので、まだ何のお話もなさらないうちに、御簾の隙間のあちこちが(まるでお互いに示し合わせているかのように)白んできた。

(あまりにも短い逢瀬に、別れを惜しんで)松陰三位中将(がこうお詠みになった)。

〔松陰三位中将〕横に棚引く雲が峰から離れていきます。その雲の名残りのように、あなたと別れる私の袖も涙で濡れています。その悲しみに沈んだ私の袖の涙に、有明の月が宿っていることですよ。

山吹君の返歌（はこのような歌であった）。（104）

〔山吹君〕あなたとの短い逢瀬は、現実のものとも、夢の中のものとも、どちらとも区別がつきません。そんな逢瀬の帰り道の袖には、有明の月など宿ることはありません。夢なのか現実なのかも分からない逢瀬に、涙など流せるわけがございませんから。（105）

と言い紛らわして、ご出立のお別れをなさろうとした。（そこで松陰三位中将は、）「瀬で合う（逢瀬の）波のように（もう一度あなたに会いに）立ち帰って来ましょう。（そのためにはあなたが誰であるのか知らなくては、帰って来ようがありません。）名前をお告げください。」とおっしゃった。（山吹君は、）

〔山吹君〕あなたがもう一度帰っていらっしゃるという逢瀬が、一体いつであろうかと望みをかけていたとしても、はかないこの世に生きる私の身は、世を疎み、宇治川の波に浮かぶ泡のように消えてしまうことでしょう。私が消える前に帰っていらっしゃることなど、できようはずもございません。（106）

（松陰三位中将は、一夜を共にしたばかりの女性の歌があまりにも厭世的であるので）全く納得がいかないと思っていらっしゃるけれども、（かといってこれ以上その理由を問うている時間もなく、いよいよ夜が明けて来たので）人目に立たないようにお帰りになった。

翌朝の早朝、（松陰三位中将は、世をはかなむような歌を詠んだ女性のことが）気がかりでならなかったけれども、「今日、夕暮れのころに、（帝のご一行が）宮中にお戻りになるそうです。」というお話で、いろいろと忙しく騒がしかったので、(気にかかって仕方がない女性の元へ後朝の歌を送ることもできず、もちろん、再び立ち寄ることなどできずに、)どうしようもなくてそのままになってしまった。(これも仕方のないことだったのでしょうか。)

松陰中納言物語第五（花のうてな・はつ瀬・宇治川）

人物関係図

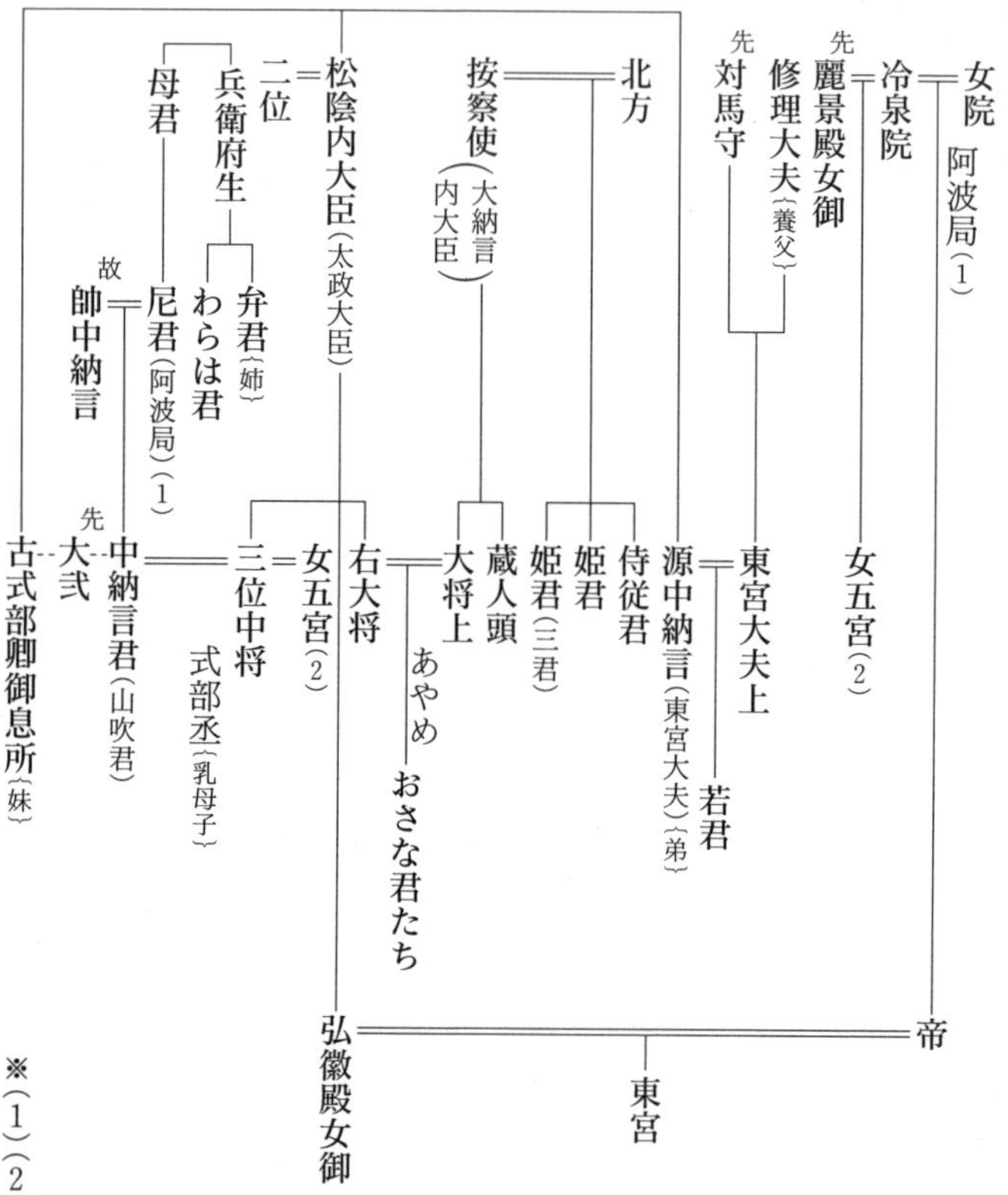

〈個別に登場する人物〉

僧都（僧正）
少弐
侍従
少納言（尼）
左大将
左中弁
はむら兵衛佐

※（1）（2）はそれぞれ同一人物を示す。

梗概

夏の炎天下、僧都（阿闍梨）のための御堂造りが進められ、六月には完成した御堂で御法華八講が盛大に執り行われた。その後、松陰邸に呼ばれた按察使は、そこで行方不明になっていた姫君と再会し、娘が松陰右大将の妻になっていたことを知る。春を待ち、山井邸を訪れた姫君は義母や義妹たちと再会し、松陰家と山井家のわだかまりも春風に乗って消えて行く。

三月、松陰家の一行は初瀬に詣でる。途中、宇治の女院の別邸で、松陰中将（少将）は例の姫君（山吹君）を見つけ出す。初瀬川近くで仏道修行に励んでいた右馬頭は、松陰内大臣の取り計らいで、実娘（修理大夫の養女）と再会するが、再び姿を消してしまう。初瀬の帰り道、内大臣は、奈良の興福寺で修行するかつての竹川少将と再会し、音羽山に庵を結ぶことを勧める。

初瀬詣での帰り、再び宇治に立ち寄った松陰中将は、山吹君と再会するが、その後は手紙のやりとりばかりが続く。その間に、女院の取り持ちで、かつての大弐と山吹君との婚礼話が進み、とうとう大弐が山吹君を迎えに来てしまう。先を越された中将は、船でお屋敷に近づく。思いあぐねて入水しようとした山吹君と童君は、運良くそこにいた中将の船に落ち込んでくる。しかし、後を追った尼君はそのまま帰らぬ人となってしまった。

松陰内大臣は太政大臣に昇進し、山井大納言は内大臣となる。そして、山井邸を寺に造り替えて出家する。誰もが仏の道に導かれる中、松陰太政大臣の四十賀が近づく。

花のうてな

(冷泉院への)御行幸(に関することなど)でいろいろと忙しくしているうちに、また、今年の春も過ぎてしまった。(都へ帰って以来、忙しく日を送っていらっしゃった松陰内大臣は、)夏の初めのころ、(久しぶりに)隠岐僧都のところへいらっしゃった。

(ちょうど隠岐僧都のための御堂を造っているところであり、松陰内大臣は、)その御堂の工事にあたっている大工たちの、(暑さのあまり)息も絶え絶えな様子をご覧になり、哀れなことだとお思いになった。(そこで、)「こういう仏のためのことをするにあたっては、このように苦しまない方が(仏の慈悲にかなって)よいことでしょう。(この暑さの中で苦しみながら御堂を造っていたのでは、)かえって罪を作ることになってしまうに違いありません。」とおっしゃって、(大工たちの労をねぎらうために、)桧で作った割籠(に涼しげな食べ物を入れたもの)、ちょっとしたお供え物(になる食べ物)などのようなものをたくさんお取り寄せになって、大工たちにふるまわれた。

(大工たちは、)「思いもかけず、大変嬉しいことでございますよ。」と言って、大変大きな盃を捧げ持って、我先に飲みあって、聞いたこともないような(よく意味の分からない)歌を歌う。「(夏の暑さに倦みながら仕事をしている時に、このようなものを頂戴するとは、)まるで極楽浄土に生まれたかのような気持ちがすることです。」という者までいる。(そうしているうちに)大変暑くなって来たので、「賀茂川で水浴びをしよう。」と言って（川に入り）、それぞれ勝手気ままに水をかけあっている者もいて、思い思いに楽しんでいるのを、（松陰内大臣は、）嬉しそうにご覧になっていらっしゃる。

（松陰内大臣は、やがてお屋敷に）お帰りになって、藤二位君に、「今日は多くの人を仏にしましたよ。（仏法で戒められているお酒で、多くの者が極楽を見たことです。数の多さで言ったら、きっと）仏法の師に勝っていることでしょう。」とおっしゃったところ、（藤二位は、）「本当に（あなたの背後から）光が射しているように見えることですよ。仏がお戒めになっていることであっても、（それを行う）人によっては、（場合、場合で）許される例もあるということです。（きっと、あなたはその例なのでしょうね。）私も五戒を逃れるための業をしたいものでございますよ。」とおっしゃった。

（ちょうどそこへ）隠岐僧都がいらっしゃったので、（松陰内大臣は、）「（今日はとても暑くて大工たちも疲れきっていましたので、たまには息抜きでもと、）このようなことを思い立ったのですよ。（大工たちに酒を振舞うなどということが）度重なったのならば、いろいろと煩わしいことが起こるかもしれません。そうはいうものの、（今日の場合は、早く御堂を完成させようと、）急いで仕事をしている様子が、傍目にも苦しく感じられたので（、それで大工たちに酒を振舞ったのです）。」とおっしゃった。（隠岐僧都は、）「いろいろと忙しく、面倒なことがあって、お心に抱いていらっしゃる出家の本意を遂げることができなくても、（今日のように）人々の苦しみを思いやるようなお心（をお持ちになること）が、（無理をしてまで出家なさるのより、）はるかに勝っていることでしょうよ。このようなお気持ちでいらっしゃるのであれば、いつかのような生霊もあなたのお体には取り憑いたりしないことでしょう。」とおっしゃった。

（そこで、松陰内大臣は、）「その生霊が、今、ほらそこに、御前にいることですよ。」とおっしゃって、（侍従に目をやり、）「筑紫にいた頃、弘徽殿女御を恨み申し上げたことはなかったのですか。（今はもう、）罪を許したのですから、残さず話しなさいな。話してこそ、（本当に罪が許されるというものですよ。そして、）ますます、心に分け隔てがなくなるものですよ。」とおっしゃった。

（松陰内大臣のお言葉を受けて、侍従はこのように語った。）

「（とんでもないことをした私の罪を許してくださるという、松陰内大臣殿の）お許しが大変ありがたいことですので、少しも残したりはいたしません。（全てお話しいたしましょう。）大弐殿が（松陰内大臣殿の）御妹（でいらっしゃる古式部卿御息所様）を誘い出してから、（都を離れて、一緒に大宰府に下りました。でも、隠岐の島から帰った後で、そこも追い出されてしまい、）筑紫を放浪している辛さのあまり、『このような身の上になってしまったのも、（私をお屋敷から追い出した）藤二位様のせいだ。』と恨めしく思っていました。その上、何となく体調も優れず、病気がちになっていき、（床に伏せっていたところ、）四、五日あまりの間、（筑紫にいる体から）抜け出した心のまま、都に上り、藤二位様のところへ参上しようとしたところ、尊い僧がいらっしゃって、（お屋敷の中へ）入ることができませんでした。

仕方がないので、四条京極のあたりでふらふらしていましたところ、（ちょうどそこへ）弘徽殿女御様のお車がいらっしゃったので、（やっと知っている人に巡りあうことができた、これで思いの丈を話せると、）大変嬉しく思っているうちに、そのまま（弘徽殿女御様のお車に）乗り移り、（女御様に取り憑いて、我が身の）罪を許してほしいということをいろいろと嘆いていました。（そうしていると、やがて、私のことを）思い通りにすることもできない（ような力のない）僧たちが大勢入って来て、さも霊験があるかのように振舞っていました。でも、少しも怖いことなどなくて、『（私の力を見せつけるために、僧たちの）着物でも剝いでやろうか。』と思っていました。

そこへまた、藤二位様のところにいらっしゃった僧が来て、屏風を隔てて（向こう側に）見えたので、『（この僧にはかなわない。）一体どうしたらよいだろうか。』と、思い悩んでいたところ、夜のころから（その僧は、弘徽殿女御様の）御枕の近くに寄って来て、私のことを責めるので、とても苦しくなっていきました。その上、恐ろしい姿をした者たちが大勢寄って来て、私を追い払う様子が、たとえようもな（く恐ろし）かったので、『もうこれで、帰りましょう。（どうぞお許しください。）』と一生懸命に詫びたところ、（その僧は、）『名前を言わないのなら、帰さないぞ。』とおっしゃったので、名乗り捨てて逃げ帰った、と思ったその途端、心が体を離れているような感じは少し途切れましたが、でも、胸がどきどきと躍っている感じはどうしようもなく、（寝込んでいた）その時着ていた着物の袖は、すっかり（護摩を焚く時の）芥子の香が染み込んでいましたので、（これは本当に心だけ都に上り、弘徽殿女御様に取り憑いたに違いないと確信し、）我ながらあまりにも浅ましい心中を思い知りました。（それで）『すぐに（住みなれた）都へ戻って、（今までして来たことの）罪が許されるように観音様にお祈り申し上げて、後世を心安く送りたいものだ。』と、決心したのでございます。あちらにいらっしゃる方が、その時（私のことをこらしめた僧）の形によく似ていらっしゃいます。」とお話し申し上げた。

（それをお聞きになり、）「（生霊となって取り憑くとは、）大変恐ろしい罪ですよ。年をとるにしたがって、他人に対する嫉妬心もますます勝るものです。体を離れた心ですら（筑紫から）はるばると都へ通うのですから、まして（仏様にお仕えしようという）真心を持っていれば、（西方浄土の）西の空へ（その身を）移しかえるのはとても簡単なことでしょう。（その心を、仏法に向け、精進するのであれば、西方浄土へ行くことができるでしょう。）」と隠岐僧都がお教えになったので、（侍従は、ありがたがって、）手を合わせ、涙を流す。それすらも、（本当のところはどう思っているか分かったものではない。本心から改心したかどうかなどというのは怪しいものだ。侍従の僻み心は、隠岐僧都のお言葉を）一体どう思ったことであろうか。

御堂もやっと完成しそうなところになった。その時に、藤二位や松陰右大将の上（＝芦屋姫君）などがいらっしゃって、御堂の庭に仮造りの小屋を建てさせて、（御堂の造営に携わっていた）人々のために（労をねぎらって）一席設けなさった。（大工たちに、）お酒をふるまったところ、本当に喜んでいる様子が、人それぞれであるのは、（大変面白く、こうして御堂造営のために働く者たちをねぎらうことだけでも十分善行を積むことになる上に、）後世へのお土産にもなるほどである。

松陰右大将の上から、絹・綿のような類の物を各自に分け与えたところ、（大工たちは、）「（このような物をいただき、ありがとうございます。全くそのご温情は、）仏のご慈悲にも勝っていらっしゃいます。」と、手を合わせて喜ぶ。（そのお礼にとでも思ったのであろうか、大工たちは、）「あなた様に（珍しいものを）お見せしましょう。」と言って、木の切れ端で作った人形を、お池の波に泳がせる。その様子も（初めて目にするものであり、）大変珍しいことである。

（藤二位や松陰右大将の上の真似をして、）侍従も「（何かよいことをして、）仏縁の種を蒔こう。」と言って、瓜や桃などの果物を自分の手で（大工たちに）配った。（しかし、それを受け取った大工たちは、）「まだ熟していないに違いない。」と言って、（素直に受け取らず、）取り散らかしたり、（青い瓜や桃を）友達同士でお互いに投げ合って遊んだりする。また、（ふざけて投げ込まれた瓜や桃が）賀茂川（の川波）に揺らされている様も、（流されていく果物たちが、まるで侍従の罪であるかのように見え、）禊の様子などを思い浮かべて、（人々は、）面白いことだとご覧になる。侍従は、（せっかく配った果物がそのように扱われたのに）腹を立てて「どうして私の志をそのように（粗末に）するのですか。」と大声で怒る。（その様子からしても、やはり侍従の志などは、）仏がお受けにならないのではないかと、（その浅はかな）心中を推測することができるだろう。

（この後、侍従は、）「（私の志を受けてくれないのなら、）それならば髪を下ろして仏門に入ってしまおう。（私の身を仏門に捧げよう。）」と言って、御堂の傍に庵を造って、朝夕仏の御名を唱えている。そのようになってこそ、『（あれほど濁っていた）心の水も澄んだことだろう。』と（感じられ、後世に）頼もしいようなところもきっとあるに違いない。

（完成した御堂で行われた）御（法華）八講は、六月十日過ぎごろのことであった。（ちょうど四日目の夕座で最後の講座が終わり、）御堂の飾りつけも取り外されるその日に、（突然御仏のありがたい慈悲の光が降り注ぐように、あたりの）光がますます明るくなって行き、池の蓮の花も時を心得たかのように咲き出した、その様子も（残暑の中にあっては、）大変涼しい。

弘徽殿女御や、女院も（御堂に）いらっしゃった。（そのお供として、）左大将が香色（＝黄色味を帯びた薄赤色)の薄い衣に二藍(＝表は赤みがかった濃いはなだ色で裏もはなだ色)の直衣、同じ色の指貫、濃い蘇芳色(＝表は薄茶色、裏は濃赤色)の御袴をお召しになって、松陰右大将とご一緒に付き添っていらっしゃった。(それと一緒に)山井蔵人頭が青鈍(＝はなだ色の青みがかったもの)の指貫に白い一重の衣を着けて、(まるで松陰家の者であるかのように)主催者側としてふるまっていらっしゃるのを、(御八講に来た人々は、『山井家の方が、どうして松陰家の方と一緒にいらっしゃるのか。』と、)得心がいかないようであった。

松陰三位中将は、(一夜だけの逢瀬であった)山吹君のことが気になっていらっしゃるのであろうか、(女性たちが乗った)車の方へ(いろいろな)お心遣いをなさっていらっしゃる。(そのご様子からして、)このような(仏の功徳をお広めする)時までもお忘れになることのできないほどのご執心でいらっしゃるに違いない。きっとこの上ないほど深く思っていらっしゃるのであろう。

女院から、白い一重の衣を十枚と、水晶で造った数珠に黄金の飾りをつけたものを、銀を使った蓮の葉の作り物に掛けて(御仏に)献上なさる。その他にも多くの献上物があり、その様子はまるで山が動き出すかのように見えた。(その中でも特に見事で不思議であったのは、東国の玉であった。松陰内大臣の弟君の)源中納言が、東国の海で(月をご覧になった時に、)不思議な(漁師の格好をした)者が(海の底から持って来て)献上した玉を、(御仏の前に)お供えになったところ、玉の中に観音の御形が浮かび上がって、(その玉からは光が発し、)御堂の外までも光が満ち溢れた。(その様子は、)末世だと言われている今の世の中には(あるはずもないような)ありがたく珍しいことに違いない。(その観音のお姿が浮かび上がった玉を、御堂の庭に池を造る工事をしている時に、）堀り出した石の箱の上にお据えになった。（やがて、）帝から左中弁君をお使いに立てて、（隠岐僧都を）僧正になさるという詔が伝えられた。『（これは、弘徽殿女御に取り憑いた生霊を退治した、）その時の（「いずれ僧正に」という帝の）ご本心を叶えたのであろう。』と（松陰内大臣は、）思っていらっしゃる。

御八講の終わってから、上達部やその他の人々がお池にお船を漕ぎ出して、（その上で）笛などを吹き鳴らしていらっしゃる。（そこへちょうど、）時節柄、（秋の始まりを告げる美しい）月が曇りなく射し出て、蓮の花に美しい光が降り注ぎ、（蓮の花もよい香りをあたり一面に放つ。それでそこにいた者たちは、みんな、まるで）仏の御国にいるかのような気持ちがすることであった。（あまりの美しさ、ありがたさに）宰相君（が、このように詠んだ）。

〔宰相君〕浄土があるという西へ移っていく月の光が、池の蓮の花に、まるで仏の御座のように宿っていることですよ。本当に仏の御国にいるかのように素晴らしい景色ですね。（107）

松陰右大将（もこうお詠みになった）。

〔松陰右大将〕池の水に宿っている月の影も、池に咲いている蓮も、池の底の泥水の色に染まらない美しい色を見せていることですよ。泥の中から生えているとは思えない美しい蓮の花の色とそれを照らす月影、本当に清らかな仏の御国のようです。（108）

（弘徽殿女御がお生みになった）東宮は（この御八講の）主催者の代表としてお立ちになっていらっしゃった。（ちょうどその時、松陰内大臣の御弟・）源中納言は（その東宮をお世話する）東宮大夫を兼任なさっていらっしゃった。(それで、)大弐が筑紫からお帰りになって、(お土産として)唐犬の大変小さな置物を東宮に献上なさったのを、(東宮が源中納言に)お預けになったので、(源中納言は、妻と出会った時のことを)思い出して、(これはちょうどよいお土産になるとばかりに、こっそり)お袖に隠して(お屋敷に持って)お帰りになった。

(そして、源中納言の上＝下総姫君がいらっしゃる)対へいらっしゃって、(唐犬の小さい置物をお袖から取り出しながら、)「東国でお約束した物をやっと手に入れて来ましたよ。(約束通り、弟君に)あなたから差し上げてくださいな。」とおっしゃって、にっこりとお笑いになったので、(源中納言の上は、)「お年をお取りになっても、(昔のことを忘れずにこのようなことをなさるなんて、)物覚えがよくていらっしゃいますこと。」とおっしゃって、一緒に微笑まれた。その(美しい)目元のあたりのご様子をご覧になって、(源中納言は妻と初めて出会った東国の)十三夜の月を思い出されて(、このようにお詠みになった)。

〔源中納言〕あの時あなたと一緒に見た美しい十三夜の月は今でもこの心の中に宿っていますよ。でも、今は、東国の海の波ではなく、都の屋敷の池に宿っています。いつまでもここに宿っていてほしいものです、月もあなたも。 (109)

帝の御前に、按察使がいらっしゃるところへ、たまたま松陰内大臣もいらっしゃって、(ちょうどよい機会なので、こうおっしゃった。)「今日明日のうちに、(私のところへ)いらっしゃってください。お約束申し上げたいことがございますので、(ご子息の)山井蔵人頭殿を一緒にお連れして(いらっしゃってくださいな)。」と、しきりにおっしゃった。(突然そのようなことを言われても、按察使には思い当たることがなく、ましてや自分が陥れてしまった人の申し出であるので、）不可解なことだと思いながら、（お屋敷へ）お帰りになる。

（お帰りになってから、山井蔵人頭を呼んで、）「松陰内大臣殿が（今日明日にも来いと）このようにおっしゃっているのは、全く（何の用事があるのかと）納得がいかないことですよ。あなたには何か心当たりがあるのですか。（あなたも一緒に連れて来てほしいなどとおっしゃっていましたが、あんなことがあった後で、松陰内大臣殿と）向かいあって（お話するとあって）は、一体何をお話し申し上げたらよいのやら。（私がのこのこ松陰邸へ行くなどということが知れわたったら、）世間の人々が思うことも（想像でき、本当に）恥ずかしいことですよ。」とおっしゃったので、（山井蔵人頭は、）「（松陰内大臣殿のたってのお申し出なのですから、そのようにあれこれ考えずに、）そのままおうかがいください。帝の御心にも、父君がこのまま行かないで終わってしまったのでは、（まだ、あの事件を根に持っているとお感じになって、父君に対して）疎み遠ざけるお気持ちをお持ちになるかもしれません。」と、（こちらも松陰内大臣に負けないくらい）大変しつこくおっしゃったので、（あれこれ思い悩んだ末、按察使は）不本意ながらも（松陰内大臣のお屋敷に）いらっしゃった。

（蔵人頭に背中を押されるようにしておいでになった按察使を、松陰内大臣は、）松陰右大将のところへお通しし、大変丁寧にもてなされる。（松陰内大臣が、）東国の名所の数々をお尋ねになったところ、（按察使は、）安積山（あさかやま＝「浅し」にかかる枕詞）のことを話し出した。（按察使が、「縁が浅い」というお話から、芦屋のお屋敷からいなくなり、行方知れずになってしまった姫君を思い出して涙を浮かべていらっしゃるのをご覧になって松陰内大臣は、）昔のことに思いなぞらえて、「そのようにお嘆きにならないでくださ い。（芦屋姫君様は、息子の）大将にお心を寄せていらっしゃったのにね。」とおっしゃった。（按察使は、）「（罰せられて流された）遠い東国の果てでも、（姫君の）面影ばかりが思い出されて（、泣いてばかり）いました。この世に生きてさえいるのであれば、（在原業平のように）都鳥にでも（その行方を）尋ねて（我が心を）慰めることができますのに（、生死すら分からないのでは、どうすることもできません）。（歌《名にし負はばいざ事とはむ宮こ鳥わが思ふ人はありやなしやと》）」とおっしゃってほろほろと涙をこぼされる。（娘を深く愛している按察使のお心を確認した松陰内大臣は、）「（息子の）右大将が須磨の浦にいた時に、思いもかけない海草を拾いましたよ。本当に思いがけない方に巡りあいましたので、（どうかその方を姫君に）思いなぞらえてくださいな。」とおっしゃって、（按察使の孫にあたる）幼い子供たちをお召しになった。

（やって来た子供たちをご覧になった按察使は、）「（行方知れずになった）姫君の幼いころの面影に何一つ違うところがないのに（、これは一体どういう偶然なのだろう）。」とおっしゃって、（また、芦屋姫君のことを思い出して、一層涙で濡れた）袖をお絞りになる。そのお袖をひいて、（松陰内大臣が按察使を）御簾の中へ誘い入れたところ、（御簾の中には、姫君の侍女・）あやめをはじめ、かつて見たことのある人々が（いて、）小さい声で話し合っている。それを（ご覧になって、按察使は）、奇妙なことだと（思って）あたりを見回していらっしゃる。

（その人々の奥には芦屋姫君がいらっしゃったのだが、やっと巡りあえた父君の姿を見て、）芦屋姫君はこらえきれないご様子で、涙にむせび、話かけることすらできずにいらっしゃる。（そんな我が子を見つけた按察使は、あまりのことに何が何だか分からず、嬉しいやら驚くやらで、気が動転してしまった。そんな）気持ちを静めて、（やっとの思いでこうおっしゃった。）「世の人に疎まれることでさえ辛いのに、（その上、あなたが行方知れずになってしまい、なおさら辛い毎日でした。それなのに、）今日まで生き長らえて来たからこそ（、このように嬉しいことが起こったのでしょう）。（子供を思って迷うという）後の闇路にも（こうしてまた子供を持つ身になってしまったのだから、）きっとひどく迷うことでしょうね。でも、それはそれでよいでしょう。（あなたのためならば、いくらでも迷いましょう。）それはそうとして、一体どうして、（ここに）このようにしていらっしゃるのですか。」とおっしゃった。

　そこで、芦屋からの様々な出来事（の経緯）をあやめがお話し申し上げた。（それをお聞きになった按察使は、嬉しい一方で、自分の悩みを知りながらずっと黙っていた息子の）山井蔵人頭のことを恨めしく思った。（しかし、按察使は、息子を恨めしく思っているという、）そのような素振りは少しも見せなかったが、（松陰内大臣は、按察使の気持ちを）お察しになり、「今まで内緒にしていたのですが、（蔵人頭殿は）『きっと辛く思っていらっしゃるだろう。』と、（あなたのご心中を）察して、過ごされたことでしょう。（ですから、こうしてお誘い申し上げたのですよ。でも、北の方様にはこのことはお話しにならないでください。姫君たちがそちらに）参上して（北の方様と）会うまでは、このようなことがとはお知らせにならないでください。（北の方様に知られたら、またどうなることかと思い、ずっと隠して来たのです。でも、芦屋姫君様が、）『（山井のお屋敷も、そこで一緒に暮らした異母妹の）姫君たちの御恋しさも忘れられない。』とおっしゃってお袖を涙で濡らすものですから、お気の毒なことだと拝見して、（隠しておこうと思っていた）考えを変えたのです。（こうして疎遠なままにしているというのも不本意ですし、何より芦屋姫君様は御妹君たちに会いたいことでしょう。私自身、何事もなかった）昔の春も恋しいと思いますので、桜の咲くころになりましたら、必ず（そちらにうかがって、このことを公にいたしましょう。それまでどうかお待ちください）。」とお約束なさって、（按察使を）お帰しになった。

（按察使を先にお帰しになった後、）松陰内大臣は山井蔵人頭をお引き留めになり、「（父君の按察使殿にとっては、ここに芦屋姫君様がいるなんて、）さぞかし思いがけないことだったでしょうね。（あのようなことがあり、また、隠し事をしていることでもあり、父君がずっと）疎遠に思っていらっしゃることだろうと、気になっていましたが、（今日、こうして芦屋姫君様のことを打ち明けることができたので、）気が晴れたことですよ。（こうなった以上、いつまでも昔の事にこだわりたくないものです。それなりの地位にお就きになるべき方ですから、）大将にして差し上げたらよいかとも思いますが、（息子の松陰右大将と）並んでその地位にお就きになるのでは、きっと目立ってしまうことでしょう。（かといって、いきなり、）大臣となるのも、大納言を飛び越えて（大臣になって）しまう例もめったにないことですから、まずしばらくは大納言でいらっしゃるのがよろしいでしょう。近い将来、私が（長年の本意を遂げ、出家をするために、現在の地位を）退きますので、その時にこそ（父君が大臣になられてはいかがでしょうか）。」とおっしゃった。（山井蔵人頭は、）大変もったいないお志だと（思い）、「（父はあなたを陥れた張本人です。本来でしたら）恨んで当然でございますのに、このように（何事もなかったかのように父に接）してくださるのは、唐の賢人たちの心と通じるものがあり、御仏の誓いにも勝って（、慈悲深いお心で）いらっしゃるに違いありません。」とお答えして、涙を浮かべられた。

いろいろとめでたいことばかりが重なって、新春を迎えた。「桜の花の開花する時期に合わせ松陰内大臣の四十のお祝いをして差し上げよう。」と、(帝から)詔があった。しかし(松陰内大臣は、)「(帝様からそのようなお言葉を頂くなどとは、)あまりにももったいない御恵みで、我が身には不似合いなほどの光栄でございますので(、恐れ多くてとてもお受けすることができません)。」とおっしゃって、お断りなさるのも、(帝からこのように特別の待遇を受けたのでは、)世間の人々が(妬ましく)思うであろうことを考え、身を慎まれたのであろうか。

(さて、約束どおり)また、桜の開花する時期になったので、(いよいよ芦屋姫君のことを公にしようと、)松陰右大将とその北の方(＝芦屋姫君)が、山井のお屋敷へいらっしゃった。山井大納言と(そのご子息の)山井蔵人頭が、客人のおもてなしの席を大変盛大にご準備なさったので、山井北の方は、『(松陰右大将殿の上は、)身分の低い漁師の子だと聞いていたのに、このように(盛大なおもてなしを)どうしてなさるのであろうか。』と納得がいかない思いでいらっしゃる。(そうしているうちに、松陰右大将の上からの贈り物として、)色とりどりの御装束や綾錦、唐のや日本のや(いろいろと取り混ぜた)素晴らしい調度品などを、山井北の方と(義妹の)姫君たちに差し上げたので、(『どうして身分の低い者にこのようなことができるのか。どうして娘たちをかわいがってくれるのか。』と山井北の方は、)なお一層納得がいかないことだと思っていらっしゃる。

(いよいよ宴が始まると、)山井大納言が、「(お客様の前に)出て来て、お目にかかりなさい。」とおっしゃったので、(山井北の方は、漁師の子の前に引っ張りだされるなんて)気に入らないことだと思いながらもいざり出たところ、(そこには、行方不明になったはずの)芦屋姫君がいらっしゃったので、驚いて(奥へ)逃げ込もうとなさる。(山井大納言は、その)御手を取って(無理やりに、)連れ出す。山井大納言が、「この度、(芦屋姫君は、あなたが縁付けた)播磨の官人のところから(松陰右大将の上として)都へ上っていらっしゃったのですよ。」とおっしゃったので、(山井北の方は、自分のした悪事が全て露見してしまったことを悟り、)大変恥ずかしく思ったことであろう。

(一方、母君とは違い、松陰右大将の上を慕っていらっしゃった)山井姫君たちは、「(あなた様がいらっしゃらなくなってから、)本当に恋しく思い出しては、(行方不明になられたとうかがい、まさかのことがあったのではと)菩提を弔うようなことばかりしておりましたのに(、このように、またお目にかかれるなどとは思ってもおりませんでした)。」とおっしゃって、涙を浮かべる。(松陰右大将の上は、このような妹君たちのご様子をご覧になり、)「(昔住みなれた)西の対にある、(毎年この時期になると美しく咲いていた、)眺め慣れた桜の花は(今でも咲いているのでしょうか)。」とお尋ねになったところ、(姫君たちは、)「今日、満開でございます。」とおっしゃって、(松陰右大将の上を西の対に)お連れする。

(西の対へいらっしゃった松陰右大将の上は、)いつのまにか昔の春を思い出して、「(いろいろなことがありましたが、どんなことが起こっても、)桜の花の色は変わらないことですね。」とおっしゃって(、こうお詠みになった)。

〔松陰右大将の上〕ここを離れて以来、あちこちを彷徨って来た私が迎えた春の数を数えると、もうこんなに経ってしまったのか、もうこんなに年をとってしまったのかと、実感します。このように変わってしまった私を見て、昔と変わらず咲いている桜の花がどう思うかと考えると、恥ずかしく感じられることですよ。(110)

山井三姫君が、「どうしてそのように思いましょうか。(お義姉様は、昔と少しも変わっていらっしゃいません。お義姉様をお慕い申し上げる私たちの心も、もちろん変わっておりません。)」とおっしゃって(、このようにお詠みになった)。

〔山井三姫君〕こうして昔と変わらずに咲いている桜の花も、お義姉様と再び巡りあうことができて、さぞや嬉しく思っていることでしょう。その花の色もその香りも、私たちの心と同じように、深い盛りをお義姉様に見ていただくことができたのですから。(111)

(こうして、行方不明だった姫君のご無事が知れわたると、)西の対では、昔、松陰右大将の上にお仕えしていた人々が参り集って来て、(姫君のご無事とお幸せなご様子を拝見し、)泣いたり笑ったりしながら、大切にお世話をした。

はつ瀬

三月の頃、松陰内大臣は初瀬(にある長谷寺＝ご利益の一つに、思う人に会えるというのがある)へ詣でようとなさって、(その途中、)宇治のあたりに女院がお造りになった家があったので、そこにお立ち寄りになった。

川から離れた所であったが、(お屋敷の)お庭まで(宇治川の流れが引き込まれていて、)船が出入りしている。それを、松陰三位中将は物珍しく思い、(その景色をじっくり見たいものだと、)朧月夜に誘われて、あちらこちらを見て歩き、少し立ち止まっ(ては周囲をご覧になっ)たりする。

(その散策の途中で、ちょうど)妻戸が少し開いていたので(好奇心をそそられて)、中を覗き込んだところ、(なんとそこには、ずっと)気になっていた面影(のままの姿)をして、同じような感じの人が二人ばかり向かいあって座っていた。(いろいろとお話などをしているようだが、そのうちの一人が、山吹君とおぼしき人に向かってこう言った。)「(そういえば、)冷泉院の御行幸(の時)に、(池の畔で)柳の陰に立っていらっしゃった(あの素敵な)方を、今日もちらりと見かけましたよ。(綺麗な方でしたが、以前はどことなく子供っぽかったですよね。今日は、随分)大人びていらっしゃいました。(頼もしくなっていらっしゃいましたよ。あの御行幸から、)もう何年たったかしら。」などと言っている様子である。本当に、(あの時、山吹君が、)「(我が)身は宇治川(なのですよ。宇治川の近くに住んでいる、疎ましい身の上なのですよ)。」と言っていたことを思い出して、(松陰三位中将は、)

〔松陰三位中将〕その昔、この川の上流であなたにお目にかかったとき、水の畔には山吹の花が咲いていましたね。その山吹の花のように美しいあなたのいらっしゃるこの水辺に、また迷いながら来てしまいました。そして偶然、あなたのお話を聞いてしまいました。それが私のこと

だとしたら、本当に嬉しいことですよ。（112）

と、懐紙に書き付けて、妻戸の掛け金に結んで（声はかけずに）お帰りになった。

（やがて夜も更けて来たので、）中納言君（＝山吹君）は、あたりにあまり人がいなくなり、（物騒なので、）妻戸を閉めようとなさった。その時、（松陰三位中将が結びつけておいた）お手紙を見つけて、（そっとそのまま）袖の中にしまい込んで、横になった。

（そうこうしているうちに）朝になり、（松陰内大臣のご一行は）初瀬へ向けてご出立なさったけれども、松陰三位中将のお心だけは（山吹君がいる）ここ（、宇治のお屋敷）にお留めになったことであろう。

（早い時間の出立だったので、里とは違い、）山はまだ朝日がたゆたいながらも昇り始めたところだった。（その朝日に照らされて、）ほのぼのと霞が晴れわたっていく、その中に、桜の花がこぼれ出て来る、その様子を見て、松陰内大臣（がこうお詠みになった）。

〔松陰内大臣〕春の霞が朝日に照らされて次第に晴れていく。それにつれて、消え行く霞の間から桜の花が現れて、朝日に照らされながらほのぼのとよい香りを放っている。そんな眺めが朝日に映える、美しい朝日山よ。（113）

藤二位君（は、こうお詠みになった）。

〔藤二位〕初瀬へ向かう道中に立ち上っていた霞は晴れましたよ。まるで、私たちを霊験あらたかな初瀬に導くかのように。その霞の中から現れた山の名前は朝日山です。その朝日は、昇りかねてゆらゆらと、白雲のように咲き誇っている桜の花を照らしていることですよ。（114）

（道中には、）山吹の花が見事なまでに咲き乱れていた。（その様子をご覧になった松陰三位中将は、ちょうど今過ぎようとしているところが、山吹の名所・）井手のあたりであると知って、お心に思い出されることでもあるのだろうか（、このようにお詠みになった）。松陰三位中将君。

〔松陰三位中将〕かつて山吹の花を投げ入れた、あの夜のことを思い出すと、山吹の花の美しい黄色に心乱される。山吹の花びらが舞い散るように、乱れて散る私の袖の涙よ。（115）

（やがて一行は）初瀬に着く。（ご休憩用の）局などを設けさせている間に、呉橋のところにお車を停めて、人々は降りる。（そして、そのまま、ご本尊の）御前までいらっしゃったところ、御灯明の光に仏様がきらきらと光って見える、そのご様子は、大変尊いことであった。（松陰内大臣は、）僧たちを大勢集めて、御読経を上げられた。

（こうして、丁寧にお参りした後で、）夕暮れのころに（長谷寺を）出立された。（その道中で、）桜の花をご覧になったところ、山の上の峰から麓まで、（夕日に照らされながら、一面に淡い桜色の花が咲き誇っており、）他の色は混じっていなかったので（、その見事さに感動した松陰内大臣は、このように歌をお詠みになった）。

〔松陰内大臣〕初瀬山の峰の上まで一面に桜が咲いているので、その花がそのまま雲に続いているように見え、長谷寺の入相の鐘の音も、まるで桜色の雲にこもっているかのように聞こえることだ。（116）

「年来、心に思い描き、想像していたのよりも、（今、目の前に広がる景色の方が、）はるかに勝っていて、いつまで眺めていても飽きないことですよ。」とおっしゃって、藤二位君（がこのようにお詠みになった）。

〔藤二位〕あまりの美しさにいつまでも飽きることなく見ている桜の花には、辛く聞こえることでしょう。やがて訪れる夜の到来を告げる初瀬の入相の鐘の音は。いつまでも、陽が沈まなければ、こうしてずっと見ていられるのにね。もうすぐ、夜の帳が下りてしまいますよ。(117)

（一方、）桜を見ても（あの山吹君のことを）忘れることがないのであろうか、松陰三位中将（はこのようにお詠みになった）。

〔松陰三位中将〕夕方の赤みがかった日射しが初瀬の山桜を照らし出しています。夕日に照らし出されて色濃く染め上げられたその桜の色は、深い私の思いの色に似ていることですよ。(118)

（松陰三位中将は、）『（父の）松陰内大臣殿に（一体どうしてこんな歌を詠むのかと）見咎められるのではないか。』と思って、書いた後で消してしまった。そのご様子も、（傍から眺めていると）たいそう興味をそそられることだ。

（ご一行は、）夜の間に移動して（宿坊まで）お帰りになる。その道中で、山陰に仏の御名を唱える声が、大変尊い感じで聞こえて来た。（他の人々は、特に気にも留めず通り過ぎて行ったが、）松陰内大臣だけは、立ち止まって（その声のする山陰の方に）すっとお入りになった。

（その声のする方を訪ねると、）柴を編んだ戸の隙間だらけのものに、草で作った垣根には花びらが散ってしまって萎れた花が（風に揺れている。山から吹き下ろす冷たい）風すら防ぐことができないようだ。苔むした石を草むらのあちらこちらに散らしてあるのを道の標とし、（声の主は、）粗末なすのこの上に座っていらっしゃる。(その御前には、)観音の像を輪郭だけ刻んで(ご本尊としてお祭りして)いて、御灯明の薄暗い灯りの元で、鉦を打ち鳴らして回向している。(その様子をご覧になった松陰内大臣は、その人の動きを少し)止めて、「(大変尊いお勤めをなさっているのですね。私もいつかあなたのようになりたいと思っております。それで、)このようなお住まいがうらやましくて、(黙って)通り過ぎることができなかったのです。(勝手に立ち寄り、お邪魔をしてしまい申し訳ありません。このようにありがたいお勤めをなさろうと発心されたのは一体いつのころのことでしょうか。(そして、あなたの)ご出身は一体どちらなのですか。(このようにしていらっしゃるあなたのことを)とても知りたいと思っています。(私自身の参考にするために。)」とおっしゃった。

(そこでその人は、)「(発心してから)二年ほど経ちます。都におりましたころは、一日中帝様にお仕えして、暇な時間などはなく過ごしておりました。ところが、思いもかけない宿縁に導かれて、こうして修行する身となったのでございます。出家したばかりのころは、故郷ばかりが恋しく思えて仕方がありませんでしたので、(このままではまた家に帰ってしまいそうだと思い、都から離れた)遠い国におりましたけれど、今となっては(一生懸命に修行をせずに)過ごして来た日々も悔しく思われるほどになりました。(それで、都から距離をおく必要もなくなり、ここでこうして)初瀬川の清らかな流れに心を澄ませて(修行に励んで)いるのです。」とおっしゃった。

(それを聞き、松陰内大臣は、)「本当に、『俗世の虚の楽しみを忘れてしまえば、(どこにいても)心は静かである。』と昔の人も言ったそうですね。(あなたの今の状態はそれと同じなのですねえ。)とてもうらやましいことですよ。(そのようにご立派なあなたは、)都では一体どういう(立場の)方だったのでしょうか。(よろしかったら教えてくださいませんか。こうしてここで、あなたのような方に巡りあったのも仏縁というものでしょう。これから私の仏道の先輩として、)縁を結ぶために、おうかがいしたいものですよ。」とおっしゃったので、(その人は、)「出家して捨ててしまった俗世でのことを、いまさら引き合いに出し(、お話し)て聞かせるなどということはない方がよいのでしょうけれども、そのように熱心におっしゃるので、(ここでこのまま私が隠し通したために、後々あなたの)心残りとなったのでは罪も深いでしょうから(、お話ししましょう)。私は右馬頭として、長年帝にお仕えしてまいりましたが、思いもかけない事件が起きてから、(左遷され)対馬守になり、三年ほど(対馬の地に)おりました。(やがて任期が)終わってからも、(都に)帰って(また、元のように)宮仕えをするのも気が進まない、そんな世の中なので、『(それならば一層)仏道修行をして後世を安心して迎えたいものだ。』と、岩戸とかいうところの山里(の寺)で髪を下ろして出家しました。(そして、)去年の一月の頃からここにこうしているのでございます。(今となっては里心などみじんもなく、)故郷(である都)の人とご一緒し(てお話し申し上げ)ようとも、少しも心の動くようなことはございません。」と言って涙ぐむ。

(それを、松陰内大臣は、『あの右馬頭だったのか。』と)心苦しいことだとご覧になって、「私も、あなたのような経験をしたいものですよ。(そうは思いつつも)帝の御恵みがもったいないほど尊いのに引き留められて、(出家をせずに)ずっと思い過して来ました。さあ、私がこれから行くところへ(一緒に)いらっしゃいな。(こうしてここでお目にかかったのも何かのご縁でしょう。)後の世の事までももっとお約束申し上げたいものです。仏縁に引かれたのでしょうか。(このままあなた様と)離れてしまうのは辛いことだと思われますので。」とおっしゃって、強引に(宿坊へ)お誘いになった。

(松陰内大臣とご一緒にいらっしゃった右馬頭が、)宿坊へ入ろうとなさってあたりを見渡したところ、(その宿坊の前の)車の数は二十ほどで、(それが見事に)立て並べてあり、馬(の数)は数えられそうもないほどたくさん見えた。(お仕えする)人々が大勢立ち騒いでいて、(松陰内大臣の姿を見つけ、)「殿が帰っていらっしゃいました。」と大声で言い合っている。(その様子を見た右馬頭は、)『ああ、やはり。松陰内大臣の面影があると気づいてはいたけれど、まさかそんなことはないだろうと思っていたのに(、このような形で巡り合ってしまい、その上、のこのこついて来てしまったとは)。』と悔しく思ったけれど、(そんな素振りすら見せず、)ほんのわずかばかりも心が動揺しないのは、心の底から深く俗世のことを思い離れていらっしゃるからなのだろうか。

(松陰内大臣は、右馬頭を、実の娘である)東宮大夫の上の傍へお連れして、(東宮大夫の上に向かって、)「(あなたが日頃から再会できる日を心に思い描いていらっしゃった)まさにその人(、父君)を探し出してまいりました。まずは、(お孫さんの)若君をご覧に入れなさい。(このように出家なさっていらっしゃいますが、孫の顔をご覧になったのならば、)まさか最後まで(人の親としての)本心を隠すようなことはなさらないでしょう。(きっとお喜びになりますよ。)」とおっしゃって、(東宮大夫の上のお膝に座っていた若君を)抱き上げた。(そして、)「(この子が、)修理大夫の御娘(、つまりあなたの実の娘さん)の子供ですよ。(ほら、あなたのお孫さんです。)この子の母君は、(あなたの行方が分からなくなってしまったのを心配して、)朝夕嘆いていらっしゃるそうですよ。」とおっしゃって、（右馬頭の）膝の上に（若君を）座らせたところ、（右馬頭は、）「しっかりと心構えをして、全て捨ててしまったのに、その俗世に、また立ち返ってしまいそうな気持ちがすることです。」とおっしゃって涙を浮かべる。「（父上は、）恨めしいことにも（私たちを）捨てて（、出家されて）しまったことですよ。（父上が出家されたなどとは知らず、私は）巡りあうことを観音様にお祈り申し上げていました。それで、（その観音様のお導きが大変強かったため、）このような（世捨て人の）お姿になってしまわれたに違いありません。」と東宮大夫の上がおっしゃった。そのお言葉をお聞きになって、これほどの世捨て人（である右馬頭）も御涙にくれていらっしゃる。

（右馬頭は、）「つまらない過ちをしてしまって（対馬守になり、都を離れて）以来、（あなたがいらっしゃる）東国（での出来事など）の便りをうかがうにつけても、（あなたにもご迷惑がかかっているようで、どうしてあのようなことをしてしまったのかと）悔しいことばかりがますます増えて、『一体どの顔下げて都へ帰ることができるのだろうか。（もう二度と都へは帰れない。）』と心を決めておりました。（そしてこのような姿になったのです。あなたが、東宮大夫様と結ばれた、）そのことは、頼もしい（あなたの）運命でいらっしゃるので、（義父である）修理大夫の方を本当の父とお思いになって、（実父であるこの）出家した私をお恨みにならずに、（私のことはこの世に）ない身であると思ってください。（こうして、この方が）松陰内大臣だと知らないでお目にかかってしまい（、一緒について来て、あなたにもお目にかかってしまい）ましたが、出家する前であったのならば、とても決まりが悪くてお目にかかることなどできなかったでしょう。（でも、こうして出家してしまった今となっては、どなたにお目にかかろうと、心を動かされることはありません。）

そろそろ失礼（して勤行）する時間になってしまいました。もっともっとお話し申し上げたいことばかりでございますが、（今はお暇して修行に励みましょう。明日、また）夜が明けてからうかがいましょう。」とおっしゃって、お帰りになった。

（松陰内大臣は、右馬頭のことが気がかりでならず、）お休みになれないままに（翌日となり）、夜が明けたことを告げる尾上の鐘（の音）と、雲かと間違えるほど見事に咲き誇った桜の梢の間から明るくなっていく空を待ちつけて、（右馬頭の庵へと）お迎え（の車）を出した。（ところが、庵では、）柴の粗末な扉が、まず、（扉としての役目を果たすことなく、）開け放たれていて、（山から流れ出る）筧の水以外には、全く訪れる人もいないので、（お迎えの車の者は、松陰内大臣の宿坊へ）帰って、（事の次第を）申し上げたところ、（松陰内大臣は）大変心配なさる。

東宮大夫の上は（この話をお聞きになると）すぐに（父君の庵へと）お出かけになり、（父君の庵のご様子を）ご覧になったところ、入り口の障子に（このような歌が書かれていた）。

〔右馬頭〕風に誘われて散る花ではないけれど、俗世を捨てた柴の戸を押し開けて、私を誘いだすのは、春の山風ですよ。その山風に誘われて散る花のように、私も風に誘われて旅に出ることにいたしました。（119）

と書かれていた。（その歌をご覧になった東宮大夫の上は、父君の）本心をご理解なさって、さらに（例の形ばかりを彫った）仏のいらっしゃる方をご覧になったところ、（仏を収めた厨子の）扉に（、このような歌がかかれていた）。

〔右馬頭〕こうして都へ立ち返って、あなたにお目にかかるという夢は、昔の春の花のように咲き、そして散ってしまいました。夢の覚めた後の心は、秋の夜の月のように澄んでいます。あなたにお目にかかるという夢が叶い、もう思い残すこともなくなりました。それで、私の心はますます澄んで行くことですよ。(120)

仏の御前に（右馬頭からの）お手紙があったのを（従者が見つけて、東宮大夫の上に）お見せ申し上げたところ、（そのお手紙には、このように書いてあった。）「思いもかけずあなたにお目にかかることができるとは。（こうして願いが叶ったので、全てを捨てて仏道修行に励もうと思います。ですから、私のことは、）この世にないものだと思ってくださいな。

〔右馬頭〕この先、再び、巡りあうなどということは願わないでください。たとえ巡りあったとしても、最後には、誰もみな、西方浄土のある西の山の端に沈んでいく月になるのですから。

必ず、お別れは来るものなのですから。(121)」

（そのお歌と一緒に、）大層心を込めて、ご自身でお写しになった法華経も、形見の数のうちになるだろうと（でもお考えになったのか、）残していらっしゃった。

（東宮大夫の上は、）「このようなお気持ちであると知っていたのならば、（いくら勤行のために戻るとおっしゃっても、）僧衣の袖さえも離さないでいたものを。」とおっしゃって、今さらながらに悔しく、嘆かわしいことだと思うけれど、どうしようもない。（松陰内大臣は、）このまま（右馬頭の後を受けて、隠遁生活を送りたいようなご気分になり、）ここにいたいようなお気持ちになったようではあるけれども、（そのような勝手なことができる立場ではなく、）心のままにするわけにも行かないので、（しぶしぶ）宿坊へとお帰りになろうとして（、このような歌をお詠みになった）。

〔松陰内大臣〕右馬頭殿が住み離れ、捨ててしまった柴の庵の柴ではないが、そう簡単に忘れられるものではありませんよ、今日のこの別れは。(122)

（さて、長谷寺で、右馬頭とこのような再会と別れがあった後、松陰内大臣は、）「（かつての都、）時が経ち、古都となった奈良の都を見よう。」と、お立ち寄りになった。（ちょうどそこで、）興福寺で少弐が出家して過ごしていらっしゃるという話を聞き、（その話をした人に）案内させて（興福寺に）いらっしゃったところ、（少弐は、）以前からは想像もつかないようなお姿に身をやつしていらっしゃって、泣きながら対面なさった。

（松陰内大臣と対面した少弐は、）「このように（あなた様が私のところへ）いらっしゃってくださったのも、（こうして私が俗世を離れてしまったからでしょう。）出家した甲斐がありましたよ。このように出家していなかったのなら、あなた様にお目にかかることなど、憂鬱でとてもできないことでしょう。（あの事件が発覚して以来、私は）世間の人々から軽んじられ、そして筑紫へ左遷された時の辛い出来事は、ちょっとやそっとでは数え尽くすことなどとてもできません。（こうして出家してからは、そうした辛い出来事を）少しずつ、忘れてしまうような時もあるようにはなって来たのですが、（なかなか完全に忘れ去ることはできません。）月日の過ぎて行くままに、亡くなったり、縁が切れてしまったりした縁故の者（のことなど）を聞くにつけても、今となっては（都へ）帰っても、かつての知り合いたちと顔を合わせるのも面目なく、（会いに行きたいと思う方もなく、また、都から私に会いに）来ようなどという人もないようです。（このような状態ですので、）現世ですら、罪深く苦しい海に漂っているのに、まして（来世ではどうなることか）と思いやられる上に、観音様の御恵みがとても尊く感じられますので、音羽の山にこもってしまおうと思っておりました。しかし、（音羽山は都に近いので、）明け暮れ都の空を自然と見下ろしてしまうので、（まだまだ修行の足らない私は、都のことを思って）心が乱れるであろうことも思いやられましたので、（きちんと悟りを拓いて、都を思う心が）思い鎮まるようになるまではと、（奈良の興福寺で）こうしているのでございます。」とおっしゃって、僧衣の袖を絞ることもできないほど泣く。

（そのお話を、松陰内大臣は、）大変お気の毒なことだとお聞きになって、（少弐に、）「過去の（どうしようもない）出来事のことは、（私は）少しも気にしておりません。まして、（あなたと私を繋ぐ）その人がいらっしゃらなくても、（どうして気になさることがございましょうか。こうして）仏縁に触れられたのですから、（御仏に導かれた者同士、）どうして疎遠に思うようなことがございましょうか。（昔のように親しい方として、あなたの望みが叶うようにいたしましょう。）音羽山のお住まいを（お造りになるよう、事を）お急ぎなさい。縁を広く結ぶことこそ、（御仏のお心に叶い、）後世の頼りとなるに違いないでしょう。」とおっしゃって、（松陰内大臣は、）御涙を袖にかけながら（都へ）お帰りになった。

宇治川

松陰三位中将は、「明日は宇治のお宿ですね。」と人が言っているのをお聞きにな（り、山吹君をお訪ねになろうと思）った。かの（宇治の）お屋敷のお世話をしている、兵衛府生の子どもたちの中にまだ元服前の幼い子がいた。（松陰三位中将は、その子に）「（宇治のお屋敷の中を）案内しなさい。」とおっしゃって、ちょうど松陰内大臣が連れて来ていらっしゃったのを（よいことに、）お傍にお呼び付けになった。

（松陰三位中将が、）「宇治川の風景というのは、大変心にしみるものですね。恵心僧都が（宇治川の景色を愛して）お住みになったというのも、なるほど納得のいくことですよ。清い流れを見たのなら、さぞかし心も澄むことでしょう。（そうした清らかなところであれば、）寂しいこともないでしょうね。」とおっしゃったところ、（府生の息子の童君は、）「たまにご覧になるからこそ、（寂しい）山の景色もそのように（清らかでよいものだと）ご覧になるのでございましょう。（毎日そこで暮らしていると、）清い川の流れも、音がうるさいばかりで、（ゆっくり眠ることもできず、）夢を見ることもできません。（出家して悟りを開いた恵心）僧都のお心だからこそ澄みわたったのでしょう。（私のような俗人の心が澄むなどとはとても思えません。宇治川の傍に住んでいる）橋姫だって、ちょっと衣をひいて（寂しさを）分かち合える人がいればこそ（、夢も見られるというものでしょう）。（歌《さむしろに衣片敷きこよひもやわれを待つらむ宇治の橋姫》）」と申し上げた。

（松陰三位中将は、）「（確かにあなたの言っていることは、）そうかも知れないですね。（でも、）私は（物寂しいかも知れないけれど、清らかな宇治川の景色に）心を惹かれたので、女院にそう申し上げて、その（橋姫が住むという橋の）橋守になりたいものですね。（あなたの父君の）府生は何歳くらいなのですか。松陰内大臣にお仕えしているので、（きっと出世するでしょうね。そのうちに）尉などにな（って、宮中でお仕えす）るのに、時間はかからないことでしょうね。そうしたのなら、（この宇治川のお屋敷のお世話は出来なくなりますね。あなたの父君がいなくなった）後は、一体誰が守ってくれるのでしょうか。（たぶん、誰も守ってくれないでしょう。私が守って差し上げましょうか。）」とおっしゃった。

（童君は、）「（殿がお守りくださるなどとは、）本当にありがたいことでございます。（でも、実は、守ってくださるかもしれない方が、他にもいらっしゃるのです。なぜかと申しますと、このような事情なのです。）

女院様がお使いになっていらっしゃる女房たちの中に、阿波局という方がいらっしゃいます。その方のところへ帥《そち》中納言殿が通っていらっしゃって、（お二人の間に）姫君が一人お生まれになりました。（その後、）帥中納言殿がお亡くなりになってしまったので、（一人残された阿波局様は、）尼になって、宇治に移り住んでいらっしゃるのです。

（私の父である）府生は、その尼君のお母様の兄弟です。（つまり、父と尼君は叔父と姪の関係になります。そんな関係で、父がこの宇治川のお屋敷のお世話をしているのです。）尼君（と帥中納言殿との間）の御娘は、（もともとは、）女院様の御元で養育していらっしゃったのですが、『尼君の退屈なお時間をお慰め申し上げよう。』ということで、五年ほど前に（女院様の元から）こちら（の宇治）にお迎えになりました。（それ以来、こちらで物静かに暮らしていらっしゃったのですが、東宮様がお生まれになった翌春、）女院様の御方へ御行幸があって（、それに召されて琴をお弾きになって）以来、一体どうしたことなのか、（姫君は、）何か物思いがちになって沈んでいらっしゃいます。はむろの兵衛佐殿から（姫君の元へ）いろいろと（恋の）お手紙を差し上げなさるのですが、（姫君は、とんと）ご承諾なさいません。（そんな状態で、特にこれといった方もいらっしゃらずに、お一人で過ごしていらっしゃるのですが、そんな姫君のご様子をご心配なさったのか、）最近は女院様から『そのように（一人沈んで）ばかりいたのでは（いけません。どなたかよい方をご紹介いたしましょう）。』と仰せ事があったので、（女院様のお言葉にしたがって、）先大弐殿とご結婚させようとしているという話をちょっと聞きました。ですから、（大弐殿と姫君の）ことがうまく行ったのならば、きっと大弐殿のところから（この宇治川のお屋敷を）守るようにしてくださるでしょう。」と言った。

（それを聞いた松陰三位中将は、このままでは大弐に山吹君を取られてしまうと思い、）不安で御胸がいっぱいになったけれども、（その一方で、山吹君の）行方を聞くことができたことが嬉しくて、（童君に、）「（あなたが今話した）その姫君こそ、私のお姉様なのですよ。あなたはまだ（このことを）知らないのですね。（その証拠を見せてあげるから、この初瀬詣での）帰りに（私をその姫君に）会わせてくださいな。（そうしたら、私たちが兄弟だということがすぐに分かるでしょう。）」とおっしゃって、少し微笑まれた。

（さて一方、松陰内大臣の方はと言うと、いづみ川の近くを通っていらっしゃった。）

川風がいかにも寒く吹いている様子のいづみ川のほとりで、やせ衰えた尼（姿の女性）が、松陰内大臣（のお姿）を拝見してさめざめと泣いているのを、（松陰内大臣は）不思議なことだと思って、（その尼を、）

お車の近くにお召しになった。（事情を聞かれた尼は、）「（私は、）昔の少納言でございます。（ほら、藤二位様のところにお仕えしておりました、あの少納言です。松陰内大臣様が都を離れていらっしゃる間に、ちょっと車を乗り間違えてしまい、それ以来、その車が着いた先の）山井大納言様のところにいましたが、（嫉妬深い）北の方が（私を）追い出したので、身を寄せる先がなくなってしまいました。（それで、もう現世ではどうしようもないと思い、）ただひたすら、俗世を思い離れて、衣笠山という名前の山の裾野に庵を結んで、三年あまり住んでいます。（そういう身でありながら、こうして殿の御前に顔を出したのは、）今は（かつて私が犯した）罪をお許しいただき、後世のことを安心させたいと思ったのでございます。」と言って、衣の袖を絞ることが出来ないほど涙に暮れるので、（松陰内大臣は、そんな少納言の姿を）かわいそうだと思って、「（あなたがわざわざ謝りに来てくれたのだから、過去のことは許してあげましょう。ちょうど、かつて一緒に仕えてくれていた）侍従が出家して住んでいる庵（があるので、そこ）に（あなたも）住みなさい。」とおっしゃって、（少納言を一緒に）連れて帰った。

（やがて松陰内大臣のご一行は、）宇治のご滞在所にお入りになった。（ご子息の）松陰右大将、（弟君の）東宮大夫（をはじめ）、その他の上達部、殿上人が大勢いらっしゃって、（宇治川を引き込んで作った）お池に浮かべた）船の屋形を桜の花で囲わせて、（いろいろな）楽器を演奏なさるので、（いつもは寂しい川音を運んで来るだけの宇治川の）波風も、（華やかな春のように）音が変わって聞こえて来る。（そこで、）松陰右大将（が、このようにお詠みになった）。

〔松陰右大将〕お屋敷のお池に浮かべた船の船人が差しかざしている桜の花に、風が吹いて来ることですよ。その風に乗って運ばれて来る宇治の川波の音には、ものの音が入り混じり、まるで、のどかに匂っているかのようです。花の香りがすることですよ。（123）

（そんな華やかな御遊びの中にあって、）松陰三位中将は「旅で（疲れてしまい、）気が沈んでいるので。」とおっしゃって音曲の遊びにも加わらない。（そして、こっそりとお呼びになった）童君に、「今宵、（私の姉である宇治の姫君に）お目にかかりましょう。（ついては、姫君のいらっしゃるところまで）案内してくださいな。」とおっしゃった。（童君は、）「（そのように簡単におっしゃいますが、姫君のところには、）尼君がずっと付き添っていらっしゃるので、一体どうやってお入りになることができましょうか。お入りになるなどできませんよ。（そういえば、）藤二位様がまだご幼少でいらっしゃった時、（お二人は）仲良くなさっていたということを、（尼君は、）いつもお話しになっていましたよ。ですから、松陰内大臣殿に（お二人の関係を）お話しになって、（折角の機会だからとおっしゃって、尼君を）御前にお召しになってくださいな。（尼君がそちらにうかがって）昔話などをなさるのであれば、その間は、（姫君のお傍にいるのは、私の）姉だけでございましょう。姉の方は私がちょっと騙し（て連れ出し）ましょう。こうして、（姫君に）お会わせいたしましょう。」と申し上げたので、（松陰三位中将は、）『まだ考え方が幼い年頃だというのに、よく（このようなことを）思いついたものだ。（大したものだ。）』とお思いになる。

（童君の計画どおり、松陰三位中将は松陰内大臣のところへうかがい、このようにお話し申し上げた。）「弘徽殿にお仕えしていた阿波局様が、出家なさってこちらにいらっしゃいます。（今回、藤二位様がお泊まりになっているという、）そのことをお聞きになって、昔話でもしたいというようなことをおっしゃっています。ですから、(尼君を御前に)お召しになって、(昔話をしながら、ついでに)このあたりの名所など(について)もお尋ねになったらいかがでしょうか。」とおっしゃったところ、(藤二位も、)「本当に(あなたがおっしゃるとおりです。懐かしいことです。)その方が(今まで)どうしていらっしゃったのかということも、おうかがいしたいものです。」とおっしゃって、すぐにお召しになったので、(尼君は)喜んで参上した。(そして、御前で、懐かしげに)昔話などを、お互いに語りあかしていらっしゃる。

(計画どおりに事が運んだので、)童君がやって来て、(松陰三位中将を山吹君がいらっしゃるところの近くまで道案内した。そして、)「(尼君が御前に召されたので、)今、ちょうど、(姫君の御前は、)人少なになっています。(さあ、こちらにいらっしゃってください。)妻戸口にお立ちになって、(少し)お待ちくださいな。(私が姉を謀って、外へ連れ出しましょう。」と言って、こちらから(妻戸の向こう側へ)行き、(姫君の傍で留守番をしていた姉君に、)「尼君はどちらにいらっしゃったのでしょうか。(初瀬へ参詣した)この度の(道中の)お話などもしたいと思って(やって参りました)。松陰内大臣様のところでは管弦の遊びが始まっていて、(笛や琴の音が)たいそう面白く聞こえて来ますよ。(このようなところへ都の人がやって来るなんて、めったにないことですね。)都の人(たちのご様子)は大変もの珍しくて、美しいですよ。ですから、ちょっと覗いてごらんなさいよ。(ほら、あの笛の名手として有名な)松陰右大将殿のお笛の音(が聞こえてきますよ)。」などと言ったところ、(暇をかこっていた姉君は、)「それはそのとおりに違いありませんね。(私も是非拝見したいと思うのですが、)尼君も(殿の)御前にお出ましになったので、(姫君の周りには誰もいなくなってしまいます。かといって、この機会を逃すのはとても残念なことですから、ちょっと覗いて来ましょう。

私が、）帰って来るまでは（あなたが）お留守番をしていてくださいな。」と言って、（童君の姉君をはじめ、）そこにいた女房たち全員が（松陰内大臣のいらっしゃる方へ）行ってしまった。（そこで童君は、）「初瀬詣で大層疲れてしまいましたので（居眠りしてしまうかも知れません）。（その間に、）誰か入ってくることがあるかもしれませんから（、用心のために戸締りをしておきますね）。」と言って、戸を閉めたところ、（その隙間から、）松陰三位中将が（山吹君のところへ）滑り込んでいらっしゃった。

（山吹君のところへお入りになった松陰三位中将は、）会わない間ずっと（恋しく思い、）気になっていらっしゃった事などをお話しになっていた。（そこへ、童君の姉君が様子を見に帰って来て、）「（お留守番を頼んだはずなのに、坊や、）あなたは一体どこにいるの。（戸締りなんかしちゃって、）お開けなさいよ。」と大声で叫ぶのを、（童君は、）姉の声だと聞き分け、（そこで一計を案じて、このように答えた。）「姫君もよくお休みになっていらっしゃいますので、尼君が帰っていらっしゃるまでは、そちらにいらっしゃって、（皆さんの）お供をしていらっしゃいな。（今、この戸を）開けたのなら、（その音で、折角お休みになっていらっしゃる）姫君が目を覚ましてしまうことでしょう。（また、今開けたのなら、こんな騒々しい時ですから、）誰かが（寝ていらっしゃる姫君のところへ）紛れ込んで来るようなこともありましょう。（今は開けない方がいいですよ。それより、こんな田舎に住んでいると、とかく野暮ったくなってしまうものです。）都の人の身なりなどもよく見習いなさいな。」と（、そう）言われて、（姉君は、）「それならば、（私も）尼君のお供に参りましょう。（何かあるといけないから、あなたは、）眠らないで（きちんと留守番をして）いらっしゃいよ。」と言って、去って行った。

（松陰三位中将は、童君に、）「大層うまく騙したことですね。（このような知恵が働くとは、）観音様があなたの心に宿っていらっしゃるのでしょうか。」とおっしゃって、ちょっと微笑まれたので、（童君は、）「御仏も道に迷っている衆生を尊いところへお導きになるということです。私の（姉に示した）道しるべもそれと同じでございますよ。（姉をよい方に導いただけです。）」と言って笑ったので、（その答えを松陰三位中将は、なかなか機転の利いた）面白い（答えだ）とお聞きになる。

（こうして童君に番をさせ、お二人で、離れていた間のことをいろいろとお話しになりながら、過ごしていらっしゃったのだが、）まだ夜が明けきらないというのに、尼君が帰っていらっしゃるような気配がはっきりと分かったので、（松陰三位中将は、）起き上がって（山吹君と）お別れになる。山吹君はそのまま、お休みになっていらっしゃった。

（お帰りになった尼君に、童君は、）「私はこの程（の初瀬詣で）のことに疲れ果てておりましたけれども、都人の物珍しい様子を、（姫君にお仕えしている）人々にお見せしようと思って、（こうしてたった一人で）お留守番をしておりました。（眠くて仕方ない私に見張りをさせておいて、）姫君はお寝坊さんでいらっしゃいますよ。」と申し上げたところ、（尼君は、）「本当にそうですね。（どうもご苦労さまでした。姫君は、このように大勢お客様がいらっしゃったので、）慣れないことに疲れ果てていらっしゃるのでしょう。（そのせいか、お顔も出しませんでしたが、女房たちはみんな御前に参上していましたよ。）都人が物珍しいので、私も松陰内大臣の御前に参上しておりました。」とおっしゃって、中にお入りになった。

（ちょうどその時、尼君は、）妻戸の傍に扇が落ちているのを（見つけ、不思議に思って）取り上げて、「これは見覚えのないものですねえ。歌もとてもお上手に書いてありますよ。一体どなたが落としたものなのでしょうか。」とおっしゃったので、(思いがけないことに)驚き、(童君はとっさに作り話をした。)「初瀬で、松陰三位中将殿が(私に)下さったものですよ。(それを私が姉の)弁君にあげたのですが、(とても美しいので、きっと、)姫君がお取りになってご覧になったのに違いありません。」と申し上げたところ、(尼君は、)「なるほど、そういうことなのでしょうね。(この扇の持ち主であった松陰三位中将殿は、)ご容貌が大変気高く、お心も大層まじめでいらっしゃるので、姫君をお任せすることができたのならば、大層安心できることだろうと思っておりましたが、(この度、女院様から大弐殿を姫君のお相手にというお話をいただき、それをお断りしたのなら、)女院様のお心には一体どのように思われるであろうかと(思い、そのような夢はあきらめました。それで)、思いがけない方を姫君のお相手として思いついたのですよ。(もうあきらめた方ではございますが、)書道の腕前までも優れていらっしゃいますね。(なんだか、今さらながら悔やまれます。)」とおっしゃった。そのお言葉を山吹君はお聞きになっていらっしゃるのだろうか。(一体どうお感じになっていらっしゃることであろう。)

(一方、)松陰三位中将は、名残りの尽きないお別れを思い嘆いていらっしゃったが、「今日は都へ(帰る日ですよ)。」と人々が(早々と)起きて来て騒ぐので、(山吹君と、)お別れの手紙すら取り交わすことができないまま、(宇治のお屋敷をご出立になった。そして、)柳の梢が(春霞の中に)隠れてしまうまで(名残りを惜しんで、お屋敷の方を)振り返ってご覧になっていらっしゃる。

童君が(途中の休憩場所へ、)お見送りにいらっしゃった時に、(松陰三位中将から、山吹君への)お手紙があった。

〔松陰三位中将〕あなたのことを思い焦がれながらも漕ぎ去っていくこの身はとても物憂いものです。こうして都へ帰って行くくらいならば、一層のこと、宇治川の船を漕ぐ舟人となってしまいたいものですよ。それほどに名残りの尽きない別れです。（124）

（やがて都へ帰りつき、）松陰内大臣は、宮中へ参内して、（帝に）初瀬の桜花の何とも言えず美しい景色や、道中の（いろいろな面白い）事などをお話し申し上げた。（そのお話の中でも、特に、）出家した少弐に会った時の様子や、対馬の守がきっぱりと出家してしまった様子などをお話し申し上げたところ、（帝は、）大変しみじみと感動的なことだとお聞きになって、（いろいろな人々の境遇などに思いを馳せ、松陰内大臣のお人柄に改めて感激なさって、このようにおっしゃった。）「（あなたは、）内大臣として随分時間が経過してしまいましたけれども、（この先、）右大臣や左大臣の位を経（て太政大臣にな）るよりも、（今の）太政大臣が位をお離れになるようなので、その代わりに（あなたを太政大臣にしようと）思いあてていました。按察使（であった山井大納言）や大弐などにも（きちんと）罰を与えようとも思っていましたが、（あなたが太政大臣になるという）時期に不似合いなことでもあるでしょうから、そのようなことまではせずに、思い許した方がよいでしょう。」とおっしゃったので、（松陰内大臣は、帝の温かいお言葉に感動して、）いつものようにほろりと涙を流される。

帝の御前には東宮がお座りになっていらっしゃる。（その東宮に、お土産として、松陰内大臣は、）初瀬詣での道中の興味をそそるようなあちこちの景色を、絵に描いたのを献上なさる。（それをご覧になって東宮は、)「もっと(たくさん)目の前で描いてよ。」とおっしゃったので、(松陰内大臣は、歌聖・)柿本三位(人麻呂)の絵をお描きになったところ、(東宮は、)「(これは、)きっと民部卿でしょう。(でも、)民部卿ならば(いつもお酒ばかり飲んでいるから、)顔が赤いはずですよ。」とおっしゃったので、帝が自ら「ほのぼのと明かし」と(その絵に添えて)お書きになった。そのときのご様子は、いかにも楽しそうであった。

宇治(のお屋敷)では、(山吹君が、)時々(松陰三位中将から)お手紙が送られて来ることだけを慰めとして、月日を過ごしていらっしゃった。

(山吹君のお心は松陰三位中将にあるのだが、尼君が女院から受けたご結婚のお話は進んでいた。そして、いよいよ、)「大弐殿が明日の昼ごろ(姫君を)お迎えに、(こちらに)おいでになるそうです。」と連絡して来たので、童君から(松陰三位中将のところへ)お手紙を差し上げて、「一体、どうしたらよいのでしょうか。」と訴えて来た。(その手紙を読んだ松陰三位中将は、大変)驚いて、「(大弐殿がいらっしゃる、ちょうど)その時に、(そちらに)大弐だと名乗って(お迎えの)車を差し上げましょう。(お姉様の)弁君と心を合わせて(姫君を、私の方の車にお乗せしてくださいな)。」とご指示なさった。

(一方で、松陰三位中将は、山吹君をお迎えになる準備を急ぐ。)御乳母子である式部丞の九条のお屋敷を(、山吹君をお迎えできるように)準備させて、(ご自身は、正妻である)女五宮のところで(慌しく)御装束を着替えながら、(女五宮に、こう言い訳をした。)「今宵は、八幡でお神楽を奉納しようと思っております。(私がいない間、)手持ち無沙汰で退屈なさらないようにしていてくださいな。」とおっしゃったので、(怪しいと思った女五宮は、)「(突然、お神楽を奉納するなんて、一体)何のお祈りなのでしょうか。」とさりげなくお聞きになったところ、(松陰三位中将は、)「(あなたと私の間に)子どもがおりませんので(、早く子宝に恵まれるようにと祈るのです)。」とおっしゃってちょっと微笑んだところ、(女五宮は)お返事もなさらなかった。

(そうこうして、お屋敷を出発した松陰三位中将が)お車に乗って小幡山を通過なさるころ、(再び、山吹君の元にいる童君から)お手紙が届いた。「早くも大弐殿がいらっしゃいましたので、(ご計画のように、大弐殿のふりをなさって、)紛れて入っていらっしゃるというのも、(難しくなってしまいました。)どうしようもありません。とても悲しいことです。」と訴えて来た。(それをご覧になって、松陰三位中将は、)心配でたまらなくなる。(そこで一計を案じて、)お車を伏見の方へ行かせて、(ご自身は、)お馬に飛び乗って(宇治へやって来て)ご覧になったけれども、(お屋敷の中へ)紛れ込めそうなところもないので、じっとしていられないままに、お船に乗って、(山吹君のいるあたりに生えている)小高い柳を目印にして(宇治川から姫君のお屋敷へと)漕ぎ寄せる。

(宇治のお屋敷の方では、山吹君をお連れするために、既に、大弐がやって来ていた。)大弐は尼君と対面なさって、「(もっと早く)すぐにでもお迎え申し上げたかったのですが、仕事が忙しくて私事(をしている暇)がありませんでした。それで私の気持ちに反して(姫君をお迎えできないまま、月日が)過ぎてしまいました。(今日、こうして姫君をお連れするのですが、そうすると尼君様が、)一人で(ここに残って)いらっしゃるのも、きっと退屈で寂しいことでしょうから、どうぞ女院様の御方へお移りになってくださいませ。」とおっしゃった。(尼君は、)「(姫君のことがずっと気がかりでしたが、今日、こうしてあなたにお任せすることができ、ほっとしております。これで）この世での修行の邪魔になるものがなくなりましたので、大変心も澄んで（安心して、修行に専念することができ）ます。（今さら、）女院様のお近くで、皆様に混じってお仕えするというのも、（このように）年をとってしまっていては、大変見苦しいことでしょう。（ですから、ここで静かに御仏にお仕えするのが一番です。）」とおっしゃって、（早速、ご出立の準備をなさろうと姫君のところへ）お立ちになる。

（尼君は、姫君のところへいらっしゃって、）弁君に、「（さあ、姫君があちらへお持ちになる）物などを取り集めて、準備してくださいな。姫君の御装束を（今日の日に合ったものに）着替えさせてください。（おや、まあ、ここの）御衣掛けの様子が見苦しいですね。（きちんと直してくださいな。姫君の）御調度を荷造りして、お車に（乗せなさいな）。」などと、あれこれ指図をなさった。

山吹君は、（まめまめしくお手紙を下さる）松陰三位中将のお気持ちを（大弐の元へ行ってしまうことで）無駄にしてしまうのもどうしようもなく気が重く、（かといって、大弐とのことを勧めてくださる）母君のお心に背いてしまうようなことも（できず）、後の世（のこと）までもいろいろと考え続けながら、（途方に暮れていらっしゃる。山吹君は、）『（こんな風に思い悩み、どちらとも決心できないでいる、このような罪深い身であるのなら、）一層のこと、死んでしまおう。』と決心なさって、（大弐のところへ戻って行く）母君の御後ろ姿をお見送りになって、（これがこの世でのお別れと）御涙を目いっぱいに浮かべていらっしゃる。（そして、）「もし、都から（松陰三位中将殿が）いらっしゃったのならば、この手紙を渡してください。」と言って、童君に（お手紙を）渡し、お庭の方へ出て行かれるのを、（童君は）怪しいことだと見咎めて、（こっそりと山吹君の）後ろをつけて行く。

（一方、）尼君は、山吹君がこのようなことを決心なさったなどとはご存知なく、（早速ご案内しようと、）大弐の前に立って（山吹君のところへ）歩み入りなさる。（ところが、山吹君はいらっしゃらない。不思議に思った尼君が）障子をご覧になったところ（、このような歌が書き付けてあった）。

〔山吹君〕このようなことになってしまうなどと、思っていたでしょうか。思ってもいませんでした。我が身を魚屑としてしまい、宇治の網代に流れ寄る身となるなどとは。でも、もうどうすることもできません。宇治川に身を投げてしまいましょう。(125)

と、山吹君の筆跡で書いていらっしゃる。

（それをご覧になった尼君は驚き、慌てて、）「（まあ、一体、どういうことなのでしょう。）どおりで、変なご様子だと思っておりました。」とおっしゃって、（宇治川の）汀の方へ行かれたところ、履き手のなくなった空っぽの御靴が岩の上に残り、（今日の日のための美しい）上の衣は柳の枝に掛けてあった。（その衣には、このような歌が書き付けてあった。）

〔山吹君〕水の底に私の体は沈んでしまうでしょうが、着る者がいなくなった美しい唐衣に浮かぶ面影を私の形見としてご覧ください。(126)

と、裳裾に書いていらっしゃるのをご覧になって、

〔尼君〕あなたに遅れてこの世に残る私ではありません。あなたの後を追いましょう。こんな私の気持ちも知らず、形見として衣を残すなんて、恨めしいお心ですよ。その形見ですら、もう

　誰も見る人がいなくなってしまうとは、本当に恨めしいことです。（127）

と（山吹君の衣の裾にお歌を）言い添えて、（尼君も）同じ川の淵に身をお投げになった。人々は驚き（慌て
て、尼君のお体を川から）引き上げたけれども、ただでさえも（ご高齢の上に、山吹君が身を投げたと知り、）
意気消沈なさっていたので、そのままお亡くなりになってしまった。

（仕方なく人々は、尼君の）亡骸を、その夜、上の山で火葬にし（て、野辺の送りをし）た。

（このようなことを目の当たりにし、）大弐君は、思いもかけず、憂鬱で辛い立場を我が身にお引き受けになって、（辛かった）過去の（いろいろな）ことなどを思い続ける。（お考えになればなるほど、）『不幸な運命だけではなく、（一体、自分はどのような宿世を背負っていることか、）来世のことまで大変恐ろしいことだ。』とご理解なさる。（そこで、）

〔大弐〕このように悪いことばかりが起こってしまいます。露や霜のように降り積もる私の辛い身の上の罪や罰は、このままにしておいてよいはずもありませんから、髪を下ろして朝日の山にこもりましょう。出家したのならば、この身の罪も、朝日にあう露や霜のように消えることでしょう。私も、朝日山に消えましょう。（128）

とお歌を詠んで、阿闍梨に髪を切らせて、そのまま庵を造り、出家なさった。

（さて、最初に身を投げた山吹君は、一体どうなってしまったのだろうか。）

宇治（のお屋敷）から女院（の元）へお使いが馳せ参じて、（尼君がお亡くなりになったことや姫君が行方不明であることを）お伝えしたところ、（女院は、）「私の方から、（姫君を）大弐に会わせたことを（あの方たち

は、）きっと恨んでいらっしゃるに違いありません。」と、（このことが原因で、）仏罰を身に受けるのではないかというようなことまでをおっしゃってお嘆きになる。

（ちょうどその時、）松陰三位中将君が、松陰内大臣の四十の賀を、中宮の御方でする予定であるという事を（女院に）お話し申し上げるお使いとしていらっしゃっていた。（そこへ、宇治からのお使いがやってきたので、松陰三位中将は、女院の）御前でお聞きになって（尼君の死を知り）、そのまま、悲しみに沈んでしまわれた。

（松陰三位中将は、）『尼君がこのようにお亡くなりになってしまったのも、（元はといえば、）私がしたこと（が原因であるに違いない）。（尼君のお弔いやその後のことなど）残ったことをきちんとする者がいないのでは、（なおさら）罪が深いことだろう。この罪も、私の身に受けるべきだろう。（何よりも、尼君のお弔いをきちんとして差し上げなければ。）』と思い続けて、女院に、「（父・）大臣の四十の賀は、（秋になり）紅葉（が美しくなるの）を待ってする予定なので、まだ先のことでございます。（それに、このようなことが起こった後ですから、）試楽は私の家でいたしましょう。（実は私も尼君とは知り合いでございます。）初瀬に詣でたついでに、宇治のお屋敷に宿らせていただき、尼君にも親しくしていただいていたので、（亡くなられたとうかがい、）おいたわしく思っております。（宇治のお屋敷では、尼君が亡くなられたとあっては、）いろいろな（その後の）ことをするべき人もいらっしゃいませんので、（私が）お使いとして参りましょう。（尼君のお弔いをしたという）山の阿闍梨も（元はといえば）父・大臣の家から出た人でございます。（このように）いろいろと関係があるのも何かのご縁でしょうから。）」と申し上げた。（女院は、）『まだお若いというのに、大層まじめなことだ。』と思って、「大変よいことではありますけれど、(お祝いのお使いが、お弔いのお使いに変わったのでは、)世間の人は一体どう思うでしょうか。」とおっしゃった。(松陰三位中将は、)「(確かにおっしゃるとおりではございますが、これも仏法を広めるという)御法のお使いでございますので、(慶事が弔事に変わったからといって)何の問題がございましょう。」とおっしゃって、(尼君の)お弔いとして捧げるべき供物をお持ちになり、すぐに(宇治へ)いらっしゃった。

(宇治へ着いた松陰三位中将は、まず)阿闍梨に会って、「女院様からの仰せごとです。」とおっしゃって、(尼君の供養の)願文を(阿闍梨に)お書かかせになった。(そこで阿闍梨は、松陰三位中将に、)「(行方不明になっていらっしゃる)姫君のことも(早く見つかるようにという願文を)書きましょう。」とおっしゃった。(ところが、松陰三位中将は、)「(姫君のための願文を書くなどと、)そのようなことは女院様からも仰せつかっておりません。(まずは、)尼君のお弔い事を終わらせて、それから後にするのが、本当の道というものでしょう。」とおっしゃった。(それで阿闍梨は、)納得がいかないまま、(松陰三位中将のお言葉に)従われた。

(松陰三位中将が、尼君の)お弔い事を指示して、(宇治から都へ)お帰りになろうとしたその夜、局にこもっていた弁君を、大変こっそりと人目をしのんで御前にお召しになった。(弁君は、)「(あなた様が早く姫君をお迎えくださらなかった、その)御事のせいで、(尼君と姫君は、)お亡くなりになってしまいました。(私の弟である)童君も(姫君の)後を追って(死んで)しまいました。」といって、(松陰三位中将の)お袖に取り付いて泣く。(弁君がこのように嘆くのも、)当然のことであろう。(松陰三位中将は、)「(亡くなられた)姫君の御ために、都で大層ひっそりとお弔いをします。あなたも一緒にいらっしゃったのならば、(きっと姫君は、）黄泉路でも（あなたのことを）思うことでしょう。」とおっしゃって、お車に（弁君を）お乗せになり、まだ夜深いうちにご出立なさる。（姫君のお弔いをするというので車に乗りはしたものの、心は晴れず、）弁君は道中も泣き続け、顔を上げようともしない。（そうこうするうちに、二人を乗せたお車は）九条の（式部丞の）お屋敷に帰り着く。

（松陰三位中将は、弁君に）「さあ、ここで、（姫君の）お弔いをしましょう。」とおっしゃって、（なんと弁君の前に）童君をお呼び出しになり、対面させなさった。（あまりのことに、弁君は驚き、）「（なぜ、ここにいらっしゃるのですか。姫君の後を追って入水し、）死んでしまった人だとばかり思っておりましたのに、本当に納得のいかないことですよ。（あなたはこうして生きていますが、）姫君は一体どうなってしまわれたのでしょうか。」と涙にむせぶ。

（泣いている弁君に向かって童君は、）「大弐殿が（姫君の）お迎えにいらっしゃっていたので、殿は門から入ることも出来ず、（かといって、他に忍び込めるようなところも見当たらず、このままでは姫君を大弐殿に連れ去られてしまうと思って、）どうしようもなくて、お船に乗って、（宇治のお屋敷の）岸の人目につかない陰のあたりに漕ぎ寄せなさいました。（一方、私は、）姫君のご様子があまりにも尋常ではないように拝見しましたので、（庭に出て行く姫君の）御後に（こっそりと）着き従って拝見しておりましたところ、（姫君は、）岩の上にお立ちになり、上にはおっていらっしゃった衣を柳に脱ぎ掛け、そのまま御身を（川の中に）沈めてしまわれました。（驚いた私は、それでも姫君に）遅れてはならないと思い、（姫君の後に）一緒に続き（、川に身を投げ）ました。（ところが、運良く、そこに漕ぎ寄せていらっしゃった）殿のお船の中に（姫君ともども）落ち込みました。（幸運なことにも、二人とも助かったのです。それで、これ幸いとばかりに、）お船を急がせて、伏見の里（に漕ぎ寄せ、そこ）からはお車に（姫君を）お乗せして、こちらにたどり着いたのです。（お二人は、）これほどまでに深いご縁で結ばれていらっしゃるので、（現世ばかりでなく）来世までも頼もしいことですよ。（姫君がいらっしゃらなくなったので、）さぞかし尼君が、姫君は死んでしまった人だと思ってお嘆きになっていらっしゃることでしょうね。（それはそうと、）大弐殿はどうしていらっしゃいますか。」とお話しする。

（そこで、弁君は童君に、）「そうだったのですか。尼君は、（姫君が）障子にお書きになったお歌と、柳の衣をご覧になって、（姫君が自殺されたと思い込み、ならば私も）一緒に死んでしまおうと、姫君が身を投げたあの淵に沈んでしまわれました。（そして、お亡くなりになったのですよ。）大弐殿は、『このように辛いことを、どうしてこれ以上、この他に見ることができましょうか。（もうこれで充分です。俗世に未練はありません。）』とおっしゃって、出家なさって宇治山にこもっていらっしゃいます。」と言うので、（それを聞いた童君は、）ひどく悲しみ、涙にくれる。

（このような二人の話を、）松陰三位中将は本当に辛く悲しいことだとお聞きになって、「（尼君の）御後のことはこのようにして来ました。（心を込めてお弔いをして来ましたので、どうぞご安心ください。）今のところは（尼君がお亡くなりになったことは、）姫君にはお伝えしないでください。きっとひどくお恨みになることでしょう。」とおっしゃって、弁君を（山吹君の御前に）お連れになって、（このようにお話しになった。）「今日、あなたの昔のお住まいに、（ことのついでに、）ちょっと寄りました。（そこであなたの大事な）

あねはの松を（見つけましたので、連れて参りましたよ）。」とおっしゃった。（弁君の顔を見た山吹君は、）「本当に嬉しいことに、（よく来てくれましたね。私がいなくなった後の宇治のお屋敷のことを）聞きたいと思っていたところですよ。」とおっしゃって、「（私が突然いなくなってしまったので、尼君は、）さぞかしお嘆きになっていらっしゃるでしょうね。（せめて、）この世で生きていますよと、こっそりとお知らせしたいものです。（折角、お心を懸けていただいたのに、それを台無しにしてしまった私に対する）大弐殿の恨みもさぞかし深いことでしょうね。」とおっしゃって、涙ぐみなさる。（弁君は、）「（さぞかしお辛かったことでしょうね。そのようにお嘆きにならなくても、そのうち、）よい機会を見つけて（、ご無事であることをお知らせいたしましょう）。」と言って一緒に泣く。

（やがて、夏が過ぎ、秋が来て、松陰内大臣の）四十の賀もだんだんと近づいて来る上に、太政大臣にまでお昇りになったので、その（松陰一族の）ご盛大なご様子は世間に例がないほどでいらっしゃる。（かねてからのお約束どおり、）内大臣には按察使（であった山井大納言）がなった。（内大臣になった山井大納言は、）「今はもう私の願いは全て叶いました。いろいろと事件があったころから、（こうして）世間と関わることも気恥ずかしく、後ろめたく感じられ、辛いことばかりで過ごして来ましたが、（耐えて来たのは子供たちのためです。）私の宮仕えの期間が短くては、（これからの山井一族の）後が絶えてしまうであろうと残念だったので、今日まで我慢してきたのです。（内大臣となった今は、山井家の後のことも安心ですし、思い残すことはもうありません。）」とおっしゃって、出家の本意を遂げ、山井のお屋敷を寺に造りかえて、住んでいらっしゃる。

松陰太政大臣が一年ほどの間、都を離れ(、隠岐の島で仏に帰依し)ていらっしゃったそのご縁に引かれて、多くの人が仏の道にお入りになったことは、(この末世にあっても仏法が栄えるという)大変頼もしい例でございましょう。

本文篇

凡　例

一、東北大学附属図書館蔵本を底本とし、できる限り原文に忠実に翻刻した。また、作品名も写本にならい『松陰中納言物語』とした。

二、財団法人前田育徳会所蔵尊経閣文庫本（古典文庫第二八四・二八七冊「松陰中納言上・下」複製）を校合使用し、底本と異なる部分を、本行右側に（　）で括り小書きした。

三、当該文字がない場合は　・　で示した。

四、補入された文字は、〔　〕で括った。

五、書込み（例：東北大学附属図書館蔵本の本行「う」の右横に小さく「か歟」）がある場合は、当該文字の次に〔↓〕（例：〔う↓か〕）として示した。

六、その他、錯簡等は【　】で括り、対応箇所を示すなどし、その実態が分かるように配慮した。

七、適宜、句読点および会話に「　」心内語等に『　』を付すことで、読解の便を図った。なお、段落分けはしていない。また、濁点も付していない。新字・旧字に対応する書き分け（例：仏と佛）はできる限り原本の実態を反映するよう努めた。

八、歌の末尾には通し番号を付し、現代語訳と対応させた。

松陰中納言第一

山の井

春の空いとえんに霞わたれとも、はれぬ心のなかめには、明ほのゝあはれもむなしく、御涙にくらされ、夏のなかはもすきゆけは、あつき御思ひのいやまさりつゝ、萩吹秋の初風に、「そよ」とのよすかをもとめ出給へり。内侍の君の御めのと、侍従と《（に）》いひしか・《（は）》いもうとのむすめのいとけなきをめして、おまへなる菊の花をたま《（給）》はせて、「これを侍従に見せよかし。世にまれなる色香なり」とて、ちいさき文をつけ給へり。なに心もなくうけとりて、侍従のもとへゆき、「中納言とのゝ見せたてまつれとて給はりぬ」とまいらすれは、「まことに色香のつねならぬ事よ」とて、手にとりてみる《（見）》に御文あり。

　松かけのしらへにかよふ琴のねの
　　我笛たけにあふよしもかな　（1）

とかきたまへり。『さては、姫君に見《（み）》せたてまつれ、とおもひたまへるにより』。此山の井の君は、そのころ一の中納・《（言）》にて、東宮のかみをかけ給へり。御笛をよくふかせ給へは、常に御まへにめされて、藤の内侍に琴をひかさせて、御あそひのありけるに、見そめ給ひしより、「たえぬ御物思ひにしつみ給へる」ときこえしか。うへのもれきかせ給はん事もつゝましく、中納言の御心もおもひ《（思）》やられて、すまひけるか、折ふし姫君まうのほり給はむとて、みすをかゝけさせ給《（たま）》ひて、「いみしの花の色や。いかなる宿のかきねにや」ととは《（ゝ）》せ給ひけれは、

　手折つる人は誰ともしら菊の
　　折《（枝）》にそふかき色はみえける　（2）

といひてたてまつれは、『その人〳〵こそあるらめ』と思ひあはさせたまへとも、いさゝかうけひき給へ

るけしきもなくて、すのほかになけさせたまへは、せんかたなくて、「此よしけいしたまへ《（給）》」とてかへしぬ。中納言は、よるのおましにも入たまはて、「あやなの月のけしきや。物思《（おも）》ふ袖のなみたには、やとらすともありなん」とひとりこちしてゐ給へるに、かへり入て、「侍従か『かくけいせよ』ときこえさふらふ」とて、

あかねとも君か手ふれし花の枝は
かへすをふかき色香ともみよ　（3）

「よしやそれ、侍従にたいめんさせよ。まかきの菊もさかりなれは、それをかことに」とのたまへれは、『心をかけさせ給へるにや。もはやいそちにも過なん。心はまことにさかなくて、かほはさるのやうになんある物を』とあやしかるけしきを見給ふて、【重複：いやとよ心をか《（く）》ゝるけしきき見給ふて】「いやとよ。心をかゝるにはあらす。菊の色香をよくわきまへぬるときゝつれは、み《（見）》せはやとおもふはかりにこそ。あけは、朝露のひぬうちこそよからめ。車をつかはしてん」とて、あけはてぬに、おきな君をのせて、御文をこうちきにそへてつかはし給ふ。

から衣きてもみよかし朝露の
またひぬ程の花の色香を　（4）

侍従はそれと心えぬれと、「きのふ一えたみ《（枝見）》しさへあるに、ましてまかきをともにこ《（く）》そなかめんつれ」とてあひのりて出ぬ。露は朝日にきら〳〵とにほひわたりて、色々さける花のうへに、玉をこほしかけたらんやうにいとおかしく見《（み）》ゆれ。見《（み）》やりの山には紅葉ゝの色ことなるに、霜のしろくをきけるは、何《（なに）》に《（こ）》てか染つらむと思ひやらるれ。中納言殿出たまひ《（給）》て、「月に見《（み）》るこそなをおかしくは有なれ」とて、めしあけさせ給ふ。きのふの一枝の事をほのめかしたまふて、玉たれのひまもとめ給ひしよりの御物思《（おも）》ひに、ゆふへもまちつくへき心地《（ち）》もなけれは、「せめては玉の緒の消やらぬうちに、露しらさせ給ひて、くらきやみちの月とおも《（思）》ひはるけなん」とかきくとき給へは、『いとあはれ』とおも《（思）》ひたてま《（奉）》つりて、「松か

けの中納言のわりなく思ひたまふなれとも、つれなくてのみ過し給ふ御心なれは、御返事まてはかたくあらんかし。御文をみ《見》せたてまつりてこそ、その色もみ《見》えめ。いか成《なる》えひす心も、ちつかになれは、さのみはなき物にこそさふらへ。いまはかへりなん」といへは、「はや月こそ見《み》ゆるなれ。庭のやり水よりまかきのもとまてつゝきて、いと白たえになりゆくを、見すつる事のあらんかし」とて、すたれをまかせて見いたさせたまふ。

山路より影をさそひていとゝしく
月に色そふしらきくのはな　(5)

御かはらけ給はり、御そなとかつけさせ給ひて、いとふけ過るほとにかへりぬ。『松かけのおもひかけたまへるをしらて、きのふの哥をねたくもよみけるよ。思《おも》ひあはせ給はゝ、おかしくこそおほすらめ』とおも《思》ひつゝけ給ふて、いとゝねられ給はす。つとめて、おさな君をつかはして、

ありし夜のことの葉くさを頼みにて
露のいのちもまたきえぬかな　(6)

とあるを見て、さま〳〵はかりけれとも、御手にさへふれ給はす。

「言の葉に契り置てし玉のお《緒》の
なかくはいかてあひ見さるへき　(7)

と申せ」とてかへしぬ。つれなくのみ過させ給ひて年もかへりぬ。ねの日の松につけて、

玉の緒のなかきためしに引かへて
つれなき松の色をこそみれ　(8)

御ふみを見せたてまつれは、いかゝおほしけるにや、「あはすは何を」との給へれは、いとうれしくて、御すゝりをまいらす。御文のはしにいとちいさう、「はつねのけふの玉はうき」とかき給へり。をしかへして御文あり。

手にとりてみるたにうれし玉つさの
むすふちきりのはしめとを《お》もへは　(9)

とありけれとも、ましてつれなかりけれは、思《おも》ひよはり給ふて、きさらき中の五日の日、侍従のもとへ、

「きさらきやむかしのけふのけふりとて
我ももえなんたえぬおもひに　(10)

かきりにこそ侍れ。我ゆへに御つみのふかくわたらせ給はんこそ、心にかゝれ」と鳥のあしかたのやうにいとはかなくかき給へるを御らんしさすれは、時しもあれ、けふはいとゝ後の世のむくひをおほしなけきて、

きさらきやけふのけふりの末たにも
なひかん物をわしの山風　(11)

侍従、御ふみ給はりていそきまいり、御ありさまを見たてまつれは、いとかよはくなり《(成)》給ふて、のたまふ御ことの葉もましまさす、御なみたにしつませ給へり。御ふみをまいらせけれは、いとうれしけに御まくらをしのけて、うちなかめ給へり。「ちかき程に、うへのさ《(こ)》きてんの花を御らんしたまふへけれは、其おりこそ、御さ《(そ)》うしのほとりも人すくなにこそさふらはめ《(い)》は」としのひて、とくかへりぬ。中宮の御庭の花、例の年よりも色香のまさりけれは、うへに御覧し給はんとて、ひるつかたよりわたらせ給ひて、色〱の御あそひありけり。中納言もめされけれとも、「みたり心ち」とて参り給はす。暮つかた・《(に)》、女車にあひのらせ給ひ、おさな君にあな《(い)》ひせさせ給ひて、御そうしのつま戸くちにたゝせたまへは、侍従出て、くらき所にいれたてまつる。おまへには、少納言、弁の君なとさふらひて、「今宵はまうのほりましまさて、のとかにこそあれ」「御あそひには何かななといひのゝしる。侍従、「いつも夜をふかすこそわひしけれ。とくやすみ給へ。君も御心ちあらけにみ《(見)》えさせ給へ」といふも、男君はきゝ給ふらん。人をしつめて、侍従、御袖をひきて、「おさな君はそこにこそゐ給はんつれ。われもやかてかへりこん」とて、いれたてまつる。君のかたはらにそひふし給ひて、年月のうかりし事ともをかたらひ給はんとし給ひけるに、少納言はしり入て、「あけさせ給《(たま)》へ。うへよりめされさふらふなり。侍従の君は」とのゝしるに、おとろきてともしけちけれは、「弁の君、ともしもち

て」といひておとろ〳〵しく入くる。おとこ君はやう〳〵さきの所へすく《(へ)》りかくれたまふ。「おまへに琴をきかせ給はんに」「とくまいらさせ給へと、御つかひのたひ〳〵なり」と聲〳〵にいひのゝしれは、まいりたまひぬ。侍従はかりのこりゐて、「まことに浅き御ちきりのほゐなくこそわたらせたまへ。さりともやかてかへり給はん。其程は物の音こそき・《(こ)》ゆれ」といひなくさむる。源中納言の笛の手《(ね)》をきゝしり給ふて、いとねたくおほす。御まへの御あそひもほの〳〵とあけゆ《(明 行)》く程なれは、ありしよりけにおもひまさりて、かへり給ふ。つとめて御入《(文)》あり。

思ひやれ夢のうきはしと絶して
なく〳〵うつ《(かへ)》る道しはの露 (12)

御かへし、

「道しはの露うちはらふ袖よりも
心にかゝるゆめのうきはし (13)

中さへ絶《(たえ)》すは」とあるをたのみ給ひて過させたまふ。

藤のえん

「やよひの比、松陰の家の藤を御覧におほんみゆき有《(ある)》へし」と、かねておほせこと《(事)》ありけれは、御ま《(も)》ふけし給へり。此源中納言は、五条わたり賀茂川のほとりに、家つくりして住たまへり。池をいとおほきにほらせて、河をせき入させ、汀のかたに松をおほくうへならへて、其かけをおもしろくつくりなしたまひけれは、世の人、松かけの中納言といひあへり。その松に、藤のしなひの世にためしなうなかう咲かゝり、色ことなるか有けり。また夜をこめてのみゆきにてはありけれとも、五条あたりにては、ひんかしの山の端よりさし出る日影の、玉の御輿にひかりをそへ、音楽のをとは賀茂の川風にさそはれて、おもはぬかたまて聞ゆるなるも、いといかめし。もふ《(う)》けのため《(為)》につくり給ふ御殿はいとたかけれは、山〳〵《(々)》のかすみのほそうたなひけるうへより、散のこれる花の雪かとおほめくに、雁かね《（金）》の打つらねて越路おほえてゆるなるも、いとちいさうみゆる物から、聲のまたさなからぬこそ、かすのほともおもひしらるれ。ふもとの小田をかへすしつのおの、とり〳〵なるを御らんしはしめさせたま《（給）》ひて、いとめつらかにおほしやらせたまへり。藤のかけ《（陰）》には、いとおほきなる君《（石）》のうへはたいらなる《（成）》か、もとはしまさきへつきいたされて、浪はひまなくうちよするに、松の枝は日かけをもち《（ら）》さぬまてにさしかはし、みすをかけたらんやうに藤のさきかゝりたる所に、たゝみ、しとねをかさねて、かりのおましをかまへたまへり。それにうつらせたま《（給）》ひて、花のしなひの、ひたるはかりにさかりて、浪にうつろへるかけを御らんしたまひて、

　さゝ浪にうつろふ藤のかけみれは
　　枝にしられぬ松風そふく　（14）

あるしの中納言、

　藤の花かゝるみゆきの折をえて
　　枝をならさぬ千代の松風　（15）

とそうし給へは、こよなふ御心よけにわたらせたまひて、かすのほかなる権大納言になら《（さ）》せたまひ、年月こゝろをつくしぬるよしきこしめさるれは、「松に千とせをちきれかし。藤の名もいちしるくこそ」とたはふれさせたまひけれは、いとかしこまりたまふ。「内侍のかはりに」とて、藤のしなひのいとおほきなるをおらさせたまひて、御輿のうへにさゝせて、くはんきよなさせたまふ。つきの日は東宮の行啓にて、わ《（か）》うきかんたちめ、てんしやう人、あまた供奉し給へり。御池のふねにめされてさま〳〵の御あそひ《（出）》ありけり。暮過て、はつかの夜の月、山のはにさしいつるほとに、少将をめして、「心の松にかゝりつる藤をこよひみせなんや」とのたまはすれは、『とりあへぬよ《（こ）》そほひを、いかゝ』とはおほしなから、対へおはして、「おまへの御あそひこそおもしろくさふらふなり《（也）》。かひ《（い）》ま見せさせ給へ」といさなひ出たまへり。からんのもとにたゝせたまへるに、おほろならさ

る月のさしうつるに、さくらかさねのきぬの色つやゝ《やか》う〔う↓か〕なるに、御くしの柳の枝に露のこほれかゝりたるさまして、わか木の梅のにほひさへうちそひて見えさせたま《給》へは、みやはたえすおほしめされて、御そて《袖》をとらへたまはんとした〔て〕《・》まへるに、うちおとろきてかへり給へり。夜もあけなんとするに、みやはかへらせ給ふ。少将の御をくりにま《い》ひられけるに、御ふみ給はる。

ちらすなよ我しめゆひしわか草の
　葉末の露に風はふくとも　(16)

姫君は、おも《思》はぬかたのえにしになかれとゝ《と》まり給ふて、ゆめ《夢》のうきはしの事をおほし出させたまひつゝ、『とたえのなからましかは、いかはかりくやしからまし』とおもひつゝけて、いとさひしけにみえさせ給へは、さきのみやはらなりけるひめ君の、いとけなきをともなひたまひて、「つれ〳〵におはさん《む》こそこゝろ《心》もとなくおもひ給ふれ。おさなうよりなれにしものゝ、過《つ》くる年の春の比にや、風の心ちのいとお《を》もくなりゆくまゝに、

我身こそ露とはきえめ残しをく
　小萩《はき》かもとを風にあらすな　(17)

と残しをきつる言の葉の、露わすれぬへきときしなけれは、身にそへてのみありつるや《也》。これをたてまつりなん」とて、あつけさせたまへは、琴を手なれさせ給はんとて、かしつき給へり。此おなし御はらにて少将ときこへ《え》しは、十あまり五の程にや。その御いもうと君はふたつはかりをとり給ひて、御かたちのいとすくれさせ給ひけれは、東宮の御心をかけさせ給へり。そのつきは田鶴君とて、またかうふりもしたま《給》はて、わらはにておはします。そのころ、あつまのえひすおこりて、いとさう〳〵しかりけれは、源大納言の御おとうとの右衛門の督なるに、しつむへきよしのおほせことありて、むさしのかみをかけ給へり。おほくのいくさをしたかへてくたり給ふ。

ぬれきぬ

中納言は、うかりし事とも露わすれ給はて、月ころこもり居たまひつゝ、源大納言をつらき人におほしつゝけさせ給へり。長月のはしめつかた、ひたち(り)の宰相中将、竹川の少将の君、さきの右馬頭、まいり給ふて、「なかき夜のつれ〳〵をこそ思ひやり給ふれ」とて、なにとなき世の中の物語をせさせけるに、右馬頭の、「源大納言殿こそ、いかめしきすくせにてはありけれ。やかて大将をこそかけ給ふらめ。御子の少将もきのふ中将にうつり給ふとこそ。今の世に御かたちのすくれて、心をかけぬ人もなき藤の内侍はたまはりぬ。姫君はいときよらにて、東宮の御心をかけさせ給ふとなれは、女御とこそ申へかめれ。されと、今ときめかせ給ふれいけいてんと御(中)・らひあしけなり。女御は大納言のもとのうへとおなし御はらからなりし。ことに御ねたみのふかゝりし。藤の内侍のまいりたまひしより、此ほとは、まいり給ふてもおまへにもめされさふらはぬよし、きのふ、女御のけいし中つかさの少将(輔)かかたりし」といへは、「されはよ。其人は我もことさらにいひかよはして、手なともならひさふらひしか。内侍に心を【重複：なれは女御とこそ申へかめれされと今ときめかせ給ふれいけいてんと御中らひあしけなり……内侍に心を】かけし事をきゝてやおはすらん。むかしのこともあらす。此ほと、内侍のもとにあり(有)ける少納言かかたりしは『中納言の御ふみの落ちりてさふらひしを見たまふて、侍従にありし事ともをたつねさせ給ひ、「おかしの夢のうきはしのわたりさまや。渕瀬にもしつみ給はて、世の人に立ましらふこそ、見くるしきわさなれ」とて、うち(打)わらひ給ふて、侍従に心をかせ給ひけるにや、ちかつけ給はす』となり」。また、少将の君は、「大納言のみむすめの、みたらし川にみそきし給ふをかひ(い)ま見給ひて、

いかにせんうき俤を見たらしの

みそきを神のうけぬためしに　(18)

とよみをくられしを、大納言の見給ふて、『東宮のきこしめされん事もあるなれは、はらへの具にそへてよ』とて、ひきやりてなかし給へる事もきゝしそかし。やは、あらかひはし給はし」といひてえみ給へは、「されはよ。うき恋のためしには、ありはらや《也》けるおとこの、たえ入し思ひも身にしられてこそ。かくはかりうき名のたちやすき物とは、かけてもおも《思》はさりき」とて

うきふしのしけき物とは竹川の
なかれてはやきな《名》こそつらけれ　(19)

といひたはふれ給へは、中納言の御こゝろ《心》のいとゝせかれ給へるにや、「さのみいひおとさすともありなん。あらぬ心にうつろふ物にこそ。心をかけつる人〳〵をよしなく思ふへけれは、いひしつめんそかし。さきたゝん事をはかり給へかし」とのたまはすれは、右馬頭の『さしたることもあらさるに、おほけなき事をこそ。身と《も》ほろひなん』とおもひ給ふ《へ》るけしきを見給ふて、「まことや、右衛門の督はあつまのえひすをしつめて、めし具し給へる大納言のけいしさまのすけを、しもつふさのかみになしてんとはからふこそ、よしなき事よ。いまの国のかみは、うへにもよくおほさるゝを、世のみたれにことよするこそ、うたてしけれ。はや、きゝ給はんにこそ」とあるしののたまはすれは、『右衛門のかみの御心は、いとさはあらし』とおもひなからも、あた成心の色にうつろひたまひぬ。宰相の手はよく似たまへるとて、文をかゝせ給《たま》ふて、「侍従こそ大納言をうらみたてまつるといふなれは、かれをこそ」とて、おさな君してめされけれは、やかてまいりぬ。「夢のうきはしのほゐなくて、世になからふへくもあらねと、さためなき世なれはと思ひかへしてこそ」と御なみたくみ給へは、侍従もいとあはれとおもひたてまつりて、「御ちきりのかく浅かりし事をもしらて、よしなきよすかと成さふらひて、御物思ひのまさらせ給ひ、我も思ひうたかはれ給ふまゝに、君のおまへさへうとく

なりゆきて、あるにかひなくてこそ過しつれ」とて涙にむせふ。『かれもおなし心にこそ』とて、「れいけいてんへまいりたまへかし。大納言のつみせられ給はゝ、ほゐにこそ思ひ給はんつれ」とのたまはすれは、うちほゝえみて、「あれにしたしき中将の君とてさふらふなれは、はからひやすくこそさふらはめ」とて、中将の君して御文たてまつる。女御は「おも《（思）》はすの事にこそ。今はうとくて過しつるに、いかなる文にてかあらん」と見給へれば、『おもひの外にこそあ《（有）》るなれ。ゆかりをおもはゝ、かゝる心のおはすへきかは。ひとりあるとも、さはあるまし。うへのもれきかせたまはゝ、うしろめたくおもはれたてまつりては』《（と）》・おほしめして、「源大納言かたより、めつらしき文を」とて、御まへにさしをかせ給へは、「何《（なに）》ことにか」とてとらせ給ふに、かきくときて、

　むさし野の草をみなから吹風に
　なひくを君かこゝろともかな　(20)

手もそれとは見させなから、うたかひおほして、侍従をめさせ給ひて、「さこそなれゆき給はんまゝに、浅からすこそあるらめ」とたつねさせ給へは、「そのきはには、さにこそさふらひしか。此ころは、御心をほかにうつされけるにや、御物おもひたまへるさまにて、君ともかれ〳〵にこそわたらせ給へ。右衛門督殿のあつまにわたらせ給ふに、御心をあはさせ給はん事のありけにて、ひとかたならぬ御けしきにてこそ」とけいすれは、なをおほつかなからせ給ひて、女御に「御返しせさせたまへ」とおまへにてかゝさせたま《（給）》ひて、侍従にたまはりけれは、かへりて人〳〵《（々）》に見《（み）》せ奉る。

　「たつねみよ草のゆかりのいかてかは
　このゆふ風になひかさるらん　(21)

此ゆふくれのほとに、かならすわたらせ給へ」とあり。此まゝにてやみなんには、かひなき事にてこそあれとおもひわつらひ給ひけるに、侍従が、「さこそあるへき事とおもひさふらひて、此夕くれのほと《（程）》にめさるゝよしの文を、中将の君にかゝせてまいりぬ

る」といひけれは、『ねちけかましき心なから、ゆゝしくはかりぬる(に)・こそ』とすさましきまてにおほす。「せうとの下総守より『右衛門のかみの、此たひしたかへるえひすをもて都をおそはむとしたまふ(給)よしけいせよ』とつけ給へる」と右馬頭のそうしたてまつれは、『この人〳〵は、おれたる事はすさましき心はへ(え)や(也)』とて、此ゆふへに源大納言のれいけいてんのほとりにまい(参)り給はゝ、とゝめてそうすへきよし、さゑもんのかみ(督)にお(仰)ほせらる。かゝりし事は露しらさ〔さ〕せ給はて、女御のめさるゝに『此ほとの御ねたみも、すこしはるけ給へるにや』と夕暮のほとにわたらせ給ふ。弓張月の影ほのかなるに、ねくらを求《もとむ》るにや、雁のひとつはなれてゆくを、

　夕まくれひとつはなれてとふ雁は
　ねくらさひしきねにや鳴らん　(22)

と、心ほそけにきこえさせ給へり。左衛門のちん(陳)に御車をとゝめさせ給ひて、れいけいてんへいらせ給へるを、「いかなる(成)事ともわきまへさふらはねとも、とゝめまいらすへきよし、おほせ事にてさふらへ」とて、けひぬ(ゐ)〔ぬ↓ゐ〕しあまた御手をとりて、左衛門の陣にいれたてまつる。うへにきかさせ給ひて、御けしきいとしほれさせ給ひて、はいしよをさたむへきのよし、おほせことあり。中将に露しらせ給ふましき事や(也)。そ(け)れは、まかきの菊のゆふはえより、月にそめます紅葉の色に、御物思ひのふかきあさ(さ)ゝをおもひなそらひておはしけるに、御ともの人〳〵の立かへりて、「かくこそ」とてかいつくれは、あるかきりつとひてなきさはく。「我もおなしつみにさふらはんなれは、まいりてあひ見たてまつらんことをこそ、いそきぬへけれ。おとうと君たち(達)の行衛こそ、おもひをかれさふらへ。したしきかきりはあつまにさふらふなれは、御かたよりあらさりけり」とて袖をしほりたまへは、「侍従さへ今朝より出てかへらぬなり。おさなき君たちを残したまひて、なと出たまはんとはせさせ給ふ」と御袖をとらへんとし給へと、「夜もこそふくれ」とて立出させ給ふ。したはせたま

へる御聲〳〵にかへりみさせたまへは、かたふく月の影、かすかに松の梢にうつろふを、

なれ〳〵し宿の木末に今はとて
月やあるしとすみかはるらん　(23)

殿上にさふらひたまひて、頭中将に、「つみは何事にや。我をもおはすらん所へいさなひ給へ」とのたまはすれは、「御つみのあらん事とも思ひ侍らねと、かうさためさせ給へるを、とかくはからひたてまつらむもかろ〳〵しきわさと、思ひ過し侍る。あけなは嶋へおもむきたまひなん。たいめんもあらまほしかるへけれとも、我たに心にまかせさふらはね。我かたへいらせたまひて、御文をまいらさせたま《（給）》へ」といさなひたまふ。おもふ程《（ほと）》なることのはは、中〳〵に《（と）》して、

涙川うき瀬はありとうたかたの
き《（え）》はてそすまむ《（ん）》もとの汀に　(24)

御文を見給ふに、いとゝせきあへ給はす。『今をかきりとしらましかは、後の世かけてちきりをきてん物を。かく斗あさきえにしにあらは、なにしになれそめけん。』いとけなき君達の行末なと思ひつゝけさせ給ふて、御なみたにしつませ給へるに、御返事をいそきたてまつるに、御ふみをひきかへして、

あすしらぬ我こそあらめなみた川
おなしうき瀬にしつますも哉　(25)

都の御名残のつきさせ給ふましき事なりけれは、千夜を一夜になせりとも、明ゆく空はうらめしからまし。御車をよこおれて、五條をひかしさまにゆかせ給へは、『松の梢のほのかに《（み）》見えそむるは、ふるさと《（郷）》の《（池）》地の汀にてあらん』とおほすに、『何しにかゝる道へはきぬらん。なけきの色も今一入にこそあれ。涙のたねとならんとは、露もおも《（思）》ひかけさりし物を』。みゆきの折をおほしいつるに、『藤のしないにかへさせ給ひつるみことのりも、一とせかほとにやうかはりにける《（り）》』と、しはし御車をとゝめさせ給ひて、御文あり。「あひみん事さへ心にまかせぬうさを、おほしやらせ給へ。小萩の露さへ御身に置そふらんと、

いとかなしくて、

　なかれゆく身はそれならてしからみを
　　心にかくる賀茂の川なみ　(26)」

「御車の過させたまふ」といそきたてまつれは、

　なかるとも賀茂の川なみ立かへり
　　いま一たひのあふせともかな　(27)

なく〳〵かゝせ給ふて、高とのにのほらせたま《(給)》へは、御車ははしのうへをゆく。御たもとをしてまねかせたまへは、かへり見給ふ。御かたちの、いとちいさうなるまゝに、やかて霧にうつもれたまへは、さらぬわかれの御心地そしな《(給)》へる。またきしくれの程もしらるゝいなり山の紅葉、うつらなくらん《(む)》野辺もあとになりて、ふしみのさとにとゝまらせ給へり。

　夢にたに都は遠しかりまくら
　　ふし見のさとの月にあかして　(28)

淀のわたりをしたまふに、朝霧・《(の)》いとふかく立わたりて、都の山も見えわかねは、行さきとをき旅の空をおほしやらせたまひて、

　かきくらす心のやみにたちそひて
　　行衛にまよふ淀の川霧　(29)

けふはまかきの菊を心あて《(つ)》なるに、きのふの程にうつろひかはるこそ、さため《(定)》なき世なりけれ。

　かさすへきまかきの菊のそれならて
　　袖にみたるゝ露のしら玉　(30)

やう〳〵過行給ひつゝ、「人にはつけよ」となかめ給ひつる海つらを見わたさるゝに、嶋は浪にゆらさるらんやうにうかひて、船の行衛の見えかくるゝは、霧のはれくもるにやあらんかし。松の木の間よりけふりのほそう立のほりて、浦風によこおるゝゆふへの空の、いとえんにこそ。くれ行まゝに、月のひかりはいやまさりて、御心もすみわたりけれは「爰はいつくそ」と御ともの中にとはせ給ひけれは、

　浦の名はそらにもしるし月かけも
　　こよひあかしの浪にやとりて　(31)

淀のわたりをしたまひしより、日かす《(数)》をゆひおらせたま《(給)》ひけれは、けにも一《(十)》三夜にてありけり。「年ころ《(比)》

心からか《（に）》ゝりつる浦の名を、とはさらましかは、たゝにこそ過なまし」とて、

名にしおふ明石のうらに旅ねして
　しかも今宵の月をみるかな　(32)

『さこそ、ふるさと《（郷）》にも今宵の月をみるらん』とおほし出るにそ、さやけき影もかき曇にき。

松陰中納言第二

あつまの月

右衛門のかみは、あつまのえひすをところ〳〵にてたいらけさせ給ひて、下野国におはしますを、いとねんころにかしつきて、我御もとへいれたてまつらる。此《（この）》国のかみ、きた《（北）》のかたは、源大納言のさきのうへの御めのとなりける人のいもうと也ければ、おさなふましく〳〵・《（しよ）》けりしたしみ給へり。さきの右馬頭のみむすめを、我子のことくにおふしたてゝ、あつまゝても具し給へり。いとらうたけに、御心さまのゆうにおはしましければ、よはう《（ふ）》人あまたありけれとも、『あつまの人にみせんは、いとほゐなき事』におほして、玉たれのうちにのみ過したまひけるを、

右衛門のかみに心つけたまひけれとも、『打いてん事もいかゝおほすらん』とおもひ過し給ひけるに、「こよひは九月十三夜にてさふらふなり《(也)》。須磨明石の月はな《(名)》にしおへと、都にとをからねは、見し人もあまたあらんかし。あつまの海の浪まに見給はゝ、都のつとに・《(も)》し給へかし」との給へれは、「みやこの月よりも、けにあたらしき色のそふらんかし。かゝるおりふ《(に)》しあはすは」とて出たゝせたまふ。いときよう《(ら)》にふなよそひして、また暮ぬほとには、海士ともをめして、をのかとり〳〵のしわさをせさせ給ふに、めなれさせさへ給はねは、いとめつらしき事におほす。『浪のうへを我物かほにうきしつむは、水鳥のむまれきにけるにやと、さきの世の事まておもひやらるれ。浪ま《(間)》かきわけていりぬるは、ちいろのそこにや』とおほす。いと久しくありて、岩のうへにあかりて、いきもつきあへぬは、見るめさへいとくるしみ、ふねちかくめされて、みきたまふに、水のうへ《(上)》にうかひて、さかつきをうけなから哥《(うた)》をうたふ。東《(あつま)》哥なめりとおほせと、いときゝもわかれ給はす。同《(何)》事をいふ《(云)》にかあらん、くち〳〵にさへつるを、人にとはせ給へは、「『うるはしきみきのあちはひかな。あくまてたまはらは、のちの世までのおもひてならん』とこそ」とけいすれは、「いとやすき事にこそあれ」とて、おほきなるかはらけを浪のうへにうかへさせ給へは、よろこひて、ひさけみつはかり、つゝのむ。『もろこしのふなのりすなる、やよひの比のなかめも、かくまてはあらし』とおほすに、あるかきり海へつふ〳〵といるを、『いかゝする事にや』と御らんすれは、あわひ、にしのたくひをかつきあけて、「御さかなに」とて、たてまつる。その中に、なをかたちのあやしけなるか、おほきなりける玉の、色〳〵の光りあるをさゝけて、「年久しく、身をはなたてもたまへれとも、『こゝはと思はん人にたてまつりなん』と思ひ過し侍る。聖徳太子に、くたらのみかとよりまいらせられしを、もりやのぬしのうはゝせたまひて、なにはのうらにしつめられしを、我物にして侍る。三千とせ斗もこの海にはへりつれとも、かゝるおもひてこそなかりつれ」とて、御ふねにあるかきりのみつくして、浪のうへにたちて舞けるを、いとあやしくおほして、色あるきぬをかつけさせ給ひけれは、

色も香もふかくはあれとわたつ海の
我にことたる浪のぬれきぬ　(33)

とて、御ふねのうちへなけか《(へ)》くして、ちいろ《(千尋)》のそこにしつむ。蜑ともをいれてみせさせたまへとも、いつちゆくらんもしらす成《(に)》ふし。くれゆくまゝに、海のおもては、千さとに降しける雪のあしたに、日影のうつろふらんやうにて、浪風いとしつかに、心ありてみ《(見)》えわたりけれは、姫君の、たいへいらくをしらへ給ひける琴のねの、はな《(花)》やかにきこえ給へは、笛をふきあはせ給《(たま)》ひて、『世のさはきの、程なくしつまりけれは、此楽は折にあひぬるこそ』とおほして、又、さうふれむ《(ん)》をしらへ給ひけれは、ひきあはさせ給ふも、いかにおほすにかあらん。浦かせも夜さむになりて、ふけ行ほともしらさせ給ひけれは、御ふねを汀へよせさせ給へり。おとこ君は、何となく琴のねの御心にかゝらせ給へるまゝに、人をしつめて、『住かたはいつちにや』と、月をかことにうかれ出させ給へは、ほのかにことのねのきこゆ。『それなめり』ときゝなし給ふて、かいま見給へは、人はしつまりにけるに、月のさし入かたのやり戸をあけて、琴によりかゝれるさまの、いとらうたけに見《(み)》えたま《(給)》ひらるゝまゝに、立やすらふへき心ちもしたまはねは、つといり給へるに、「月をこそみれ」とて、ひきいり給はんとし給へるを、「ともにみんこそ、名残もおかしからめ」とて、かきいたかせ給ひて、月影のさし入すたれのきはへおはして、琴をまくらにふさせ給へれは、いとはつかしけにひきかつき給へるを、「なと月を見給はぬにや。あつまには、かたふく影を見すつる事のあるや」との給はすれは、「さかなきえひす心も、月にはいとゝみえなむ物を」とほのかにのたまふもおかしくき《(聞)》こゆ。夜もやう〳〵あけなん《(む)》と

しけれは、

名にしおふこよひの月にいとゝしく
わかれかなしきしのゝめのそら　(34)

御かへし

名残あるこよひの月にたくへつゝ
めくりあふへき空なわすれそ　(35)

つとめて、御文やらせ給はんもせんかたのおはしまさねは、いと心もとなくて過し給ひけるに、あるしのまいりた《(給)》まふて、「きのふの浦風は、御身にはしませ給はぬにや。いと心もとなくて」とけいしたまへは、『琴のね《(音)》にやあるらん』とおほして、「めつらしき色香にこそさふらひつれ。かく《(ら)》琴と《(に)》りや。ゆかしくこそ」とのたまはすれは、おも《(思)》はすなからとりよせつ。しらへさせたまひて、「浪のをとに《(も)》立まさりけるも、むへにこそあなれ」とて、箱に入させ給ふとて、御文を緒にむすひつ《(付)》けさせて、「これ、ありつるかたへ」とて、さしをかせ給へは、もて入ぬ。女君は、琴をめしけるを、あやしとおほして、あけてみ《(見)》させ給へは、あかさりし名残をあそはして、

「あひみての後こそ物はかなしけれ
人めをつゝむ心ならひに　(36)

こよひはいとゝく人をしつめて」と有けれとも、いかにせんとも思ひわき給はす。おさなきおとうと君の、「まらうとのかたへ参らんに、あふきをきのふ海へおとし侍り《(る)》。給はらむ」と・給《(のたま)》ひにおはす。何のよき事とおほして、つまにちいさうかき給ひて、「この絵はおもしろふか《(書)》きなしたれは、とのに見せさせ給へ。さもあらは、ちいさきいぬをたまひぬへけれ」とうちえませ給へは、よろこほひて、はゝ《(母)》君のかたへまいらせ給ひて、「あふきをこそ給はりつれ」とて、見せさせ給へは、哥を見つ《(付)》け給ふて、あやしき事におほする。なをけしきを見はやと、しりにたちて、ひやうふのかくれよりのそき給へり。「此あふきの絵を見させ給へ。あね君のかくこそ」とのたまへれは、「まことにいみしくこそかきなしつれ」とて、み《(見)》給へれは、

かなしさもしのはんこともおもほえす
わかれしまゝの心まとひに　(37)

今朝の琴のかへしならむとおほして、「此あふきは我等《に》たまひなん。いぬをこそ、まいらすへかめれ。京にあまたありつれは、よりよせてこそ。そのほとに」とて、こかねにてつくりしいぬのかうはこをたまはせて、「あね君に見せ給へかし」とのたまへれは、もていり給へるを、はゝ君、いとゝあやしとおほして、「我にもみせよかし」とて、とりて見給へるに、『されはに《よ》。きのふの琴のねをしるへにこそし給ふ《給》らめ』とおほせと、けしきをみえしともてかくしたまへり。あね君のかたへおはして、『みせ給《たま》ひつれは、我物にせん』とて、とらせたまひて、「此いぬをこそ」とのたまはすれは、「我ことはゝ、たかふましけれ」とて、ふたをとりて見給ひけれは、うちのかたに、

わかれつる今朝は心のまとふとも
こよひといひし事をわするな　(38)

おしくはおほせと、人もこそみめとて、かひ《いけ》たち給へり。母きみは、しのひますらんも、心くるしからむとて、右近をめして、「こよひ、とのゝわたり給はんそ。よくしつらひたまへ。行末たのもしき事にてあるなれは」とのたまはすれは、『されはよ。今朝よりのみありさまも、きのふのかくを引かへたまへしも、心もとなかりつれ』とて、「かく」ともいか《は》て、几帳かけわたし、くま〳〵まてちりをはらへは、「よもきふの露をわくらむ人もなきを、さもせすともありなん」との給へらるれは、「よもきの露ははらはすとも、御むねの霧《きり》はこよひはれなん物を」と打わらへは、いとはつかしとおほす。は・《ゝ》君、まいり給ふて、「今宵の月は、さきの夜ほと名にはおはねと、いとさやかにてりまさるにこそ。露ふかき庭のえもきにうつるを、え《見》たまへかし」とほのめかし給へれは、「さきの夜の月にあかすふかしぬれ。こ・《ゝ》ろもれいならすこそ。いとゝく人をしつめ給へ。さそ《す》、うらふれなまし。あすの夜こそみめ」とのたまはされは、それとおほしあはさせ給へとも、「軒のしのふも色に

出ておかしくさふらへは」とて、あなかちに、「こなたへ」と、さきにたち給へは、御心ならす、はる〳〵とな〔か〕《(か)》きらうをわたりたま《(給)》ひ、今朝わかれつるつま戸のくちにたゝすみて、「月・・《(こそ)》いとさやかなれ。出て見給へかし」との給はすれは、つゝましけにていさり出給《(たま)》へり。おとこ君は、しのふの色に出ける言の葉をおもひあはさせ給ひて、「今宵の月をみ《(見)》てこそ、みたり心ちもさはやきてこそ。ねなましかは、くやしからまし」と打ゑませ給へは、「うらふれなんとおほしやらせ給へは、御いとまをこそたまはらめ」と、と《(ゝ)》もにゑみてたゝせたまへは、さよ風に「はたさむし」とて、つま戸《〔戸〕》のうちにいらせ給《(たま)》ふ。ひるのおかしかりし事共を、かたみにかたりて、そひふし給へり。明ぬれは、三《(み)》か・《(の)》夜のもちゐなと、はゝ君、さたし給ひて、いといかめしかりし。あけの日は、ひめ君、くし給ふて、むさしの国へかへり給へり。ふつか、三かはかりありて、京にのほりなん《(む)》とし給《(たま)》ふに、思ひの外の事ありて、下総の国にすみ給《(たま)》ふへきよしのみことのりありけれは、身にしろしめすへき事にはあらさりけれとも、又たちかへりて、うきね《(年)》月をくりおはします。

あしの屋

中将の君は、都のうちにおはしなから、はるかなる嶋へおもむかせ給ひけるをなけきおほして、「我かくてあらんこそ、後の世迄のつみ、ふかゝるへけれ。都のうちを出なん」と頭中将にのたまへれは、「おさなき君たちをも、よそなからも見そなはさせ給へかし。なき名にておはすれは、やかてはるけ給ひなん物を」としゐてのはまはすれと、「おさなふありなん程はさはあるましけれと、人にまみえんたひことに、心をやるもくるしからむ。ともに都へたちかへらんこそ、あらまほしき事にさふらふなれ」とせちになけきの給《(たま)》へは、さすかにいたはりおほして、「うへの御心にこそまかせさふらはんつれ」とて、ありし事《し》共《とも》をけいし給へは、「またわかゝらむ心には、行末たのもしき事にもこそあれ。とをきは心もとなかるへけれは、須磨の浦やよからまし」とて、かしこき御涙を御衣にかけさせ給へは、ましてせきあへたまはぬを、袖にかくしてかへりおはします。あけぬれは、御車にたてまつりて、鳥羽までおはしつるに、山の井《ゐ》の少将の御をくりにまいらせけるに、「御船にめさせ給はん」とて、中将、

めくりあはんほとけ《は》〔け↓は〕いつともしら波の
あはれをかけよ行末の空　(39)

つゐにほゐとけ給はさりしかなしさを人しれすの給はす。少将、

わするなよ雲の浪路はへたつとも
ともにみし夜の月とおもはゝ　(40)

かたみにのたまはす御心のうち、思ひやらるへし。須磨より御をくりの人〳〵立かへるに、御か《文》へともをかゝせ給へるさまの、御心ほそけになみたをまきこめさせ給ふも、さもあらんかし。少将へは、「都はなれしよりは、さらになからふへくもあらさりけれと、けふまてはつれなくて《ま》こそ。身のうき《さ》にもまきるゝかたなく、おもひ《思》まさるにこそ。

しらせはやたえぬなみたに袖ひちて
おもひをすま《須磨》のうらかなしさを」　(41)

少将はあまりにたえかねたまひて、いつくしまへまふて給へるほとの御いとまを申させ給ひて、その程すまへまいり給ふて、心《御》ありさまを見給へるに、あまのすむらん里よりはすこしへたゝりて、うへ野のかたに、しはといふ物をまはらにかこひなし、霜ふかき御庭の草に、人めのかれにけるほともしられて、あやしきすのこにつゐ居給へるに、むもんの〔な〕《な》をしのなへたるをたてまつりて、御琴を手まさくり給ひて、松のはしらによりそひ給ひ、都の御恋しうお《あ》ほし出され給ひけるにや、「雲ゐのよそ《ふ》に」とうちすんし、御涙をうかへさせ給ひけるに、まつ御袖を

しほらせ給ふ事をさきたておはしませは、中将の君も、「夢ならては」とはかりのたま《(給)》はすに、「御恋しさのこよのふ《(な)》たへ《(え)》かねて、神にまふてなんをかことにこそ。身にうくへきつみもかへり見すさふらへ。我心にたくへて、都のそらもさこそと思ひたてまつれ」との給はすれは、「せき吹こゆる秋風の程・《(は)》、むしの聲〳〵《(々)》う《(た)》ちそひて、月に心もすみわたりしに、四方のあらしにをとかはりしより、あしへのたつのよるの聲も、霜にねくらをうしなへるに、『おきの島《(嶋)》の御ねさめもさこ《(う)》そ』と心を・《(か)》よはし、もしほのけふりの心ほそくたちのほりて、都のかたへたなひくに、いとゝ思ひのたきまさりて、千鳥の聲をかたしく袖にこそ」とのたまはすれは、「御物ねたみのいやまさりて、此ころはあしやの里にすませ給ふにこそ。まつみえ《(こ)》えん事をいそきてさふらへは、かへさにこそ立よりさふらはめ。ともに都にさふらひ給はゝ、この比は御ほゐもとけさせ給はん物を」となみたくみ給へり。「かゝる所はめなれさせ給はて、さそおほすらめ」と御ふねにめさせて、あまと《(共)》もをめして、かつきさせ給ふ。「物のねもあらまほしけれと、世をはゝかる身にしあれは」《(とて)》こそ、いそへをこきめくらせ給ふ。此少将の御父、中納言の、いとしのひてかよひたまひし大《(人)》のはらに、御子二人あり。あに君は此少将にて、君につかへさせ給へとも、いまはらの侍従の君にはをとり給へり。つきは女君にて、御かたちのいとめてたくて、思ひをかけぬかたもなかりしに、此中将、ことに心をつ《(くさ)》ゝませ給へり。北のかたの御物ねたみのいとふかくわたらせ給へは、いもうと君たちに御かたちのまさらせ給へるを、御心ふかく思ひこめ給へるは、あさましき事なから、中納言もせんかたなくて、「ともにありなは、物わらはしき事もそあらめ」と、津の国あし屋のさとにしる所ありけるに、つかへ人あまたつけ給ふて、すまさせ給ふ。さらぬたになれさせ給はぬ御すまゐに、冬のけしきの物うかるに、霜のしろく置わたりたるを見給ふて、

霜ふかきあしやの里の夕まくれ
人めもかれてさひしかりけり　(42)

北の方は、かくひきわけ給へるを、なをねたましくおほして、はりまのくにのしそうの官人にゆかりのおはしけるか、まいりけるに、「国へはいつのころ《(比)》にや。またひとりすみならんこそつれ〳〵ならめ。国の人はさそ情なからめ。我ゆかりの、京に住わひて、此こ《(比)》ろあしやのさとにあるなれは、あひく《(具)》し給へかし。さゑ《(思ひ)》絵給はゝ、此ふみをまいらせて、『中納言殿よりの御つかつか《(・・)》ひ』との給へ。車にのりさふらはんには、いそき具してくたり給へ。道にては、それとあかさせ給ふとも、あしやにては、しのはせ給へ」とをしへさせ給へは、『ゆへこそあらめ』と思ひてゆく。あし屋の里に成けるまま《(儘)》に、御文をたてまつれは、「中納言殿とみの事おはしてかきりのたいめんあらんとなれは、いそき、この人に具しておはしませ。そこもとにあるらん人〳〵は、物ともとりしたゝめてまひ《(い)》り給ふへき」よしありけれは、いとあはて給ひて、あやめにつけさせ給へは、「いそき給はむ事のかきりにこそあれ」とて、車をひきいたさせ、あやめも、「跡の事そこ〳〵」といひをきてあひのる。四五ちやうかほと引出すに、おとことも「須磨のかたへ」もと《(と)》いひのゝしるをきゝて、あやめ、心もとなかりて、「此御車をなと京のかたへはやらぬそ」ととかめられて、ひけかちなるおとこの、馬にのりなからうちゆる《(か)》みたる聲して、「京にて、北のかたの我になかたちし給へれは、はりまへ具してまかるにこそあれ。須磨より舟にめさせて、物もめさ《(せ)》れん。その程いそき給へ」といふに、「いとさはあらし。御車の〔の《(を)》↓を〕かへせ」といへと、きゝもいれす。君は御人心ちもせさせ給はす、うちふさせ《(け)》給へり。・・《〔汀む〕》けにて馬をとゝめて、舟を見わたし、それともなかりければ、いきまきて、ともなるものとと《(ゝ)》もにたつねけるに、車の内《(うち)》には、ふたりなから、「いかにせん」とて、なき給へるを、少将のあやしみ給へるを、車の見なれたる心ちしたまへは、猶おほつかなくて、すたれをかゝけて見給へれは、「おとこのきたりて舟にのするにこそ」とて、いとゝふししつみ給へるを、「いかてかくはおはする」との給へる聲を、少将ときゝなし給ふて、ありつる事をかたり給へは、まつ中将の御舟《船》へうつしたまふて、『おとこをとらへてつみせむ』とおほせと、物まふて《詣》に事よせ給へは、思ひかへして、『たゝありなんも、ほゐなかるへし』とて、あま《蜑》をとめを二人めして、「かくいやしきわさをせんよりも、我すむはりまへくたれかし。心やすくあらせん」との給へは、手をあはせてよろこふ。ふたりのうへのきぬをぬかせて、をとめに、「此きぬをうちかつきてゐよ。人をこして舟にのせなん。そのほとは物な申しそ。たゝ人のするまゝにまかせよ」とて、車にのせ給へり。のりもならめ《は》ぬ物にはのりつ、よそにたにみさりつるきぬを、あまころものうへにかさねて、いとあたゝかにありけれは、こくらくせかいに生れたる心地《ち》して、よろこひあへり。おとこは、やう〳〵むかへの船《舟》をたつねもとめて、「いさ、お船にめさせん」といとかろらかによきいたきて、「そこなる人をひてこよ」とてともに船にのる。「うたての人のありさまや。ここ《爰》は名におふ須磨と言所《よ》に。浦のけしきをも詠め給へかし」とて、をしうこかすれとも物もいはす。「うらめしくおほしめすとも、かひなき事よ《・》。はりまもすは程ちかし。こうし給ひなん。もちゐなとはへるに、きこしめせかし」とて、きぬをとりて見れは、いとあかきかみをみたして、しほしみたるくろきかほをさし出して、えみゐたり。「是《これ》はさは此世のものにはあらし。北・《の》かたにはかられける」とさはくを、中将の御舟より見たま《給》へるは、いとおかしくこそ。『人わらへになりなんも口おしけれは、これ《是》を京へ具して、北・《の》かたへ思ひしらせん』と思ひしつめて、「はりまへともなふへかめれと、まためしのあれは、京にすまさせん」とて、舟をこきかへす。もとの車にのせて、北のかたへ人をはしらせて、「あしやなる人をくしたてまつりぬれは、『京へこそゆかめ』と、せちもなけき給へるか、いたはしく思ひ給へるまゝに、ともなひてこそさふらへ」といひこせは、いとあはたゝしくて、『中納言のきかせ給はゝ、いかゝはせん』とおほしなから、「これへ」とて、いれ給へれは、車にのりし人は、『ありしやうにせんこそよからめ』とて、きぬ引かつきてふしてゐたり。例のおとこよりきたりて、つま戸くちにおろしをき《置》、馬はしらしてにけていぬ。北のかた出給ふて、衣は見しり給へり。むね打さわ《は》きて、「ひなの御住ゐの思ひやられてさふらへは、これへむかへまいらせつ」との給《たま》へともいらへ給はねは、いとゝはらたゝしくて、きぬ引やりて見給へれは、「へんけのものに」とて、はしりいらせ給へり。さはかしかりけれは、との出させ給ひてとはせたまへは、「ひなの御すまゐに、御心地《ち》のれいならぬときゝ給へ《ふ》るまゝに、むかへたてまつ《奉》りてさふらへは、あやしき御なやみにこそあるらめ。むかし物語にはきゝつれと、まのあたりには今こそ見つれ。かゝるかたちをその《其》まゝありなは、ひめ君たちのをそはれ給はん《む》。また、物のけになりなんもいとむつかしかりぬへけれは、うしなひ給はんこそよからめ。へたてなく思ひたてまつりし我を、神かけてねたみ給へるむくひにや」となけき給へるさまも、いとむくつけし。あやしくおほして見給へるに、「姫君こそ、れいならぬ心ちのつかれに、へんけのものともなか《・》らんつれ。あやめか出たちの、いかてかはるへき。きつねのわさにて《も》・あらんかし。あし屋のつてをきかんほとは、山のいほりにすま《浦》{さ}《さ》せよ」と人をつけてまもらせ給へり。須磨のうらには、北のかたより《の》・御文を御らんしさせて、「あしやにすむとも、またかゝるうきめを見ん《む》も心うかるへし。京へともなひ給はゝ、御名のたちなんと《も》ほゐならねは、たゝ此ほとりの浪にしつみ給はん」となけき給へるを、「よしやまた、うきめを見たま《給》はんよりも、中将のきみにしたかひ給ひてよ。思はぬかたへたなひき給へるも、ふかきえにしにこそあれ。今こそあやしきとま屋《や》には侍れ共、行末たのもしき事にあなれ」とて、中将にのたまひあはさせ給へは、いとよろこひ給ひて、「かゝる浦さとの御すまゐこそ物うかるへけれとも、つゐにはなとかかへらさるへき。世のきこえもつゝましけれは、『あまの子』といひてん。かへり給はん折をえてこそ、それともあらはさめ」とて、あしやにありし人〳〵を、人しれすむかへとらせてかしつかせ給へり。かきりある日かすのつもりぬれは、少将、京へかへりなんとて、

「かたみとは思はすなからわかけ《(る)》れは
　たもとにつゝむ須磨のうら浪　(43)

このたひのわかれはまさりてこそ」とのたまへれは、

関も《(守)》りに心あらなんわか袖に
　あかぬわかれを《(は)》須磨のうら浪　(44)

かへりたまふて、「あしやの里へ立よりてはへりつれは、『御むかへさせ給へる』とて、人とす《(・)》ますこそ。此たひのまふても、『ねた【以下竄入を訂正。268頁へ移す：かしこへをくらさせ給へと……山の井にいたりて人】ましき心をやめて、よくみやつかへよ』といのり・《(て)》さふらへ。いつくにかすみ給ひける」とのたまへれは、「へたてなく思ひたまふるに、神かけてねたみ給ふな《(る)》。むくひにや。『宇治川《(神)》にやひたり給ひつる』『あらぬさまに御かたちのならせ給ひつる』とやらん。きゝにしかと、我もしらす」とつれなくいらへさせ給へは、『かみにさへ、なき名をたて給ふよ』とおかしくおほして、「けに心のまことならねは、いのるともやはうけ給はんや。くはんせをんの御ちかひこそいちしるく侍れ。かたましき心もたらん人は、みなかたちこそかはりさふらはんつれ」とて、たちたまひて、中納言のおまへにまいらせ給ひて、「あし屋の姫君はいかになり給ひけるにか、『あらぬかたちにかはりける』との給へとも、末の世にはあらむ事とも思はれすこそ」との給へれは、「ならはぬひなの御住ゐに、心地の例ならすときゝてむかへ給へるに、あらぬかたちに成ぬるを、おほつかなくおもひ給へるまゝに、あしやのつてをきゝつれとも、『京にいにけりとて人もすます』とこそ。かへりたまふらん程

は、山にすま｛さ｝《(さ)》せつるや《(也)》。ゆきて見とゝけ給へかし」とのたま《(給)》はすれは、「実、おほつかなき事に」とて、山へいりてかひ《(い)》み《(見)》給へは、『ありつるものよ』とおほして、まもり《(守)》けるもののともに、「いとおほつかなき事よ。このほとはおもは《(思)》ぬすまゐに・・《(こそ)》さこそ心をつくさめ。かゝるあやしきものゝ世にあれは、あめかしたのさはきにもならんかし。にしの海へしつめ《(・)》むなれ。さ《(は)》、みなかへりね」とのたまはすれは、手をあはせて、「おそろしなから、おほせのお《(を)》もかりつれは、せんかたなくてこそさふらひつれ。いのちをとられさふらはんかと、やすき心もなかりつるに」とて、にけかへる。あまをとめに、「おも《(思)》ひかけさる山のすまゐこそ、物うかるへけれ。ふるさとへかへりなんこそ、よからめ」とて、物いとおほく給はりて、人をつけてかへし給ひぬ。

車たかへ

賀茂川のほとりには、橋のうへよりかへり見させ給へる御おもかけの、ちいさうなり行物から、霧にうつもれ給ひしより、御心もかきくれさせ給へるに、侍従のかへりまいりて、「きのふけふ、物まふてし侍り《(・)》つるに、たゝいま、との御事をきゝて、まとひまいりてさふらふや《(也)》。かゝりし事は世にもいます物かは」となけとも、涙の出やらぬをもてかくすも、いとあやしくこそ。「かくわたらせ給はんよりも、まつ我したしきかたに《(も)》たのもしき所のさふらふなれは、忍はせ給へかし。つみふかくわたらせ給へは、そ《(け)》ひゐしのまいらんに、御ありさまをみせおはさんもよしなし」とすに《(ゝ)》めかほなるも、いとうるさくおほして、「我身斗ならはさもあり《(有)》なんかし。おさなき君たち《(達)》をあつけ給へれは、その人〳〵《(々)》のなり給はんやうにこそあらめ」との給ひけれは、「世中の例はさはなき事にこそ。まことの御子にてもさふらはす。いまこそ、せんかたなさにしたかひおはすへかめれと、かならすうたてしき事のいてこんつれ。ときめかせ給はんかたへまいら《（参）》せ給はんこそ、我元《（老）》の心もやす《（安）》かるへけれ。かしこき道をまなひかほにせさせ給はんよりも、かの夢のうき橋をわたしたま《（給）》へかし」といへは、いらへもしたまはねは、いとはらたゝしくて、まゆをひそむるさまの、みるめもすさましくこそ。うへよりも「もとのことくにみやつかへし給へかし」と頭中将におほせことありけれとも、「『我ゆへにつみさせ給へるにや』と世の人のおも《（思）》ふへかめれは、御ためもあしかるらん」とうけひき給はねは、頭中将も、いとこと《（と）》はりにおほす。少納言は、折をえかほに、宰相中将にあはせたてまつらんと御ふみ《（文）》をまい《（参）》らす。物うきかきり《（限）》におほして、月日を過させ給《（たま）》ひけるに、侍従も、少納言も、せちにせめたてま《（奉）》つれは、うけひく心はあらすとも、『もしは、かく《（ら）》れやしてまし。かへらせ給はん程は、頭中将のかたにこそすまめ』とて、おさなき君達をもいさなひ給はんとて、御車をこはせ給へは、侍従は中納言殿へ、「御くるまをこさせ給へ」とつくれは、やかてしたてゝ西のたひ《（い）》にまちたてまつる。少納言もおな《（同）》し心に、宰相のもとへ車をこひて、ひかしの對によせき《（来）》たる。ともにむかへをたてまつりしよしをけいすれは、車にめさせ給はんとて出させ給ふに、少納言は「東のたひ《（い）》へ」とけいすれは、侍従は「こなたへ」と、御袖をひきとむる。『いつくならん』とあやしくおほしてたゝすみ給ふに、頭中将のいまして、「我かたへいらせ給はん」とつけたまへれは、御むかへにこそ。「にしの對に見なれぬ人〴〵のあまたさふらふは、いつくよりか」とたつね給へは、「我もあやしくこそおほへ《（え）》さふらふなり」と、ふたりのありさまをかたらるゝに、「老もてゆくまゝに、いとゝ心のねちけぬるにこそ。御うしろ見はかゝる物かは」とて、にしの對へおはして、「その御車をひかしの對《（たい）》へまはしたま《（給）》へ。それよりめされなん」とのたまへは、よろこひて引まはす。ひかしの車はにしへよせさせて、侍従をめされて、「大納言のかへり給はんこそもさためなけれは、ひとり住給はんも心くるしけれは、中納言のふかう思ひ給へるときゝつれは、まいらすへけれ。此よし、行ての給へ。此たそかれに車を。いとしのひて」とのたまはすれは、いとよろこひて、にしのたいなる車をそれと心得て、うちのりてやり出す。宰相中将のまちわひ給へる所へくるま《（車）》をよすれは、やかてすたれをかゝけ給へるに、それにはあらて侍従なりけれは、うちおとろきて、『なにとておはしつるそ』と思ひ給へは、「中納言の車とおもひつるに、事たかひにけり。【以下は錯簡を訂正したもの。265頁より以下の部分を移し入れる：かしこへをくらさせ給へ……山の井にいたりて人】かしこへをくらさせ給へ」とわひあへれと、『少納言かためむつかしかるへけれ』とて、をしこめてをき給へり。頭中将はまた少納言に、「君のつれ〳〵ならんをみるたにうたてけれ。中納言はせちに思ひたまへらるゝとは聞《（きゝ）》つれとも、ひとりのみはあらさる物を。宰相中将はいとたのもしきかたもあるらんなれは、それをこそおもひつけつれ。まつゆきたまふて、心さしのほともきゝ給ふて、暮つかた御むかへにわたり給へ」との給はすれは、いとうれしけにうちゑみつゝ、「御心さしは浅からすこそ。わたらせ給へ。我をむかへ給はんとて、ひかしのたいに車をよせてさふらふなれは、これ《（是）》にめさせなん。折こそよけれ」とて、うちそゝめけは、「それもうちつけにはかろ〳〵しく思ひたま《（給）》はなん。車《（くるま）》のありあひけるもさひ《（い）》はいにこそ。まつ」とて、のせさせ給ひけれは、のるまゝにとはせて、山の井にいたりて、人【訂正部分は以上】〳〵けしたりかほにふるまふを、中納言はいとけ《（うれ）》しくおほして、木丁さしかくしつゝ、妻戸のみちへいれて見給へれは、あやしき老人なり《（也）》けり。と・《（ゝ）》はせ給へは、「少納言にてさふらふ。との・《（ゝ）》さいはいあれは、はやくたいめんを」といそく。中納言はいと心得給はて、「侍従いかに」とゝはせたまへるに、それとしられぬるにや、「宰相のもとへこそまいらめ」といへと、いとけしきのかはらせ給ひて、せめさせ給へは、頭中将のことの葉を露もらさすかたりて、「我をかへさせ給へ。此暮ほとには、ともなひてこそ」とたはかれと、「宰相のもとへそわたり給ひなん」と、いとゝいきまきたまひて、ぬりこめにをしこめ給へは、せんかたなくてなきをる。北のかたは、大納言のうへをむかへさせけるときゝ給ふて、まかてたまへるまにわたらせ給《(たま)》ひて、こなたかなたたつねさせ給へれと、みへ《(え)》させ給はねは、ぬりこめの戸をうちやふりて、「こゝにこそゐ《(居)》給へれ。きゝし程にもあらぬ御さまなりけり。物思ひにかくはなり給ひしにや。ひめ君とおなしなやみにや。さもあらはあれ。そのまゝありてはよかるへき事かは」とて、あまになし給ふて、「此世のつみのふかゝらんに、後の世を心やすくせさせ給へ」といきまきたまふも、いとはしたなくこそ。

頭中将は、なを五條の家にゐまして、「かれらかゆ《(う)》へにこそ、住うかれ給ふへけれ。きつねふくろふのすむらんも、心うけれは、其まゝにてわたらせ給へ。此にしなる家の少将は、此ころより、いもうと・《(の)》君のかたへかよひ給ふて、したしくなり《(成)》てさふらへは、あやしき事のおはせは、つけ《(き)》させたま《(給)》へ」とてかへらせ給ふ。かの少将は、みたらし川の人にこそしろしめされて、『あはせ給へるにや』とおほしつゝくる。

田鶴君は、車、宮のめされてまいり給へり。侍従も、少納言も、まかてぬれは、いとゝ人すくなになり《(成)》給ひて、ふりつもる庭のしら雪はふみわくへき人しなけれは、さし入月の影のみ、ことゝひかほにさへ《(え)》わたる。池は、さなから木のはのちり《(散)》うきて、そこはかとみ《(見え)》てもわかれす。おの《(を)》か心のまゝに枝さしかはす汀の松は、日影をもらす事もなけれは、さゝなみのをとも、いつしかこほりにとちはてられて、人気《(け)》まれな《(成)》る折をえかほに、鶯の聲のみ、物すこくきこ《(聞)》ゆ。年かへりぬれと、山さとの心ちしたま《(給)》ひて、鶯の聲にのみ、春かと思ひしらせ給へり。軒端の梅のほゝえめるを見たまひて、

見《(み)》る人もあらさる物をふるさとの
軒端の梅に《(よ)》なに《(ゝ)》にほふらむ　(45)

ひめきみ、

我ことく君やこひしき梅の花
むかしの春をおもひ出なは　(46)

と、口すさみ給へるを、「いもうと君の恋しくおも《(思)》ひたてまつらは、袖のけしきにしほれなんに、こゝちよけに咲そめてにほひわたらんには、人まつ宵のよそほひにこそ」とのたま《(給)》へは、「それも、とのゝかへらせ給はんをこそまつらめ。はる〳〵と、つくし迄とひ行したためしもあるに」と御涙をうかへさせ給へるは、ふようの花に白露のこほれかゝるらんも、かけす、けおされぬへき御よそほひにこそあらんかし。

松陰中納言第三

むもれ水

みやは、『ひんかし山の春を見たまへられん』とて、中納言の山の井へいらせ給へり。二月のなかは過行ほとなりけれは、いつれの山の端にもたなひきわたる霞のまより、初花のこほれ出て、すそ野のあさみとりより見こ《(か)》さるゝこそ、春の色はひとかたならね。賀茂川を見おろさせ給ひて、「こよなうきよきなかれにこそ。もろこしのかしこき人の心をすましけんも、かゝる所にや。松の木のまより軒くちのしろう見ゆるは、心あるらんとこそみゆるなれ。すむらん人は誰にか」とたつねさせたまひけれは、頭中将とりあへす、

いつしかとかへらん事をまつかけの
あれて久しき宿にこそあれ　(47)

とけいし給へは、うち涙くませたまひて、「かへさに立よりなん。大納言のつみせられ給ひし事に、おほつかなき事の有なれは、たゝちにきゝて、なき名をあらためんにこそ。されとも、世の人のおもはんはいかゝ(有)ありなん」とのたまはすれは、「なき名をたにいひかすむるさかなき事にさふらへは、いとしのはせ給ふらん。したしき少将の家、まちかくさふらへは、それへいらせたまひて、夜のほとにまきれさせ給なんや。さもおほしめされなんには、田鶴君をあないにこそまいらせめ」とけいし給ひけれは、「それならむには、人あまたしるへかめれ。ふといりなん(む)。此あるしにしらせはや」とのたまはすれは、『あるしのなし給へる事とはしらせ給はぬにこそ。しらさせ給はゝよかるへきかは』とおもひ給へるに(も)、あるしの少将おはして、ともに松かけを見やりたま(給)ふて、「大納言のもとにあ(・)かりつる少納言とかや、車たかへをしてまいりけるを、北のかた、あまにせさせ給ひて、これにはへるそかし。そこのなし給へる事とて、そのあまはあけくれなけくよしをこそきけ。いかさ(・)まの事にや」と(ゝ)とひ給へれは、「中納言の心をつくさせ給へるよしをきゝ給ひつるなれは、思ひをはるけさせたてまつらんと、御むかへの車にはまいらせてこそさふらひつれ」とうちえませ給へは、すまの事思ひ出給ふて、まうしいたさまほしくおも(思)はれけれとも、『世にもれやしなまこ(し)』とやみたまへり。御もふけのおましにうつらせたまふとて、谷の見おろさるゝ所にむもれ木のありけるに、花のかつ咲そむるを、

時しあれはしられぬ谷の埋木も
花にはそれとあらはれにけり　(48)

と、なにとなくくちすさみ給ひけれは、あるしのけしきかはり給ひて、かほうちあかめてたちたま(給)へるを、あやしと見とかめさせ給へり。さま〳〵の御もふけともし給へれとも、御心にそませ給はぬにや、

暮かゝる程にかへらせたまへり。竹河の家にいらさせ給ひ、御心よけに御かはらけまいりて、「いたくゑはせ給ふなれ」とて、御やすみ所にうちふさせて、少将に、「立よるへき所のあなれは、あり《(有)》つるやうにもてなし給へ」とて、頭中将、田鶴君はかりを具し給ふて、ついちのくつれよりいらせ給へり。田鶴君さきにたちてつけさせたまへは、おとろきおほして、「かけても思はさる御事なれは、おまし所もまうけすこそ。姫君の御かたそ、さ《(き)》のみはあれもしなまし」とて、それへなしたてまつり給ふ。「花は漸さきいつれとも、あれまさる庭の草むらを、ふみわくる人もなかりつるに、かしこき御事にこそ」とけいしたまへは、「大納言のしからみともなりなん物を、世をはゝかる身にしあれは、思ひ過しつれ。物を思ひつゝけてのみ、住うかれ給ふへかめれ。おほつかなくおもひたまふる事をきゝつれは、ともにはからふへき事のさふらひて、ふと入きつるなり。そのきはに女御よりめしたまへる御文、少納言して宰相中将のまいらせし文を、見まほしくこそあれ。ほかにもあやしくおもひつけ給ふらん事のいませは、つけさせたまへ。つみゆるしたま《(給)》ふらん事も、ちかきほとにさふらひなん」とのたまはすれは、文ともとり出て御らんしさせて、車たかへの事をのたまひつゝくれは、さいしやう中将をこそ思ひつけぬるに、『さては、けふのあるしのむもれ木の言の葉をきゝて、たゝならぬさまをみえつるも、ことはりにこそ』とおほしあはさせ給ふ。「此ふみともを頭中将にあつけさせ給へ。思《(おも)》ひあはする事とものあまたさふらへ。夜もふ《(更)》けなん。またこそ」とて、たゝせ給へり。田鶴君に、「あね君はいつくのほとにすみたま《(給)》へる。はるかに見されは、ねひまた《(さ)》り給ふらん。見せよかし」とのたまへらるれは、思ひわき給はて、「すむ所は此つま戸のうちにこそさふらひつれ」との給《(たま)》ひけれは、「さらはあけよかし。これにまちぬへけれ」とたゝせおはしけれは、かなたへまいりて、「御つれ〳〵にこそわたらせ給ふへかめれ。なと、くもりもはてぬ月を見給はて、たれこめてはおはするそ」とて、つま戸をあけさせ給へは、宮のいらせたまふよしなれは、「御供の人〱の、あれゆへ(く)かき根をたよりてかいま見もこそと思ひつれ。か丶るうき身のなけきには、いつかは涙くもらて月も見なんや。をろかなるこそ、中〱」とて、立出させ給ふを、みやはついよらせ給ひて、

年波をかけてぬれ干(こし)わか袖に
こよひそ月の影はやとりき　(49)

とて、御袖をとらへさせたまへは、

「晴やらぬ心にまよふうき雲の
いかてか月の影をもらさん　(50)

か丶るむもれ水に、かしこき御かけをうつし給はんこそ、あやなけれ。かさねてこそ」とて、立いらん(む)としたまへるを、「むもれ水も、月のやとりてこそ、すみもわたらめ」とて、かきいたきてふさせたまへは、春の夜の空、ほの〱と明わたるけしきなれとも、おき出たま(給)はん心ちもし給はす。田鶴君をめされて、「少将のかたにある車を、しのひてめしよせよ。夜も明ぬれは、是よりこそ。頭中将につけて」とのたまはすれは、『あやしき御さいかな。きのふのみきの名残にこそおはすら(・)め』とて、「御車をこれへ」とのたまひつかはすれとも、「これにこそわたらせ給へ。いつくへか」ととかめけるもおかしくおほす。「た丶よせよ。御道をふみたかへさせたまひつる(そ)に」とて、妻戸のきはまてさしよする。「いとしのひてかへらん(む)なれは、木丁をさしよせよ」とて、姫君をかきいたかせ給ふて、御車にめさるれは、「思ひかけぬ御事にこそ。つれ〱をもいかてなくさみ給はん。かへらせ給ひてこそ、まいりもせめ」となけき給へとも、「一夜かほとも、あひ見ては過しかたかるへけれ」とて、やり出させ給ふ。北のかた、あはて丶まいりたまへとも、はや門のほかに出させ給へれは、「姫君さへわたらせ給はすは、たらて(え)やは住はつへき。せめて田鶴君をと丶めさせ給ふやうにけいしさせ給へ」とあれは、頭中将、馬をはしらせて、御けしきとりたま

へは、「大納言のつみゆるされて、御まへにてうゐかうふりさせて、とおもひつれと、君のかはりにあらんなれは、そのほとはともかくも」とて、とゝめさせ給へり。

文あはせ

さよ更《ふけ》て人しつまりけれは、宮の御まへ《前》に頭中将をめさせて、ありつる文ともをとり出させて御らんし給へるに、宰相中将の手の筋は、大納言におさなき時よりそひなれ給ひてかきにせ給へれは、まかふすちなきもことはりにこそあれ。「我もそのすちを思ひつきぬれと、小野氏のかき置し物ともを、うへより給はせて、おほせことのありしによりてかきかへにけり。『むさし野の草を見なからふく風』とありけると、内侍のもとへの、『風ふけは草葉の露』とかけるすちの、露たかはさる物から、浅みとりのうすやうのまたおなしきそ、なをあやしけれ」とのたまはすれは、「少将なとは思ひもかけすさふらひて、えんにふれ侍りつるに、さしてはからふわさはなかりしかと、心をあはせけるよし。これも内侍にたよりてのかれぬへきためにや、さるから、そのきはの事もうらなくきゝてさふらひし。宰相中将の古式部卿のみやす所は、大納言《なこん》のいもうと君にてさふらひし。みやにをくれさせ給ふうへに、つみせられたまひしかは、いとゝむらひにわたらせたまひて、きた山におはしけるを、侍従かいもうとのみやつかひけるをよすかにて《る》、かよひたまふなるも、おなし心にこそ。さきの右馬頭事なとけいしたまへと《は》、『その人の事は今こそきゝつれ。きはめてしらめ《ち》なるものにこそ。折にふれぬれは、かゝるあやまちをもしける』とおほす。「まつりのちかく成つれは、事しけくこそ。それを過してこそ、うへにもけいせめ」とて、おほとのこもりまします。まつり過ぬれはかへりたまふて、うへのおまへにて、けふの人〳〵のしな《品》さためさため給ひけるつゐてに、「源大納言の、また中将に物したまひける時《(とき)》に、けふのつかひにたち給へるに、やまとの内侍のよはひたまひて、あふひふ《(に)》かき給へる言のはの、露にそほちけるにや、よみわかれ給はねは、

　あふひ草けふのなかめはちはやふる
　神代にかへる君か言の葉　(51)

とかへし給へるを、世におかしくおもひ給ふる」とかたり出たまふて、しのひたまへ《(る)》かもお《(多)》ほかめり、人〳〵まかて給へるに、宮ひとりのこらせたまひて、「中納言はいとか《(久)》へしく『心地《(ち)》の例ならす』とて、こもりゐ給へれは、はか〳〵しく見そき《(な)》はすへきかたもさふらはぬよ《(こそ)》り、源大納言をかへしたまはらは、かしこき事にそおもひ給ふらめ。我身のなしつる事にてもあらさるよし。さのみ程へは、世の人のおも《(思)》ひくたし侍らんや」とけいし給へは、「さはかりかしこきさえも、有《(色)》にはけたるゝにこそ。さいつ比より心のうかれてみゆるなれ。『つかさも此秋冬の比にははなたれぬへけれ』と思ひゆるすにこそ。源大納言は、心さまからしてことたりぬれと、心のほかにあやまちをしてけり。かる〳〵しきわさに人のおもふらんを、思ひしつめて、折をまつに《(り)》こそあれ。あまたの人をつみせんには、代もさはかしからん。つゐにはさあるとも、人しれぬやうに思ひめくらし給へ」とのたまはすれは、夏の夜の空しらみわたりて、ほとゝきすの一聲にあくるをしらさせ給へり。程へて、宰相中将のまいられけるに、「いつくへのよすかならん。か・《(よ)》ひ給へるかたの所さためすとこそ。わきて侍従とかやいへるをむかへて、明昏そひゐ給へるときゝつるや《(也)》。さはあらぬにや」と打ゑませ給へは、「それにひとしき事こそさふらひつれ。前の斎院の京極あたりにゐますするを、左兵衛のかみのせちによはひわたりて、月比御ふみのかすつもりて、やう〳〵御心もとけ給ひぬるきはとみえさせ給ひにけれは、東山よりかへり給ひけるに、夕くれ・《(の)》月さし出ていとはなやかにみ《(見)》えわたるに、門のほかをはるかにへたてゝ御車をとゝめさせ、庭の木くらきかけにたゝ

せ給へは、御心よせの治部のつほねまいりて、『おまへに人あまたさふらふなれは、しつめてこそ御むかへにまいりさふらはめ。そのほとはこれに』とて、あはらなるいたしきに、ふりたるしとねをしきてまいらす。そのほと、いと久しかりけれは、

むくらふの庭にたもとをかたしきて
露にそ《(は)》ぬるゝ君をおもへは　(52)

とうちなかめさせたまへるに、『人をこそしつめさふらへ。御道しるへを』とて、御袖をとりて、かうらんのもとにたゝせたてまつる。『かなたへまはりて、つま戸をはなちてん』とてゆく。戸のすきまよりのそき給へは、ともし火かすかに、木丁のほかにみえて、おきもせすねもし給はぬ御けはひの、いとあてやかにみえ給ひぬ。もれいつるそらたき物のにほひに、いとゝ心のときめかせ給ふ。『下まちたまへるにや。かゝるはしちかき所そ《(に)》』とおほして、いと久しうたゝすみ給ふに、つま戸をあけて入たてまつる。『おまへなる人のかへらんまては』といふに見やりたまへは、何《(なに)》やらん、うちむかひてけいする。『はや明方にもなり《(成)》つらんに、心なき事』《(と)》もおほすに、その人もたちていぬ。御袖をとりて、木丁のうちへい《(け)》れたてまつりて、『月ころの御物おもひもいまそ・ち給はんつれ』とて、ともし火のかけくらく成ゆ《(行)》くまゝに、何《(なに)》となく物すさましく思ひたまふて、あたりをこゝろみたまふに、みやもわたらせ給はす、木丁のありつる所とおほすにも、それともしられす。肖のま《(間)》の月・入《(は)》はてぬれは、いつちゆくへきかたもしらせ給はて、我にもあらぬ心地《(ち)》したまふに、あはらなる板まよりしらみそめて、露にそほてる袖の色も見えわかるに、人のすむへくもあらぬあはら屋の、すのこのうへ《(上)》にゐ給へり。『なにしにかくてはありけるにか』とおほしつゝけ給へるに、なをすさましくおほして、こほ〳〵とをとのするかたをしるへに、草むらをふみわけて出たまへるに、やせたるおとこの、からうすといふなるものゝもとにたてるにあひたまひて、『みやのめさるれはまいるに、道まとはせ

・《(る)》にこそ。いつく《(・)》の程にや』とゝはせ給へれは、『此となりにこそさふらへ。それなる屋う《(に)》はきつねのすみておひやかしさふらへは、すむ人もなく、をのつからあれはてゝこそ。かくとはせ給へるも、それにはあらさりけるか』とおもひあやしむけしきを見給《(たま)》ひて、『そこのほとに車のたてるらん。たより・《(に)》よかるへき所まて《(迄)》よせさせて』とめしよせ給《(たま)》ひてかへり給へり。それより恋さめしけるよしをつたへきゝ給ふれは、かの侍従もそのやうのものにやと思ひうたかひて、とりこめてこそさふらふ《(文)》なれ」といひまきらはせしに、内侍のかたへのかへをとり出させて、「これもあやしき物こそかきてんや」とのたまはせは、かほ打あかめて、「いかなる風のふきちらしけるにや」とけいしたまへは、「むさし墅《(のゝ)》の風にや」との給《(たま)》はすも、いとゝかたはらいたくおほす。はれぬなかめの空くもりて、月にもうとくあかさせたま《(給)》へるに、頭中将のまいり給ふて、世のはかなき事、その事かの事なとけいし給ふて、「さう《(そ)》此ころのゆうへの空を、嶋陰にはなり《(か)》〔り↓か〕めわひ給ふらむ。須磨のうらにも、けふりたにもたゝすに《(そ)》ありぬへき。かゝる折にそ、いとゝ思ひのたきまさるらめ」とて、泪を袖にかけ給ふれは、「さもこそあらんつれ。ねられぬまゝにおもひつゝくるに、かれもこれもつみせんには、世の人・《(の)》心さたまらし。其まゝありなんに、嶋よりかへりて立ましはらんには、おもてつれなくやあらむ。中納言はあせちになしてつかはしてんや。宰相中将は大弐になしてん。少将、右馬頭は、さしてふかくもあらさりし。其まゝありなんとも、しはしの程はうらむる心もなからまし。終には、つみのかるへき事・《(か)》は」とのたまへらるれは、『我に心ををかせて、かくはおほせことのありけるよ』とおほして、「少将をそのまゝにてあらせさふらひ給はゝ、『ひとしきつみにてこそあるなれ』と人の思ふへかめれは、少弐そ《(に)》や。右馬頭は、右衛門のかみをしつめし事のかさなり侍れは、つしまのかみとなしてんや」とけいしたまへは、「世の中の例ならぬ事にてこそあれ。つみにしつまぬたにあるに」と打えませ給ふて、「此秋の除目の程に、都《みやこ》をたゝせてのち、嶋へはむかへをこそ」とおほせたまひぬるこそ、まことにありかたき御心にこそあらんかし。

おきの嶋

かの嶋かけには、やう〳〵秋くれ、冬きたるまゝに、あはらなりけるかき根の草もかれわたりて、吹入浦《うら》風に松のはしらもなひくへき心地《ち》のした《ま》るへり。のきはの荻に、をとつれかはるしくれのけしきも、都にはやうかはりていと《・》ゝすさまし。浪の音《をと》も、なれ行給はゝとおほすになを立まさる。

磯の波軒のしくれのをとにさへ
思ひしよりもぬるゝ袖かな　(53)

すのこにたちて見わたさるゝに、御心にかゝらせたまふ都のかたは、浪路はるかに、霧の立かくすらんもまつかなしきや。いとちいさう、木の葉のちりうきたらん程にみゆる物から、ほとなくそれとみえわかるゝも、古郷人にやとおほすに、過行まゝにみえすなり《成行》給は、もろこしへゆく《行》舟にやあらんと、しらぬわかれまて、あはれとおほす。蜑のしわさのいとくるしけなるに、この世のほかの事まて《迄》おもひやらせ給へり。海のむかひにみえかくるゝは、八雲たちけん神代につくり給ひし八重垣にや。

千はやふる神のやしろにことゝ《事と》はん
かゝるなけきのためしありやと　(54)

うしろのかたは山たかうして、ふきおろす松のあらしの浪につゝきて、都にかよふ夢のせきもりにとそ《こ》。神無月の末より、雪いといたう降つもりて、つま木をとるへき道をうしなひ、いはまをもとめてくみし清水も、いつしかこほりにとちはてられ、冬こそけに物うき事のかすまさるなれ。京より御つかひありて、よるのふすまなと奉り給ふとて、

あふことのうつゝならねはさよころも

夢をむかしにかへしてもきよ　(55)

御かへし、

しら浪のよるのころ(衣)もをかへしても
ぬれこそまされ夢はむすはて　(56)

年も漸くれゆくまゝに、佛(仏)の御名をとなへさせたま(給)へるにも、さこそ人〳〵の名のりをし給はんとおほし出る。年のいそきのわさしたまはん事もなけれは、中〳〵御心もすみわたりて、なき玉をまつらせたまひて、春をむかへさせたまへり。いつしかきのふのけしきにかはるへくもあらねと、霞わたりてみ(見)ゆるに、「かゝる所までも春はたちけるよ」とて、

今朝よりは此嶋かけもかすみけり
我身にたくふ春やきぬらん(む)　(57)

軒端の梅のほゝえめるに、鶯の聲のほのかなるは、みやこにても見なれさせけるにや、浪路の末のなかめこそ、こよなふめつらしとおほす。

見わたせは霞の末もかすみけり
八重のしほ路の春のけしきは　(58)

「かゝる磯山の春こそ、けに長閑にはあるなれ。つみたになくてあらましかは」とて、磯菜をつまさせたまふ。

春のゝにつみしわか菜(な)を今はとて
磯辺(へ)の浪に袖ぬらすかな　(59)

うしろの岡に小まつをもとめさせ給(たま)ふに、都にてははなやかに物し給ひつるに、たゝ御ひとりのみたとらせ給ひて、

物すこき野辺のねの日をあはれとは
松よりほかにおも(思)ひやはせし　(60)

むつきたちしより、いかめしき事のみありつる物をして、我御よはひをゆひおらせ給へるに、「みつといひつゝ七とせはかりの春をゝ(を)くりつるに、かはかりいとまありつる事こそなかりつれ。二月末のふつかの日は、なき人の三めくりにそあらんつれ。都にたにあらましかは、いかはかりなす事もあらむかし。須磨のうら(浦)にも、心なきあま人となりはつへけれは、思ふはかりの事にてあらんかし」とて、御みつから

法花経をかゝせ給ふ。むつきの末よりはしめさせたま《(給)》ひて、二月中の五日の程にみてさせ給へり。いかはかり御心もすみわたらせ給はんなれは、御ほとけもたちそひ給ふらん、といとたのもしくこそ。末の二日まては、をこたり給はぬ御聲の、いとたうとくすみわたる。『かゝる罪にしあはせ給はすは、世のわさにまきれてなす事もあらさるへきに、おも《(思)》ひからけ《(さ)》たる後の世のつ《(と)》み《(・)》ををもしけれ』とて、つねにまいりたまふ《(を)》て法門《(問)》なとせさ《(たま)》せたまへるあた《(さ)》りとゝもに、とりおこなはせ給へり。

　　おもひきや此嶋かけに庵しめて
　けふのみのりのかゝるへしとは　(61)

須磨より御文ありて、御わさの心にかなはせ給はさりし事なとつけさせ給ひて、

　　けふはなを袖こそしほれおなし世に
　ありてうき身のあはぬ物から　(62)

御かへし、

　おなし世にすめはこそあれ年ふれと
　　たよりもきかぬ四手のやま風　(63)

わかき御心をつくさせ給ふらんも《(と)》おほしやらせ給ひて、なくさめ給ふらんも、御心のやみにまよはせ《(たま)》給ひぬるほともしられていとかなし。御庭の草はやう〳〵あをみたちて、をのか心のまゝにしけるも、秋の霜にはあへすけたれなんと、はかなくみゆる物から、霜うちはらふ人もあらさりけらし。

　　霜かれし庭の草葉も春にあひぬ
　我身ひとつそつれなかりける　(64)

ちいさきさくらの一重なるか、はしめて春をしりけるにや、ところ〳〵さき出たるは、『雲と《(と)》・見まかふらん折まて、御命のつれなくて、物を思はせ給はんか』と打なかめさせ給ふ。霞晴わたりて、入日の影の長閑なるに、うちよする浪もくれなゐのやうに見わたさるゝに、雁のよこおれて行らん名残をさへ、かなしとおほす。

　　ゆく雁よ我をもさそへねになきて
　秋よりなれしおなしみきはに　(65)

嶺《みね》のしら雪はみなきへ《え》つくして、千とせのみとりをあらはせる枝をたよりて咲かゝりたるを、見たまへるにこそ、『過こし手《年》〔手↓年〕のけふの程にや。むらさきのゆかりにあひそめにけん』とおほし出させたまふは、かなしき事のかきりならんかし。山吹の咲そむるより、物いはぬ物から、くれ行春の色をしらせかほなるに、山ほとと《ゝ》きすのほのかなる・《に》。『けふは衣をかふる日』とおほし出て、

春過《すき》て夏はきぬれといたつらに
ぬきこそかへね浪のぬれきぬ　(66)

あさりのまいりたまふて、「潅佛の日もけふあすの程にさふらへは、いさゝら〔は〕《・》、うへの山にて花もとめなん」とすゝめますれは、「仏《佛》につかふる道にしあれは」とて、さかしき嶺にのほらせ給ふ。いつしか花やかなりし梢も、みとりの色にやうかはりて、かすみ《霞》かねたるみそらにつゝきてみゆるも、かきりしられぬ御物おもひになそらへつへし。海は御めのしたにみ《見》えて、『あまのとまやに浪の打こすにや』とあやしみおほすに、あさる《り》の、「かきねつゝきの卯の花にこそ」とのたまわ《は》すそ《に》、打ゐませ給ひて、「けに、ほとゝきすの聲も谷のそこにもき《聞》こゆなる。『雲ゐの空に』とこそ、よみなれ給へる物を。なに事もかはり行世にこそありけれ」とのたまひかはす。京にて明暮御まへにさふらひたまひし民部大輔、いつもの国のかみになりてくたり給へるか、かの御いほりにたつねまいられしに、御あとをしたひて見たてまつるに、つゝし、わらひなと、御手つからもたまひて、谷川のきよきなかれにさし出たる岩のうへにしりかけて、あさりとゝもにやすらひ給へり。「都にてはかゝるわさもなかりしに」とて、まつ涙くむ。

「はる〳〵とわけこし波はさもあらて
ほそ谷川に袖ぬらすかな　(67)

けにおもひかけす」とのたまへは、「この世にこそつみにもしつむへけれ。後の世にはうかみもせよかしと仏につかふるにこそあれ。かゝる身にはおふしぬるにこそ」とて、ともにかへらせ給ひて、御文とも

を御覧しさす。東宮の御かたより、

　かりそめのねの日にひきし姫小松
　なかき世まてと契り《・》こそすれ　(68)

いとこゝろえたまはす。北のかたの御文を見たまひてこそ、それとはしらさせたまへ。ひと夜かほと、都の事をかたらせて、かへし給へり。あさりとゝもに、けふの御わさをせさせ給へり。いつかはなれさせたまひぬる事もわたらせ給はねとも、佛《仏》の御心にいらせたまひぬるにや、その夜、あやしき御夢のつけありけるを、あさり斗《と》にかたらせ《さ》給ひて、いとたのもしくおほし過し給へり。此あたりは、さきの隠岐守な《也》りける人のせうとにて、五とせはかりさきに、「西の海の所〳〵をみん」とて、あひく《具》し給へるか、「世をすてなんうへは、かくしつる《る》なり。嶋かけに、心をすましてん」とて、とゝまり給へるなりけり。此人のみにて《こそ》御心のひとしくて、へたてぬ御ともとはな《成》りたまひぬれ。もえ出《いつ》る蓮のわか葉に、むらさめ《雨》の露きら〳〵と置わたすは、ふりたる池のさまにも事かはりて、涼しき道の行末まて《迄》おほしやらるゝに、汀のかたにちいさき舟をよせてかりけるは、あやめなゝりと御らんしつけて、かゝる浦さとにもするわさなりけりと、都の事をおほし出て、

　けふはなを草の庵《り》・にふきそふる
　あやめもしらぬ袖のしら露　(69)

五月雨の日かすふるまゝに、いつしかみとりの空の色もこそ《と》かはりて、海のおもてはいとくらきに、しほやくけふりもたゝすなりけれは、御心のやるかたなきに、あさりのをとつれたにもたへ《え》にけれは、御ふみありて、「此世にてさへとひたまはねは、ましておほつかなけれ。

　なき跡をいかてかとはん五月雨に
　三瀬河の水まさりなは　(70)

御返し、

　さみたれに水まさるとも三瀬川
　みのりの舟のさしてゆくへき　(71)

すこし雲間のありけるに、ゆふ日影のそこはかとな

くもれ出るは、名にしおふなかはの秋の空よりはめつらかにこそ見《み》ゆるなれ。名残の浪にた《う》ちよせけるみるをとりて、かしはの葉にもりて、浦人のまいらせけるを、あさりのもとへをくらせ給ひて、

なかれよるかたもあらなん《南》うきみるの
物思《おも》ふ身にうきをみよとて　(72)

御返し、

物思《おも》ふかたへそよらめうきみるの
うき世の中のならひしれとて　(73)

空晴わたるまゝに、あつさのいとゝまさりけれは、あ《さ》たりの住たまへる磯辺に、ほと《なら》へてちいさう庵をつくらせて、かへり給へるに、打よする浪はひまなく岩根をあらひ、日影をそふる松は汀にたちて、涼しくふきくる風のをとは、くれ行空の雨にやときゝまかふにこそ。御庭より舟の出入ける程なれは、まくらのしたに海士の釣するためしも思ひ出らる。ゆふくれの月にひかりをかへて、いさり火の影ほのめくに、岩間のほたるのあらそひかほなるは、いとゝすゝしくて、あつき思ひもけたるゝにや。荻の葉のそよくにをとろかるれとも、暑さのいと残りけるまゝに、所をもかへ給はす。ゆみはりの月にこよひはふたつの星のあふ夜なりとおほし出て、

「七夕のあはれをしらはわか《我》ために《も》
都へわたせかさゝのはし　(74)

かくいくとせをふれとも、たへ《え》ぬち《つ》きりたにある物を」とひとりこちさせ給ふ。玉をまいらせたまへるにも、「さこそふるさとにはなき玉のやうにおもひなすらひてなけくらんかし。

なきたまのかすにもいらて古郷へ
心そかよふ夕くれのそら　(75)」

浪路をはなるゝ月かけはいとさやかに、佛《仏》のみまへにさし入て、ともしひの光りをうはふなるに、軒端の霧の、みやうかうのけふりに立ましはるも、御住居のはかなき程《ほと》そしらるなれ。御まへの庭には、わさとならぬ千種の花の咲みたれたるに、白露《しら》のいときよけにて、御仏《佛》の光りもいやまさりてよりみゆれ。

かへりにし名残をしたはせ給ひしかり《（雁）》かねも、雲ゐの空にきこ《（聞）》ゆるに、年のなかはを過し給ふらんも、夢の程こそあるなれ。漸夜さむに、浦風も身にしらさせ給へとも、名におふ月を見過してこそ、ありし住居をもせめとおほすに、沖よりかすかにみえて、御まへの庭のかたへこきよするは、出雲守の舟《（船）》なりけり。「名におふ月をひとりはいかて御らんしさすへき。舟よそひしてこそはへりつれ」とて、いその松はらをはる〳〵とこきはなれて、月の出へき浪路のかたを見やらるゝに、そこはかとわかれ《（れ）》・ぬ雲きりのむらたちて、それとしらるゝ斗に雨そゝきぬれは、「名におふ空もいたつらに成にけり」と人〳〵わらひあへるに、「よしや、かゝるうき身の影《（かけ）》はつかしからんには、くもる《（ま）》こそよけれ」とて、

「うき身にはくもらはくもれ空の月
　とても心のやみしはれねは　(76)

千里《（さと）》のほかまての人の心はさこそ」とのたま《（給）》へらるゝに、御舟《（船に）》のかゝりをたかせて、かみ、

けふといふ名やはおしまぬ空の月
　雲ゐに見せよかゝり火の影　(77)

と詠し給へるをきかさ《（せ）》へ給ひて、

かゝり火も月もひかりはすむらめと
　へたてん物をそらのうき雲　(78)

御身におもひよせらるゝにやといとかなしくこそ。「月はくもるとも、物のねはすみわたるらん。御笛を」とすゝめたてまつれは、「入日をまねくはあれと、月のために雲霧をはらさんには秋風楽にや」とふき出させ給へは、浪風もこゝろありけるにや、海のおもてもいとしつかになりて、雲霧のたへ《（え）》間よりさし出る月かけの、いとあたらしくみえわたる。あるし、

名にしおふ空にかよひてふえ竹の
　ねもすみわたる夜半の月かな　(79)

ふけ行まゝにまたかきくもりて、雲のけしきいとあやしくなれは、かへり給へり。明すきぬほとに、のわきおとろ〳〵しく吹出て、海のおもてはふすまをはりたらんやうにみ《（見）》えて、汀にたてる松か枝も浪に

つくまて吹しほられ、よせかくる浪にひかれて、海士のとまやも行衛しられす。かりにさし給へる御庵りもあとかたなくなりにけれは、御仏《（佛）》はかりをいたかせて、うへなる山の腰に、出雲守とともにたゝせ給ひて、「むかしかたりにこそきゝつれ。浦人のさこそうせぬらめ」とかなしませ給へるに、いとおほきなる舟のそのかたへうちよせられて、岩にさく《（へ）》られぬるを、あやうき事におほして、いつもの守の下人ともにおほせて、ひきとめらるゝに、宰相・・《（中将）》のいますよしをつくれは、ゆきたまふて見たまへらるゝに、人心地もあらてゐ給へるに、「いかにしてわたらせ給へるにか」とのたまはすれは、いとうれしけなるけしきとはみえ給ひなから、いきもつきあへたま《（給）》はす。やかたのうちに、我いもうとのわたらせ給へるを、いと心得すなから、人〳〵をして我御庵りへいれ給ひぬ。やう〳〵いきつき出て、「過にし比、大弐になりてくたり侍るに、さきの夜の月を、めつらしき西の海にて、あひ具せる人〳〵にも見《（み）》せさふらはんと思ひて、嶋陰ならぬ沖にこき出侍りしに、明かた《（方）》より風こと〳〵しく吹出ぬれは、もとのみなとへと人〳〵さはけとも、うちかへされぬへき心ちせしに、ふしきに此嶋へよせられて、あやうきいのちをたすけさせ給ふ」とて、涙《（なみた）》くみ給へり。「めしく《（具）》したま《（給）》へるは、古宮にをくれさせ給ひて、むらいにわたらせ給へるを、侍従かよすか・《（と）》なりて」とのたまはすれは、「心もとなく思《（おも）》ひをきつるに、おもひかけぬたいめんにこそ」と見めくらし給へるに、侍従かつゝ《（つ）》ましけにてありつるを、「さこそふるさとの住うかれぬれはこそ。遠津国まてさそらひにけり」とうちなみたくませ給ふ。人しつまりて、侍従めし給ふて、「いかなる事にや。心もとなくおもひ《（思）》給ふれ」とせちにたつねさせたまへは、つゝみなは、なをつみふかゝらんとおもひけるにや、露のこさす、ありし事ともけいすれは、今まてはいとむつましけにおほしつる人もうらめしくなりたまひて、浦人におほせて舟のすりせさせ給《（たま）》ひけるか、「つくしにさこそ心もとなく《（う）》思ひ給ふらめ。いつものかみの舟の侍れは、まつわたりましまさんにや。船のすりいてこん程に女房たちは」と・《（のたま）》給ひけれは、大弐も心をかれさせ給へは、「よくこそさふらはめ。侍従はさしてはからふへき事のさふらへは、具し給ひなん」とて、わたりたまひぬ。うれしくもいもふ《（う）》と君をとゝめにけり。「我はかりならんは、いかにせん。あまたの人にうきめ《（見）》をみせつる。ねちけ人にこそあれ」とて、ありつる事ともをかたらせ給へは、「その事、露しらせ給はて、侍従にはかられぬるにこそあれ。明暮見《（ゝ）》みえん事の心うかるへけれは、此嶋は《（に）》こそさふらはんすれ」とのたまへり。九月のついたちころ《（比）》にや、京より御むかへの舟をたてまつらせたまふ。御をくり物・《（の）》いと多かりしを、あるかきり、浦のさと人、海士なとの、ま《（参）》いりつかうまつれるにたひ給へり。御名残ををしみたてまつりてなくめり。うき事のみにて、一とせかほと住つる浦さ《（里）》とにさへ、名残のおしきに、まして、ふるさとを出しには、御いのちのつれなかりしそかし。あさりには、わかれん事のえあるましけれは、「舟のうちをくり給へかし」とて、いさなはせ給ふ。明石につかせたまふて、「こそのけふも、爰にて月をこそ見つれ。今宵もさこそあらんつれとも、所をかへてこそ」とて、いそかせ給へり。須磨へは程ちかゝりし程、御むかへのと《（ゝ）》もきぬれと、「爰にてまちえてこそ、ともに都へは」とのたまひて、少将のまいり給へるに、「須磨のあま人となりてこそ、年月の思ひもはれにけれ。身のため《（為）》には・・《（いと）》さちある事にこそ。たゝならぬ身なれは、浦風も身にしむらん。かちより具して、出雲守の家にすまさせ、我かへらん程は、『あまの子にあひなれて侍りしを、すてかたくて』とのたまはせ、たいらかになりなん時にこそ、それともあらはさめ。けしきを見せさせ給はし」とのたまひて、御みつからは御舟《（船）》にめされて、あひ給はん所まてと《（・）》まいり給ひぬ。あか《（る）》しのすこしこなたにて、御舟《（船）》のゆき《（行）》あひけるに、「今宵は住たまへる所のいとなつかしくて、そこにて月を見給はんとて、明石のうらをこそ、こき過侍りぬれ。さこそ心なき身と人の思はんすれ」とて、日たかふ須磨につかせ給ひて、住たまひける所〳〵を見めくらせたまふに、おなし御住居《ゐ》のいふせかりし事を、たかひにのたまひかはす。暮行ほとに、月の光りい《・》ときよらに浪にうかへは、御舟にめさるゝ。「所からなるなかめにこそあれ」とて、

須磨の浦浪路はるかに見渡せは
月のうへなるあはちしま山　(80)

「おもひかけぬつみにあひて、名ところの月の、名におふ夜半のおもひてをこそしつれ」とて、

うきしつむ身とこそ月はしられけれ

明石や須磨の浦になかめて　(81)

中将の君、

めくりあひてみるそ嬉しき月影も
むかしにかへるすまのうら浪　(82)

御むかへの人〳〵あまたまいりつとひて、「いかてこよひの月をたゝには見過すへき。けむしやうらくをこそ」としきるを見給ひて、「都へいらん程はまたつゝしむへき身也。いとさはあらし」との給へるに、・・《うた》つかさのまいられけるか、「うへの御心にも御心はへ《え》をしろしめされて、『世の人にはなそらへかたけれは、いかめしきさまに物せよ』とのみことのりを、とりわきうけ給はりさふらひつれ」とて、夜もすから浪にひゝきわたるは、わたつみにもおとろくへきにやあらんかし。

九重

鳥羽まて御身《舟》のつかせ給へは、御車のかす〳〵まいりつとひて、九重のうちにいらせたまふ。

めくりきて今よりみつれうきたひに
思ひこされし九重のそら　(83)

まちうけさせ給ひて、うれしきせにも御なみたはつきぬ物にこそ。内より御つかひありて、もとの大納

言にかへさせたまふ。日をへてまいり給へるに、うへのおまへ《（御前）》にて、南の海の名ある所〳〵のさまなとけいし給ひつるに、身のうかりしさまは露の給はさりけれとも、おほしやらせたまひて、かしこき御なみたをうかへさせたま《（給）》ひて、右大将になさせ給へり。中将は三位したま《（給）》ひて、東宮のおまへにまいらさせ給ひて、「かしこき御めくみの身にあまるまて」とけいし給へは、「さそうらめしき年月ををくり給ふらめ」とて、姫君の御かたへいさなはせたま《（給）》ふ。ねひと〻のひてみえさせたまひなから、ありしよりもほそらかに思ひ給ふて、『一とせかほとの御物思ひにや。た〻ならすならせ給にや』とおほす。中宮の御かたへいらせたま《（給）》ひて、大弐の事をけいせさせたまへは、「あやうき事のかきりなりつるに、つ〻かなくさふらひしは、はからひにこそ」とて、御うれしけに打ゑませたまふ。三位中将は、「松かけ殿のみなと《（み）》に、ならや《（へ）》〔や→へ〕て殿つくりし給はん」とて、しほかまの浦の絶てけふりもた〻さりしを、とのより地《（池）》をほりつ〻けさせて、御舟のゆきかよふやうにし給へり。大将は、「海士の子をあひ具し給へる」ときかせたまひて、『よしなきわさし《（・）》をしたまふにこそあれ。あせちの御むすめに心をかけぬるとき〻侍るさへ、ほゐとけさせんと思ひ過しぬるに、ねたましくおも《（思）》ひ給《（たま）》ふて、行衛なくなし給ひつるとなり。我こそさは思はすとも、思ひへたつる事あらんなれは、兵部卿の宮の御むすめなとおもひあてつるに、た〻ならすときけは、かひなくこそ』とおもひつ〻け給へり。御位ゆつりもちかつかせ給へは、いと〻ときめき出給へり。「あせちの御心さかなくおはし給はすは、大臣に物し給ひて、いみしくわたらせたまひなんに、遠津国には住たまひにけり」と、したしきかきりはなけきあへり。少将こそ中将にうつり給ふて、蔵人頭をかけ給へれは、せめてたの《（頼）》もしく思ひ給ふにそ。代かはりぬれは、姫君、こきてんにうつらせ給ひて女御とまうすにそ、大将の御むすめとは人みなしらせ給へり。やかて内大臣になり給ふて、なを大将をかけ給へり。右衛門督は中納言に、下総守は修理大夫になさせ給へ。少三位中将殿にはわか君むまれさせ給ひしを、内のおと〻は、『蚕の子なれは』とおほして、しらすかほにわたらせ給ふ・(を)。蔵人頭のまいりたまふて、よろつとりをこなはせ給へるをきかさせて、『またおさなふおはしける時よりともなひつれとも(共)、あせちの子なれは、たかひに思ひへたつらんそ(に)』と、おほつかなくおほし給ふて、その事となくめさせ給ふて、世中の御物語のつゐてに、「いもうと君の御行衛なくならせたま(給)ひつるこそ、ほゐなくさふらへ。中将に思ひつけてこそ過しつれ。おもひかけぬえんにふれて、須磨のうらにてみるめをかつきし事、世の人の思ひあなとらんとくやしくこそ。わかき程は色にふけらん物にはあなれとも、うき名にかへんはあやなき事にこそ。身におはぬほとの名は、つゐにははるけ侍るそかし」なとのたまふも、ありつる事をやとかたはらいたくおほせと、『あまの子とおほしつめ給はゝ、あやまちなとも侍らんか』と、あしやよりの事ともをかたらせたまへは、いと御心よけにわたらせ給ひて、「まことにふかきえにしにこそさふらへ。いとほゐなく思ひつめつるに。あせちのかへり給はぬ程は、世にもらし給はし。北のかたにつらくし給はんも、國をへたてゝはいさめも成かたかるへけれは、折をへてこそ、それとつけたてまつらめ」とて、御さん(む)所にわたらせ給ひて、いとねん比(ころ)にさたし給へり。御たひ(い)めんと(も)今そましゝます。色々の御ひきて物、わか君へ御けんなとまひ(い)らせらる。女御にもきか{さ}(さ)せたまひて、「おとゝのもてなさせ給はんうへは」とて、いといかめしきさまにさたしおはしませは、世にかそへらるゝ程の、いかてもれ給はん。それとしらさるかきりは、「人のすくせこそ思ひはからはね。しほなれころものかくはか(斗)り色をかへけん」といひすさむはさもあらん事にこそ。松かけのうへには、「内侍のかみに」とみことのりさふらいひしかと、「もとのことく御み(宮)やつかへの身にしあらは、さもあらんかし。今はさもなくてあらんかし」とのかれさせたまへは、「さらは」とて、二位になさせ給へり。過こし年の秋の比より、よろつの神へ願たてし給へるを、「年の内に、かへりまうしし給はん」とて、しきらせたまへるかし。

ねの日

年かへりて、のとけき春の空のけしき、人〱・《の》まいり給ひてことうつさまなとの、こそには似るへくもあらぬにや。節会の内弁をつとめさせ給ひけるに、御随身なとたまはせるきはなとのゆゝしくこそわたらせたまへ。三位中将には、人〱まいりつとひ給ひて、御庭のつき山なる小松をかさし給ひて、宰相の君、

千とせへん宿のしるしのあらはれて
ねの日の松のおひはしむらん　(84)

御舟《船》にめされて、くるゝまてさふらひ給ふに、九日の月のなかそらのかすみをわけて、ほのかにみえわたれは、人〱二位殿のかたへ参たまふて、「姫君の御琴のねをきかまほしくさふらへ」とて、かうらんのもとになみゐさせ給へは、おとゝもわたらせ給ひて、「ひかさせ給へ。蔵人頭の笛をこそ、またきゝ給はね。こよひならては《は》」とそゝのかし給《たま》へり。「宰相の君、琵琶をたまわれかし。我手なれぬるを、いつそやまいらせ置《をき》つるなり《也》」とこはせ給《たま》へは、田鶴君とり出たまふて、まへにさし置《をき》たまへれは、「我はいたく酔ぬれは、しらへもみたれなん。そこにひかせ給《たま》へ」とのたまはすれは、「我は、酔たまへるよりもみたれぬへけれは、二位とのにたてまつらん」とて、みすのうちへさし入たまふ。月の山の端にかゝるゝまてひゝきわたれとも、きゝあくへくもあらんかし。

松陰中納言第四

うゐかふり

れいせん院には、御物しつかなる春をむかへさせ給《たま》ひて、はこやの山の花をのみ、なかめくらさせ《給》たまふ。三の宮の御元服を、『内のてん上にて』とおほし過させおはせと、事しけゝれは、「ゐんにておはしまさん」と、はかせのつかさをめされて、日をゑ《え》らはせらるゝに、三月の末つかたにさたまらせ給へる《り》。内のおとゝのよせをもくならせたま《給》ひて、おほきおとゝは名はかりのやうにならせ給ひ《へ》るをおほしつゝけて、さきのれいけいてんの女御に、「よしなき事のありつるより、おとゝのとひへたつへけれは、古兵部卿のみやの御名残もかの人〳〵《々》はかりにさふらへは、田鶴君を宮のせさせ給はんに事よせて、うゐかふりさせて、五のみやをみせんなんには、心もうちとくるになんあらんかし」とのたまはせは、「我もさは思ひよりて、中将に思ひあてつれとも、しほなれ衣に立ましらはんとい《も》とおしくてこそ。『田鶴君はうへのおまへにて』みつた《とくら》へきゝてさふらふなれは、その折をえてとこそ思ひ過し給ふるなれ。さおはしまさんには、みやの御かたみともおもひなそらへ給はんつれ」とて、辨《弁》の命婦をして内へまうさせ給ひけれは、「我もさはちきり置つれとも、事しけきまつりことに思ひ過しつるなり《也》。宮の御かたはらにては、いとさちあるへけれは、御心にまかさせ給へるやうにけいせさせ給ふへけれ」とて、いらさせ給ふへき物の貝《具》なと、くらつかさにおほせことあり。「とんしき〔屯食〕のさほうなと、こなたよりせさせ給はん」とて、権弁によろつみことのりおはす。宮の御かたは、内のおとゝ、右中辨《弁》のきみ、つかうまつり給ふ。藤大納言、権の辨《弁》の君は、田鶴君のさほう、例のことくにとりお《(を)》こなはせ給ふ。御そたてまつりかへて、はいせさせたまへは、四位侍従になさせ給へり。さきのれいけい殿へいさなはせ給ひけれは、過こしかたをおほし出させおはす。「うゐかうふりをし給ひてより、いかてひとりはおはしまさんや」とて、

むらさきのおなしねさしのわか草を
はつもとゆひにむすひそへはや　(85)

と御かはらけをたまはせけれは、わかき御心には、いとはつかしとおほし給へり。つとめて内へまいらせたまひけるに、めつらしくみさせたま《(給)》ひて、「我こそさはちきり置つる物《(もの)》を、ほゐなくこそ。そのかはりに」とて、少将になさせ給ふ。こきてんへともなはせ給ひて、「そのときの言の葉の末たかへり《(す)》こそ」と打・《(み)》え《(さ)》ませ給へは、めつらかに見やらせたまひて、むもれ水に月のやとらせ給ふ事なと、今さらのやうにおほし出る。とのにかへらせ給へは、二位殿の、「御かうふりすかたを見たてまつらんとまち《(待)》つるに、いつくに物し給ひぬるにや」との給はすれは、「『院にこそ』とめさせ給ひつれ。女御のかゝる御うたを」とほのめかさせ給へは、「しかるへき御すくせにこそわたらせ給へ」とて、おとゝにつけさせ給へれは、「『御文をまいらせたま《(給)》へ』とつけたまひなん。またおさ〳〵しからし《(て)》」と打えませ給へは、「我もならはぬ事にこそ」とて、ともにえみ給へる御まみつきの、いと・《(は)》なやかにみえさせ給へり。女御の御さんの比もちかつかせ給ひけれは、「松陰殿にわたりたまひなん」とのたひ《(ま)》〔ひ→ま〕はすれとも、一夜かほともへたて給はん事を、たえす《(ゝに)》おほして、そひおはしましけれは、「内にてはいむなる事を」とて、南殿の御會《(会)》におはしましけるま・《(ゝ)》に、人〳〵はかりて御車にたてまつらす。四条京極あたりを過させ給ひけるほとに、みすの下よりあやしき風のふ《(吹)》き入けるに、御心地《(ち)》のみたりかはしくならせ給ひて、いといたうなやませ給《(たま)》ひけるに、御とものかきり、・・《(あし)》をそらにしてあはてまと《(よ)》ふ。「されとこゝもとにてはいかゝはせん」「御車《(くるま)》をいそきて」といひのゝしる。からう

していれたてまつるに、おとゝも門のほかまて出給ふて、「こはいかにせん」とて、ともに御心もみたるゝ程におほすれと、おろしたてまつりて、御まくらをはなれたまはぬ《(ね)》とも、われかの御けしきのいとまさらせ給《(たま)》へは、うへにそうしたてまつらんも、「さこそ御けしきのおはしますらん」と、をそれたまへらるれとも、「さてやはやまん」とて、つけさせたま《(給)》ひければ、「されはよ。御名残のつきすましきにてあは《(り)》つるは、かゝ事にても《(こそ)》あらめ」なと、す《(そ)》のきはをしらせて、「たかはからひにかありつる。我もゆかてはえあるましけれと、おとろ〳〵しくさはかせ給へれ《(と)》は、かる〳〵しきみゆきは、世の人の思はん事もさふらふなれは」とて、世にかそへらるゝほとのたとき僧たち、をんやうのつかさ、御たからのつるきなとをつかはさる。よるもひるも御つかひのゆきかふさまは、いとあはたゝし。御す法の聲たゆるまもなく、こまのけふりの立。さらても、いさゝかの御しるしたにみえさせ給はねは、嶋よりともなひ給ひしあさりの、「すまよりかへり給はん」とのたまへるを、「こゝまていましして、ふるき《(さ)》とを見給はぬ事やある」とあひ具《(く)》したまへるを、賀茂川の御堂にす《(え)》くさせてありけるを、めしたまひて、「かゝる御なやみに、見るめもくらくなりて、ともにたえはつへき心地《(ち)》のし給ふなり。さもおはせは、御法《(後)》の世まても心のやみにまよひぬへけれは」ともし火《(ひ)》となりぬへき御わさの事まてさたしのたまひて、御涙くませたま・《(へ)》は、あさりもよゝとなきたま《(給)》ふて、「たゝならぬ御身のうへには、物の気《(け)》なとのつきそふためしの・・《(いと)》おほくさふらふな《(也)》り。さあらんには、たとき僧たちのあまたましまさんには、やかてそれとしられ給はん物を。日にそひてあつしくなやませ給ふらんこそ、心えられね。いかにしうねき玉なりとも、名のりをせんほとのしるしはありなん。されとも、世にかすまへられぬ身の、やんことなき中に出ましらはんも、めたつへかめれは、物をへたてて御聲をたにきかましかは」とのたまはすれは、「何かは」とて、めしくし《(具)》給《(たま)》ふて、御屏風をへたてすえさせ給ひけるに、あやしき御聲のおり〳〵打せかせたまへれは、『されはよ』とおほす。夜にまきれて御まくらにちかつき、御す法をはしめ給へる。御こゑ《聲》のいと物すこくきこゆ。夜の明かたに物のけあらはれて、いとはしたなき聲して、うらみをいひつゝけて、「いとくるしけれは、今はかへさせ給へ」となくなるを、「名をあらはさすは、いかてやみなん《む》」とて、なをせめ給へは、「さのみはいかゝ」とて、つゝましけに、

それとしれたゆたふ舟《船》のよるへなく
心つくしにすてられし身を

といひすてゝ、立さるへし。きのいとあらはにみえ《見》(86)て、ゆふ《夕》くれのほとより御心のさはやきおはしましけれは、かみ、なる《か》、しも、ともに「こよひこそ、いはやすかるへけれ」とて、うちきゝ《さ》めく。「つくしにさそらふは我身よりなしつる罪《つみ》にこそ」「なをめしのほせて、つみせん」といひのゝしれと、おとゝのきかせ給ふて、「なきたまは、なをおそろしき物なり。あさりのあらんかきりは、何れ《事》をかは」とのたまひて、うちにけいせさせ給ひけれは、「これへめさまほしけれと、なをいきす玉の立かへりぬへき事もあるへけれは、たいらかになりなん程は、御身ちかくゝわたらせる人《給へ》、僧正にもとおほし給へと、その位にゐける人のはなれんには、をこなひのつたなかりしを、かくを《と》思ひなさんには、めいほくなかるへけれは、まつ権僧都の、さひ《い》はいかけたるにこそ、それにならせ給はん」とて、さま〳〵の御たま物をそへさせたまひけれは、「世を思ひはなれしほゐにはあらねと、かしこきみことのりをそむかんも、あめか下にあらんかきりは」とて、朝夕おまへにありていのらせ給ひけるに、日を経ておとこみやむまれさせ給へれは、とこやみの雲の晴わたるらんやうに、人〳〵の御心のならせ給へり。うへには、さこそめつらかに見まほしくおほすらんなれとも、日かすのかきりあれは、夏の日のさはかりなかきをも、うらめしくこそおほし過させ給ふらめ。右大弁の君、内の命婦

なとして、人〳〵にろく給はす。女院も、「わたらせまほしくおほし給へれとも、二のみやの御はらへ、ちかつかせ給へは」とて、そちのつほねして、三か・《の》夜の御うふやしなひをせさせ給へるに、人〳〵まいりつとひて、「御みきまいり給ふ」とて、宰相の君、

神ち山嶺の朝日のくもりなく
のとけき御代にめくりあふ哉　(87)

かきりある日かすのつもりて、内より御むかへの御車たてまい《つ》らせ給へるに、大納言をはしめ、かんたちめ、て《天》んしやう人、あまた御《・》ともにまひ《い》らせ給ひて、いとはなやかに、ためしなき程にか《いひ》にあへり。まちつけさせ給ふて、いかゝめつらかにおほささせ給ふらん。女御の御おほえもいとゝ《・》まさらせ給ひて、あさまつりこ《事》と《・》をもしろしめすましきほとに見《み》えさせ給《たま》へり。四位少将は、二条堀川《坊門》なる所にとのつくりして、宮をむかへさせ給はん御もよひをしきらせ給ひけるに、おと《ほと》ゝの・《ゝ》わたらせ給《たま》ひて、「こゝにおはせす。院へいとつ《へ》たゝらぬなり。わかきみこたち、みやつかへ人もあまたさふらひ給へは、なき名をたにたつる事にてあるに、ましてわかゝらん程《ほと》はおほつかなけれは、その程は我かたにおはすへけれ。宮のおまし所をもつくりてん」とのたまはすれは、「さこそは思ひさふらひつれとも、『古兵部卿のみやのすませ給ひし名残とも、おほしなそらへんかし。万のみちをまなはんにも、たよりのよ・《か》るへけれは』と、みことのりののかれかたくて」とのたまはすれは、「そのみやの御名残こそ、なをおほつかなけれ。か《う》へのかしこき御めくみをわすれさせ給はて、御みやつかへをせさせ給へ」とて、かへらせ給ふ。僧都のもとへわたらせたま《給》ふて、「此こ《比》ろのあつかはしさに、いとゝ嶋陰の物しつかなる事をおもひ出《いて》られさふらへ。春たちし日よりことたつとて、心のいとまなく、節会より斎院の御禊につゝき、南面《殿》の御会のやう〳〵事をはりにけれは、女御のみたり心地《ち》のうちには、いかはかりの心をつくすらん。いつを花の春とも思ひわかてこそ過しつれ。御堂の庭に池こそなけ

れ。かも川をせき入させなは、すゝしくこそあらめ」とて、いと・《(心)》おほきにほらさせ給ふ。五尺はかり下に光りのさしけるをあやしみて、なをほらせ給へは、石の箱のありけるに、文字あまたありけにはみえなから、苔むしてさたかにみえわかれ《(れ)》す。おと・《(ゝ)》も僧都も、嶋にての夢のつけをおほし出て、ともに涙くみ給へり。錦につゝませて、「つけさせ給ひし時にこそ、ひか《(ら)》くへかめれ」とて、御堂におさめさせ給へり。また、「来らん年の此ころには御八講をせさせ給はん」とて、御堂をつく《(・)》りひろけさせせん事をの給《(たま)》ひあはさせて、かへらせ給へり。

をと羽

木のまよりもりくる月に、心をつくさせ給ひしより、雲井《(ゐ)》の庭に見なれたまふて、「名にしおふ秋のもなかの影を、かも川にうつして見給ふらん」とて、人〱わたらせ給ひけるに、池にさしかけてかり屋をつくらせ、名ところともをかきたる屏風にてかこはせ給ひて、名におふ所〱《(々)》の月を、たゝ一ところになかめさせ給へれは、「たゝに過させ給ふらんは、あやなき事に」とのたまはすれは、ある《(か)》しの浦をかきたる所に、女御、

　　秋の夜をあかしのうらの浪まくら
　　さやけき月の影をなかめて　(88)

しのふの浦を、女五のみや、

　　今宵とて名にやはたてんみちのくの
　　しのふの浦《(うら)》の月にはありとも　(89)

さらしな山を、前のれいけい殿、

　　人はいさお《(を)》はすて《(捨)》山の月を見て
　　なくさめにけるわか《(我)》心かな　(90)

三位中将のうへは、「過つるこよひの月は、この浦にてこそ見つれ」とて、

　　とはゝやな須磨のうらはの月影も
　　さすかに我を思ひ出すやと　(91)

心〱にかゝせ給へるも、いとおかし。をとは《羽》山より影のほのめくを、「とをき所をかきたるなかめより、けちかき月こそよからめ」とて、二位の《・》君、

嵐《あらし》吹をとはの山にきり晴て
さやかに出るあきの夜の月　(92)

賀茂川にさしうつりて、浪のかすもかそへらるへきほとにこそ、みゆるなれ。打わたす草《蓼》のはらには、色〱《ゝ》の花咲みたれて、夕露にやとれる影の風にみたるゝこそ、玉ちる斗に物思ふ袖のけしきもしらるなれ。御舟には、わかきかんたちめ、殿上人、かれこれめさせ給ひて、からのうた《哥》なと打すんし給ふて、糸竹のみたれかはしきしらへにこそ、さかつきのかすのほともしらるなれ。しろかねを月に作り《・》けるを、松の枝にかけて、すはまにうへけるを、「院よりたま《給》はす」とて、御文あり。

松か枝に今宵の月の影とめて
あかすなかめに千世《よ》も八《や》千世も　(93)

御返事は、二位の君にかゝせ給へり。

かけたの《頼》む松の千《ち》とせの秋の月
君にたくへてあかすなかめん　(94)

霧の絶間にひかりをかへて、ほのかにいさよふ・《月》かけに、名にしおひたる月もみえすなり行こそ、秋の最中もすきなん名残《なこり》をおしませ給ふ。「けふは三位中将の御《許》もとにて、いさよひの月を見給はん」とて、御船にめしてわたらせ給へり。「暮ぬまは、御まりなとあらん《む》」とて、さくらのつくり花を枝〱《々》にかけさせ給へは、春の心ちせられて、かすそふをとのいとのとかにきこゆ。木々の小鳥のおとろきさはくも、いとおかし。四位少将、

春ならはかゝらましやはさくら花
ちらてかすそふまりのをと哉　(95)

河をせきとめさせてうをゝとらさせ給ふに、「きのふまては、いけるをはなつ事にてあるに、けふはかゝるわさをし給へる」とおとゝのゝ《ゝ》給はするも、わかき御心には、はうけ《く》・くさくやおほし給《たま》ふらん。いさよひの月、きのふのそらにもまさりかほにさし出

るに、御さかつきのかす〳〵、岩間にた・《(ゝ)》よふらん。御あそひもあかすおはすらん。宰相の君の、

　さかつきのひかりもさしてめくるかな(96)

とのたまはせは、三位中将、

　たれもこよひはいさよひの空(97)

とのたまはすれ《(る)》も、いとおかしくこそ。あけぬれは、きよ水へいてたゝせ給ひけるに、御車のかすいとおほく、わかきかきりは御馬にめして、こたか《(小鷹)》をすへ《(ゑ)》給へるよそほひの、いといかめしきさまは、物にもなそらへかたくこそ。御堂にて車をと《(・)》ゝめさせて、願文なとたてまつらせ給ふに、かたはらにきぬうちかつきてぬかつくあり。『何をかいのるらん』ときゝゐ《(給)》たまへるに、「ゆゝしの御ありさまや。いかなる《(成)》雲のうへ人やらん」とひとりこちして、ねんしゆしけるを御らんしとかめて、二位の君に、「あれ、見給《(たま)》へるや」とのたま{は}《(は)》すれ。「いとおそろし。いきすたまの、ぬけてやきぬらん」と打わらはせ給へは、「かのいきすたまも、うらみのあれはこそ、をろかなる心にはある物そかし。もとのことくおはせよかし」とて、に《(小)》わらはをしてめされけれは、思ひかけぬけしきにて、おまへに出てひれふせり。「いかにしてこゝ《(爰)》にはもふてぬらん。大弐のもとに有つる、とこそきゝつれ。いま《(今)》はつみゆるしてん。もとのことくあれかし」とのたまはすれは、「大弐とのにもすてられたてまつりて、我いもうとの、はりまのしそうの官人かめになりてさふらふにたよりて、しは〳〵侍りしかとも、それにも心のとゝまりさふらはて、此比のほりて、こゝかしこさそらへさふらへ《(・)》ひつれとも、よるかたなくて、くはんをんにまふてゝ、つみゆるされん《(む)》事をいのりさふらひしに、まことに御ちかひこそ、こよなふ《(う)》ありかたくこそさふらひけれ」とふしまろふ。「仏《(佛)》にいのりて、心をすなほにせよかし」と打ゐませ給へれは、「あせち殿をいのりころしてん」とつふやくも、いとおそろし。なにかしの坊へいらせ給へは、木のみ、くさひらのたくひを、こものにして、「山の物」とて、かなたこなたよりたてまつる。

侍従に、「今も哥をよみけるにや」とゝはせ給へは、

　おちふれし木のみのはてを今はとて
　ひろ《(あ)》ひあけぬる人そかしこき (98)

とけいすれは、いとあはれからせ給へり。暮ゆ《(行)》くほとにかへらせ給ひけるに、此ころよそなから見やらせたまひぬる墅辺の千種《(ちくさ)》は、なをちかまさりて、見すくしかたくおほすに、むしのねさへそひけれは、御車をとゝめさせ給ひて、二位・《(の)》君、

　白露の玉まく墅への花の色に
　むしのねそふる秋のゆふくれ (99)

月はくまなくさし出て、御車のよすかになりけれは、をのかさま〳〵いきあかれ給へり。

みなみの海

秋のなかはも過ゆくまゝに、夜ふかき月をなかめさせおはしけるに、侍従のまいりけるを、とゝめ給ひて、「大弐のさこそうらみ給《(たま)》はめ。少弐の行衛のおほつかなくこそ」とたつねさせたまひけれは、「みやす所を具し給へるを、わかなしつる事、といきまき給ひて、『御めのかよはぬかたへまかてよ』としほらせ給へるに、我身のかくなりはつるも、人〳〵のなさせ給へつる事に、今さらかくとは、思ひ給ふるなから、少弐のもとへまいりて、うへはむかしの御名残もさふらふなれは、『身をうき草の根さしの絶にし事をもなけき侍らん』と、よすかをもとめてさふらひしに、少弐の都をはなれ《(・)》てたまふ折しも、北のかたの例ならすおはしますさまを、くしたまはんもいたはりおほして、をこたらせ給はゝ、『御むかへを』とちきらせ給ひて、大弐とおなし道にくたらせ給へるに、おなし風に御舟《(船)》のちか《(り)》〳〵に行あかれて、いつくなるらん、嶋とおほしき所にわつか成松のみ《(見)》えけるに、舟のうちよせられけるほとに、枝にとりつかせ給へは、舟はそのまゝしつみぬ。浪のかへりし跡にて見給へれは、嶋陰の岩根《(ね)》よりさし出て、梢まて

は六七丈もあるらんとみ(見)えて、見おろし給へるさへめくるめきて、そのまゝおちぬへき心地にす(そ)るなれ。せんかたなくてありけるに、木のもとへは、えもいはれぬかたちなるものとものよりくるに、なをすさまし。うつし心のうちにも『仏(佛)の御ちからをたのまんよりは』と、くはんせをんの御名をとなへさせたまひて、一日一夜かほ(程)とを過し給へるに、ほの〳〵と明わたる比ほひ、下枝を見させ給へは、いと(・・)大きなる鶴の羽をやすめてありけり。『とても命はいきし』とおほして、くひにとりつきてのり給へれは、むつかしけなるさましてこくうにとひゆく。見おろさせたまへは、雲ははるかの下にたなひきて、絶ま〳〵よりつ(冷)しき海のみゆるに、『ありし松の梢よりもあやうしや。こま、もろこしのかたへや、つれ行』とおほすに、嶋のありけるにおりゐて、羽をやすむるよし。『嶋もりとならはなり(ら)なん』とて、其まゝおり給ひて見わたさるゝに、あやしき庵のあり(有)けるに立よりたまへて、『こゝはいつくにや』ととはせ給へれは、おきなの出て、『あやしき御ありさまにこそ。これはいわうか嶋とて、人すむ所にてもさふらはぬに、あやしくこそ』ととかめられさせ給ひて、『風にふかれて、舟は浪の底になれぬれと、からきいのち(命)はかり(斗)をいけるものにこそさふらへ。つくしへ行へきたよりをしらさせ給へ』とのたま(給)へれは、『我も十とせはかり(斗)か・き(さ)に風にふかれてより、此嶋にすみ侍り。つくしより舟のかよひも、一とせかう(内)ちにひとたひはかりこそさふらへ。さそ、つかれますらん』とて、木のみ、いそなとをまい(参)らせけれは、この世ならすかうはしくおほして、つかれをわすれさせ給ふ。なをせんかたなくて、くはんせをんの御名をとなへさせ給ひて、日をくらせ給ひけるに、しろきからすのくひ(と)きた(来)りて、みきはに打あけられたるうをゝ(魚を)ひろ(ゝ)ふ。『めなれさせ給はぬ鳥にこそ。からすにや』ととはせ給へは、『あれは宰府の森につねに侍る(り)。此所にうをのおほく浪にうちよせらるゝをしりて、つねにきた(来)りてゐはみさふらふや(也)。神のつかひたまへるゆへにや、つねならぬさまにこそ』といふなるをきかせたまひて、『我かへるへき時のきたりけるにや』といと頼もしくおほせと、せんかたなし。おきなに、『あの鳥とらへてんや』とのたま（給）へれは、『我にはなれと、友のことくにこそ』とて、行に、鷺もし侍らねは、ちいさき文を鳥のはねにむすひつけさせ給へれは、羽をのへて雲に入。さいふには、少弐の行衛なくならせ給へるを、心もとなからせ給ひて、神にまうてゝいのりたまへるに、からすとものの羽さきに文のありけるを、れいならすにおほして、かんなきをしてとらせて見たま（給）へるに、それとしらるゝ筆つきにて、

「わくらはにとふ人もかなさつまかた
　おきのこしまに我はありやと　(100)

おもはぬ風にさそはれて」なと、そこはかとなくかきたまへるを、あはれと見たまひて、はやふねあまた御むかへにやらせたまへは、うかりし嶋の御住ゐに、おもひかけ給はぬ御ふねのよりきて、『とくめされなん』といひのゝしれは、夢の心ちそし給ふめれ。『おきなもかゝる所にあらんよりは』といさなはせ給ふに、『我は都の東山のかたへかへるなり（也）』とて、光をはなちて雲にのらせ給へれは、かたしけなき御ちかひに袖をしほらせ給ひつゝ、さいふにつかせ給ひて、『御佛の御めくみにこそ、ふしきのたいめんし給ひつれ。都へかへらんまては、此こともらしさふらはし』とのたま（給）へしを、きゝさふらひて、我もくはんせをんをいのりたてまつりて、つみゆるされん事を思ひ給へるにこそ」とかたるをきかせ給ひて、御涙（泪）をうかへさせ給ふ。「はかなくなり（成）たまひぬる事をきゝ給はゝ、さこそなけきの色もいやまさるらめ」とのたまはすれは、侍従かつれなき涙さへうかひてみゆるにこそ。

やまふき

九月の末つかたに、ほり川とのにはみやもうつらせたまひけれは、かんたちめ、殿上人、あまたまいり給ひて、殿つくりのいとおかしさ《（き）》を見たまへ《（・）》れるに、御庭はむかしをのこさせ給ひけるに、不《（木）》立物ふりて、紅葉の色もこと更にみゆ。つらゆきか「みとりなる松にかゝれる」とよめるも、此御庭の池の汀にたてり。まかきの菊の咲のこりけるをみたまふて、源中納言、

よろつ代もにほひやすらん風ふ《（吹）》けは
松よりつたふ菊のしら露　(101)

「此御ことふきに」とて、さゝけ物のいとお《（多）》ほかる中に、うへより、「御よろこひに」とて、中将になさせ給へり。冬の除目に、三位中将は中納言にのほり給ひて、いとはなやかなる春をむかへさせ給ふ。二月の末つかた、「冷泉院へおほんみゆきあるへき」とて、供奉のさためのおはしましけるに、内のおとゝは大将にてつかうまつり給はんつれとも、左大将のわかくましますに、『立ならふらんも人のめたつへかめれは、中納言にこそ』と思ひ給へりけれとも、『年もいとわかけれは』とおほしわつらはせ給ひけるに、女御の御もとより、「大将は中納言にゆつらせ給へ。うち〳〵にて、うへにも、『内のおとゝにてつかふ《（う）》まつりたまへ』と、おほしめさせさふらへ」とつけさせ給へは、いとよろこひおほして、けい《（せ）》をさせ給へは、「いとわかき大将に《（は）》・あなれとも、みやにいとしたしくおはすれは、あなかちにめたつましけれ」とて、ゆるし給へり。やかてはいせさせ給へるに、かんたちめ、てんしやう人、かれこれ、あまたしたかひ給ふて、いといまめし。おとゝの、「我は年たけてこそ大将はかけつれ。いとうらやましきすくせにこそ」とて、例の御涙《（泪）》くませ給へる《（り）》。事さたまりて、行幸のさま、御したしきかきりの、あまた、かんたちめにてつかふまつり給へるは、めつらかに世の人

も思ふへかめり。院にはまちつけさせ給ふて、御あそひのさま〱おは《(ほ)》しけるに、はこやの山の桜花、みゆきをまちえけるにや、こよなふ《(う)》にほひわたるを、右大将をしてたおらせ給ひ、御まへにおほきなるあをかめをすへさせ給ふて、さゝれけるを、「いかてたゝには」とおほせことありけれは、

木のもとはさなから春の色みえて
雲ゐにまかふさくら花かな　(102)

御かはらけとり〱な《(也)》りけるに、楽をそうすへき人〱《(々)》をえらはせて、中将にさくらを給はせけれは、えてんらくをまひ出給へるに、御まへにひかさせ給へる御琴のねの、まきるゝかたなく、藤大納言のけんしやうをたんし給ひけるは、又あるへくもあらさる・《(さ)》へ、御琴の音にはけおされ給へるそかし。左大将の御笛のきゝにくからぬは、『さこそ』と思ひやらるゝまこそ、院より中将に御衣かつけさせた《(給)》まへは、おとゝのたら《(え)》すおほして、たちてまひ給《(・・)》ひけるも、めつらかにみえ給へり。明ぬれは、女院の御かたへわたらせ給へるに、なかはしの左右にさくらをうへさせけれは、御衣の御たもとに、かうはしき風のをとつるゝは、この世ならぬ御心地《(ち)》そせさせ給へる。こなたには、女御、二位殿、左大将のうへなとさふらはせ給へり。御とも《(ゝ)》には中将はかりつかうまつらせ給へり。内のおとゝ、左大将なと参り給へれとも、御前には出させ給はす。女院は、昨日まひを御ら《(覧)》んし給はて御心にかけさせ給へるにや、二位殿に、「いと久しくきかせ給はて。ゆる《(か)》〔る→か〕しくこそ」とて、琴をまいらせ給へは、「とたえて手なれさふらはねはいかゝ《(か)》」とのた《(給)》まはすれとも、しゐておほせことありけれは、ひきよせ給へり。女御のおまへには琵琶をまいらせたまひて、「笛こそなけれ。左大将の御《(い)》ますへけれとそ《(も)》、内のおとゝこそよからめ」とめされ給ふて、「笛のなけれはいかゝはせん。それにはよもふかせ給はし」とのたまはすれは、「ほかの人をもましへたまはてつとめんは、いとめいほくにこそ」と打えませ給へれは、御まへなる花かこに柳桜

のさゝれけるを、中将に御手つから給はせて、「舞ぬへき人はあまたあるへけれと、ましへなは、ほゐなかるへけれ」とのたまはすれは、やかてりうくはえんを舞給へり。こなたにては物しつかにわたらせ給へは、きのふにはまさりてきこえさせ給へり。「ろく給はらんよりは」とて、三位になさせ給へり。暮つかたより、御池の汀にかゝりたかせて、御船にて御遊のありけるに、三位中将は嶋さきの岩のうへにゐ給へるに、船のうちより、「その山ふき、ひと枝折て」といとおかしき聲にて聞えけれは、

池水にかけをうつしてさく花の
そこの心はさこそみゆらめ　(103)

とて、なけかけ《(せ)》給へは、舟はゆきすきぬ。夜もやう〳〵ふけ過ぬれとも、やまふきの心にかゝらせ給ひけるにや、有明の月の月影に、爰かしこさまよひ給へれは、ある御さうしのつま戸を見いれ給へるに、やまふきの木ちやうのうへにかゝりけるを、『いとうれし』とおほしく《(て)》、はひ入給へれは、女君もねられ給はさりけるにや、きぬ引かつき給へるを、おとろかさせ給へといらへ給はねは、「花いろ衣ぬしやたれ」とて、よりふし給へり。さらぬたに、春の夜の明やすかるへきに、あかつきちかき程なりけれは、また《(仍)》何ことをもかたらはぬ・《(に)》、みすのひま〳〵しらみあひけれは、中将、

よこ雲の嶺にわかるゝ名残とて
しほるゝ袖に有明の月　(104)

かへ《(返)》し、

うつゝとも夢ともわかぬわかれ路は
袖にやとらぬ有明の月　(105)

といひまきらはして、立わかれさせ給へるに、「あふ瀬の浪のたちかへらなん。名のらせ給へ」との給はすれは、

立かへるあふせをいつとたのむとも
身は宇治川のなみ《(浪)》のうたかた　(106)

いと心得られ給はねとも、人めをつゝみてかへり給へり。つとめて、心もとなく思ひやり給へれとも、「此

夕くれのほとに、くはんかうありなん」とて、らうかはしかりけれは、せんかたなくこそ。

松陰中納言第五

花のうてな

おほんみゆきの事しけかるに、又このはるをもくらさせ給ひて、夏のはしめつかた、僧都のもとへまいらせたまへるに、御堂つくりけるたくみとものゝ、いきもつきあへぬさまを御らんしかなしませ給ひて、「かゝる佛の御わさをせんには、さのみなきこそよかるらめ。かへりてつみをつくるにこそあるへけれ」とそ(て)、ひはりこ、さゝへなとやうの物、あまた取よせ給ひてたまはるに、「ありかたき事にこそあれ」とて、いとおほきなるかはらけをさゝけて、我かちに打のみつゝ、きゝもわかれぬうたをうたひ、「極楽しやうとにむまれぬる心地そする」といふもあり。いとあつくなりぬれは、「かも川にひたりなん」とて、お《(を)》のかしゝ水をかけあふも心〳〵にありけるを、うれしけに御らんしやらせ給へり。かへり給ひて二位の君に、「けふはあまたの人をこそ佛に《(・)》なしつれ。法の師にはまさりてん」との給はすれは、「まことにひ《(光)》かりのさしてこそみ《(見)》えさせ給へ。佛のいましめさせ給へるも、人によりてゆるさせ給へるためしもあるなれは、我もいつゝのさはりをのかれんにさき《(わさを)》こそせめ」とのたまはすに、僧都のまいり給へれは、「かゝる事をこそ思《(おも)》ひ立給へれ。たひかさならはわつら《(は)》・しき事のありもやせん。さりとて、いそきけるさまの見《(み)》るめもくるしけれは」とのたまはすれは、「わつらはしき事の侍りて、おほしめすほとはとけさせ給はすとも、民のくるしみをおほしやらせ給へる御心こそ、はるかにまさらせ給ふへけれ。かゝる御心におはしませはこそ、かのいきすたまも御身にはよりそはぬ事にこそあれ」との給はすれは、「そのいきす玉こそ、たゝいまおまへにはさふらふなれ」とて、「つくしにありつる比、女御をう・《(ら)》みたてまつりし事はなかりつる・・《(よし)》にや。つみゆるしぬるうへは、残さすかたりてこそ、なを心もへたつましけれ」と仰られけれは、「御ゆるされのかしこけれは、露のこしさふらはし。大弐の御いもとをうかれ出て後、つくしをさそらひありきしつらさのまゝ、『かくなりはつるも、うへのゆへにこそ』とうらめしく成つるうへに、なやましくなり行まゝに、四五日の程、うつし心のうちに都にのほり、うへのかたへまひ《(い)》らんとせしに、たとき僧のいまして入させたま《(給)》はねは、せんかたなく、四條京極のあたりにたゝ《(た)》すみ侍りしに、女御の御車のまいりしを、いとうれしく思《(おも)》ひたまふるまゝに、やかてのりうつり、つみゆるされん事をさま〳〵なけきたてまつりしに、心のまゝとならぬ僧たちのあまたいりき・《(た)》り給ひて、かしこけにふるまはせ給へれとも、何のおそろしき事もさふらはて、『ころもをひきやりてん』と思《(もおも)》ひさふらひしに、またうへにさふらひし僧のきたりて、屏風をへたてて《(ゝ)》

見えつるを、『いかゝはせん』と思ひわす《(つ)》らひ侍りしに、夜のほとより御枕ちかくよりきたりて我をせめけるほとに、いとくるしくなり侍るうへに、おそろしき姿なるものゝあまたよりきて、我をおひうつけしきのたとへんかたなくさふらいひし程に、『今はかへりなん』とわひあへるに、『名のりをせすはかへさし』とのたまはすに、名のりすてゝにけかへるとおほへ《(え)》しほとに、うつし心はいさゝかをこたり侍りつれとも、むねのさはきぬる事はいはんかたなく、そのほときつるきぬのたもとは、さなからけしのかにしみかへり侍しかは、我なから浅ましき心のうちを思《(おも)》ひしり侍りて、『たゝふるさとに立かへり、つみゆるされん事をくはんせをんにいのりたてまつりて、後の世を心やすくさふらひなん』と心つきてさふらひし。あれにいまするこそ、その時の御かたちによく見えさせ給へる《(り)》」も《(と)》けいすれは、「いとおそろしき罪にこそあれ。老そかひぬれは、ひか〳〵しき心のいやまさり《(る)》なり。うつし心たにはる〳〵都へかよふ成物を、ましてまことの心をもてにしの御空にうつしかへ給はんは、いとやすき事にこそ」と僧都のを《(お)》しへさせたまはすれは、手をあはせて、涙をなかすも、いかゝは思ふらんにか。御堂もやう〳〵つくりをはりなんとするに、二位の君、大将のうへなとまいり給ふて、御堂の庭にかり屋をはらせて、つかうまつるものともにまふけし給ひ、みき給はせけるに、まことによろこひけるさまのとり〳〵なるは、後の世のつとにもなりぬへけれ。大将のうへより、きぬわたのたくひをそれ〳〵にわかち給はりけれは、「佛の御慈悲《(非)》にもまさらせ給へる」と手をあはせてよろこふ。「わか君にみせたてまつらん」とて、木のきれにてつくれる人かたを、御池の浪におよかするも、いとめつらかにこそ。侍従も、「仏《(佛)》のたねをまきてん」とて、うり、もゝなとのくた物を、て《(手)》つからくはりあたふるに、「は《(い)》またしゆくせぬに《(・)》こそあれ」とて、とりちらし、をのか友とちなけうちけるも、加茂川《(かも河)》にゆらさるゝも、御そきのさまなとおほし出て、おかしと御覧し給へり。侍従はいきまきて、「なと我心さしをかくはするにか《は》あらん」とのゝしるも、まことに佛のうけ給はぬにやと、いとゝ心のうちのを《お》しはからるれ。「さらは、かみおろしてん」とて、御堂のかたはらに庵しめて、朝夕仏《佛》の御名をとなふるにそ、『心の水もすみなんや』とたのもしきかたもありぬへし。御八講は、みな月十日あまりの程なりけるに、御堂のしやうとんはてる日に、光りのいやまさり、地《池》のはちすの折《おり》しりかほに咲出たるもいと涼し。女御、女院もわたらせ給ひけるに、左大将の、かうのうす物のふたあひのなをし、おなしさしぬる《き》、こきすはうの御はかまたてまつりて、右大将とともにしたかひ給へり。蔵人頭の、あをにひのさしぬきにしろきひとへにて、あるしかたにてふるまひ給へるを、人〳〵は心ゆかす思ひたまへり。三位中将は、やまふきの御心にかゝりけるにや、車のかたへ御心つかひをし給ふも、かゝる折にさへわすれさせ給はぬ御物思ひこそ。こよなふおほし給ふらめ。女院より、しろきひとえ十かさねに、すいしやうのすゝにこかねのしやうそくしたるを、しろかねのはちすのつくり枝につけてまいらせ給ふ。そのほかのさゝけ物、山のうこき出たらんやうに見ゆるに、源中納言の、あつまのうみにてあやしきものゝたてまつりたる玉をさゝけ給ひぬるに、玉のうちにくはんせをんの御かたちのあらは《せ》れさせ給ひて、御堂のほかまても光りのみてみつるも、末の世にはめつらしき事にあるそかし。ほり出させ給《たま》ふ石の箱のうへにすえ《ゑ》させ給へる《り》。うへよりは、左中弁《辨》のきみをして、僧正になさせ給へるも、そのおりの御ほるにやとおほす。講のを《お》はりける程《ほと》に、かんたちめ、そのほか、御池に舟をさして、物のね《音》をふきならし給へは、折から、月はくまなくさし出て、はちすの花ににほひわたれは、仏《佛》の御国の心地そせられ給へる。宰相〔の〕《の》君、

にしへ行月の影こそやとりけれ
池のはちすの花のうてなに　(107)

右大将のきみ、

池水にやとれる月もはちすはも
にこりにしまぬ色をこそみれ　（108）

宮はもふけの君にたゝせ給ひけれは、源中納言、東宮大夫をかけ給へるに、大弐のつくしよりかへり給ふて、からの犬のいとちいさきをみやへたてまつられけるを、あつけさせ給ひけるに、おほし出て、御袖にかくしてかへらせ給ふ。對へわたらせ給ひて、「あつまにてちきりをきつる物をこそ、もとめ出てさふらへ。それよりまいらせ給へ」と打えませ給へは、「老たまへとも、御物おほえのよくこそわたらせ給へ」とて、ともにえませ給ふ《へる》か御まみつきに、十三夜の月をおほし出させ給ひて、

ともに見し月は心にやとりけり
あつまの海《うみ》の浪ならねとも　（109）

うへの御まへにあせちのおはしましけるに、おとゝもまいりあはせ給《たま》ふて、「けふあすの程にわたらせ給へ。ちきらまほしき事のさふらへは、蔵人頭をともなひ給ひて」とせちにのたまはすを心得すおほしなから、かへらせ給ひて、「おとゝのかくのたまはすは、いと心え《へ》・られすこそ。そこにはおもひわくらん事のありけるにや。うちむかひては、いかゝきこえん。世の人の思《おも》ふらんもつゝましくこそ」とのたまはすれは、「たゝわたらせ給へ。うへの御心も其まゝにては、御へたてもさふらはんかし」といとせちにのたまへは、心にもあらてわたらせ給《たま》ひけるを、大将のもとへいれたてまつりて、いとねん比にもてなさせ給ふ。あつまの国〳〵の名ある所〳〵をたつねさせ給《たま》ふに、あさか山の事をのたまひ出されて、むかしの事におほしなそらへて、「きこ《さ》そ、おほしなける《か》〔る→か〕せ給《たま》ふらめ。大将に思《おも》ひつけぬる物を」とのたまはせは、「とをきあつまのはて迄《まて》も、おもかけはかりのさそはれてこそさふらへ。此世にたにもあらましかは、都鳥にも事とひてなくさまめ」とて、打なかせ給へは、「大将が須磨の浦にさふらひしに、おもはぬみるめをかつきさふらへは、思ひなそらへ給ひかし」とて、おさなき君たちをめされけれは、「ひ

め君のおさなたちのまかふ所のさふらはぬに」とて、しほらせたまふ。御袖をひきてみすのうちへいさなはせ給へるに、あやめをはしめ、いにしへ見給ひける人〱《々》のうちそゝめくを、あやしと御覧しますはすに、姫君のしのひあへさせ給はぬよそほひに、御涙にくれさせ給ひて、御ことの葉もきこえ給はす。御心をしつめさせ給ひて、「世の人にうとまるゝたにあるに、けふまてなからへてありつれはこそあれ。後のやみちにもいとゝまよひなん。さもあらはあれ、いかてかくてはいますするにか」とのたまはすれは、あしやよりの事ともをあやめかかたり奉るにそ、蔵人頭をうらめしくおほす。其事は色にも出し給はねとも、おほしやらせ給ひて、「今まてしのひ給へるも、『つらくおほしめすらん』と思《おも》ひとりてこそ過し給ふなれ。まいりてあひたてまつらん程は、かくとしらさせ給はし。『姫君たちの御恋しさもわすれかたくこそ』とて、御袖をしほらせ給《たま》ふを、御いたはしく見給ふて、おもひかへし給へり。むかしの春も恋しくさふらへは、花のさくらん比はかならす」とちきり給《たま》ひて、かへしたまへり。おとゝは蔵人頭をとゝめさせたまふて、「さそ思《おも》ひかけ給はし。へたておほすらんと心にかゝり給へつるに、うちはれてこそ。大将になしたてまつらんも、ならひ給はゝ人もめたつへかめれ。大臣に物し給はんも、大納言をへたてし例もまれにさふらへは、まつしはらくはそれにこそ。ちかきほとには我のかれて、その時にこそ」とのたまはすれは、かしこき御心にこそと「うらみさせ給はんをかくおはするは、もろこしのかしこき人の御心にもかよひ、御仏《佛》のちかひにもまさらせ給へる御事にこそ」と涙くませ給へり。いみしき事のみいやまさりて年もかへりぬれは「花をまち行《得》て、おとゝのよそちの賀をたまはせん」とおほせ事ありけれとも、「あまりかしこき御めくみの、身にあまる程にさふらへは」とて、のかれさせたまふも、人の思《おも》ふらん事をおほしつゝしみ給へるにや。また初花の折をえ給《たま》ひて、右大将、北の御かた、山の井殿へわたらせ給へれは、大納言殿、蔵人頭、御まふけをいといかめしくさたし給へれは、北の方は、『いやしきあまの子ときゝつるに、かはかりはなとせさせ給へるにか』と御心ゆかすおほすに、色〳〵の御しやうそく、あや錦、からのやまとの、えならぬ御てうとなと、北の御かた、姫君達へまいらさせ給へは、なを心えすおもひ給へるに、大納言とのゝ、「出てたいめんし給へ」との給はすに、おもはすなから出させ給へは、姫君のおはしますにおとろき給ふてはひ入給へるを、御手をとりて出し奉らる・《(こ)》に、大納言殿の、「此ほと、はりまの官人かもとよりのほり給へるにこそ」とのたまはするに、いとゝはつかしとおほしたまふらん。姫君たちは、「御恋しう思ひ奉りては、御跡をとひたてまつるわさをのみなしつるに」とて、御涙をうかめさせ給ふ。「にしのたいのなかめなれにしさくらは」とと《(と)》はせ給へは、「けふをさかりに」とて、ともなひまします。いつしかむかしの春をおほしつゝけて、「花の色はかはらぬ事よ」とて、

さす《(そ)》らひし我身の春をかそふれは
花のおもはん事もはつかし　(110)

三の君の、「なとさは思《(おも)》ひ侍らし」とて、

花もさそうれしからまし色もかも
ふかきさかりを君に見えつゝ　(111)

こなたにてそ、むかし御みやつかへせし人〳〵《(々)》のまいりつとひて、なきわらひみ、かしつきたてまつる。

はつ瀬

やよひの比、内のおとゝは、「初瀬へまふて給はむ」とて、宇治のわたりに女院のつくらせ給へる家のありけるに、やとらせ給へり。河よりをちのかたにて、御庭まて舟の出入けるを、三位中将はめつらかにおほしく《(て)》、おほろ月夜にあこかれさせ給《(たま)》ふて、爰《(こゝ)》かしこにたゝすみたまへるに、つま戸のすこしあきたるを見入させ給へは、御心にかゝりつる面影して、お

なしさまなる人、ふたりはかりさしむかひゐて、「冷泉院のみゆきに柳をかさし給《たま》ひし人を、けふもかいまみしける。をよすけ給へり。はやいくとせにか」なといふなる。まことに、「身は宇治川《河》」といひし事をおほし出て、

そのかみのやまふきの瀬にまよひきて
きくもうれしき君か言の葉　(112)

と、ふところかみにかきつけたまふて、つま戸のかけかねにむすひつけてかへり給へり。中納言の君は、人のけはひのかすかなりけれは、つま戸をさゝせ給はんとせさせ給へるに、文を見つけさせ給ひて、袖にひきいれ、ふし給へり。明ぬれは初瀬にいてたち給へと、中将の御心はかりは、こゝにとゝめ給ふらん。山は朝日のいさよふ程《ほと》也けれは、ほの〳〵と霞の晴わたりけるに、桜の花のこほれ出けるを、おとゝ、

春霞はれ行まゝにほの〳〵と
花ににほへる朝日山《やま》かな　(113)

二位の君、

立わたる霞ははれて山の名の
朝日いさよふ花のしら雲《くも》　(114)

山《や》まふきのこよなふ咲みたれたる・《に》、井手のわたりとしられ給ひて、御心におほしめすちのおはしけるにや、中将の君、

ありし世を思《おも》ひ出れはやまふきの
色にみたるゝ袖《そて》の玉川《河》　(115)

初瀬にまふて給ひて、御ほねなとしつらふ程、くれ《くれ》・《に》はしのもとに御車たてられて、人〳〵おりさせ給《たま》ふ。おまへにまいり給へは、みあかしの光りに、佛のきら〳〵とみえさせ給ふさま、いとたうとし。僧たちあまためし給ひて、御読経ありけり。夕くれの程に立出させ給ふて、花を見させ給ふに、嶺よりふもとまて外の色もましへねは、

初瀬山尾上の花の咲ぬれは
雲にそこもる入《いり》あひのかね　(116)

「年比おもひやりぬるよりも、こよなふ詠めのつき

ぬにこそ」とて、二位の君、

あか《(り)》てみる花にそつらきこもり江の
はつ瀬の山にいりあひのかね　(117)

花にさへわすれさせ給はぬにや、中将、

夕つく日《(ひ)》さすやはつせの山さくら
ふる《(か)》きおもひの色にたくへて　(118)

『おとゝの見とかめさせたま《(給)》はんか』とかいけちたま《(給)》へるも、いとおかし。夜をかけてかへらせたま《(給)》へるに・・《(し)》、山かけにほとけ《(佛)》の御名をとなふる聲のいとたうとくきこゆるを、おとゝはかり立とまらせ給《(たま)》ひてさしいらせ給へるに、柴のあみ戸のひまあらはなるに、草のかきねにちりしほれたる花の、かせたにはらひあへすやあらん、こけむせる石をくさむらの所〳〵にうちちらしたるをみちのしるへに、あやしけなるすのこのうへにぬ《(ゐ)》させたまへるに、くはんせをんの御かたちをかたはかりにきさみなして、ともし火のかけかすかなるに、かねうちならしゑ《(え)》かうする・・《(ほと)》をまたせたまひて、「かゝる御住《(すま)》ゐのうらやましくてえ過し侍らてこそ。心をおと《(こ)》し給へるはいつの程《(ほと)》にや。ふるさとはいつくなるらん。ゆかしくこそ」との給《(たま)》へれは、「二とせはかりにこそ。都にさふらひしほとは、朝夕君につかへていとまなく過し給へるか、思はさるえんにひかれて、を《(お)》こなひ人となりさふらひし。そのきはには、ふるさとのみ恋しくおもひさふらひかしかは、とをき国にさふらひしかと、今は過こし年月もくやしくのみなりゆきて、初瀬の川のきよきなかれに心をすますと《(に)》こそ侍れ」との給へは、「まことに『ゆふき心にわすれぬれは、すなはちしつか也』とむかしの人もいへるにや。いとうらやましくこそさふらへ。都にてはいかなる人にてかさふらひ《(い)》し。えんをむすひなんために、きかまほしくこそ」とのたまへれは、「思《(おも)》ひはなれし世を、いまさらひ出すへくもあるましき事にてさふらへとも、かはかりのたまはするに、心にのこし侍らんもつみふかゝるへけれは、我はみきのむまのかみにて、年久しくつかうまつり給ひしに、思はさりし事いてきてのち《(り)》、つしまのかみになりて三年かほとさふらひしかと、はてゝの後も、かへりて人に立ましらひなんも心うきよに、『仏《(佛)》につかへ《(え)》て後の世を心やすく侍らん』と、岩戸とやらんいふなる山さとにてかみおろして、過つるむつきの比より、こゝにはさふらふや《(也)》。ふるさと人に立ましらひ侍るとも、やは心のうこき侍らし」となみたくむを、あはれと見させ給ひて、「我もそのあらましの《(の)》あらまほしくてこそ。君の御めくみのいとかしこきにひかれて思ひ過し給ふるや《(也)》。いさ、我ゆくかたへわたらせ給へ。後の世の事もなをちきらまほしく、え《(ゑ)》んにひかるゝにや、はなれかたくこそ思《(おも)》ひさふらへ」とて、せちにいさなはせ給へり。坊へいり給はんとて、みわたさるゝに、車のかすはたちはかりたてならへて、馬はかそへらるへくもみ《(見)》えぬに、人〳〵《(々)》あまた立さはきて、「とのみ《(ゝ)》かへりいらせ給へる」とて、のゝしりあへり。『されはよ。内のおとゝのおもかけせられて思《(おも)》ひつれと、よもさ《(は)》・あらしとおもひつるに』とくやしくおほせと、露たに心のうこきたまはせぬは、ふかう思《(おも)》ひはなれ給へるにや。東宮大夫のうへにちかつかせ給ひて、「その人をこそたつね出さふらふなれ。まつ、わか君を見《(み)》せ給へなは、よもしのひはて給はし」とて、かきいたかせたまひて、「修理大夫の御むすめの子にてさふらへ。此はゝ君の明くれなけかせ給へるにこそ」とて、ひさのうへにすえたまひけれは、「心つよくすてはてぬか《(る)》、世にまた立かへる心《(こゝろ)》のし給へる」とて、涙をうかへさせ給へは、「うらめしくもすてさせ給ひにけり。めくりあひたてまつらん事を、くはんせをんにいのりたてまつりしに、かはかりの御姿にならせ給へるにこそ」と姫君のの《(ゝ)》たまはす・《(る)》にこそ、さはかりの世すて人も御涙にくれさせ給ひて、「よしなきあやまちをし給ひしより、あつまのつてをきゝたまふるにも、くやしき事のかつ《(す)》まさりて、『何のめいほくにか、都へかへらんするにこそ』とおもひとりてさふらふ。御ことはたのもしき御すくせにさふらふなれは、大夫をこそ、それとも思ひなし給ひて、すみの衣のうらみ給はて、なき身と思ひなそらへ給《たま》へ。おとゝとしらてみゝ《え》・しも、そのかみならはおもはゆかるへし。を《おこ》となひの時にこそなれ。なをいはまほしき事のみにさふらふなれと、あけてこそまたまいらめ」とて、かへり給へり。ねられさせ給はぬまゝに、明るとつくる尾上の鐘、雲かとまかふ花の梢より、しらみわたれる空をまちえ給《たま》ひて、御むかへをまいらさせ給へは、柴の戸を《ほ》そもむなしくひらけて、かけひ《け》の水のなかれなと《ら》ては、露をとなふ人もなかりけれは、かへりてけいしたてまつれは、いと心もとなからせ給《たま》ふて、姫君の其まゝわたり給ひて見させ給へは、さし入のしやうしに、

花ならぬ我をそさそふしはの戸を
を《お》しあけかたのはるの山風《かせ》　(119)

とかきつけ給へるにそ、まことの心をしらせ給ひて、なを仏《佛》のいますかたを見させ給へれは、戸ひらに、

立かへる夢はむかしの春のはな
さむる心はあきの夜の月　(120)

仏《佛》の御まへに御文のありけるを見させ給へるに、「おもはすもめくりあひたてまつりつるとは。此《今》世になきものとおもひ《思》なさせ給へ。

めくりあはん空なたのみそみるとても
つゐにはにしの山のはの月　(121)」

いとこまやかにみつからかゝせ給へる法花経も、御かたみのかすにもやとのこさせ給へり。「かゝる御心としらましかは、すみ染の御袖をもなはちたまはし物を」と今さらくやみなけきおほすれと、せんかたなく《し》、かくてあらまほしく思ひ給はすらんなれとも、御心にもまかせ給ふましけれは、かへらせ給《たま》ふとて、

住すつる柴のいほりのしは〳〵も
わすれん物かけふのわかれは　(122)

「ふりにしならの都を見させ給ふらん」とて、立よらせたまへるに、こうふくしに少弐の世をそむ《き》・ていますよしをきかせ給《たま》ひて、あないせさせたまへるに、ありしにもあらぬ御かたちにうちしほれて、な

く〱たいめんし給へり。「かくわたらせ給へぬるも、世をそむきしかひありてこそさふらふや《也》。さもあらさらんにはまみえん事もこゝろうかるへし。うき世の人に思《おも》ひくたされ、つくしへくたりし時のうき事は中〱かそへもつくさるへき。やう〱わすれ給《たま》ふらん折もありぬへき程、日かすのなりゆくまゝに、あへなくなりしつてをきゝ給へるに、今はかへりてもふるさと人に見ゝえん事もおもはゆく、まいらんと思ふ人もあらしかし。この世にてさへお《を》もきくるしみの海にたゝよひしを、ましてとおもひやらるゝうへに、くはんせをんの御めくみのいとかしこくおほえたてまつれは、をとはの山にこもりなんと思《おも》ひたまふれと、明くれふる郷の空の見《み》おろされは、心のみたれん事の思《おも》ひやられて、思ひしつめん程はと、かくてこそさふらへ」とて、すみそめの袖をしほりあへ給はねは、いとあはれ、ときかさせ給《たま》ひて、「そのかみの事は露心にかゝりさふらはすこそ。ましてその人こそおはせすとも、縁にふれさせ給へは、なにかはへたておもひ給《たま》ふらん。をと羽の山の御住居をいそかせ給へ。えんをひろくむすひ給《たま》ふらんこそ、後の世のたよりともなり給はんかし」とて、御なみた《涙》を袖にかけてかへらせ給へり。

宇治川

三位中将は、「あすは宇治のやとりにこそ」と人の言なるをきゝ給ふて、かの家のあつかり、兵衛の府生の子にわらは君のありけるを、「あないせよかし」とて、をとゝの具し給へるをめされて、「宇治川《河》のけしきこそ、こよなふ《う》身にはしむなれ。ゐしんの僧都のすみ給へるも、むへにこそ。清きなかれに、さそ心もすみなまし。さひしき事もあらし」なと、のたまはせは、「たまさかに見させ給へはこそ、山のけしきも、さこそは御らんし給はめ。清き河のなかれも、をとさはかしくて、夢もむすはれ侍らす。僧都の御心こそ、すみもわたらめ。はし姫も衣かたしきてわかつ人のあれはこそ」とけいすれは、「さもこそあらんかし。まろは心のとまるなれは、女院へけいして、そのはしもりとならんかし。府生はいくつはかりにかはあらん。おとゝにつかへ給はゝ、尉などになりなんは、程なかるへし。さもあらは、跡はたれかはもるへき」とのたまはすれは、「まことにかしこくこそさふらはめ。女院の御かたさまに、あはのつほねといひ給ひつるに、そら《ち》の中納言殿かよはせ給ひて、ひめ《姫》君ひとり生れさせ給《たま》ひけるか、中納言うせ給《たま》ひしより、あまにならせ給《たま》ひて、宇治にこそわたらせ給《たま》ふなれ。府生はそのあま君の御はゝのはらからにて侍り。あま君の御むすめは、女院の御もとにておふしたてさせ給ひぬれと、『あま君のつれ〴〵をもなくさめ給はん』とて、五とせはかりかさきに、むかへさせ給ひつれ。女院へみゆきの折ふしより、いか成事にか、御物おもひかちにて、はむろの兵衛佐よりさま〴〵御文たてまつりたまへとも、うけひき給はさりけるか、この比は女院より、『さのみは』とおほせことありて、前の大弐殿にあはせ給はんよし、ほのきゝてさふらへは、ほゐとけ給・《給》はゝ、大弐とのよりまもらせ給ひなん」といふに、御むねのふたかりけれとも、御行衛をきかせ給ひし事のうれしくて、「その姫君こそ丸かあねにてこそあれ。そこにはまたしらぬにこそ。かへりにはあはせよかし」とて、うちわらはせ給《たま》ふ。河風のさむくふくらんいつみ川のほとりにて、やせを《お》とろへたる尼の、おとゝを見奉りて、さめ〴〵となくを、あやしくおほして、御車ちかくめされけれは、「いにしへの少納言にてこそさふらへ。山の井殿にさふらひけれ共、北のかたのをひうち給へは、よるかたなくなりさふらひて、一すちにうき世をおもひはなれ・《ま》いらせて、衣かせ山ときこえしすそ墅に庵をしめて、三とせかほとこそすみさふらふなれ。今はつみゆるされて、後の世を心やすくせまほしくこそ」とて、衣の袖をしほりあへねは、あはれと見させ給《たま》ひて、「侍従が世をのかれて住なるいほにあれかし」とて、めしくしたまへり。宇治のやとりにいらせ給へは、右大将、東宮大夫、そのほかのかんたちめ、てんしやう人、あまたまいらせたまひて、舟のやかたを桜の花にてかこはせ、物のねふきならし給へれは、浪風もをとかはりてこそ聞ゆなれ。大将、

舟《(船)》人のかさす桜に風ふれて
　のとかににほふ宇治《(うち)》の河浪　(123)

三位中将は、「旅のうらふれ」とて、あそひにもかゝつらひ給はす。わらは君に、「こよひあひたてまつらんつれ、道しるへを」とのたまはすれは、「あま君のつきそひていますなれは、いかてかいらせ給はん。二位殿のまたおさなくわたらせ給《(たま)》ふとき、なれ給ひぬるよし、つねにかたらせ給へは、御まへにつけさせ給ひてめされなん。御物かたりなとさふらはゝ、その程《(ほと)》はあねはかりそさふらはめ。それは我たはかりてこそ、あ《(は)》らせたてまつらめ」とけいしけれは、『おさな心によく思《(おも)》ひつけぬる』とおほされて、「こきてんにさふらひ給ひしあはのつほねの、かみおろしたまひて、これにさふらひ給ふ。御事をきゝ給《(たま)》ふて、むかしの御物語をもせまほしきやうにのたまへは、めされたまふて、こゝもとの名所なとをもたつねさへ給へかし」とのたまはすれは、「まことにその人の行衛きかまほしかりつれ」とて、やかてめされけれは、よろこほひてまいり給ひぬ。過つる事ともかたみにのたまひあかさせたまふ。わらは君、参り給ふて、「いまこそ人すくなにさふらへ。つま戸くちにたゝせて、またさせ給へ」とて、こなたよりまいりて、「あま君はいつくにかわたらせ給《(たま)》ふ。此ほとの御物語もせまほしくこそ。とのゝかたには物の・・《(音の)》はしまりて、いとおもしろく聞ゆなり。都の人はいとめつらしけれは、かいまみたまへ。右大将の給《(御)》笛のね」なといへは、「さこそおはさんつれ。あま君も御まへに出させ《(給)》たまへは、かへりこんほとは御とのゐしたまへ」とて、あるかきりまいりけれは、「はつ瀬まふてに、いといたうこうしぬれは。人のまきれい

りなん事も侍りなん」とて、戸をたつれは、男君入たまひて、年月おほつかなく思《おも》ひたまひし事ともを、かたらせ給《たま》ふに、「丸はいつくにか。あけさせ給へ」との〻しるを、あねの聲とき〻なして、「君もよくいねさせ給へは、あま君のかへりますらん程は、それにわたらせ給ひて、御ともをせさせ給へ。明なは、君のおとろき給はん。人のまきれ入なん事もこそあれ。都人のよそほひをよく見ならひ給へかし」といはれて、「さらは、あま君の御ともに侍らん。ねふらてましませ」とて、いぬ。「よくたはかりにけり。くはんせをんの、丸か心にやとらせ給ひぬるそや《に》」と打えませ給へは、「御仏《佛》もまよへる衆生をたとき所へみちひかせたまふなる・《を》。我御道しるへもそれにひとしくこそ」と打わらへは、おかしときかさせ給《たま》ふ。また明はてぬに、あま君のかへらせたまふ御けはひのしるかれけりは、をきわかれさせたまふ。女君は其ま〻ふし給へり。「丸はこの程こうしてさふらへとも、都人のめつらかなるを人〳〵《々》にみせ奉らんと思ひて、御とのゐにさふらひし。君はいきたなくわたらせ給《たま》ふ」とけいすれは、「けに、ならはぬ旅にこうしぬへけれ。都人はめつらしくて、我もおまへに有《あり》つる」とて、入給《たま》ふ。つま戸のきはに、あふきのありつるをとりあけ給《たま》ふて、「これはめなれぬ物にこそあれ。哥もおかしくかきなされけり。いかなる人のおとし給へるにや」との給はするに、うちおとろきて、「初瀬にて三位中将との〻たまはせてさふらふや《也》。弁《辨》の君にたまはすを、君のとらせて見給へるにこそさふらへ」とけいすれは、「けにさもありなん。御かたちのいとあてやかに、御心もまめ〳〵しけれは、君をもまいらせをきなはいとめやすかるへけれとも、女院の御心に、いか〻おほし給ふらんと、思はぬかたへおもひつけしそかし。御手さへすくれにけり」とのたまふも、女君はきかせたまふらんかし。男君は、あかぬわかれをおほしなけかせ給ふらんを、「けふは都へ」と人〳〵をきさはくに、御ふみをたに取かはしたまはて、柳の梢のかくる〻まてかへり見給《たま》ふ。わらは君の御をくりにまいられけるに、御文あり。

こかれ行身をうち川の舟人と
なりにけらしなあかぬ別れに　(124)

おとゝは内へまいらせ給《たま》ひて、初瀬の花のえ《ゑ》ならぬけしき、道すからの事ともをそうし給へるに、少弐大とくにあはせ給へるさま、つしまのかみの世を思《おも》ひはなれし事なと、けいし給へれは、いとあはれときかさせ給《たま》ひて、「内のおとゝにて程ふりたまへとも、みきひたりを経給はんよりも、おほきおとゝの《・給》のかれ給はんなれは、そのかはりにこそ、思《おも》ひあてつるや《也》。あせち、大弐なとも、つみせんことを思《おも》ひたまふるなれと、折からもありぬへけれは、それまては思《おも》ひゆるし給ふへかめれ」とのたまはせ給《たま》ふるに、例の御なみた《涙》くむ。おまへに東宮のすはらせたまひけるに、初瀬の道のおもしろき所〳〵《々》を絵にうつし給へるを、たてまつらせ給へるに、「なを、おまへにて、かきて」との給はすに、かきのもとの三位のかたをかゝせ給へれは、「みんふきやうにてこそあるへけれ。それならんには、かほのあかゝらん」とのたまはすれは、うへの御手にて、「ほの〳〵とあかし」とかゝせたまはするも、いとおかしくこそ。宇治には、折《おり》〳〵の御ふみのかよひはかりをなくさめにて、月日を過させ給ひけるに、「大弐の、あすのひるつかた御むかへにわたらせ給はん」とつけ給へるを、わらは君より御文たてまつりて、「いかゝはせさせ給はん」とつけらす《こ》に、おとろかせ給《たま》ひて、「そのほとに、大弐と名のりて、御車をたてまつりなん。弁《辨》の君に心をあはせて」とのたまひつかはして、御めのとの子、式部丞か九條の家をしつらはせて、みやの御かたにて御しやうそくたてまつりかへて、「こよひは、やはたにて御神楽まいらすへけれ。御つれ〳〵にあらぬやうにましますへけれ」とのたまはすれは、「何の御いのりにかあらん」とほのめかさせ給へは、「御子のいませ給はねは」とうちえませたまへは、御いらへもせさせ給はす。御車にたてまつりて、こは《わ》た山を過させ給へるに、また御文をたてまつりて、「はや大弐のまいり給ひて、まきれいらさせ給はんも、せんかたなくていとかなしく」・《と》つけこすに、御むねふたかる。御車は、ふしみのかたへつかはして、御馬をはせて、見給へともまきれさせ給はんかたもな・《か》りけれは、あられ給はぬまゝに、御舟にめして、木たかき柳をしるへにこきよせ給《たま》ふ。大弐はあま君にたいめん《む》し給《たま》ふて、「とくむかへたてまつらんを、おほやけことのわたくしならねは、心ならすうち過侍る。ひとりわたらせ給はんも御つれ〲にいますへかめれは、女院の御かたへさふら〔は〕《は》せ給へかし」とのたまはすれは、「この《此》世のほたしさふらはすは、いとゝ心もすみ侍りなん。女院のあたりにましはりなんも、ひ《老》〔ひ→老〕てはいと見くるし《く》み〔み→う〕さふらひなん」とて、たち給《たま》ふて弁の君に、「物ともとりしたゝめてしつらひせよ。御しやうそくたてまつりかへに《よ》。御そかけのさまこそあしけれ。御てうとしたためて、御車に」なと、おきてし給《たま》ふ。女君は、中将の御心さしをむなしくしはて給はんもやるかたなく、母君の御心にそむきたまふらんも、なかき世までのこと《事》をおほしつゝけさせ給《たま》ひつゝ、『とにかくに、なき身となしてん』と思《おも》ひさため給ふて、は《ま》ゝ君の御うしろかけを見をくらさせ給《たま》ひて、御涙をひとめにうかへ、「もし京よりとはせたま《給》はゝ、此文をたてまつれ」とて、わらは君にわ《は》たされ給《たま》ふて、御庭のかたへ出させたまへるを、あやしと見とかめて、御跡をしたひゆく。あま君はかくともしらせ給はて、大弐のさきにたちてあゆみいらせ給へるに、しやうしを見させ給へは、

　　おもひきや身をうろくつとなしはてゝ
　　　宇治のあしろによらん物とは　(125)

と、君の御手にてかき給へるに、「されはよ。あやしきさまをみ《見》えたまひつる」とて、汀のかたへゆかせ給へるに、むなしき御くつは岩のうへにのこり、うへのきぬは柳の枝にかけ給へり。

　　みなそこに身はしつむともから衣

うつろふかけをかたみとはみよ　(126)

と、もすそにかき給へるを見たまふて、

をくれなん我ならなくにかたみとて
のこすころものうらめしき哉　(127)

と云そへて、おなしふちにしつみ給へは、人〳〵おとろきて、とりあけたてまつれ《(は)》・《(と)》とも、さなきたにむねふたかりけれは、やかていきたえ給ひぬ。むなしき御からを、その夜、上の山にてけふりとなしたてまつる。大弐の君は、はからさるうき事を身のうへにひきうけ給ふて、過こしかたの《(・)》事ともをおもひつゝけ給ふに、『ふかうなるすくせのみならす、後の世いとおそろし』と思《(おも)》ひとり給ふて、

露霜とつもるうき身のつみとかは
朝日の山にきえやわたらん　(128)

と詠したまふて、あさりにかしらおろさせて、そのまゝに庵しめ給へり。宇治より女院へ御つかひ参りてつけたてまつれは、「我かたより大弐にあはせけるを、うらみてそあるらめ」。御つみの身にうけさせ給《(たま)》ふらん事返《(迄)》をのたまはせて、なけかせ給へるに、三位中将の君は、おとゝのよそちの賀を中宮の御かたにてせさせ給はん事をけいせさせ給はん御つかひにわたらせ給ひけるか、御まへにてきかさせたまふまゝに、御むねつふれて、『あま君のかくならせ給へるも、我なしつるわさにこそ。跡の事はか〳〵しくなすへきものと《(も)》なくての《(つ)》みふかゝらんも、我身にうくへけれ』とおほしつゝけて、女院へ、「おとゝの賀は紅葉を待えてせさせ給はんなれは、また程ふるへきにこそ。試楽はわたくしの家にてし侍りなん。初瀬のたよりに宇治のわたりにさふらひて、あま君にもなれてさふらへは、御いたはしくこそ覚ゆれ。あとの事なすへき人も侍らねは、御つかひにまかりなん。山のあさりもおとゝの家より出し人にて侍り」とけいしたまへは、『またいとわかゝらん心には、まめ〳〵しく』とおほされて、「いとよろしき事にはさふらはんなれと、世の人のいかゝおもふらん」とのたま《(給)》はすれは、「御法の御つかひにてわたらせさふら

ふなれは、何かはくるしく侍らん」とて、たむけになすへき程の物をくして、やかてまいり給《たま》ふ。あさりにあひたまふて、「女院よりおほせこと」ゝて、願文をかゝせたまふに、「姫君の事をもかきたまはむ《ん》」とのたまはすに、「さはうへよりものたまはせす。あま君の御事をはたしてこそ、後になさんこそ、まことの道ならめ」とのたまはすれは、心得すなからしたかひ給へり。御わさの事おほせをかれて、かへりなんとしたまへる夜、局にありける弁《辨》の君を、いとしのひめされけるに、「御事ゆへにあへなくならせ給へる事よ。わらは君も御ともしてけり」とて、御袖にとりつきてなく。ことはりにこそ。「君の御ために京にていとしのひて御わさをするや《也》。そこにもまいり給はゝ、よみちにも思はせ給ふへけれ」とて、御車にのせさせ給ひて、夜をこめて立出させ給《たま》ふ。弁《辨》の君は道すからも涙にしつみて、かほもたけす。九条の家にかへり給ひて、「爰にてこそ、御わさをすれ」とて、わらは君をめしいたされてたいめんせさせ給へは、「なき人とこそ思《おも》ひなしつるに、いとこゝろえられぬ《ね》。君はいかにならせ給へる」と涙にむせふ。「大弐の御むかへにわたらせ給へは、とのはかとよりもえいり給はて、せんかたなさに、御舟《船》にめされ岸かけにこきよせ給へるに、姫君の御けしきのいとたゝならす見えさせたまふるまゝに、御あとをしたひて見奉れは、岩のうへにたゝさせたま《給》ひ、うへの御きぬを柳にぬきかけて、其まゝ御身をしつめさせ給ひしほとに、をくれたてまつらしと、ゝ《と》もにつゝき侍りしに、とのゝ御船《舟》の内へおちいらせたまへは、御舟《船》をとはせて、ふしみの里より御車にたてまつりて、これにこそわたらせ給へ。かはかりふかきえにしなれは、御後の世までたのもしき事にこそ。さす《そ》あま君のなき人となけかせ給はんすれ。大弐はいかゝおはしつるにや」とかたるに、「されはに《よ》。あま君は、しやうしにかゝせ給へる御うた、柳のきぬを見《み》させたまひて、おなし道にとて、ありし渕にこそしつませたまへ。大弐は、『かはかりのうき事を、いかてよそには見はてん』とて、かしらおろして宇治山にこそさふらはせ給へ」と云に、むねつふるゝ。おとこ君は、あはれときかさせ給ふて、「御あとの事はしか〳〵してけり。まつ君にはつけさせ給《たま》ふまし。人のうらみもいとふかゝらん」とて、弁《辨》の君を具し給ふて、「けふ、君のふるさとへおもはすまかりてさふらへ。あねはの松をこそ」とのたまはすれは、「うれしくもきかまほしかりつるに」とて、「さそなけかせ給《たま》ふらん。此世にあるとほのめかさはや。大弐のうらみもふかゝらん」とて、御涙くませたまへは、「よき折《おり》からをはからひて」とて、ともになく。よそちの御賀もちかつかせ給へるに、おほきおとゝにさへならせ給《たま》ふて、いかめしき御よそほひの世にためしなきまてにわたらせ給《たま》ふ。内のおとゝには、あせちのならせ給《たま》ひて、「今はのそみたりぬ。過つる比より、世のましはりもつゝましく、うき事のみにて過しつれとも、我世に位みしかくては、後の絶なんもかなしけれは、今まてはしのひきつれ」とて、御ほゐとけさせ給《たま》ひて、山の井殿をてらにつくりかへさせたまひて住給へり。おとゝの一とせはかりしつませ給へるえんにひかれて、あまたの人の佛の道に入たまへるは、いと頼《め》もしきためしにあらんかし。

南朝後亀山　年号〔↑本行朱〕
建徳二辛亥六月南陽伯（花押）

本ニ云
左大臣家正本去應永八辛己二月
廿八日内裏炎上同時焼失畢故今
徳大寺殿新寫尤證本者歟以重寫
　恐永〔ノ〕誤〔↑本行朱〕
之畢　長正元十二月九日　　（印）

〔尊経閣文庫本は奥書なし〕

参考文献等

古典文庫『松陰中納言物語』朝倉治彦・吉田幸一共校 1952
古典文庫『尊経閣文庫本複製・松陰中納言物語・上下』吉田幸一 1971
古典文庫『松陰中納言物語・翻刻篇』大橋千代子校 1971
『鎌倉時代物語集成第五巻』市古貞治・三角洋一編・武蔵野書院 1992
『新編国歌大観CD－ROM版』角川書店 1996
「松陰中納言物語について」斉藤道親『古典の諸相・冨倉徳次郎先生古稀記念論文集』1969
「『松陰中納言物語』の月の宴」野村倫子『源氏物語とその前後論集二』新典社 1991
「『松陰中納言物語』の特質」豊島秀範『講座平安文学研究第一六輯』風間書房 2002
「『松陰中納言物語』人物考」栗山元子『平安文学の風貌』武蔵野書院 2003

あとがきにかえて—泣かない女と泣く男—

三足目の草鞋、物語文学に足を突っ込んでから四年が過ぎた。いや、『小夜衣全釈付総索引』(風間書房・一九九九)に索引要員として参加し始めた時期まで遡れば十年になるであろう。二年ほど前、この『松陰中納言物語』に出会い、その面白さ、ジクソー・パズルを組立てるような楽しさと登場人物の生々しさに惹かれ、通勤電車の中で読み進めているうちに、何となく現代語訳をしてみようという気になった。したがって、好奇心から始めた本書の現代語訳には、大胆とも言える想像によって読み解かれている部分が存在することをお許し願いたい。

『国書総目録』で調べると、松陰中納言物語の伝本は五本、『松陰中納言物語』(朝倉治彦・吉田幸一共校『古典文庫』昭和二七)の解説によれば、そのうちの二本は戦災で焼失したとのことである。次のとおりである。

東北大学附属図書館蔵本(唯一奥書を有する)
尊経閣文庫蔵本
天理図書館蔵本
水戸彰考館蔵本 → 焼失

名古屋図書館蔵本　→　焼失

本書では、現存三本のうちの二本、東北大学附属図書館蔵本を底本とし、尊経閣文庫蔵本によって校合したものを本文として用いた。詳しくは凡例に示したとおりであるが、今まで言われて来た通り、伝本間の差異はほとんどなく、現代語訳に影響するようなものは、極めて少なかった。

さて、松陰中納言物語の魅力は、先ほど述べたとおり、登場人物の生々しさにある。以前、小夜衣を読んだ時は、「迷ってばかりいる男」と「泣くことしかできない女」にいらだちを感じていたが、どこかで「こういうものだ。仕方がない」とあきらめていた。

しかし、松陰中納言物語を読んでみると、そんな女性は登場しなかった。もちろん、女性が泣く場面が全くないわけではない。ざっと拾い上げると、藤内侍が隠岐へ出立する松陰大納言に手紙を「なく〳〵かゝせ給ふ」、継母の計略で播磨に連れ去られそうになる芦屋姫君とあやめが「いかにせんとてなき給へる」、塗籠に押し込まれた少納言が「せんかたなくてなきをる」、その後尼にされてしまった少納言が松陰大臣に会って「さめ〳〵となく」、山吹君も弟も死んだと思っている弁君が松陰中将の「御袖にとりつきてな」き、道中も「涙にしつみてかほももたけ」ない、と泣く場面は登場するが、その数は少ない。他には、侍従の嘘泣きが若干存在する。さらに、後半のヒロイン、山吹君は、入水を決意しながらも、気丈に「はゝ君の御うしろかけを見をくらさせたまひて御涙をひとめにうかへ」るだけで、よよと泣き崩れたりはしない。

こうした女たちは、私が乏しい知識の中で培って来た物語文学の女性に対するイメージ、「女は泣きながら男の来訪を待っている」というかなり歪んだステレオタイプを打ち崩した。特に、ヒロインの藤内侍が、自分を裏切った乳母の落ちぶれた姿を見て、「『いとおそろし。いきすたまの、ぬけてやきぬらん』と打わらはせ給」うところなど、これがヒロインの女性が取る態度なのかと何度も読み直してしまったほどである。

これに対して、男はよく泣く。まず、冒頭部分では、いきなり敵役の山井中納言が藤内侍への慕る思いに「御涙にくらされ」て日々を送っている様子が描かれている。また、帝や院といった方々も、かわいそうなことだと言い、尊いことだと言っては、「かしこき御涙を御衣にかけさせ給」うことがしばしばある。

中でもヒーローの松陰中納言は、どこまでも心の広い好人物で、みんなを仏の道に導くのだが、幸福なことであれ、不幸なことであれ、すぐに「例の御涙くませ給へる」のである。自分のこと以上に他人のことに対して涙する、「例の」と言われるくらい涙もろい人物である松陰中納言が、泣きながら太政大臣にまでなってしまう、それを描いたのがこの物語である。

そして、こうしたヒーロー・ヒロインたちを取巻く脇役たちも、なかなか魅力的だ。道化的なしたたかさを持つ侍従の存在はもちろん、嫉妬深い山井中納言の北の方や、少し小生意気な府生の息子、名前もない海女や従者たちの言動にも、きらりと光る存在感があった。

奥書に従えば、建徳二年（一三七一）、ちょうど観阿弥・世阿弥が活躍したころに書写されたものであり、成立はそれ以前ということになるが、この物語を読んで、私はなぜか江戸を感じた。それどころか、どこか近代小説のような印象すら抱いてしまった。成立に関する専門的な考察はとても私などの手には負えないが、こうした印象を抱く原因は、登場人物の生々しさ、特にその会話の躍動感にあるのではないかと思っている。

以上、自分のイメージに依存し、大胆とも言える想像力で訳した『松陰中納言物語』であるが、興味を持った方に読んでいただき、何かの役に立てていただけるのであれば幸いである。最後に、東北大学附属図書館、財団法人前田育徳会、和泉書院の廣橋研三さん、アドバイスしてくださった方々、そして、私を支え続けてくれた夫・小松義博君に、心からの謝意を表す次第である。

二〇〇五年三月

山本いずみ

■著者紹介

山本いずみ（やまもと いずみ）

昭和三十二年　愛知県豊橋市生まれ。

昭和五十五年　名古屋大学文学部卒業。

平成七年　名古屋大学大学院博士課程（後期）修了。

平成八年　博士（文学）取得。

現在、名古屋工業大学留学生センター助教授。

現代語で読む

『松陰中納言物語』付本文

二〇〇五年三月二八日初版第一刷発行

（検印省略）

著　者　山　本　いずみ

発行者　廣　橋　研　三

印刷／製本所　大村印刷株式会社

発行所　有限会社　和　泉　書　院

大阪市天王寺区上汐五-三-八

〒五四三-〇〇〇二

電話　〇六-六七七一-一四六七

振替　〇〇九七〇-八-一五〇四三

ISBN4-7576-0310-X　C0093

藤井隆著　日本古典書誌学総説　A5　二〇八頁　二一〇〇円　I4-87088-472-0

三村晃功・寺川眞知夫・廣田哲通・本間洋一編　日本古典文学を読む　A5　二二八頁　一七八五円　I4-7576-0145-X

室山敏昭著　「ヨコ」社会の構造と意味　方言性向語彙に見る　昴A5　三三〇頁　三六七五円　I4-7576-0108-5

藤本徳明・寺川眞知夫・小林賢章・本間洋一・吉海直人編　近畿の古典文学　A5　二〇〇頁　一八九〇円　I4-87088-612-X

神野志隆光・芳賀紀雄・田中登・竹下豊・佐藤恒雄・稲田利徳・上野洋三・山崎芙紗子・太田登・島津忠夫著　和歌史　万葉から現代短歌まで　選書B6　二九六頁　一八九〇円　I4-87088-152-7

神野志隆光・芳賀紀雄・田中登・竹下豊・佐藤恒雄・稲田利徳・上野洋三・山崎芙紗子・太田登・島津忠夫編　和歌文学選　歌人とその作品　A5　二八八頁　一九九五円　I4-87088-109-8

小野恭靖著　絵の語る歌謡史　昴A5　二五六頁　二七三〇円　I4-7576-0126-3

（価格は５％税込）